四世同堂 [I]

SI SHI TONG TANG

老舍 著

民主与建设出版社

·北京·

©民主与建设出版社，2019

图书在版编目(CIP) 数据

老舍小说全集 / 老舍著. 一 北京：民主与建设
出版社，2019.5
ISBN 978-7-5139-2482-5

Ⅰ. ①老… Ⅱ. ①老… Ⅲ. ①小说集 – 中国 – 现代
Ⅳ. ①I246

中国版本图书馆CIP数据核字（2019）第083677号

老舍小说全集
LAOSHE XIAOSHUO QUANJI

出 版 人	李声笑	
著　　者	老 舍	
责任编辑	刘树民	
封面设计	亿德隆文化	
出版发行	民主与建设出版社有限责任公司	
电　　话	（010）59417747　59419778	
社　　址	北京市海淀区西三环中路10号望海楼E座7层	
邮　　编	100142	
印　　刷	三河市天润建兴印务有限公司	
版　　次	2020年1月第1版	
印　　次	2020年1月第1次印刷	
开　　本	880mm×1230mm　1/32	
印　　张	100	
字　　数	2200千字	
书　　号	ISBN 978-7-5139-2482-5	
定　　价	398.00元（全10册）	

注：如有印、装质量问题，请与出版社联系。

目录
contents

序

假若诸事都能"照计而行"，则此书的组织将是：

1. 段——一百段。每段约有万字。

2. 字——共百万字。

3. 部——三部。第一部容纳三十四段，二部三部各三十三段，共百段。

本来无须分部，因为故事是紧紧相连的一串，而不是可以分成三个独立单位的"三部曲"。不过，为了发表与出书的便利，就不能不在适当的地方画上条红线儿，以清眉目。因此，也就勉强的加上三个副标题，曰《惶惑》、《偷生》与《饥荒》。将来，全部写完，印成蓝带布套的绣像本的时候，这三个副标题，就会失踪了的。

现在是随写随出，写到够十五万字左右，即出一本，故三部各有两本，全套共六本。不过，到出第二本的时候，也许就把第一本也放在里面，在《惶惑》之下，成为《四世同堂》的第一部，而后，第二部，第三部，也许照方炮制，直到全套出来，再另行设计，看是用石印好还是刻木版好，此系后话。暂时且不必多去操心。

设计写此书时，颇有雄心。可是执行起来，精神上，物质上，身体上，都有苦痛，我不敢保险能把他写完。即使幸而能写完，好不好还是另一问题。在这年月而要安心写百万字的长篇，简直有点不知好歹。算了吧，不再说什么了！

三十四年四月一日，在打摆子中。

老舍北碚

第一部 惶 惑

一

祁老太爷什么也不怕，只怕庆不了八十大寿。在他的壮年，他亲眼看见八国联军怎样攻进北京城。后来，他看见了清朝的皇帝怎样退位，和接续不断的内战；一会儿九城的城门紧闭，枪声与炮声日夜不绝；一会儿城门开了，马路上又飞驰着得胜的军阀的高车大马。战争没有吓倒他，和平使他高兴。逢节他要过节，遇年他要祭祖，他是个安分守己的公民，只求消消停停的过着不至于愁吃愁穿的日子。即使赶上兵荒马乱，他也自有办法：最值得说的是他的家里老存着全家够吃三个月的粮食与咸菜。这样，即使炮弹在空中飞，兵在街上乱跑，他也会关上大门，再用装满石头的破缸顶上，便足以消灾避难。

为什么祁老太爷只预备三个月的粮食与咸菜呢？这是因为在他的心理上，他总以为北平是天底下最可靠的大城，不管有什么灾难，到三个月必定灾消难满，而后诸事大吉。北平的灾难恰似一个人免不了有些头疼脑热，过几天自然会好了的。不信，你看吧，祁老太爷会屈指算计：直皖战争有几个月？直奉战争又有多久？啊！听我的，咱们北平的灾难过不去三个月！

"七七"抗战那一年，祁老太爷已经七十五岁。对家务，他早已不再操心。他现在的重要工作是浇浇院中的盆花，说说老年间的故事，给笼中的小黄鸟添食换水，和携着重孙子孙女极慢极慢的去逛大街和护国寺。可是，卢沟桥的炮声一响，他老人家便没法不稍微操点心了，谁教他是四世同堂的老太爷呢。

儿子已经是过了五十岁的人，而儿媳的身体又老那么病病歪歪的，所以祁老太爷把长孙媳妇叫过来。老人家最喜欢长孙媳妇，因为第一，她已给祁家生了儿女，教他老人家有了重孙子孙女；第二，她既会持家，又懂得规矩，一点也不像二孙媳妇那样把头发烫得烂鸡窝似的，看着心里就闹得慌；第三，儿子不常住在家里，媳妇又多病，所以事实上是长孙与长孙媳妇当家，而长孙终日在外教书，晚上还要预备功课与改卷子，那么一家十口的衣食茶水，与亲友邻居的庆吊交际，便差不多都由长孙媳妇一手操持了；这不是件很容易的事，所以老人天公地道的得偏疼点她。还有，老人自幼长在北平，耳濡目染的和旗籍人学了许多规矩礼路：儿媳妇见了公公，当然要垂手侍立。可是，儿媳妇既是五十多岁的人，身上又经常的闹着点病；老人若不教她垂手侍立吧，便破坏了家规；教她立规矩吧，又于心不忍，所以不如干脆和长孙媳妇商议商议家中的大事。

祁老人的背虽然有点弯，可是全家还属他的身量最高。在壮年的时候，他到处都被叫作"祁大个子"。高身量，长脸，他本应当很有威严，可是他的眼睛太小，一笑便变成一条缝子，于是，人们只看见他的高大的身躯，而觉不出什么特别可敬畏的地方来。到了老年，他倒变得好看了一些：黄暗的脸，雪白的须眉，眼角腮旁全皱出永远含笑的纹溜；小眼深深的藏在笑纹与白眉中，看去总是笑眯眯的显出和善；在他真发笑的时候，他的小眼放出一点点光，倒好像是有无限的智慧而不肯一下子全放出来似的。

把长孙媳妇叫来，老人用小胡梳轻轻的梳着白须，半天没有出声。老人在幼年只读过三本小书与六言杂字；少年与壮年吃尽苦处，独力置买了房子，成了家。他的儿子也只在私塾读过三年书，就去学徒；直到了孙辈，才受了风气的推移，而去入大学读书。现在，他是老太爷，可是他总觉得学问既不及儿子——儿子到如今还能背诵上下《论语》，而且写一笔被算命先生推奖的好字——更不及孙子，而很怕他们看不起他。因此，他对晚辈说话的时候总是先愣一会儿，表示自己很会思想。对长孙媳妇，他本来无须这样，因为她识字并不多，而且一天到晚嘴中不是叫孩子，便是谈论油盐酱醋。不过，日久天长，他已养成了这个习惯，也就只好教孙媳妇多站一会儿了。

长孙媳妇没入过学校，所以没有学名。出嫁以后，才由她的丈夫像赠送博士学位似的送给她一个名字——韵梅。韵梅两个字仿佛不甚走运，始终没能在祁家通行得开。公婆和老太爷自然没有喊她名字的习惯与必要，别人呢又觉得她只是个主妇，和"韵"与"梅"似乎都没多少关系。况且，老太爷以为"韵梅"和"运煤"既然同音，也就应该同一个意思，"好吗，她一天忙到晚，你们还忍心教她去运煤吗？"这样一来，连她的丈夫也不好意思叫她了，于是她除了"大嫂""妈妈"等应得的称呼外，便成了"小顺儿的妈"；小顺儿是她的小男孩。

小顺儿的妈长得不难看，中等身材，圆脸，两只又大又水灵的眼睛。她走路，说话，吃饭，做事，都是快的，可是快得并不发慌。她梳头洗脸擦粉也全是快的，所以有时候碰巧了把粉擦得很匀，她就好看一些；有时候没有擦匀，她就不大顺眼。当她没有把粉擦好而被人家嘲笑的时候，她仍旧一点也不发急，而随着人家笑自己。她是天生的好脾气。

祁老人把白须梳够，又用手掌轻轻擦了两把，才对小顺儿的妈说：

"咱们的粮食还有多少啊？"

小顺儿的妈的又大又水灵的眼很快的转动了两下，已经猜到老太爷的心意。很脆很快的，她回答：

"还够吃三个月的呢！"

其实，家中的粮食并没有那么多。她不愿因说了实话，而惹起老人的啰唆。对老人和儿童，她很会运用善意的欺骗。

"咸菜呢？"老人提出第二个重要事项来。

她回答的更快当："也够吃的！干疙瘩，老咸萝卜，全还有呢！"她知道，即使老人真的要亲自点验，她也能马上去买些来。

"好！"老人满意了。有了三个月的粮食与咸菜，就是天塌下来，祁家也会抵抗的。可是老人并不想就这么结束了关切，他必须给长孙媳妇说明白了其中的道理：

"日本鬼子又闹事哪！哼！闹去吧！庚子年，八国联军打进了北京城，连皇上都跑了，也没把我的脑袋瓣了去呀！八国都不行，单是几个日本小鬼还能有什么蹦儿？咱们这是宝地，多大的乱子也过不去三个月！咱们可也别太粗心大胆，起码得有窝头和咸菜吃！"

老人说一句，小顺儿的妈点一次头，或说一声"是"。老人的话，她已经听过起码有五十次，但是还当作新的听。老人一见有人欣赏自己的话，不由的提高了一点嗓音，以便增高感动的力量：

"你公公，别看他五十多了，论操持家务还差得多呢！你婆婆，简直是个病包儿，你跟她商量点事儿，她光会哼哼！这一家，我告诉你，就仗着你跟我！咱们俩要是不操心，一家子连裤子都穿不上！你信不信？"

小顺儿的妈不好意说"信"，也不好意思说"不信"，只好低着眼皮笑了一下。

"瑞宣还没回来哪？"老人问。瑞宣是他的长孙。

"他今天有四五堂功课呢。"她回答。

"哼！开了炮，还不快快的回来！瑞丰和他的那个疯娘儿们呢？"老人问的是二孙和二孙媳妇——那个把头发烫成鸡窝似的妇人。

"他们俩——"她不知道怎样回答好。

"年轻轻的公母俩，老是蜜里调油，一时一刻也离不开，真也不怕人家笑话！"

小顺儿的妈笑了一下："这早晚的年轻夫妻都是那个样儿！"

"我就看不下去！"老人斩钉截铁的说。"都是你婆婆宠得她！我没看见过，一个年轻轻的妇道一天老长在北海、东安市场和——什么电影园来着？"

"我也说不上来！"她真说不上来，因为她几乎永远没有看电影去的机会。

"小三儿呢？"小三儿是瑞全，因为还没有结婚，所以老人还叫他小三儿；事实上，他已快在大学毕业了。

"老三带着妞子出去了。"妞子是小顺儿的妹妹。

"他怎么不上学呢？"

"老三刚才跟我讲了好大半天，说咱们要再不打日本，连北平都要保不住！"小顺儿的妈说得很快，可是也很清楚，"说的时候，他把脸都气红了，又是搓拳，又是摩掌的！我就直劝他，反正咱们姓祁的人没得罪东洋人，他们一定不能欺侮到咱们头上来！我是好意这么跟他说，好教他消消气；喝，哪知道他跟我瞪了眼，好像我和日本人串通一气似的！我不敢再言语了，他气哼哼的扯起妞子就出去了！您瞧，我招了谁啦？"

老人愣了一小会儿，然后感慨着说："我很不放心小三儿，怕他早晚要惹出祸来！"

正说到这里，院里小顺儿撒娇的喊着：

"爷爷！爷爷！你回来啦？给我买桃子来没有？怎么，没有？连一个也没有？爷爷你真没出息！"

小顺儿的妈在屋中答了言："顺儿！不准和爷爷讪脸！再胡说，我就打你去！"

小顺儿不再出声，爷爷走了进来。小顺儿的妈赶紧去倒茶。爷爷（祁天佑）是位五十多岁的黑胡子小老头儿。中等身材，相当的富态，圆脸，重眉毛，大眼睛，头发和胡子都很重很黑，很配作个体面的铺店的掌柜的——事实上，他现在确是一家三间门面的布铺掌柜。他的脚步很重，每走一步，他的脸上的肉就颤动一下。做惯了生意，他的脸上永远是一团和气，鼻子上几乎老拧起一旋笑纹。今天，他的神气可有些不对。他还要勉强的笑，可是眼睛里并没有笑时那点光，鼻子上的一旋笑纹也好像不能拧紧；笑的时候，他几乎不敢大大方方的抬起头来。

"怎样？老大！"祁老太爷用手指轻轻的抓着白胡子，就手儿看了看儿子的黑胡子，心中不知怎的有点不安似的。

黑胡子小老头很不自然的坐下，好像白胡子老头给了他一些什么精神上的压迫。看了父亲一眼，他低下头去，低声的说：

"时局不大好呢！"

"打得起来吗？"小顺儿的妈以长媳的资格大胆的问。

"人心很不安呢！"

祁老人慢慢的立起来："小顺儿的妈，把顶大门的破缸预备好！"

二

祁家的房子坐落在西城护国寺附近的"小羊圈"。说不定，这个地方在当初或者真是个羊圈，因为它不像一般的北平的胡同那样直直的，或略微有一两个弯儿，而是颇像一个葫芦。通到西大街去的是葫芦的嘴和脖子，很细很长，而且很脏。葫芦的嘴是那么窄小，人们若不留心细找，或向邮差打听，便很容易忽略过去。进了葫芦脖子，看见了墙根堆着的垃圾，你才敢放胆往里面走，像哥伦布看到海上有漂浮着的东西才敢更向前进那样。走了几十步，忽然眼一明，你看见了葫芦的胸：一个东西有四十步，南北有三十步长的圆圈，中间有两棵大槐树，四围有六七家人家。再往前走，又是一个小巷——葫芦的腰。穿过"腰"，又是一块空地，比"胸"大着两三倍，这便是葫芦肚儿了。"胸"和"肚"大概就是羊圈吧？这还待历史家去考查一番，而后才能断定。

祁家的房便是在葫芦胸里。街门朝西，斜对着一棵大槐树。在当初，祁老人选购房子的时候，房子的地位决定了他的去取。他爱这个地方。胡同口是那么狭窄不惹人注意，使他觉得安全；而葫芦胸里有六七家人家，又使他觉到温暖。门外呢，两株大槐下可供孩子们玩耍，既无车马，又有槐豆槐花与槐虫可以当作儿童的玩具。同时，地点虽是陋巷，而西通大街，背后是护国寺——每逢七八两日有庙会——买东西不算不方便。所以，他决定买下那所房。

房子的本身可不很高明。第一，它没有格局。院子是东西长而南北短的一个长条，所以南北房不能相对；假若相对起来，院子便被挤成一条缝，而颇像轮船上房舱中间的走道了。南房两间，因此，是紧靠着街门，而北房五间面对着南院墙。两间东房是院子的东尽头；东房北边有块小空地，是厕所。南院墙外是一家老香烛店的晒佛香的场院，有几株柳树。幸而有这几株树，否则祁家的南墙外便什么也没有，倒好像是火车站上的房子，出了门便是野地了。第二，房子盖得不甚结实。除了北房的木料还说得过去，其余的简直没有值得夸赞的地方。在祁老人手里，南房的山墙与东房的后墙便坍倒过两次以上，而界墙的——都是碎砖头砌的——坍倒是每年雨季所必不能免的。院中是一墁土地，没有甬路；每逢雨季，院中的存水就能有一尺多深，出入都须打赤脚。

祁老人可是十分喜爱这所房。主要的原因是，这是他自己置买的产业，不论格局与建筑怎样不好，也值得自傲。其次，自从他有了这所房，他的人口便有增无减，到今天已是四世同堂！这里的风水一定是很好！在长孙瑞宣结婚的时候，全部房屋都彻底的翻盖了一次。这次是祁天佑出的力——他想把父亲置买的产业变成一座足以传世的堡垒，好上足以对得起老人，下对得起儿孙。木料糟了的一概撤换，碎砖都换上整砖，而且见木头的地方全上了油漆。经过一修改，这所房子虽然在格局上仍然有欠体面，可是在实质上却成了小羊圈数一数二的好房子。祁老人看着新房，满意的叹了口气。到他做过六十整寿，决定退休以后，他的劳作便都放在美化这所院子上。在南墙根，他逐渐的给种上秋海棠、玉簪花、绣球和虎耳草。院中间，他养着四大盆石榴、两盆夹竹桃和许多不须费力而能开花的小植物。在南房前面，他还种了两株枣树，一株结的是大白枣，一株结的是甜酸的"莲蓬子儿"。

看着自己的房、自己的儿孙和手植的花草，祁老人觉得自己的一世劳碌并没有虚掷。北平城是不朽之城，他的房子也是永世不朽的房子。

现在，天佑老夫妇带着小顺儿住南屋。五间北房呢，中间作客厅；客厅里东西各有一个小门，通到瑞宣与瑞丰的卧室；尽东头的和尽西头的一间，都另开屋门，东头是瑞全的，西头是祁老太爷的卧室。东屋作厨房，并堆存粮米、煤球、柴火；冬天，也收藏石榴树和夹竹桃什么的。当初，在他买过这所房子来的时候，他须把东屋和南屋都租出去，才能显着院内不太空虚；今天，他自己的儿孙都快住不下了。屋子都住满了自家的人，老者的心里也就充满了欢喜。他像一株老树，在院里生满了枝条，每一条枝上的花叶都是由他生出去的！

在胡同里，他也感到得意。四五十年来，他老住在这里，而邻居们总是今天搬来，明天搬走，能一气住到十年二十年的就少少的。他们生，他们死，他们兴旺，他们衰落，只有祁老人独自在这里生了根。因家道兴旺而离开这陋巷的，他不去巴结；因家道衰落而连这陋巷也住不下去的，他也无力去救济；他只知道自己老在这里不动，渐渐的变成全胡同的老太爷。新搬来的人家，必定先到他这里来拜街坊；邻居有婚丧事设宴，他必坐首席；他是这一带的老人星，代表着人口昌旺与家道兴隆！

在得意里，他可不敢妄想。他只希望能在自己的长条院子里搭起喜棚，庆祝八十整寿。八十岁以后的事，他不愿去想；假若老天教他活下去呢，很好；老天若收回他去呢，他闭眼就走，教子孙们穿着白孝把他送出城门去！

在葫芦胸里，路西有一个门，已经堵死。路南有两个门，都是清水脊门楼，房子相当的整齐。路北有两个门，院子都不大，可都住着三四家人家。假若路南是贵人区，路北便是贫民区。路东有三个门，尽南头的便是祁宅。与祁家一墙之隔的院子也是个长条儿，住着三家子人。再过去，还有一家，里外两个院子，有二十多间房，住着至少有七八家子，而且人品很不齐。这可以算作个大杂院。祁老太爷不大看得起这个院子，所以拿那院子的人并不当作街坊看待；为掩饰真正的理由，他总说那个院子只有少一半在"胸"里，而多一半在葫芦腰里，所以不能算作近邻，倒好像"胸"与"腰"相隔有十几里路似的。

把大杂院除外，祁老人对其余的五个院子的看待也有等级。最被他重视的是由西数第一个——门牌一号——路南的门。这个门里住着一家姓钱的，他们搬走过一次，可是不久又搬了回来，前后在这里已住过十五六年。钱老夫妇和天佑同辈，他的两个少爷都和瑞宣同过学。现在，大少爷已结了婚，二少爷也定了婚而还未娶。在一般人眼中，钱家的人都有点奇怪。他们对人，无论是谁，都极有礼貌，可是也都保持着个相当的距离，好像对谁都看得起，又都看不起。他们一家人的服装都永远落后十年或二十年，到如今，钱老先生到冬天还戴红呢子大风帽。他家的妇女似乎永远不出大门一步；遇必要的时候，她们必须在门口买点针线或青菜什么的，也只把门开开一点缝子，仿佛怕走漏了门中什么秘密似的。他们的男人虽然也和别家的一样出来进去，可是他们的行动都像极留着神，好使别人莫测高深。钱老先生没有做事，很少出门；只有在他脸上有点酒意的时候，才穿着古老的衣服在门口立一会儿，仰头看着槐花，或向儿童们笑一笑。他们的家境如何？他们有什么人生的乐趣？有什么生活上的痛苦？都没有人知道。他们的院子里几乎永远没有任何响动。遇上胡同里有什么娶亲的，出殡的，或是来了跑旱船或耍猴子的，大家都出来看看热闹，只有钱家的门照旧关得严严的。他们不像是过日子，而倒像终年的躲债或避难呢。

在全胡同里，只有祁老人和瑞宣常到钱家来，知道一些钱家的"秘密"。其实，钱家并没有什么秘密。祁老人心中很明白这个，但是不愿对别人说。这样，他就仿佛有一种替钱家保守秘密的责任似的，而增高了自己的身分。

钱家的院子不大，而满种着花。祁老人的花苗花种就有许多是由这里得来的。钱老先生的屋里，除了鲜花，便是旧书与破字画。他的每天的工作便是浇花、看书、画画和吟诗。到特别高兴的时候，他才喝两盅自己泡的茵陈酒。钱老先生是个诗人。他的诗不给别人看，而只供他自己吟味。他的生活是按照着他的理想安排的，并不管行得通行不通。他有时候挨饿，挨饿他也不出一声。他的大少爷在中学教几点钟书，在趣味上也颇有父风。二少爷是这一家中最没有诗意的，他开汽车。钱老先生决不反对儿子去开汽车，而只不喜闻儿子身上的汽油味；因此，二少爷不大回家来，虽然并没有因汽油味和父亲犯了什么意见。至于钱家的妇女，她们并不是因为男子专制而不出大门，而倒是为了服装太旧，自惭形秽。钱先生与儿子绝对不是肯压迫任何人的人，可是他们的金钱能力与生活的趣味使他们毫不注意到服装上来，于是家中的妇女也就只好深藏简出的不出去多暴露自己的缺陷。

在祁老人与钱先生的交往中，祁老人老来看钱先生，而钱先生绝对不到祁家去。假若祁老人带来一瓶酒，送给钱先生，钱先生必定马上派儿子送来比一瓶酒贵着两三倍的一些礼物；他永远不白受人家的东西。他的手中永远没有宽裕过，因为他永远不算账，不记账。有钱他就花掉，没钱他会愣着想诗。他的大少爷也有这样的脾气。他宁可多在家中练习几点钟的画，而不肯去多教几点钟的书，增加一点收入。

论性格，论学识，论趣味，祁老人都没有和钱先生成为好友的可能。可是，他们居然成了好朋友。在祁老人呢，他，第一，需要个年老的朋友，好有个地方去播放他的陈谷子烂芝麻。第二，他佩服钱老人的学问和人品。在钱先生呢，他一辈子不肯去巴结任何人，但是有愿与他来往的，他就不便拒绝。他非常的清高，可并没有看不起人的恶习气。假若有人愿意来看他，他是个顶和蔼可亲的人。

虽然已有五十七八岁，钱默吟先生的头发还没有多少白的。矮个子，相当的胖，一嘴油光水滑的乌牙，他长得那么厚厚敦敦的可爱。圆脸，大眼睛，常好把眼闭上想事儿。他的语声永远很低，可是语气老是那么谦恭和气，教人觉得舒服。他和祁老人谈诗，谈字画，祁老人不懂。祁老人对他讲重孙子怎么又出了麻疹，二孙媳怎么又改烫了飞机头，钱先生不感趣味。但是，两个人好像一种默契：你说，我就听着；我说，你就听着。钱默吟教祁老人看画，祁老人便点头夸好。祁老人报告家中的琐事，默吟先生便随时的答以"怎么好？""真的吗？""对呀！"等等简单的句子。若实在无词以答，他也会闭上眼，连连的点头。到最后，两个人的谈话必然的移转到养花草上来，而二人都可以滔滔不绝的说下去，也都感到难得的愉快。虽然祁老人对石榴树的趣味是在多结几个大石榴，而钱先生是在看花的红艳与石榴的美丽，可是培植的方法到底是有相互磋磨的必要的。

畅谈了花草以后，钱先生往往留祁老人吃顿简单的饭，而钱家的妇女也就可以借着机会来和老人谈谈家长里短——这时节，连钱先生也不能不承认在生活中除了作诗作画，也还有油盐酱醋这些问题的。

瑞宣有时候陪着祖父来上钱家串门儿，有时候也独自来。当他独自来的时候，十之八九是和太太或别人闹了脾气。他是个能用理智控制自己的人，所以虽然偶尔的动了怒，他也不愿大喊大叫的胡闹。他会一声不响的溜到钱家去，和钱家父子谈一谈与家事国事距离很远的事情，便把胸中的恶气散尽。

在钱家而外，祁老人也喜欢钱家对门，门牌二号的李家。在全胡同里，只有李家的老人与祁老太爷同辈，而且身量只比祁老人矮着不到一寸——这并不是李四爷的身子比祁老人的短这么些，而是他的背更弯了一点。他的职业的标志是在他的脖子上的一个很大的肉包。在二三十年前，北平有不少这种脖子上有肉包的人。他们自成一行，专给人们搬家。人家要有贵重的东西，像大磁瓶，座钟，和楠木或花梨的木器，他们便把它们捆扎好，用一块窄木板垫在脖子上，而把它们扛了走。他们走得要很稳，脖子上要有很大的力量，才能负重而保险不损坏东西。人们管这一行的人叫作"窝脖儿的"。自从有板子车以后，这行的人就渐渐的把"窝"变成了"拉"，而年轻的虽然还吃这一行的饭，脖子上可没有那个肉包了。李四爷在年轻的时候一定是很体面，尽管他脖子有肉包，而背也被压得老早就有点弯。现在，他的年纪已与祁老人不相上下，可是长脸上还没有多少皱纹，眼睛还不花，一笑的时候，他的眼与牙都放出光来，使人还能看出一点他年轻时的漂亮。

二号的院子里住着三家人，房子可是李四爷的。祁老人的喜欢李四爷，倒不是因为李四爷不是个无产无业的游民，而是因为李四爷的为人好。在他的职业上，他永远极尽心，而且要钱特别克己；有时候他给穷邻居搬家，便只要个饭钱，而不提工资。在职业以外，特别是在有了灾难的时节，他永远自动的给大家服务。例如：地方上有了兵变或兵灾，他总是冒险的顶着枪子儿去到大街上探听消息，而后回来报告给大家应当怎样准备。城门要关闭了，他便在大槐树下喊两声："要关城了！赶紧预备点粮食呀！"及至灾难过去，城门又开了，他便又去喊："太平没事啦，放心吧！"祁老人虽然以这一带的老人星自居，可是从给大家服务上来说，他自愧不如李四爷。所以，从年纪上和从品德上说，他没法不尊敬李四爷。虽然李家的少爷也是"窝脖儿的"，虽然李家院子是个又脏又乱的小杂院。两个老人若在大槐树下相遇而立定了，两家的晚辈便必定赶快的拿出凳子来，因为他们晓得两个老人的谈话多数是由五六十年前说起，而至少须花费一两钟头的。

李四爷的紧邻四号，和祁老人的紧邻六号都也是小杂院。四号住着剃头匠孙七夫妇；马老寡妇与她的外孙子，外孙以沿街去叫"转盘的话匣子"为业；和拉洋车的小崔——除了拉车，还常打他的老婆。六号也是杂院，而人们的职业较比四号的略高一级：北房里住着丁约翰，信基督教，在东交民巷的"英国府"做摆台的。北耳房住着棚匠刘师傅夫妇，刘师傅在给人家搭棚而外，还会练拳和耍"狮子"。东屋住着小文夫妇，都会唱戏，表面上是玩票，而暗中拿"黑杵"①。

对四号与六号的人们，祁老人永远保持着不即不离的态度，有事就量力相助，无事便各不相扰。李四爷可就不然了，他对谁都愿意帮忙，不但四号与六号的人们都是他的朋友，就连七号——祁老人所不喜欢的大杂院——也常常的受到他的协助。不过，连这样，李四爷还时常遭受李四妈的指摘与责骂。李四妈，满头白发，一对大近视眼，几乎没有一天不骂那个"老东西"的。她的责骂，多数是她以为李四爷对朋友们还没有尽心尽力的帮忙，而这种责骂也便成为李四爷的见义勇为的一种督促。全胡同里的孩子，不管长得多么丑，身上有多么脏臭，都是李四妈的"宝贝儿"。对于成年人，李四妈虽然不好意思叫出来，而心中以为他们和她们都应该是她的"大宝贝儿"。她的眼看不清谁丑谁俊，她的心也不辨贫富老幼；她以为一切苦人都可怜可爱，都需要他们老夫妇的帮忙。因此，胡同里的人有时候对祁老人不能不敬而远之，而对李老夫妇便永远热诚的爱戴；他们有什么委屈都去向李四妈陈诉，李四妈便马上督促李四爷去帮忙，而且李四妈的同情的眼泪是既真诚而又丰富的。

夹在钱家与祁家中间的三号是祁老人的眼中钉。在祁家的房还没有翻修以前，三号是小羊圈里最体面的房。就是在祁家院子重修以后，论格局也还不及三号的款式像样。第一，三号门外，在老槐下面有一座影壁，粉刷得黑是黑，白是白，中间油好了二尺见方的大红福字。祁家门外，就没有影壁，全胡同里的人家都没有影壁！第二，论门楼，三号的是清水脊，而祁家的是花墙子。第三，三号是整整齐齐的四合房，院子里方砖墁地。第四，三号每到夏天，院中必由六号的刘师傅给搭起新席子的凉棚，而祁家的阴凉儿只仗

① 黑杵，旧社会的票友，私下接受的报酬称"黑杵"。

着两株树影儿不大的枣树供给。祁老人没法不嫉妒！

论生活方式，祁老人更感到精神上的压迫与反感。三号的主人，冠晓荷，有两位太太，而二太太是唱奉天大鼓的，曾经红过一时的，尤桐芳。冠先生已经五十多岁，和祁天佑的年纪仿上仿下，可是看起来还像三十多岁的人，而且比三十多岁的人还漂亮。冠先生每天必定刮脸，十天准理一次发，白头发有一根拔一根。他的衣服，无论是中服还是西装，都尽可能的用最好的料子；即使料子不顶好，也要做得最时样最合适。小个子，小长脸，小手小脚，浑身上下无一处不小，而都长得匀称。匀称的五官四肢，加上美妙的身段，和最款式的服装，他颇像一个华丽光滑的玻璃珠儿。他的人虽小，而气派很大，平日交结的都是名士与贵人。家里用着一个厨子，一个顶懂得规矩的男仆，和一个老穿缎子鞋的小老妈。一来客，他总是派人到便宜坊去叫挂炉烤鸭，到老宝丰去叫远年竹叶青。打牌，讲究起码四十八圈，而且饭前饭后要唱鼓书与二簧。对有点身分的街坊四邻，他相当的客气，可是除了照例的婚丧礼吊而外，并没有密切的交往。至于对李四爷，刘师傅，剃头的孙七，和小崔什么的，他便只看到他们的职业，而绝不拿他们当作人看。"老刘，明天来拆天棚啊！""四爷，下半天到东城给我取件东西来，别误了！""小崔，你要是跑得这么慢，我就不坐你的车了！听见没有？"对他们，他永远是这样的下简单而有权威的命令。

冠太太是个大个子，已经快五十岁了还专爱穿大红衣服，所以外号叫作大赤包儿。赤包儿是一种小瓜，红了以后，北平的儿童拿着它玩。这个外号起得相当的恰当，因为赤包儿经儿童揉弄以后，皮儿便皱起来，露出里面的黑种子。冠太太的脸上也有不少的皱纹，而且鼻子上有许多雀斑，尽管她还擦粉抹红，也掩饰不了脸上的褶子与黑点。她比她的丈夫的气派更大，一举一动都颇像西太后。她比冠先生更喜欢，也更会，交际；能一气打两整天整夜的麻雀牌，而还保持着西太后的尊傲气度。

冠太太只给冠先生生了两个小姐，所以冠先生又娶了尤桐芳，为是希望生个胖儿子。尤桐芳至今还没有生儿子。可是和大太太吵起嘴来，她的声势倒仿佛有十个儿子做后援似的。她长得不美，可是眉眼很媚；她的眉眼一天到晚在脸上乱跑。两位小姐，高第与招弟，本质都不错，可是在两位母亲的教导下，既会修饰，又会满脸上跑眉毛。

祁老人既嫉妒三号的房子，又看不上三号所有的男女。特别使他不痛快的是二孙媳妇的服装打扮老和冠家的妇女比赛，而小三儿瑞全又和招弟小姐时常有些来往。因此，当他发脾气的时候，他总是手指西南，对儿孙说："别跟他们学！那学不出好来！"这也就暗示出：假若小三儿再和招弟姑娘来往，他会把他赶出门去的。

三

祁老人用破缸装满石头，顶住了街门。

李四爷在大槐树下的警告"老街旧邻，都快预备点粮食啊，城门关上了！"更使祁老人觉得自己是诸葛亮。他不便隔着街门告诉李四爷："我已经都预备好了！"可是心中十分满意自己的未雨绸缪，料事如神。

在得意之间，他下了过于乐观的判断：不出三天，事情便会平定。

儿子天佑是个负责任的人，越是城门紧闭，他越得在铺子里。

儿媳妇病病歪歪的，听说日本鬼子闹事，长叹了一口气，心中很怕万一自己在这两天病死，而棺材出不了城！一急，她的病又重了一些。

瑞宣把眉毛皱得很紧，而一声不出；他是当家人，不能在有了危险的时候，长吁短叹的。

瑞丰和他的摩登太太一向不注意国事，也不关心家事；大门既被祖父封锁，只好在屋里玩扑克牌解闷。老太爷在院中啰唆，他俩相视，缩肩，吐一吐舌头。

小顺儿的妈虽然只有二十八岁，可是已经饱经患难。她同情老太爷的关切与顾虑；同时，她可也不怕不慌。她的心好像比她的身体老的多，她看得很清楚：患难是最实际的，无可幸免；但是，一个人想活下去，就不能不去设法在患难中找缝子，逃了出去——尽人事，听天命。总之生在这个年月，一个人须时时勇敢的去面对那危险的，而小心提防那"最"危险的事。你须把细心放在大胆里，去且战且走。你须把受委屈当作生活，而从委屈中咂摸出一点甜味来，好使你还肯活下去。

她一答一和的跟老人说着话儿，从眼泪里追忆过去的苦难，而希望这次的危险是会极快便过去的。听到老人的判断——不出三天，事情便会平定——她笑了一下："那敢情好！"而后又发了点议论："我就不明白日本鬼子要干什么！咱们管保谁也没得罪过他们，大家伙平平安安的过日子，不比拿刀动杖的强？我猜呀，日本鬼子准是天生来的好找别扭，您说是不是？"

老人想了一会儿才说："自从我小时候，咱们就受小日本的欺侮，我简直想不出道理来！得啦，就盼着这一回别把事情闹大了！日本人爱小便宜，说不定这回是看上了卢沟桥。"

"干吗单看上了卢沟桥呢？"小顺儿的妈纳闷，"一座大桥既吃不得，又不能搬走！"

"桥上有狮子呀！这件事要搁着我办，我就把那些狮子送给他们，反正摆在那里也没什么用！"

"哼！我就不明白他们要那些狮子干吗？"她仍是纳闷。

"要不怎么是小日本呢！看什么都爱！"老人很得意自己能这么明白日本人的心理，"庚子年的时候，日本兵进城，挨着家儿搜东西，先是要首饰，要表；后来，连铜钮扣都拿走！"

"大概拿铜当作了金子，不开眼的东西！"小顺儿的妈挂了点气说。她自己是一棵草也不肯白白拿过来的人。

"大嫂！"瑞全好像自天而降的叫了声。

"哟！"大嫂吓了一跳，"三爷呀！干吗？"

"你把嘴闭上一会儿行不行？你说得我心里直闹得慌！"

在全家里，没有人敢顶撞老太爷，除了瑞全和小顺儿。现在他拦阻大嫂说话，当然也含着反抗老太爷的意思。

老太爷马上听出来那弦外之音。"怎么？你不愿意听我们说话，把耳朵堵上就是了！"

"我是不爱听！"瑞全的样子很像祖父，又瘦又长，可是在思想上，他与祖父相隔了有几百年。他的眼也很小，但很有神，眼珠像两颗发光的黑豆子。在学校里，他是篮球选手。打球的时候，他的两颗黑豆子随着球乱转，到把球接到手里，他的嘴便使劲一闭，像用力咽一口东西似的。他的眼和嘴的表情，显露出来他的性格——性子急，而且有决断。现在，他的眼珠由祖父转到大嫂，又由大嫂转到祖父，倒好像在球场上监视对方的球手呢。"日本人要卢沟桥的狮子？笑话！他们要北平，要天津，要华北，要整个的中国！"

"得了，得了！老三！少说一句。"大嫂很怕老三把祖父惹恼。

其实，祁老人对孙子永远不动真气——若是和重孙子在一处，则是重孙子动气，而太爷爷陪笑了。

"大嫂，你老是这样！不管谁是谁非，不管事情有多么严重，你老是劝人少说一句！"三爷虽然并不十分讨厌大嫂，可是心中的确反对大嫂这种敷衍了事的办法。现在，气虽然是对大嫂发的，而他所厌恶的却是一般的——他不喜欢任何不论是非而只求敷衍的人。

"不这样，可教我怎样呢？"小顺儿的妈并不愿意和老三拌嘴，而是为她多说几句，好教老太爷不直接的和老三开火。"你们饿了找我要吃，冷了向我要衣服，我还能管天下大事吗？"

这，把老三问住了。像没能把球投进篮去而抓抓头那样，他用瘦长而有力的手指抓了两下头。

祖父笑了，眼中发出点老而淘气的光儿。"小三儿！在你嫂子面前，你买不出便宜去！没有我和她，你们连饭都吃不上，还说什么国家大事！"

"日本鬼子要是打破了北平，谁都不用吃饭！"瑞全咬了咬牙。他真恨日本鬼子。

"那！庚子年，八国联军……"老人想把拿手的故事再重述一遍，可是一抬头，瑞全已经不见了，"这小子！说不过我就溜开！这小子！"

门外有人拍门。

"瑞宣！开门去！"祁老人叫，"多半是你爸爸回来了。"

瑞宣又请上弟弟瑞全，才把装满石头的破缸挪开。门外，立着的不是他们的父亲，而是钱默吟先生。他们弟兄俩全愣住了。钱先生来访是件极稀奇的事。瑞宣马上看到时局的紧急，心中越发不安。瑞全也看到危险，可是只感到兴奋，而毫无不安与恐惧。

钱先生穿着件很肥大的旧蓝布衫，袖口与领边已全磨破。他还是很和蔼，很镇定，可是他自己知道今天破例到友人家来便是不镇定的表示。含着笑，他低声的问："老人们都在家吧？"

"请吧！钱伯父！"瑞宣闪开了路。

钱先生仿佛迟疑了一下，才往里走。

瑞全先跑进去，告诉祖父："钱先生来了。"

祁老人听见了，全家也都听到，大家全为之一惊。祁老人迎了出来。又惊又喜，他几乎说不上话来。

钱默吟很自然，微抱歉意的说着："第一次来看你老人家，第一次！我太懒了，简直不愿出街门。"

到北屋客厅坐下，钱先生先对瑞宣声明："千万别张罗茶水！一客气，我下次就更不敢来了！"这也暗示出，他愿意开门见山的把来意说明，而且不希望逐一的见祁家全家的老幼。

祁老人先提出实际的问题："这两天我很惦记着你！咱们是老邻居，老朋友了，不准说客气话，你有粮食没有。没有，告诉我一声！粮食可不比别的东西，一天，一顿，也缺不得！"

默吟先生没说有粮，也没说没粮，而只含混的一笑，倒好像即使已经绝粮，他也不屑于多去注意。

"我——"默吟先生笑着，闭了闭眼。"我请教瑞宣世兄，"他的眼也看了瑞全一下，"时局要演变到什么样子呢？你看，我是不大问国事的人，可是我能自由地生活着，全是国家所赐。我这几天什么也干不下去！我不怕穷，不怕苦，我只怕丢了咱们的北平城！一朵花，长在树上，才有它的美丽；拿到人的手里就算完了。北平城也是这样，它顶美，可是若被敌人占据了，它便是被折下来的花了！是不是？"

见他们没有回答。他又补上了两句："假若北平是树，我便是花，尽管是一朵闲花。北平若不幸丢失了，我想我就不必再活下去！"

祁老人颇想说出他对北平的信仰，而劝告钱先生不必过于忧虑。可是，他不能完全了解钱先生的话；钱先生的话好像是当票子上的字，虽然也是字，而另有个写法——你要是随便的乱猜，赎错了东西才麻烦呢！于是，他的嘴唇动了动，而没说出话来。

瑞宣，这两天心中极不安，本想说些悲观的话，可是有老太爷在一旁，他不便随便开口。

瑞全没有什么顾忌。他早就想谈话，而找不到合适的人。大哥的学问见识都不坏，可是大哥是那么能故意的缄默，非用许多方法不能招出他的话来。二哥，嗳，跟二哥二嫂只能谈谈电影与玩乐。和二哥夫妇谈话，还不如和祖父或大嫂谈谈油盐酱醋呢——虽然无趣，可是至少也还和生活有关。现在，他抓住了钱先生。他知道钱先生是个有些思想的人——尽管他的思想不对他的路子。他立起来挺了挺腰，说：

"我看哪，不是战，就是降！"

"至于那么严重？"钱先生的笑纹僵在了脸上，右腮上有一小块肉直抽动。

"有田中奏折在那里，日本军阀不能不侵略中国；有"九一八"的便宜事在那里，他们不能不马上侵略中国。他们的侵略是没有止境的，他们征服了全世界，大概还要征服火星！"

"火星？"祖父既不相信孙子的话，更不知道火星在哪条大街上。

瑞全没有理会祖父的质问，理直气壮的说下去："日本的宗教，教育，气量，地势，军备，工业，与海盗文化的基础，军阀们的野心，全都朝着侵略的这一条路子走。走私，闹事，骑着人家脖子拉屎，都是侵略者的必有的手段！卢沟桥的炮火也是侵略的手段之一，这回能敷衍过去，过不了十天半月准保又在别处——也许就在西苑或护国寺——闹个更大的事。日本现在是骑在虎背上，非乱撞不可！"

瑞宣脸上笑着，眼中可已经微微的湿了。

祁老人听到"护国寺"，心中颤了一下：护国寺离小羊圈太近了！

"三爷，"钱先生低声的叫，"咱们自己怎么办呢？"

瑞全，因为气愤，话虽然说的不很多，可是有点声嘶力竭的样子。心中也仿佛很乱，没法再说下去。在理智上，他知道中国的军备不是日本的敌手，假若真打起来，我们必定吃很大的亏。但是，从感情上，他又愿意马上抵抗，因为多耽误一天，日本人便多占一天的便宜；等到敌人完全布置好，我们想还手也来不及了！他愿意抵抗。假若中日真的开了仗，他自己的生命是可以献给国家的。可是，他怕被人问倒："牺牲了性命，准能打得胜吗？"他决不怀疑他的情愿牺牲，可是不喜欢被人问倒，他已经快在大学毕业，不能在大家面前显出有勇无谋，任着感情乱说。他身上出了汗。抓了抓头，他坐下了，脸上起了好几个红斑点。

"瑞宣？"钱先生的眼神与语气请求瑞宣发表意见。

瑞宣先笑了一下，而后声音很低的说："还是打好！"

钱先生闭上了眼，详细咂摸瑞宣的话的滋味。

瑞全跳了起来，把双手放在瑞宣的双肩上："大哥！大哥！"他的脸完全红了，又叫了两声大哥，而说不上话来。

这时候，小顺儿跑了进来："爸！门口，门口……"

祁老人正找不着说话的机会与对象，急快的抓到重孙子："你看！你看！刚开开门，你就往外跑，真不听话！告诉你，外边闹日本鬼子哪！"

小顺儿的鼻子皱起来，撇着小嘴："什么小日本儿，我不怕！中华民国万岁！"他得意的伸起小拳头来。

"顺儿！门口怎么啦？"瑞宣问。

小顺儿手指着外面，神色相当诡秘的说："那个人来了！说要看看你！"

"哪个人？"

"三号的那个人！"小顺儿知道那个人是谁，可是因为听惯了大家对那个人的批评，所以不愿意说出姓名来。

"冠先生？"

小顺儿对爸爸点了点头。

"谁？噢，他！"钱先生要往起立。

"钱先生！坐着你的！"祁老人说。

"不坐了！"钱先生立起来。

"你不愿意跟他谈话，走，上我屋里去！"祁老人诚意的相留。

"不啦！改天谈，我再来！不送！"钱先生已很快的走到屋门口。

祁老人扶着小顺儿往外送客。他走到屋门口，钱先生已走到南屋外的枣树下。瑞宣、瑞全追着送出去。

冠晓荷在街门坎里立着呢。他穿着在三十年前最时行，后来曾经一度极不时行，到如今又二番时行起来的团龙蓝纱大衫，极合身，极大气。下面，白地细蓝道的府绸裤子，散着裤角；脚上是青丝袜，白千层底青缎子鞋；更显得连他的影子都极漂亮可爱。见钱先生出来，他一手轻轻拉了蓝纱大衫的底襟一下，一手伸出来，满面春风的想和钱先生拉手。

钱先生既没失去态度的自然，也没找任何的掩饰，就那么大大方方的走出去，使冠先生的手落了空。

冠先生也来得厉害，若无其事的把手顺便送给了瑞宣，很亲热的握了一会儿。然后，他又和瑞全拉手，而且把左手放在上面，轻轻的按了按，显出加劲儿的亲热。

祁老人不喜欢冠先生，带着小顺儿到自己屋里去。瑞宣和瑞全陪着客人在客厅里谈话。

冠先生只到祁家来过两次。第一次是祁老太太病故，他过来上香奠酒，并没坐多大一会儿就走了。第二次是谣传瑞宣要做市立中学的校长，他过来预为贺喜，坐了相当长的时间。后来，谣言并未变成事实，他就没有再来过。

今天，他是来会钱先生，而顺手看看祁家的人。

冠晓荷在军阀混战的时期，颇做过几任地位虽不甚高，而油水很厚的官。他做过税局局长、头等县的县长和省政府的小官儿。近几年来，他的官运不甚好，所以他厌恶南京政府，而每日与失意的名士、官僚、军阀鬼混。他总以为他的朋友中必定有一两个会重整旗鼓，再掌大权的，那么，他自己也就还有一步好的官运——也就是财运。和这些朋友交往，他的模样服装都很够格儿；同时，他的几句二簧与八圈麻将，也都不甚寒伧。近来，他更学着念佛，研究些符咒与法术；于是，在遗老们所常到的恒善社和其他的宗教团体与慈善机关，他也就有资格参加进去。他并不怎么信佛与神，而只拿佛法与神道当作一种交际的需要，正如同他须会唱会赌那样。

只有一样他来不及，他作不上诗文，画不上梅花或山水来。他所结交的名士们，自然用不着说，是会这些把戏的了；就连在天津做寓公的，有钱而失去势力的军阀与官僚，也往往会那么一招两招的。连大字不识的丁老帅，还会用大麻刷子写一丈大的一笔虎呢。就是完全不会写不会画的阔人，也还爱说道这些玩艺；这种玩艺儿是"阔"的一种装饰，正像阔太太必有钻石与珍珠那样。

他早知道钱默吟先生能诗善画，而家境又不甚宽绰。他久想送几个束修，到钱家去熏一熏。他不希望自己真能作诗或作画，而只求知道一点术语和诗人画家的姓名与派别，好不至于在名人们面前丢丑。

他设尽方法想认识钱先生，而钱先生始终像一棵树——你招呼他，他不理你。他又不敢直入公堂的去拜访钱先生，因为若一度遭了拒绝，就不好再谋面了。今天，他看见钱先生到祁家去，所以也赶过来。在祁家相识之后，他就会马上直接送两盆花草或几瓶好酒去，而得到熏一熏的机会。还有，在他揣测，别看钱默吟很窘，说不定家中会收藏着几件名贵的字画。自然喽，他若肯出钱买古玩的话，有的是现成的"琉璃厂"。不过，他不想把钱花在这种东西上。那么，假若与钱先生交熟了以后，他想他必会有方法弄过一两件宝物来，岂不怪便宜的么？有一两件古物摆在屋里，他岂不就在陈年竹叶青酒与漂亮的姨太太而外，便又多一些可以展览的东西，而更提高些自己的身分么？

没想到，他会碰了钱先生一个软钉子！他的心中极不高兴。他承认钱默吟是个名士，可是比钱默吟的名气大着很多的名士也没有这么大的架子呀！

"给脸不要脸，好，咱们走着瞧吧！"他想报复，"哼！只要我一得手，姓钱的，准保有你个乐子！"在表面上，他可是照常的镇定，脸上含着笑与祁家弟兄敷衍。

"这两天时局很不大好呢！有什么消息没有？"

"没什么消息，"瑞宣也不喜欢冠先生，可是没法不和他敷衍，"荷老看怎样？"

"这个——"冠先生把眼皮垂着，嘴张着一点，做出很有见解的样子，"这个——很难说！总是当局的不会应付。若是应付得好，我想事情绝不会弄到这么严重！"

瑞全的脸又红起来，语气很不客气的问："冠先生，你看应当怎样应付呢？"

"我？"冠先生含笑的愣了一小会儿，"这就是不在其位，不谋其政了！我现在差不多是专心研究佛法。告诉二位，佛法中的滋味实在是其妙无穷！知道一点佛说佛法，心里就像喝了点美酒似的，老那么晕晕忽忽的好受！前天，在孙清老家里（丁老帅，李将军，方锡老，都在那儿），我们把西王母请下来了，还给她照了个像。玄妙，妙不可言！想想看，西王母，照得清楚极了，嘴上有两条长须，就和鲇鱼的须一样，很长很长，由这儿——"他的手指了指嘴，"一直——"他的嘴等着他的手向肩上绕，"伸到这儿，玄妙！"

"这也是佛法？"瑞全很不客气的问。

"当然！当然！"冠先生板着脸，十分严肃的说。"佛法广大无边，变化万端，它能显示在两条鲇鱼须上！"

他正要往下说佛法，他的院里一阵喧哗。他立起来，听了听。"噢，大概是二小姐回来了！昨天她上北海去玩，大概是街上一乱，北海关了前后门，把她关在里边了。内人很不放心，我倒没怎么慌张，修佛的人就有这样好处，心里老是晕晕忽忽的，不着急，不发慌；佛会替咱们安排一切！好，我看看去，咱们改天再畅谈。"说罢，他脸上镇定而脚步相当快的往外走。

祁家弟兄往外相送。瑞宣看了三弟一眼，三弟的脸红了一小阵儿。

已到门口，冠先生很恳切的，低声的向瑞宣说："不要发慌！就是日本人真进了城，咱们也有办法！有什么过不去的事，找我来，咱们是老邻居，应当互助！"

四

天很热，而全国的人心都凉了，北平陷落！

李四爷立在槐荫下，声音凄惨的对大家说："预备下一块白布吧！万一非挂旗不可，到时候用胭脂涂个红球就行！庚子年，我们可是挂过！"他的身体虽还很强壮，可是今天他感到疲乏。说完话，他蹲在了地上，呆呆的看着一条绿槐虫儿。

李四妈在这两天里迷迷忽忽的似乎知道有点什么危险，可是始终也没细打听。今天，她听明白了是日本兵进了城，她的大近视眼连连的眨巴，脸上白了一些。她不再骂她的老头子，而走出来与他蹲在了一处。

拉车的小崔，赤着背出来进去的乱晃。今天没法出车，而家里没有一粒米。晃了几次，他凑到李老夫妇的跟前："四奶奶！您还得行行好哇！"

李四爷没有抬头，还看着地上的绿虫儿。李四妈，不像平日那么哇啦哇啦的，用低微的声音回答："待一会儿，我给你送二斤杂合面儿去！"

"那敢情好！我这儿谢谢四奶奶啦！"小崔的声音也不很高。

"告诉你，好小子，别再跟家里的吵！日本鬼子进了城！"李四妈没说完，叹了口气。

剃头匠孙七并不在剃头棚子里耍手艺，而是在附近一带的铺户作包月活。从老手艺的水准说，他对打眼、掏耳、捶背和刮脸，都很出色。对新兴出来的花样，像推分头、烫发什么的，他都不会，也不屑于去学——反正他做买卖家的活是用不着这一套新手艺的。今天，铺子都没开市，他在家中喝了两盅闷酒，脸红扑扑的走出来。借着点酒力，他想发发牢骚：

"四太爷！您是好意。告诉大伙儿挂白旗，谁爱挂谁挂，我孙七可就不能挂！我恨日本鬼子！我等着，他们敢进咱们的小羊圈，我教他们知道知道我孙七的厉害！"

要搁在平日，小崔一定会跟孙七因辩论而吵起来；他们俩一向在辩论天下大事的时候是死对头。现在，李四爷使了个眼神，小崔一声没出的躲开。孙七见小崔走开，颇觉失望，可是还希望李老者跟他闲扯几句，李四爷一声也没出。孙七有点不得劲儿。待了好大半天，李四爷抬起头来，带着厌烦与近乎愤怒的神气说："孙七！回家睡觉去！"孙七，虽然有点酒意，也不敢反抗李四爷，笑了一下，走回家去。

六号没有人出来。小文夫妇照例现在该吊嗓子，可是没敢出声。刘师傅在屋里用力的擦自己的一把单刀。

头上已没有了飞机，城外已没有了炮声，一切静寂。只有响晴的天上似乎有一点什么波动，随人的脉搏轻跳，跳出一些金的星，白的光。亡国的晴寂！

瑞宣，胖胖的，长得很像父亲。不论他穿着什么衣服，他的样子老是那么自然、文雅。这个文文雅雅的态度，在祁家是独一份儿。祁老太爷和天佑是安分守己的买卖人，他们的举止言谈都毫无掩饰的露出他们的本色。瑞丰受过教育，而且有点不大看得起祖父与父亲，所以他拼命往文雅、时髦里学。可是，因为学的过火，他老显出点买办气或市侩气；没得到文雅，反失去家传的纯朴。老三瑞全是个愣小子，毫不关心哪是文雅，哪是粗野。只有瑞宣，不知从何处学来的，或者学也不见就学得到，老是那么温雅自然。同他的祖父、父亲一样，他做事非常的认真。但是，在认真中——这就与他的老人们不同了——他还很自然，不露出剑拔弩张的样子。他很俭省，不虚花一个铜板，但是他也很大方——在适当的地方，他不打算盘。在他心境不好的时候，他像一片春阴，教谁也能放心，不会有什么狂风暴雨。在他快活的时候，他也只有微笑，好像是笑他自己为什么要快活的样子。

他很用功，对中国与西欧的文艺都有相当的认识。可惜他没机会或财力，去到外国求深造。在学校教书，他是顶好的同事与教师，可不是顶可爱的，因为他对学生的功课一点也不马虎，对同事们的应酬也老是适可而止。他对任何人都保持着个相当的距离。他不故意的冷淡谁，也不肯绕着弯子去巴结人。他是凭本事吃饭，无须故意买好儿。

在思想上，他与老三很接近，而且或者比老三更深刻一点。所以，在全家中，他只与老三说得来。可是，与老三不同，他不愿时常发表他的意见。这并不是因为他骄傲，不屑于对牛弹琴，而是他心中老有点自愧——他知道的是甲，而只能做到乙，或者甚至于只到丙或丁。他似乎有点女性，在行动上他总求全盘的体谅。举个例说：在他到了该结婚的年纪，他早已知道什么恋爱神圣，结婚自由那一套。可是他娶了父亲给他定下的"韵梅"。他知道不该把一辈子拴在个他所不爱的女人身上，但是他又不忍看祖父、父母的泪眼与愁容。他替他们想，也替他的未婚妻想。想过以后，他明白了大家的难处，而想得到全盘的体谅。他只好娶了她。他笑自己这样的软弱。同时，赶到他一看祖父与父母的脸上由忧愁改为快活，他又感到一点骄傲——自我牺牲的骄傲。

当下过雪后，他一定去上北海，爬到小白塔上，去看西山的雪峰。在那里，他能一气立一个钟头。那白而远的山峰把他的思想引到极远极远的地方去。他愿意摆脱开一切俗事，到深远的山中去读书，或是乘着大船，在海中周游世界一遭。赶到不得已的由塔上下来，他的心便由高山与野海收回来，而想到他对家庭与学校的责任。他没法卸去自己的人世间的责任而跑到理想的世界里去。于是，他顺手儿在路上给祖父与小顺儿买些点心，像个贤孙慈父那样婆婆妈妈的！好吧，既不能远走高飞，便回家招老小一笑吧！他的无可如何的笑纹又摆在他冻红了的脸上。

他几乎没有任何嗜好。黄酒，他能喝一斤。可是非到过年过节的时候，决不动酒。他不吸烟。茶和水并没有什么分别。他的娱乐只有帮着祖父种种花，和每星期到"平安"去看一次或两次电影。他的看电影有个实际的目的：他的英文很不错，可是说话不甚流利，所以他愿和有声片子去学习。每逢他到"平安"去，他总去的很早，好买到前排的座位——既省钱，又得听。坐在那里，他连头也不回一次，因为他知道二爷瑞丰夫妇若也在场，就必定坐头等座儿；他不以坐前排为耻，但是倒怕老二夫妇心里不舒服。

北平陷落了，瑞宣像个热锅上的蚂蚁，出来进去，不知道要做什么好。他失去了平日的沉静，也不想去掩饰。出了屋门，他仰头看看天，天是那么晴朗美丽，他知道自己还是在北平的青天底下。一低头，仿佛是被强烈的阳光闪的，眼前黑了一小会儿——天还是那么晴蓝，而北平已不是中国人的了！他赶紧走回屋里去。到屋里，他从平日积蓄下来的知识中，去推断中日的战事与世界的关系。忽然听到太太或小顺儿的声音，他吓了一跳似的，从世界大势的阴云中跳回来：他知道中日的战争必定会使世界的地理与历史改观，可是摆在他面前的却是这一家老少的安全与吃穿。祖父已经七十多岁，不能再去出力挣钱。父亲挣钱有限，而且也是五十好几的人。母亲有病，禁不起惊慌。二爷的收入将将够他们夫妇俩花的，而老三还正在读书的时候。天下太平，他们都可以不愁吃穿，过一份无灾无难的日子。今天，北平亡了，该怎么办？平日，他已是当家的；今天，他的责任与困难更要增加许多倍！在一方面，他是个公民，而且是个有些知识与能力的公民，理当去给国家做点什么，在这国家有了极大危难的时候。在另一方面，一家老的老，小的小，平日就依仗着他，现在便更需要他。他能甩手一走吗？不能！不能！可是，不走便须在敌人脚底下做亡国奴，他不能受！不能受！

出来进去，出来进去，他想不出好主意。他的知识告诉他那最高的责任，他的体谅又逼着他去顾虑那最迫切的问题。他想起文天祥、史可法和许多许多的民族英雄，同时也想起杜甫在流离中的诗歌。

老二还在屋中收听广播——日本人的广播。

老三在院中把脚跳起多高："老二，你要不把它关上，我就用石头砸碎了它！"

小顺儿吓愣了，忙跑到祖母屋里去。祖母微弱的声音叫着："老三！老三！"

瑞宣一声没出的把老三拉到自己的屋中来。

哥儿俩对愣了好大半天，都想说话，而不知从何处说起。老三先打破了沉寂，叫了声："大哥！"瑞宣没有答应出来，好像有个枣核堵住了他的嗓子。老三把想起来的话又忘了。

屋里，院中，到处，都没有声响。天是那么晴，阳光是那么亮，可是整个的大城——九门紧闭——像晴光下的古墓！忽然的，远处有些声音，像从山上往下轱辘石头。

"老三，听！"瑞宣以为是重轰炸机的声音。

"敌人的坦克车，在街上示威！"老三的嘴角上有点为阻拦嘴唇颤动的惨笑。

老大又听了听："对！坦克车！辆数很多！哼！"他咬住了嘴唇。

坦克车的声音更大了，空中与地上都在颤抖。

最爱和平的中国的最爱和平的北平，带着它的由历代的智慧与心血而建成的湖山、宫殿、坛社、寺宇、宅园、楼阁与九条彩龙的影壁，带着它的合抱的古柏、倒垂的翠柳、白玉石的桥梁与四季的花草，带着它的最轻脆的语言、温美的礼貌、诚实的交易、徐缓的脚步与唱给宫廷听的歌剧……不为什么，不为什么，突然的被飞机与坦克强奸着它的天空与柏油路！

"大哥！"老三叫了声。

街上的坦克，像几座铁矿崩炸了似的发狂的响着，瑞宣的耳与心仿佛全聋了。

"大哥！"

"啊？"瑞宣的头偏起一些，用耳朵来找老三的声音。"噢！说吧！"

"我得走！大哥！不能在这里做亡国奴！"

"啊？"瑞宣的心还跟着坦克的声音往前走。

"我得走！"瑞全重了一句。

"走？上哪儿？"

坦克的声音稍微小了一点。

"上哪儿都好，就是不能在太阳旗下活着！"

"对！"瑞宣点了点头，胖脸上起了一层小白疙瘩。"不过，也别太忙吧？谁知道事情准变成什么样子呢。万一过几天'和平'解决了，岂不是多此一举？你还差一年才能毕业！"

"你想，日本人能叼住北平，再撒了嘴？"

"除非把华北的利益全给了他！"

"没了华北，还有北平？"

瑞宣愣了一会儿，才说："我是说，咱们允许他用经济侵略，他也许收兵。武力侵略没有经济侵略那么合算。"

坦克车的声音已变成像远处的轻雷。

瑞宣听了听，接着说："我不拦你走，只是请你再稍等一等！"

"要等到走不了的时候，可怎么办？"

瑞宣叹了口气："哼！你……我永远走不了！"

"大哥，咱们一同走！"

瑞宣的浅而惨的笑又显露在抑郁的脸上："我怎么走？难道叫这一家老小都……"

"太可惜了！你看，大哥，数一数，咱们国内像你这样受过高等教育，又有些本事的人，可有多少？"

"我没办法！"老大又叹了口气，"只好你去尽忠，我来尽孝了！"

这时候，李四爷已立起来，轻轻的和白巡长谈话。白巡长已有四十多岁，脸上剃得光光的，看起来还很精神。他很会说话，遇到住户们打架拌嘴，他能一面挖苦，一面恫吓，而把大事化小，小事化无。因此，小羊圈一带的人们都怕他的利口，而敬重他的好心。

今天，白巡长可不十分精神。他深知道自己的责任是怎样的重大——没有巡警就没有治安可言。虽然他只是小羊圈这一带的巡长，可是他总觉得整个的北平也多少是他的。他爱北平，更自傲能做北平城内的警官。可是，今天北平被日本人占据了；从此他就得给日本人维持治安了！论理说，北平既归了外国人，就根本没有什么治安可讲。但是，他还穿着那身制服，还是巡长！他不大明白自己是干什么呢！

"你看怎样呀？巡长！"李四爷问，"他们能不能乱杀人呢？"

"我简直不敢说什么，四大爷！"白巡长的语声很低，"我仿佛是教人家给扣在大缸里啦，看不见天地！"

"咱们的那么多的兵呢？都哪儿去啦？"

"都打仗来着！打不过人家呀！这年月，打仗不能专凭胆子大，身子棒啦！人家的枪炮厉害，有飞机坦克！咱们……"

"那么，北平城是丢铁了？"

"大队坦克车刚过去，你难道没听见？"

"铁啦？"

"铁啦！"

"怎么办呢？"李四爷把声音放得极低，"告诉你，巡长，我恨日本鬼子！"

巡长向四外打了一眼："谁不恨他们！得了，说点正经的：四大爷，你待会儿到祁家、钱家去告诉一声，教他们把书什么的烧一烧。日本人恨念书的人！家里要是存着三民主义或是洋文书，就更了不得！我想这条胡同里也就是他们两家有书，你去一趟吧！我不好去——"巡长看了看自己的制服。

李四爷点头答应。白巡长无精打采的向葫芦腰里走去。

四爷到钱家拍门，没人答应。他知道钱先生有点古怪脾气，又加上在这兵荒马乱的时候不便惹人注意，所以等了一会儿就上祁家来。

祁老人的诚意欢迎，使李四爷心中痛快了一点。为怕因祁老人提起陈谷子烂芝麻而忘了正事，他开门见山的说明了来意。祁老人对书籍没有什么好感，不过书籍都是钱买来的，烧了未免可惜。他打算教孙子们挑选一下，把该烧的卖给"打鼓儿的"①好了。

"那不行！"李四爷对老邻居的安全是诚心关切着的，"这两天不会有打鼓儿的；就是有，他们也不敢买书！"说完，他把刚才没能叫开钱家的门的事也告诉了祁老者。

① 打鼓儿的，指旧社会手中打着小皮鼓串街买破旧东西的人。

祁老者在院中叫瑞全："瑞全，好孩子，把洋书什么的都烧了吧！都是好贵买来的，可是咱们能留着它们惹祸吗？"

老三对老大说："看！焚书坑儒！你怎样？"

"老三，你说对了！你是得走！我既走不开，就认了命！你走！我在这儿焚书，挂白旗，当亡国奴！"老大无论如何再也控制不住自己，他落了泪。

"听见没有啊，小三儿？"祁老者又问了声。

"听见了！马上就动手！"瑞全不耐烦的回答了祖父，而后小声的向瑞宣说："大哥！你要是这样，教我怎好走开呢？"

瑞宣用手背把泪抹去："你走你的，老三！要记住，永远记住，你家的老大并不是个没出息的人……"他的嗓子里噎了几下，不能说下去。

五

瑞全把选择和焚烧书籍的事交给了大哥。他很喜爱书，但是现在他觉得自己与书的关系已不十分亲密了。他应该放下书而去拿起刀枪。他爱书，爱家庭，爱学校，爱北平，可是这些已并不再在他心中占有重要的地位。青年的热血使他的想象飞驰。他，这两天，连做梦都梦到逃亡。他还没有能决定怎样走和向哪里走，可是他的心似乎已从身中飞出去；站在屋里或院中，他看见了高山大川、鲜明的军旗、凄壮的景色与血红的天地。他要到那有鲜血与炮火的地方去跳跃、争斗。在那里，他应该把太阳旗一脚踢开，而把青天白日旗插上，迎着风飘荡！

被压迫百多年的中国产生了这批青年，他们要从家庭与社会的压迫中冲出去，成个自由的人。他们也要打碎民族国家的铐镣，成个能挺着胸在世界上站着的公民。他们没法有滋味的活下去，除非他们能创造出新的中国史。他们的心声就是反抗。瑞全便是其中的一个。他把中国几千年来视为最神圣的家庭，只当作一种生活的关系。到国家在呼救的时候，没有任何障碍能拦阻得住他应声而至；像个羽毛已成的小鸟，他会毫无恋栈的离巢飞去。

祁老人听李四爷说叫不开钱家的门，很不放心。他知道钱家有许多书。他打发瑞宣去警告钱先生，可是瑞全自告奋勇的去了。

已是掌灯的时候，门外的两株大槐像两只极大的母鸡，张着慈善的黑翼，仿佛要把下面的五六户人家都盖覆起来似的。别的院里都没有灯光，只有三号——小羊圈唯一的安了电灯的一家——冠家的院里灯光辉煌，像过年似的，把影壁上的那一部分槐叶照得绿里透白。瑞全在影壁前停了一会儿，才到一号去叫门。不敢用力敲门，他轻轻的叩了两下门环，又低声假嗽一两下，为是双管齐下，好惹起院内的注意。这样做了好多次，里面才低声的问了声："谁呀？"他听出来，那是钱伯伯的声音。

"我，瑞全！"他把嘴放在门缝上回答。

里面很轻很快的开了门。

门洞里漆黑，教瑞全感到点不安。他一时决定不了是进去还是不进去好。他只好先将来意说明，看钱伯伯往里请他不请！

"钱伯伯！咱们的书大概得烧！今天白巡长嘱咐李四爷告诉咱们！"

"进去说，老三！"钱先生一边关门，一边说。然后，他赶到前面来，"我领路吧，院里太黑！"

到了屋门口，钱先生教瑞全等一等，他去点灯。瑞全说不必麻烦。钱先生语声中带着点凄惨的笑："日本人还没禁止点灯！"

屋里点上了灯，瑞全才看到自己的四围都是长长短短的、黑糊糊的花丛。

"老三进来！"钱先生在屋中叫。瑞全进去，还没坐下，老者就问："怎样？得烧书？"

瑞全的眼向屋中扫视了一圈。"这些线装书大概可以不遭劫了吧？日本人恨咱们的读书人，更恨读新书的人；旧书或者还不至于惹祸！"

"噢！"钱默吟的眼闭了那么一下。"可是咱们的士兵有许多是不识字的，也用大刀砍日本人的头！对不对？"

瑞全笑了一下："侵略者要是肯承认别人也是人，也有人性，会发火，他就无法侵略了！日本人始终认为咱们都是狗，踢着打着都不哼一声的狗！"

"那是个最大的错误！"钱先生的胖短手伸了一下，请客人坐下。他自己也坐下，"我是向来不问国家大事的人，因为我不愿谈我所不深懂的事。可是，有人来亡我的国，我就不能忍受！我可以任着本国的人去发号施令，而不能看着别国的人来作我的管理人！"他的声音还像平日那么低，可是不像平日那么温柔。愣了一会儿，他把声音放得更低了些，说："你知道吗，我的老二今天回来啦！"

"二哥在哪儿呢？我看看他！"

"又走啦！又走啦！"钱先生的语声里似乎含着点什么秘密。

"他说什么来着？"

"他？"钱默吟把声音放得极低，几乎像对瑞全耳语呢，"他来跟我告别！"

"他上哪儿？"

"不上哪儿！他说，他不再回来了！教我在将来报户口的时候，不要写上他；他不算我家的人了！"钱先生的语声虽低，而眼中发着点平日所没有的光；这点光里含着急切、兴奋，还有点骄傲。

"他要干什么去呢？"

老先生低声的笑了一阵："我的老二就是个不爱线装书也不爱洋装书的人。可是他就不服日本人！你明白了吧？"

瑞全点了点头："二哥要跟他们干？可是，这不便声张吧？"

"怎么不便声张呢？"钱先生的声音忽然提高，像发了怒似的。

院中，钱太太咳嗽了两声。

"没事！我和祁家的老三说闲话儿呢！"钱先生向窗外说。而后，把声音又放低，对瑞全讲，"这是值得骄傲的事！我——一个横草不动、竖草不拿的人——会有这样的一个儿子，我还怕什么？我只会在文字中寻诗，我的儿子——一个开汽车的——可是会在国破家亡的时候用鲜血去作诗！我丢了一个儿子，而国家会得到一个英雄！什么时候日本人问到我的头上来：那个杀我们的是你的儿子？我就胸口凑近他们的枪刺，说：一点也不错！我还要告诉他们：我们还有多少多少像我的儿子的人呢！你们的大队人马来，我们会一个个的零削你们！你们在我们这里坐的车，住的房，喝的水，吃的饭，都会教你们中毒！中毒！"钱先生一气说完，把眼闭上，嘴唇上轻颤。

瑞全听愣了。愣着愣着，他忽然的立起来，扑过钱先生去，跪下磕了一个头："钱伯伯！我一向以为你只是个闲人，只会闲扯！现在……我给你道歉！"没等钱先生有任何表示，他很快的立起来，"钱伯伯，我也打算走！"

"走？"钱先生细细的看了看瑞全，"好！你应当走，可以走！你的心热，身体好！"

"你没有别的话说？"瑞全这时候觉得钱伯伯比任何人都可爱，比他的父母和大哥都更可爱。

"只有一句话！到什么时候都不许灰心！人一灰心便只看到别人的错处，而不看自己的消沉堕落！记住吧，老三！"

"我记住！我走后，只是不放心大哥！瑞宣大哥是那么有思想有本事，可是被家所累，没法子逃出去！在家里，对谁他也说不来，可是对谁他也要笑眯眯的像个当家人似的！我走后，希望伯伯你常常给他点安慰；他最佩服你！"

"那，你放心吧！咱们没法子把北平的一百万人都搬了走，总得有留下的。我们这走不开的老弱残兵也得有勇气，差不多和你们能走开的一样。你们是迎着炮弹往前走，我们是等着锁镣加到身上而不能失节！来吧，我跟你吃一杯酒！"

钱先生向桌底下摸了会儿，摸出个酒瓶来，浅绿，清亮，像翡翠似的——他自己泡的茵陈。不顾得找酒杯，他顺手倒了两半茶碗。一仰脖，他把半碗酒一口吃下，咂了几下嘴。

瑞全没有那么大的酒量，可是不便示弱，也把酒一饮而尽。酒力登时由舌上热到胸中。

"钱伯伯！"瑞全咽了几口热气才说，"我不一定再来辞行啦，多少要保守点秘密！"

"还辞行？老实说，这次别离后，我简直不抱再看见你们的希望！'风萧萧兮易水寒，壮士一去兮不复还！'"钱先生手按着酒瓶，眼中微微发了湿。

瑞全腹中的酒渐渐发散开，他有点发晕，想到空旷的地方去痛快的吸几口气："我走啦！"他几乎没敢再看钱先生就往外走。

钱先生还手按酒瓶愣着。直到瑞全走出屋门，他才追了上来。他一声没出的给瑞全开了街门，看着瑞全出去；而后，把门轻轻关好，长叹了一声。

瑞全的半碗酒吃猛了点，一着凉风，他的血流得很快，好像河水开了闸似的。立在槐树的黑影下，他的脑中像走马灯似的，许多许多似乎相关，又似乎不相关的景象，连续不断的疾驰。他看见这是晚饭后，灯火辉煌的时候，在煤市街、鲜鱼口那一带，人们带着酒臭与热脸，打着响亮满意的"嗝儿"，往戏园里挤。戏园里，在亮得使人头疼的灯光下，正唱着小武戏。一闪，他又看见：从东安市场，从北河沿，一对对的青年男女，倚着肩，眼中吐露出爱的花朵，向真光，或光陆，或平安电影场去；电影园放着呼噜呼噜响的音乐或情歌。他又看见北海水上的小艇，在灯影与荷叶中摇荡，中山公园中的古柏下坐着、走着摩登的士女。这时候，哪里都应当正在热闹，人力车、马车、电车、汽车，都在奔走响动。

一阵凉风把他的幻影吹走。他倾耳细听，街上没有一点声音。那最常听到的电车铃声与小贩的呼声，今天都一律停止。北平是在悲泣！

忽然的，槐树尖上一亮，像在梦中似的，他猛孤丁的看见了许多房脊。光亮忽然又闪开，眼前依旧乌黑，比以前更黑。远处的天上，忽然又划过一条光来，很快的来回闪动；而后，又是一条，与刚才的一条交叉到一处，停了一停；天上亮，下面黑，空中一个颤动的白的十字。星星失去了光彩，侵略者的怪眼由城外扫射着北平的黑夜。全城静寂，任着这怪眼——探照灯——发威！

瑞全的酒意失去了一半，脸上不知何时已经被泪流湿。他不是个爱落泪的人。可是，酒意，静寂，颤动的白光，与他的跳动的心，会合在一处，不知不觉的把泪逼出来。他顾不得去擦眼。有些泪在面上，他觉得心中舒服了一些。

三号的门开了。招弟小姐出来，立在阶上，仰着头向上找，大概是找那些白光呢。她是小个子,和她的爸爸一样的小而俊俏。她的眼最好看,很深的双眼皮,一对很亮很黑的眼珠,眼珠转到眶中的任何部分都显着灵动俏媚。假若没有这一对眼睛,她虽长得很匀称秀气,可就显不出她有什么特别引人注意的地方了。她的眼使她全身都灵动起来,她的眼把她所有的缺点都遮饰过去,她的眼能替她的口说出最难以表达的心意与情感,她的眼能替她的心与脑开出可爱的花来。尽管她没有高深的知识,没有什么使人佩服的人格与行动,可是她的眼会使她征服一切;看见她的眼,人们便忘了考虑别的,而只觉得她可爱。她的眼中的光会走到人们的心里,使人立刻发狂。

她现在穿着件很短的白绸袍,很短很宽,没有领子。她的白脖颈全露在外面,小下巴向上翘着;仿佛一个仙女往天上看有什么动静呢。院内的灯光照到大槐上,大槐的绿色又折到她的白绸袍上,给袍子轻染上一点灰暗,像用铅笔轻轻擦上的阴影。这点阴影并没能遮住绸子的光泽,于是,光与影的混合使袍子老像微微的颤动,毛毛茸茸的像蜻蜓的翅翼在空中轻颤。

瑞全的心跳得更快了。他几乎没加思索,就走了过来。他走得极轻极快,像自天而降的立在她的面前。这,吓了她一跳,把手放在了胸口上。

"你呀?"她把手放下去,一双因惊恐而更黑更亮的眼珠定在了他的脸上。

"走一会儿去?"瑞全轻轻的说。

她摇了摇头,而眼中含着点歉意的说:"那天我就关在了北海一夜,不敢再冒险了!"

"咱们是不是还有逛北海的机会呢?"

"怎么没有?"她把右手扶在门框上,脸儿稍偏着点问。

瑞全没有回答她。他心中很乱。

"爸爸说啦,事情并不怎么严重!"

"噢!"他的语气中带着惊异与反感。

"瞧你这个劲儿!进来吧,咱们凑几圈小牌,好不好?多闷得慌啊!"她往前凑了一点。

"我不会！明天见吧！"像往前带球似的，他三两步跑到自己家门前。开开门，回头看了一眼，她还在那里立着呢。他想再回去和她多谈几句，可是像带着怒似的，梆的一声关上门。

他几乎一夜没能睡好。在理智上，他愿坚决的斩断一切情爱——男女、父母、兄弟、朋友的——而把自己投在战争的大浪中，去尽自己的一点对国家的责任。可是，情爱与爱情——特别是爱情——总设法挤入他的理智，教他去给自己在无路可通的地方开一条路子。他想：假若他能和招弟一同逃出北平去，一同担任起抗战中的工作，够多么美好！他对自己起誓，他决定不能在战争未完的时候去讲恋爱。他只希望有一个自己所喜爱的女友能同他一道走，一同工作。能这样，他的工作就必定特别的出色！

招弟的语言、态度，教他极失望。他万没想到在城池陷落的日子，她还有心想到打牌！

再一想，他就又原谅了招弟，而把一切罪过都加到她的父母身上去。他不能相信她的本质就是不堪造就的。假若她真爱他的话，他以为必定能够用言语、行为和爱情，把她感化过来，教她成个有用的小女人。

噢！即使她的本质就不好吧，她还可爱！每逢一遇到她，他就感到他的身与心一齐被她的黑眼睛吸收了去；她是一切，他什么也不是。他只感到快活，温暖，与任何别人所不能给他的一种生命的波荡。在她的面前，他觉得他是荷塘里，伏在睡莲的小圆叶上的一个翠绿的嫩蛙。他的周围全是香、美与温柔！

去她的吧！日本人已入了城，还想这一套？没出息！他闭紧了眼。

但是，他睡不着。由头儿又想了一遍，还是想不清楚。

想过了一遍，两遍，三遍，他自己都觉得不耐烦了，可是还睡不着。

他开始替她想：假若她留在北平，她将变成什么样子呢？说不定，她的父亲还会因求官得禄而把她送给日本人呢！想到这里，他猛的坐了起来。教她去伺候日本人？教她把美丽，温柔，与一千种一万种美妙的声音、眼神、动作，都送给野兽？

不过，即使他的推测不幸而变为事实，他又有什么办法呢？还是得先打出日本鬼子去吧？他又把脊背放在了床上。

头一遍鸡鸣！他默数着一、二、三、四……

六

有许多像祁老者的老人，希望在太平中度过风烛残年，而被侵略者的枪炮打碎他们的希望。即使他们有一份爱国的诚心，可是身衰气败，无能为力。他们只好忍受。忍受到几时？是否能忍受得过去？他们已活了六七十年，可是剩下的几年却毫不能自主；即使他们希望不久就入墓，而墓地已经属于敌人！他们不知如何是好！

有许多像祁天佑的半老的人，事业已经固定，精力已剩了不多，他们把自己的才力已看得十分清楚，只求在身心还未完全衰老的时候再努力奔忙几年，好给儿孙打下一点生活的基础，而后再——假若可能——去享几年清福。他们没有多少野心，而只求在本分中凭着努力去挣得衣食与家业。可是，敌人进了他们的城；机关，学校，商店，公司……一切停闭。离开北平？他们没有任何准备，而且家庭之累把他们牢牢的拴在屋柱上。不走？明天怎办呢？他们至少也许还有一二十年的生命，难道这么长的光阴都要像牛马似的，在鞭挞下度过去？他们不晓得怎样才好！

有许多像祁瑞宣的壮年人，有职业，有家庭，有知识，有爱国心，假若他们有办法，他们必定马上去奔赴国难，决不后人。他们深恨日本人，也知道日本人特别恨他们。可是，以瑞宣说吧，一家大小的累赘，像一块巨石压在他的背上，使他抬不起头来，眼老盯在地上，尽管他想飞腾，可是连动也动不得。现在，学校是停闭了，还有开学的希望没有？不知道！即使开学，他有什么脸去教学生呢？难道他上堂去告诉年轻的学生们好好的当亡国奴？假若学校永远停闭，他便非另谋生路不可；可是，他能低首下心的向日本人或日本人的走狗讨饭吃吗？他不知怎样才好！

有许多像瑞全的青年人，假若手中有武器，他们会马上去杀敌。平日，他们一听到国歌便肃然起敬，一看到国旗便感到兴奋；他们的心一点也不狭小偏激，但是一提到他们的国家，他们便不由的，有一种近乎主观的、牢不可破的、不容有第二种看法的意见——他们以为他们自己的国家最好，而且希望它会永远完整，光明，兴旺！他们很自傲能够这样，因为这是历史上所没有过的新国民的气象。他们的自尊自傲，使他们没法子不深恨日本人，因为日本人几十年来天天在损伤他们国家的尊严，破坏他们的国土的完整；他们打算光荣的活着，就非首先反抗日本不可！这是新国民的第一个责任！现在，日本兵攻破他们的北平！他们宁愿去死，也不愿受这个污辱！可是，他们手中是空的；空着手是无法抵抗敌人的飞机与坦克的。既不能马上去厮杀，他们想立刻逃出北平，加入在城外作战的军队。可是，他们怎么走？向哪里走？事前毫无准备。况且，事情是不是可以好转呢？谁也不知道。他们都是学生，知道求学的重要；假若事情缓和下去，而他们还可以继续求学，他们就必定愿意把学业结束了，而后把身心献给国家。他们着急，急于知道个究竟，可是谁也不能告诉他们预言。他们不知怎样才好！

有许多小崔，因为北平陷落而登时没有饭吃；有许多小文夫妇，闭上了他们的口，不能再歌舞升平；有许多孙七，诟骂着日本人而没有更好的方法发泄恶气；有许多刘师傅想着靠他们的武艺和日本小鬼去拼一拼，可是敌人的坦克车在柏油路上摆开，有一里多地长；有许多……谁都有吃与喝那样的迫切的问题，谁都感到冤屈与耻辱，他们都在猜测事情将要怎样变化——谁都不知怎样才好！

整个的北平变成了一只失去舵的孤舟，在野水上飘荡！舟上的人们，谁都想做一点有益的事情，而谁的力量也不够拯救他自己的。人人的心中有一团苦闷的雾气。

玉泉山的泉水还闲适的流着，积水滩、后海、三海的绿荷还在吐放着清香；北面与西面的青山还在蓝而发亮的天光下面雄伟的立着；天坛公园中的苍松翠柏还伴着红墙金瓦构成最壮美的景色；可是北平的人已和北平失掉了往日的关系；北平已不是北平人的北平了。在苍松与金瓦的上面，悬着的是日本旗！人们的眼，画家的手，诗人的心，已经不敢看、不敢画、不敢想北平的雄壮伟丽了！北平的一切已都涂上耻辱与污垢！人们的眼都在相互的问："怎么办呢？"而得到的回答只是摇头与羞愧！

只有冠晓荷先生的心里并没感觉到有什么不舒服。他比李四爷、小崔、孙七、刘师傅……都更多知道一些什么"国家""民族""社会"这类的名词，遇到机会，他会运用这些名词去登台讲演一番。可是，小崔们虽然不会说这些名词，心里却有一股子气儿，一股子不服人的，特别不服日本人的，气儿。冠先生，尽管嘴里花哨，心中却没有这一股子气。他说什么，与相信什么，完全是两回事。他口中说"国家民族"，他心中却只知道他自己。他自己是一切。他自己是一颗光华灿烂的明星，大赤包与尤桐芳和他的女儿是他的卫星——小羊圈三号的四合房是他的宇宙。在这个宇宙里，做饭、闹酒、打牌、唱戏、穿好衣服，彼此吵嘴闹脾气，是季节与风雨。在这个宇宙里，国家民族等等只是一些名词；假若出卖国家可以使饭食更好，衣服更漂亮，这个宇宙的主宰——冠晓荷——连眼也不眨巴一下便去出卖国家。在他心里，生命就是生活，而生活理当奢华舒服。为达到他的理想生活水准，他没有什么不可以做的事。什么都是假的，连国家民族都是假的，只有他的酒饭、女人、衣冠与金钱，是真的。

从老早，他就恨恶南京，因为国民政府始终没有给他一个差事。由这点恨恶向前发展，他也就看不起中国。他觉得中国毫无希望，因为中国政府没有给他官儿做！再向前发展，他觉得英国法国都可爱，假若英国法国能给他个官职。现在，日本人攻进了北平；日本人是不是能启用他呢？想了半天，他的脸上浮起点笑意，像春风吹化了的冰似的，渐渐的由冰硬而露出点水汪汪的意思来。他想：日本人一时绝难派遣成千成万的官吏来，而必然要用些不抗日的人们去办事。那么，他便最有资格去做事，因为凭良心说，他向来没存过丝毫的抗日的心思。同时，他所结交的朋友中有不少是与日本人有相当的关系的，他们若是帮助日本人去办事，难道还能剩下他吗？想到这里，他对着镜子看了看自己，觉得印堂确是发亮，眼睛也有光。他好像记得西河沿福来店的大相士神仙眼说过，他就在这二年里有一步好运。对着镜子，他喊了一声："桐芳！"他看到自己喊人的口形是颇有些气派，也听到自己的声音是清亮而带着水音儿，他的必能走好运的信心当时增高了好几倍。

"干吗呀？"桐芳娇声细气的在院里问。

因为自己心里高兴，他觉得她的声音特别的甜美好听，而且仿佛看到了她的永远抹得鲜红而范围扩大的嘴唇。他好像受了她的传染，声音也带着几分甜美与尖锐：

"那回神仙眼说我哪一年交好运来着？"问罢，他偏着点头，微笑的等她回答。

"就是今年吧？"她刚说完，马上又把那个"吧"字取缔了，"就是今年！今年不是牛年吗？"

"是牛年！他说我牛年交运啊？"

"一点不假，我记得死死的！"

他没再说什么，而觉得心中有一股热气直往上冲腾。他不便说出来，而心里决定好：日本人是可爱的，因为给他带来好运！

在全城的人都惶惑不安的时节，冠晓荷开始去活动。在他第一次出门的时候，他的心中颇有些不安。街上重要的路口，像四牌楼、新街口和护国寺街口，都有武装的日本人站岗，枪上都上着明晃晃的刺刀。人们过这些街口，都必须向岗位深深的鞠躬。他很喜欢鞠躬，而且很会鞠日式的躬；不过，他身上并没有什么特别的证章或标志，万一日本兵因为不认识他而给他一些麻烦呢？人家日本人有的是子弹，随便闹着玩也可以打死几个人呀！还有，他应当怎样出去呢？是步行呢？还是把小崔叫过来，做他的暂时的包车夫呢？假若步行到阔人的家里去，岂不被人耻笑？难道冠晓荷因为城亡了就失去坐车的身分？假若坐车呢，万一过十字路口，碰上日本兵可怎么办呢？坐在车上安然不动，恐怕不行吧？这倒是个问题！

想了好久，他决定坐小崔的车出去。把小崔叫来，冠先生先和他讲条件：

"小崔，这两天怎么样？"

小崔，一个脑袋像七棱八瓣的倭瓜的年轻小伙子，没有什么好气儿的回答：

"怎么样？还不是饿着！"不错，冠先生确是小崔的主顾，可是小崔并不十分看得起冠先生。

"得啦，"冠先生降格相从的一笑，"今天不至于饿着了，拉我出去吧！"

"出去？城外头还开着炮哪！"小崔并不十分怕大炮，他倒是心中因怀疑冠先生要干什么去而有些反感。他不准知道冠先生出去做什么，但是他确能猜到：在这个炮火连天的时候要出去，必定是和日本人有什么勾结。他恨在这时候与日本人有来往的人。他宁可煞一煞腰带，多饿一两顿，也不愿拉着这样的人去满街飞跑！生活艰苦的人，像小崔，常常遇到人类和其他的一切动物最大的忧患——饥饿。可是，因为常常的碰上它，他们反倒多了一些反抗的精神；积极的也好，消极的也好，他们总不肯轻易屈服。

冠先生，可是不明白这点道理，带着骄傲与轻蔑的神气，他说："我不教你白拉，给你钱！而且，"他轻快的一仰下巴颏，"多给你钱！平日，我给你八毛钱一天，今天我出一块！一块！"他停顿了一下，又找补上个"一块！"这两个字是裹着口水，像一块糖果似的，在口中咂着味儿说出来的。他以为这两个字一定会教任何穷人去顶着枪弹往前飞跑的。

"车厂子都关着呢，我哪儿赁车去？再说……"小崔没往下说，而在倭瓜脸上摆出些不屑的神气来。

"算啦！算啦！"冠先生挂了气，"不拉就说不拉，甭绕弯子！你们这种人，就欠饿死！"

大赤包儿这两天既没人来打牌，又不能出去游逛，一脑门子都是官司。她已经和尤桐芳和两个女儿都闹过了气，现在想抓到机会另辟战场。仰着脸，挑着眉，脚步沉稳，而怒气包身，她像座轧路的汽辇子似的走进来。并没有看小崔（因为不屑于），她手指着冠先生：

"你跟他费什么话呢？教他滚蛋不就结啦！"

小崔的倭瓜脸上发了红。他想急忙走出去，可是他管不住了自己。平日他就讨厌大赤包，今天在日本鬼子进城的时节，他就觉得她特别讨厌："说话可别带脏字儿，我告诉你！好男不跟女斗，我要是还口，你可受不了！"

"怎么着？"大赤包的眼带着杀气对准了小崔的脸，像两个机关枪枪口似的。她脸上的黑雀斑一个个都透出点血色，紫红红的像打了花脸。"怎么着？"她稳而不怀善意的往前迈了两步。

"你说怎么着？"小崔一点也不怕她，不过心中可有点不大好受，因为他知道假若大赤包真动手，他就免不了吃哑叭亏，她是个女的，他不能还手。

教小崔猜对了：大赤包冷不防的给了他一个气魄很大的嘴巴。他发了火："怎吗？打人吗？"可是，还不肯还手。北平是亡了，北平的礼教还存在小崔的身上，"要打，怎不去打日本人呢？"

"好啦！好啦！"冠先生觉得小崔挨了打，事情就该结束了，他过来把大赤包拉开，"小崔，你还不走？"

"走？新新！凭什么打人呢？你们这一家子都是日本人吗？"小崔立住不动。

二太太桐芳跑了进来。两只永远含媚的眼睛一扫，她已经明白了个大概。她决定偏向着小崔。一来，她是唱鼓书出身，同情穷苦的人们；二来，为反抗大赤包，她不能不袒护小崔："得了，小崔，好男不跟女斗。甭跟她生气！"

小崔听到这两句好话，气平了一点："不是呀，二太太！你听我说！"

"全甭说啦！我都明白！等过两天，外面消停了，你还得拉我出去玩呢！走吧，家去歇歇吧！"桐芳知道从此以后，大赤包决不再坐小崔的车，所以故意这么交代一番，以示反抗。

小崔也知道自己得罪了两个——冠先生和大赤包——照顾主儿，那么，既得到桐芳的同情与照应，也该见台阶就下："好啦，二太太，我都看在你的面上啦！"说完，手摸着热辣辣的脸，往外走。

约摸着小崔已走到门口，冠先生才高声的声明："这小子，给脸不要脸！你看着，从此再不坐他的车！"说罢，他在屋中很快的来回走了两趟，倒好像是自己刚刚打完人似的那样发着余威！

"算啦吧，你！"大赤包发着真正的余威，"连个拉车的你都治不了，你没长着手吗？你家里的小妖精帮着拉车的说话，你也不敢哼一声，你看你，还像个男子汉大丈夫！多咱你的小婆子跟拉车的跑了，你大概也不敢出一声，你个活王八！"

她的话里本也骂到桐芳，可是桐芳已躲到自己屋里去。像得了胜的蟋蟀似的在盆儿里暗自得意。

冠晓荷微笑的享受着这绝对没有乐音的叫骂，决定不还口。他怕因为吵闹，说丧气话，而冲坏了自己的好运。他又走到镜子前，细细端详自己的印堂与眉眼：印堂的确发亮，他得到不少的安慰。

冠太太休息了一会儿，老声老气的问：

"你雇车干吗？难道这时候还跟什么臭女人拿约会吗？"

冠先生转过脸来，很俊美的一笑："我出去干点正经的，我的太太！"

"你还有什么正经的？十来年了，你连屁大的官儿都没做过！"

"这就快做了啊！"

"怎吗？"

"一朝天子一朝臣，你还不明白吗？"

"嗯！"大赤包由鼻孔里透出点不大信任他的声音与意思。可是，很快的她又"嗯"了一下，具有恍然大悟的表示。她马上把嘴唇并上，嘴角下垂，而在鼻洼那溜儿露出点笑意。她的喜怒哀乐都是大起大落，整出整入的，只有这样说恼便恼，说笑就笑，才能表现出她的魄力与气派，而使她像西太后。

她的语声忽然变得清亮了："你为什么不早说！走，我跟你去！"

"咱们俩走着去？"

"不会叫汽车吗？"

"铺子都关着门哪！"

"就是铁门，我也会把它砸开！走！"

七

虽然孙七平日好和小崔闹别扭，及至小崔受了委屈，他可是真诚的同情小崔。

"怎么着？大赤包敢打人？"孙七——因为给人家剃过二十多年的头，眼睛稍微有点近视——眯着点眼问。

"他妈的，他们还没勾上日本鬼子呢，就这个样；赶明儿他们给小鬼子哑上××，还有咱们活的份儿吗？"小崔的声音故意放高，为是教三号的人们听见。

"他们也得敢！"孙七的声音也不低，"咱们走着瞧，光脚的还怕穿鞋的吗？"

孙七和小崔的联合攻击，教全胡同的人都晓得了冠家的活动。大家全不晓得国家大事要怎样演变，而一致的以为冠晓荷没有人味儿。

这点"舆论"不久便传到白巡长的耳中去。他把小崔调到个空僻的地方嘱咐了一番：

"你少说点话！这年月，谁也不准知道谁站在那儿呢，最好是别得罪人！听见没有？"

"听见了！"小崔，一个洋车夫，对巡警是向来没有什么好感的。白巡长可是个例外。多少次，他因酒后发酒疯，或因穷而发邪脾气，人家白巡长总是嘴里厉害，而心中憨厚，不肯把他带了走。因此，即使白巡长的话不能完全教他心平气和，他也勉强的遵从："白巡长，难道日本兵就这么永远占了北平吗？"

"那，我不知道。我就知道坏鬼们都快要抬头！"白巡长叹了口气。

"怎么？"

"怎么！你看哪，每打一次仗，小偷儿、私运烟土的和嘎杂子们①，就

———————————
① 嘎杂子们，指不正经、调皮胡闹的人。

都抖起来一回。我知道的清楚，因为我是干警察的。我们明明知道，可是不能管他们，你看，连我们自己还不知道明天是什么样儿呀！这次，就更不同了，来的是日本人，还有不包庇坏蛋琉璃球儿的？你看着吧，赶明儿大街上要不公然的吃喝烟土，你把咱的眼珠子挖了去！"

"那么从今以后就没有咱们好人走的路儿了？"

"好人？城全教人家给打下来了，好人又值几个铜板一个？不过，话得往回说，坏人尽管摇头摆尾的得意，好人还得做好人！咱们得忍着点，不必多得罪人，好鞋不踩臭狗屎，你明白我的话吧？"

小崔点了点头，而心中有点发糊涂。

事实上，连日本人也没把事情弄清楚。日本并不像英美那样以政治决定军事，也不像德意那样以军事决定政治。她的民族的性格似乎替她决定了一切。她有天大的野心，而老自惭腿短身量矮，所以尽管她有吞吃了地球的欲望，而不敢公然的提出什么主义，打起什么旗号。她只能在军人闯出祸来以后，才去找合适的欺人的名词与说法。她的政治是给军事擦屁股用的。

在攻陷北平以前，在北平，在天津，在保定，日本都埋伏下一些地痞流氓，替他们做那些绝对无耻，连她自己也不好意思承认的事情。及至北平攻陷，这些地痞流氓自然没有粉墨登场的资格与本领，而日本也并未准备下多少官吏来马上发号施令。所以，北平只是军事的占领，一切都莫名其妙的停顿下来。

小崔的腿、孙七的手、小文的嘴，都空闲起来。只有冠晓荷"马不停蹄"。可是，他并没奔走出什么眉目来。和大赤包转了两天，他开始明白，政治与军事的本营都在天津。北平是世界的城园、文物的宝库，而在政治与军事上，它却是天津的附属。策动侵华的日本人在天津，最愿意最肯帮助日本人的华人也在那里。假若天津是唱着文武带打的大戏，北平只是一出空城计。

可是，冠晓荷并不灰心。他十分相信他将要交好运，而大赤包的鼓励与协助，更教他欲罢不能。自从娶了尤桐芳以后，他总是与小太太串通一气，夹攻大赤包。大赤包虽然气派很大，敢说敢打敢闹，可是她的心地却相当的直爽，只要得到几句好话，她便信以为真的去原谅人。冠晓荷常常一方面暗中援助小太太，一方面给大赤包甜蜜的话听，所以她深恨尤桐芳，而总找出理由原谅她的丈夫。同时，她也知道在姿色上、在年龄上，没法与桐芳抗衡，所以原谅丈夫仿佛倒是一种无可奈何的败中取胜的办法。她交际，她热心的帮助丈夫去活动，也是想与桐芳争个各有千秋。这回在城亡国辱之际，除了凑不上手打牌，与不能出去看戏，她并没感到有什么可痛心的，也没想到晓荷的好机会来到。及至听到他的言论，她立刻兴奋起来。她看到了官职、金钱、酒饭与华美的衣服。她应当拼命去帮助丈夫，好教这些好东西快快到她的手中。她的热诚与努力，颇使晓荷感动，所以这两天他对太太特别的和蔼客气，甚至于善意的批评她的头发还少烫着几个鬏儿！这，使她得到不少的温暖，而暂时的与桐芳停了战。

第三天，她决定和晓荷分头出去。由前两天的经验，她晓得留在北平的朋友们都并没有什么很大的势力，所以她一方面教晓荷去找他们，多有些联络反正是有益无损的；在另一方面，她自己去另辟门路，专去拜访妇女们——那些在天津的阔人们的老太太、太太、姨太太或小姐，因为爱听戏或某种原因而留在北平的。她觉得这条路子比晓荷的有更多的把握，因为她既自信自己的本领，又知道运动官职地位是须走内线的。把晓荷打发走，她嘱咐桐芳看家，而教两个女儿也出去：

"你们也别老坐在家里白吃饭！出去给你爸爸活动活动！自从政府迁到南京，你爸爸就教人家给刷下来了；虽然说咱们没有挨过饿，可是坐吃山空，日子还长着呢，将来怎么办？乘着他还能蹦蹦跳跳的，乘着这个改朝换代的时机，咱们得众星捧月，把他抬出去！听明白没有？"

高第和招弟并不像妈妈那么热心。虽然她们的家庭教育教她们喜欢热闹、奢侈与玩乐，可是她们究竟是年轻一代的人；她们多少也知道些亡国的可耻。

招弟先说了话。她是妈妈的"老"女儿，所以比姐姐得宠。今天，因为怕日本兵挨家来检查，所以她只淡淡的敷了一点粉，而没有抹口红："妈，听说路上遇见日本兵，就要受搜查呢！他们专故意的摸女人的胸口！"

"教他们摸去吧！还能摸掉你一块肉！"大赤包一旦下了决心，是什么也不怕的。"你呢？"她问高第。

高第比妹妹高着一头，后影儿很好看，而面貌不甚美——嘴唇太厚，鼻子太短，只有两只眼睛还有时候显着挺精神。她的身量与脾气都像妈妈，所以不得妈妈的喜欢；两个硬的碰到一块儿，谁也不肯退让，就没法不碰出来火光。在全家中，她可以算作最明白的人，有时候她敢说几句他们最不爱听的话。因此，大家都不敢招惹她，也就都有点讨厌她。

"我要是你呀，妈，我就不能让女儿在这种时候出去给爸爸找官儿做！丢人！"高第把短鼻子纵成一条小硬棒子似的说。

"好！你们甭去！赶明儿你爸爸挣来钱，你们可别伸手跟他要啊！"大赤包一手抓起刺绣的手提包，一手抓起小檀香骨的折扇，像战士冲锋似的走出去。

"妈！"招弟把娘叫住。"别生气，我去！告诉我上哪儿？"

大赤包匆忙的由手提包里拿出一张小纸和几块钱的钞票来。指着纸条，她说："到这几家去！别直入公堂的跟人家求事，明白吧？要顺口答音的探听有什么路子可走！你打听明白了，明天我好再亲自去。我要是一个人跑得过来，决不劳动你们小姐们！真！我跑酸了腿，决不为我自己一个人！"

交代完，大赤包口中还唧唧咕咕的叨唠着走出去。招弟手中拿着那张小纸和几张钞票，向高第吐了吐舌头。"得！先骗过几块钱来再说！姐姐，咱们俩出去玩会儿好不好？等妈妈回来，咱们就说把几家都拜访了，可是都没有人在家，不就完啦。"

"上哪儿去玩。还有心情去玩？"高第皱着眉说。

"没地方去玩倒是真的！都是臭日本鬼子闹的！"招弟撅着小嘴说，"也不知什么时候才能太平？"

"谁知道！招弟，假若咱们打不退日本兵，爸爸真去给鬼子做事，咱们怎办呢？"

"咱们？"招弟眨着眼想了一会儿，"我想不出来！你呢？"

"那，我就不再吃家里的饭！"

"哟！"招弟把脖儿一缩，"你净拣好听的说！你有挣饭吃的本事吗？"

"嗨！"高第长叹了一口气。

"我看哪，你是又想仲石了，没有别的！"

"我倒真愿去问问他，到底这都是怎么一回事！"

仲石是钱家那个以驶汽车为业的二少爷。他长得相当的英俊，在驶着车子的时候，他的脸蛋红红的，头发蓬松着，显出顶随便而又顶活泼的样子；及至把蓝布的工人服脱掉，换上便装，头发也梳拢整齐，他便又像个干净利落的小机械师。虽然他与冠家是紧邻，他可是向来没注意过冠家的人们，因为第一他不大常回家来，第二他很喜爱机械，一天到晚他不是耍弄汽车上的机件（他已学会修理汽车），便是拆开再安好一个破表，或是一架收音机；他的心里几乎没想过女人。他的未婚妻是他嫂子的叔伯妹妹，而由妈妈硬给他定下的。他看嫂子为人老实规矩，所以也就相信她的叔伯妹妹也必定错不了。他没反对家中给他定婚，也没怎样热心的要结婚。赶到妈妈问他"多咱办喜事啊"的时候，他总是回答："不忙！等我开了一座修理汽车行再说！"他的志愿是开这么一个小铺，自东自伙，能够装配一切零件。他愿意躺在车底下去摆弄那些小东西；弄完，看着一部已经不动的车又能飞快的跑起来，他就感到最大的欣悦。

有一个时期，他给一家公司开车，专走汤山。高第，有一次，参加了一个小团体，到汤山旅行，正坐的是仲石的车。她有点晕车，所以坐在了司机台上。她认识仲石，仲石可没大理会她。及至说起话来，他才晓得她是冠家的姑娘，而对她相当的客气。在他，这不过是情理中当然的举动，丝毫没有别的意思。可是，高第，因为他的模样的可爱，却认为这是一件罗曼司的开始。

高第有过不少的男友，但是每逢他们一看到招弟，便马上像蜂儿看到另一朵更香蜜的花似的，而放弃了她。她为这个和妹妹吵嘴，妹妹便理直气壮的反攻："我并不要抢你的朋友，可是他们要和我相好，有什么办法呢？也许是你的鼻子不大讨人喜欢吧？"这种无情的攻击，已足教高第把眼哭肿，而妈妈又在一旁敲打着："是呀，你要是体面点，有个人缘儿，能早嫁个人，也教我省点心啊！"妈妈的本意，高第也知道，是假若她能像妹妹一样漂亮，嫁个阔人，对冠家岂不有很大的好处么？

因此，高第渐渐的学会以幻想做安慰。她老想有朝一日，她会忽然的遇到一个很漂亮的青年男子，在最静僻的地方一见倾心，直到结婚的时候才教家中看看他是多么体面，使他们都大吃一惊。她需要爱；那么，既得不到，她便在脑中给自己制造。

遇见了仲石，她以为心里所想的果然可以成为事实！她的耳朵几乎是钉在了西墙上，西院里的一咳一响，都使她心惊。她耐心的，不怕费事的，去设尽心机打听钱家的一切，而钱家的事恰好又没多少人晓得。她从电话簿子上找到公司的地址，而常常绕着道儿到公司门外走来走去，希望能看到仲石，可是始终也见不到。越是这样无可捉摸，她越感到一种可爱的苦痛。她会用幻想去补充她所缺乏的事实，而把仲石的身世、性格、能力等等都填满，把他制造成个最理想的青年。

她开始爱读小说，而且自己偷偷的也写一些故事。哪一个故事也没能写得齐全，只是她的白字与错字却非常的丰富。故事中的男主角永远是仲石，女主角可有时候是她自己，有时候是招弟。遇到以招弟为女主角的时候，那必定是个悲剧。

招弟偷看了这些不成篇的故事。她是世界上第一个知道高第有这个秘密的。为报复姐姐使她做悲剧的主角，她时常以仲石为工具去嘲弄姐姐。在她看，钱家全家的人都有些古怪；仲石虽然的确是个漂亮青年，可是职业与身分又都太低。尽管姐姐的模样不秀美，可还犯不上嫁个汽车司机。在高第心中呢，仲石必是个能做一切、知道一切的人，而暂时的以开车为好玩，说不定哪一天他就会脱颖而出，变成个英雄或什么承受巨大遗产的财主，像小说中常见到的那样的人物。每逢招弟嘲讽她，她就必定很严肃的回答："我真愿意和他谈谈，他一定什么都知道！"

今天，招弟又提起仲石来，高第依然是那么严肃的回答，而且又补充上：

"就算他是个不折不扣的汽车夫吧，也比跪下向日本人求官做的强，强的多！"

<h2 style="text-align:center">八</h2>

祁瑞宣的心里很为难。八月中旬是祖父七十五岁的寿日。在往年，他必定叫三四桌有海参、整鸡、整鱼的三大件的席来，招待至亲好友，热闹一天。今年怎么办呢？这个事不能去和老人商议，因为一商议就有打算不招待亲友的意思，而老人也许在表面上赞同，心里却极不高兴——老人的年岁正像岁末的月份牌，撕一张就短一张，而眼看着已经只剩下不多的几张了；所以，老人们对自己的生日是特别注意的，因为生日与丧日的距离已没有好远。

"我看哪，"小顺儿的妈很费了一番思索才向丈夫建议，"还是照往年那么办。你不知道，今年要是鸦雀无声的过去，他老人家非病一场不可！你爱信不信！"

"至于那么严重？"瑞宣惨笑了一下。

"你没听见老人直吹风儿吗？"小顺儿的妈的北平话，遇到理直气壮振振有词的时候，是词汇丰富，而语调轻脆，像清夜的小梆子似的。"这两天不住的说，只要街上的铺子一下板子，就什么事也没有了。这不是说给咱们听哪吗？老人家放开桃儿（尽量的）活，还能再活几年，再说，咱们要是不预备下点酒儿肉儿的，亲戚朋友们要是来了，咱们岂不抓瞎？"

"他们会不等去请，自动的来，在这个年月？"

"那可就难说！别管天下怎么乱，咱们北平人绝不能忘了礼节！"

瑞宣没再言语。平日，他很自傲生在北平，能说全国遵为国语的话，能拿皇帝建造的御苑坛社作为公园，能看到珍本的书籍，能听到最有见解的言论，净凭耳熏目染，也可以得到许多见识。连走卒小贩全另有风度！今天，听到韵梅的话，他有点讨厌北平人了，别管天下怎么乱……唉，做了亡国奴还要庆寿！

"你甭管，全交给我得啦！哪怕是吃炒菜面呢，反正亲友来了，不至于对着脸儿发愣！老人家呢要看的是人，你给他山珍海味吃，他也吃不了几口！"小顺儿的妈说完，觉得很满意，用她的水灵的大眼睛扫射了一圈，仿佛天堂、人间、地狱，都在她的了解与管理中似的。

祁天佑回家来看看。他的脸瘦了一些，挂着点不大自然的笑容："铺户差不多都开了门，咱们可挑出了幌子去。有生意没生意的，开开门总觉得痛快点！"他含着歉意的向祁老人报告。

"开开门就行了！铺户一开，就有了市面，也就显着太平了！"祁老人的脸上也有了笑容。

和老父亲搭讪了几句，天佑到自己屋里看看老伴儿。她虽还是病病歪歪的，而心里很精细，问了国事，再问铺子的情形。天佑对国事不十分清楚，而只信任商会，商会一劝大家献捐，他就晓得是要打仗；商会一有人出头维持治安，他便知道地面上快消停了。这次，除了商会中几个重要人物做些私人的活动，商会本身并没有什么表示，而铺户的开市是受了警察的通告的。因此，天佑还不能肯定的说大局究竟如何。

至于买卖的好坏，那要完全依着治乱而决定，天佑的难处就在因为不明白时局究竟如何，而不敢决定是否马上要收进点货物来。

"日本鬼子进了城，一时不会有什么生意。生意淡，货价就得低，按理说我应当进点货，等时局稍微一平静，货物看涨，咱们就有个赚头！可是，我自己不敢做主，东家们又未必肯出钱，我只好愣着！我心里不用提有多么不痛快了！这回的乱子和哪一回都不同，这回是日本鬼子打咱们，不是咱们自己打自己，谁知道他们会拉什么屎呢？"

"过一天算一天吧，你先别着急！"

"我别着急？铺子赚钱，我才能多分几个！"

"天塌砸众人哪，又有什么法儿呢？"

说到这里，瑞宣进来了，提起给祖父做寿的事。父亲皱了皱眉。在他的心里，给老父亲做寿差不多和初二十六祭财神一样，万不能马虎过去。但是，在这日本兵刚刚进了城的时候，他实在打不起精神来。想了半天，他低声的说："你看着办吧，怎办怎好！"瑞宣更没了主意。

大家愣住了，没有话说，虽然心里都有千言万语。这时候，隔壁小文拉起胡琴来，小文太太像在城根喊嗓子那样，有音无字的咿——咿——啊——啊——了几声。

"还有心思干这个！"瑞宣皱着眉说。

"人家指着这个吃饭呀！"天佑本来也讨厌唱戏，可是没法子不说这句实话。意在言外的，他抓到了人们的心情的根底——教谁压管着也得吃饭！

瑞宣溜了出来。他觉得在屋中透不过气来。父亲的这一句话教他看见了但丁的地狱，虽然是地狱，那些鬼魂们还能把它弄得十分热闹！他自己也得活下去，也就必须和鬼魂们挤来挤去！

"瑞宣！"天佑叫了一声，赶到屋门口来，"你到学校看看去吧！"

小顺儿正用小砖头打树上的半红的枣子。瑞宣站住，先对小顺儿说："你打不下枣儿来，不留神把奶奶屋的玻璃打碎，就痛快了！"

"门口没有，没有卖糖的，还不教人家吃两个枣儿？"小顺儿怪委屈的说。

奶奶在屋里接了话："教他打去吧！孩子这几天什么也吃不着！"

小顺儿很得意，放胆的把砖头扔得更高了些。

瑞宣问父亲："哪个学校？"

"教堂的那个。我刚才由那里过，听见打铃的声儿，多半是已经开了课。"

"好！我去看看！"瑞宣正想出去走走，散一散胸中的闷气。

"我也去！"小顺儿打下不少的叶子，而没打下一个枣儿，所以改变计划，想同父亲逛逛街去。

奶奶又答了话："你不能去呀！街上有日本鬼子！教爷爷给你打两个枣儿！乖！"

瑞宣没顾得戴帽子，匆匆的走出去。

他是在两处教书。一处是市立中学，有十八个钟点，都是英语。另一处是一个天主教堂立的补习学校，他只教四个钟头的中文。兼这四小时的课，他并不为那点很微薄的报酬，而是愿和校内的意国与其他国籍的神父们学习一点拉丁文和法文。他是个不肯教脑子长起锈来的人。

大街上并没有变样子。他很希望街上有了惊心的改变，好使他咬一咬牙，管什么父母子女，且去身赴国难。可是，街上还是那个老样儿，只是行人车马很少，教他感到寂寞、空虚与不安。正如他父亲所说的，铺户已差不多都开了门，可是都没有什么生意。那些老实的、规矩的店伙，都静静的坐在柜台内，有的打着盹儿，有的向门外呆视。胡同口上已有了洋车，车夫们都不像平日那么嬉皮笑脸的开玩笑，有的靠着墙根静立，有的在车簸箕上坐着。耻辱的外衣是静寂。

他在护国寺街口，看见了两个武装的日本兵，像一对短而宽的熊似的立在街心。他的头上出了汗。低下头，他从便道上，紧擦着铺户的门口走过去。他觉得两脚像踩着棉花。走出老远，他才敢抬起头来。仿佛有人叫了他一声，他又低下头去；他觉得自己的姓名很可耻。

到了学校，果然已经上了课，学生可是并没有到齐。今天没有他的功课，他去看看意国的窦神父。平日，窦神父是位非常和善的人；今天，在祁瑞宣眼中，他好像很冷淡、高傲。瑞宣不知道这是事实，还是因自己的心情不好而神经过敏。说过两句话后，神父板着脸指出瑞宣的旷课。瑞宣忍着气说："在这种情形之下，我想必定停课！"

"嗽！"神父的神气十分傲慢，"平常你们都很爱国，赶到炮声一响，你们就都藏起来！"

瑞宣咽了口吐沫，愣了一会儿。他又忍住了气。他觉得神父的指摘多少是近情理的，北平人确是缺乏西洋人的那种冒险的精神与英雄气概。神父，既是代表上帝的，理当说实话。想到这里，他笑了一下，而后诚意的请教："窦神父！你看中日战争将要怎么发展呢？"

神父本也想笑一下，可是被一点轻蔑的神经波浪把笑拦回去。"我不知道！我只知道改朝换代是中国史上常有的事！"

瑞宣的脸上烧得很热。他从神父的脸上看到人类的恶根性——崇拜胜利（不管是用什么恶劣的手段取得的胜利），而对失败者加以轻视及污蔑。他一声没出，走了出来。

已经走出半里多地，他又转身回去，在教员休息室写了一张纸条，叫人送给窦神父——他不再来教课。

再由学校走出来，他觉得心中轻松了一些。可是没有多大一会儿，他又觉得这实在没有什么可得意的；一个被捉进笼中的小鸟，尽管立志不再啼唱，又有什么用处呢？他有点头疼。丧胆游魂的，他走到小羊圈的口上，街上忽然乱响起来，拉车的都急忙把车拉入胡同里去，铺户都忙着上板子，几个巡警在驱逐行人："别走了！回去！到胡同口里去！"铺户上板子的声响，无论在什么时候，总给人以不快之感。瑞宣愣着了。一眼，他看见白巡长。赶过去，他问："是不是空袭？"这本是他突然想起来的，并没有什么特别的意义。及至已经问出来，他的心中忽然一亮："我们有空军，来炸北平吧！和日本人一同炸死，也甘心！"他暗自祷告着。

白巡长的微笑是耻辱，无可奈何，与许多说不出的委屈的混合物："什么空袭？净街？给——"他的眼极快的向四围一扫，而后把声音放低，"给日本老爷净街！"

瑞宣的心中又黑了，低头走进巷口。

在大槐树底下，小崔的车歪脖横狼的放着。小崔，倭瓜脸气得一青一红的，正和李四爷指手画脚的说："看见没有？刚刚把车拉出去，又净了街！教人怎么往下混呢？一刀把我宰了，倒干脆！这么笨锯锯我，简直受不了！"

李四爷今天得到消息较迟，含着歉意的向瑞宣打招呼："街上怎样啦？祁大爷！"

"吃过饭了？四爷爷？"瑞宣立住，勉强的笑着说："大概是日本要人从这里过，净街！"

"不是关城门？"在李四爷的心中，只要不关城门，事情就不至于十分严重。

"不至于吧！"

"快三十年没见过这个阵式了！"李四爷慨叹着说，"当初有皇上的时候，皇上出来才净街！难道日本人要做咱们的皇上吗？"

瑞宣没话可答，惨笑了一下。

"祁先生！"小崔用乌黑的手扯了瑞宣一把，给大褂上印上了两个指头印儿，"你看，到底要怎样呢？真要他妈的老这么锯磨人，我可要当兵去啦！"

瑞宣喜欢李四爷与小崔这点情感，可是他没法回答他们的问题。

四大妈拖着破鞋，眯着两只大近视眼，从门内出来。"谁说当兵去？又是小崔吧？你这小子，放下老婆不管，当兵去？真有你的！把老婆交给我看着吗？赶紧回家睡个觉去，等铺子开了门，再好好的去拉车！"

"四大妈，谁知道铺子关到什么时候呢！一落太阳，又该戒严了，我拉谁去？"

"甭管借盐，还是借醋，我不准你在这儿瞎胡扯！"

小崔知道反抗四大妈是没有便宜的，气哼哼的把车拉进院子去。

"看你这老东西！"四大妈转移了攻击的目标，"铺子都上了门，你怎么不喊一声，教大家伙知道知道哇？"说到了这里，她才看见瑞宣："哟！祁大爷呀，你看我这瞎摸合眼①的？祁大爷，这么一会儿关城，一会儿净街的，到底都是怎么回事呀？"

瑞宣没话可说。他恨那些华北执政的人们，平日把百姓都装在罐子里，一旦遇到危难，他们甩手一走，把那封得严严的罐子留给敌人！凭着几千年的文化与历史，民气是绝对可用的，可是……

"我也说不清！盼着过几天就好点了吧！"他只能这么敷衍一下，好搭讪着走开。

进了家门，他看见祁老人、天佑、瑞丰夫妇，都围着枣树闲谈呢。瑞丰手里捧着好几个半红的枣子，一边吃，一边说："这就行了！甭管日本人也罢，中国人也罢，只要有人负责，诸事就都有了办法。一有了办法，日本人

---

① 瞎摸合眼：两眼一抹黑的意思。

和咱们的心里就都消停了！"说着，把枣核儿用舌头一顶，吐在地上，又很灵巧的把另一个枣子往高处一扔，用嘴接住。

瑞丰长得干头干脑的，什么地方都仿佛没有油水。因此，他特别注意修饰，凡能以人工补救天然的，他都不惜工本，虔诚修治。他的头发永远从当中分缝，生发油与生发蜡上得到要往下流的程度。他的小干脸永远刮得极干净，像个刚刚削去皮的荸荠；脸蛋上抹着玉容油。他的小干手上的指甲，永远打磨得十分整齐，而且擦上油。他的衣服都做得顶款式、鲜明，若在天桥儿闲溜，人家总以为他是给哪个红姑娘弹弦子的。

或者因为他的头小，所以脑子也不大，他所注意的永远是最实际的东西与问题，所走的路永远是最省脚步的捷径。他没有丝毫的理想。

现在，他是一家中学的庶务主任。

瑞宣与瑞全都看不上老二。可是祁老人、天佑和天佑太太都相当的喜欢他，因为他的现实主义使老人们觉得他安全可靠，不至于在外面招灾惹祸。假若不是他由恋爱而娶了那位摩登太太，老人们必定会派他当家过日子；他是那么会买东西，会交际，会那么婆婆妈妈的和七姑姑八老姨都说得来。不幸，他娶了那么位太太。他实际，她自私；二者归一，老人们看出不妥之处来，而老二就失去了家庭中最重要的地位。为报复这个失败，他故意的不过问家事，而等到哥嫂买贵了东西，或处置错了事情，他才头头是道的去批评，甚至于攻击。

"大哥！"瑞丰叫得很亲切，显出心中的痛快："我们学校决定了用存款维持目前，每个人——不论校长、教员和职员——都暂时每月拿二十块钱维持费。大概你们那里也这么办。二十块钱，还不够我坐车吸烟的呢！可是，这究竟算是有了个办法，是不是？听说，日本的军政要人今天在日本使馆开会，大概不久就能发表中日两方面的负责人。一有人负责，我想，经费就会有了着落，维持费或者不至于发好久。得啦，这总算都有了头绪；管他谁组织政府呢，反正咱们能挣钱吃饭就行！"

瑞宣很大方的一笑，没敢发表自己的意见。在父子兄弟之间，他知道，沉默有时候是最保险的。

祁老人连连的点头，完全同意于二孙子的话。他可是没开口说什么，因为二孙媳妇也在一旁，他不便当众夸奖孙子，而增长他们小夫妇的骄气。

"你到教堂去啦？怎么样？"天佑问瑞宣。

瑞丰急忙把嘴插进来："大哥，那个学校可是你的根据地！公立学校——或者应当说，中国人办的学校——的前途怎样，谁还也不敢说。外国人办的就是铁杆儿庄稼！你马上应当运动，多得几个钟点！洋人决不能教你拿维持费！"

瑞宣本来想暂时不对家中说他刚才在学校中的举动，等以后自己找到别的事，补偿上损失，再告诉大家。经老二这么一通，他冒了火。还笑着，可是笑得很不好看，他声音很低，而很清楚的说："我已经把那四个钟头辞掉了！"

"什——"老二连"什"下的"么"还没说出来，就又闭上了嘴。平日，他和老三常常吵嘴；老三不怕他，他也不怕老三；争吵总是无结果而散。对老大，他只敢暗中攻击，而不敢公开的吵闹；他有点怕老大。今天，看瑞宣的神色不大对，他很快的闭上了嘴。

祁老人心里很不满意长孙这个把馒头往外推的办法，可是不便说什么，于是假装没有听见。

天佑知道长子的一举一动都有分寸，也知道一个人在社会上做事是必定有进有退的，而且进退决定于一眨眼的工夫，不愿意别人追问为了什么原因。所以，他很怕别人追问瑞宣，而赶紧的说："反正只是四点钟，没关系！老大你歇歇去！"

小顺儿的妈正在东屋里做事，两手又湿又红，用手背抹着脑门上的汗，在屋门里往外探了探头。院中大家的谈话，她没有听清楚，可是直觉的感到有点不对。见丈夫往北屋走，她问了声："有晾凉了的绿豆汤，喝不喝？"她的语气满含着歉意，倒好像是她自己做了什么使大家不快的事。

瑞宣摇了摇头，走进老三屋里去。老三正在床上躺着，看一本线装书——洋书都被大哥给烧掉了，他一来因为无聊，二来因要看看到底为什么线装书可以保险，所以顺手拿起一本来。看了半天，他才明白那是一本《大学衍义》。他纳着气儿慢慢的看那些大字。字都印得很清楚，可是仿佛都像些舞台上的老配角，穿戴着残旧的衣冠，在那儿装模作样的扭着方步，一点也不精神。当他读外文的或中文的科学书籍的时候，书上那些紧凑的小字就像小跳蚤似的又黑又亮。他皱紧了眉头，用眼去捉它们，一个个的捉入脑中。他须花费很大的心力与眼力，可是读到一个段落，他便整个的得到一段知识，使他心中高兴，而脑子也仿佛越来越有力量。那些细小的字，清楚的图表，在他了解以后，不但只使他心里宽畅，而且教他的想象活动——由那些小字与图解，他想到宇宙的秩序、伟大、精微与美丽。假若在打篮球的时候，他觉得满身都是力量与筋肉，而心里空空的；赶到读书的时候，他便忘了身体，而只感到宇宙一切的地方都是精微的知识。现在，这本大字的旧书，教他摸不清头脑，不晓得说的到底是什么。他开始明白为什么敌人不怕线装书。

"大哥！你出去啦？"他把书扔在一边，一下子坐起来。

瑞宣把与窦神父见面的经过，告诉了弟弟，然后补上："无聊！不过，心里多少痛快点！"

"我喜欢大哥你还有这么点劲儿！"瑞全很兴奋的说。

"谁知道这点劲儿有什么用处？能维持多久呢？"

"当然有用处！人要没有这点劲儿，跟整天低着头拣食的鸡有什么分别呢？至于能维持多么久，倒难说了；大哥你就吃了这一家子人的亏；连我也算上，都是你的累赘！"

"一想起窦神父的神气，我真想跺脚一走，去给中国人争点气！连神父都这样看不起咱们，别人更可想见了！我们再低着头装窝囊废，世界上恐怕就没一个人同情咱们、看得起咱们了！"

"大哥你尽管这么说，可是老拦着我走！"

"不，我不拦你走！多咱我看走的时机到了，我必定放了你！"

"可要保守秘密呀，连大嫂也别告诉。"老三声音很低的说。

"当然！"

"我就不放心妈妈！她的身子骨那么坏，我要偷偷的走了，她还不哭个死去活来的？"

瑞宣愣了一会儿才说："那有什么法子呢！国破，家就必亡啊！"

九

要是依着日本军阀的心意，当然最如意与简明的打算，是攻陷一处便成立个军政府，以军人做首领，而把政治用枪刺挑着。但是，这样去做，须一下手便有通盘的军事计划与雄厚的兵力。事实上，他们有极大的侵略野心，而没有整个的用兵计划与庞大得足以一鼓而攻下华北的兵力。他们的野心受了欺诈的诱惑，他们想只要东响几声炮，西放一把火，就能使中华的政府与人民丧胆求和，而他们得以最小的损失换取最大的利益。欺诈是最危险的事，因为它会翻过头来骗你自己。日本军人攻下了北平与天津，而战事并没有完结。他们须将错就错的继续打下去，而不能不把用枪刺穿住的肥肉分给政客们与资本家们一些。他们讨厌政客与大富贾，可是没法子不准他们分肥。他们更讨厌中国的汉奸，而汉奸又恰好能帮助他们以很小的兵力镇服一座城或一个县分。他们须擦一擦手上的血，预备和他们所讨厌的政客与汉奸握手。握手之后，那些政客与汉奸会给他们想出许多好听的字眼，去欺骗中国人与他们自己。他们最不愿要和平，而那些小鼻小眼的人却提出"和平"；他们本只忠于自己——为升官，为抢钱而发动战争——而政客们偏说他们是忠于天皇。"武士道"的精神，因此，一变而为欺人与自欺，而应当叱咤风云的武士都变成了小丑。

假若他们不是这样，而坦率的自比于匈奴或韩尼布尔，以烧红的铁鞭去击碎了大地，他们在历史上必定会留下个永远被诅咒的名声，像魔鬼永远与天使对立似的。但是，他们既要杀人放火，而又把血迹与火场用纸掩盖上。历史上将无以名之，而只能很勉强的把他们比作黄鼬或老鼠。

北平为老鼠们净了街。老鼠是诡诈而怕人的。

他们的聚议，假若不是因战争催迫着，将永无结果。他们非教政客与汉奸们来帮忙不可，可是帮忙即须染指。他们应教别人分润多少？分润什么？自己抢来的，而硬看着别人伸手来拿，不是什么好受的事，特别是在鼠眼的东洋武士们。假若照着他们的本意，他们只须架上机关枪，一刻钟的工夫便把北平改成个很大的屠场，而后把故宫里的宝物，图书馆的书籍，连古寺名园里的奇花与珍贵的陈设，统统的搬了走，用不着什么拐弯抹角的做文章。可是，还有许多西洋人在北平，东洋的武士须戴上一张面具，遮盖上狰狞的面孔。政客们又说，这是政治问题，不应当多耗费子弹。资本家们也笑容可掬的声明，屠杀有背于经济的原理。最后，汉奸们打躬作揖的陈述，北平人是最老实的，决不抗日，应求"皇军"高抬贵手。于是，最简单的事变成很复杂，而屠杀劫抢变为组织政府与施行"王道"。

这样的从军事占领迁回到组织政府，使藏在天津的失意军阀与官僚大为失望。他们的做官与搂钱的欲望，已经随着日寇的侵入而由期待变为马上可以如愿以偿。他们以为只要一向日本军人磕头便可以富贵双临。没料到，日本军是要详加选择，而并不摸摸脑袋就算一个人。同时，日本军人中既有派别，而政客与资本家又各有党系，日本人须和日本人斗争，华人也就必须随着乱转，而不知道主要的势力是在哪里。他们的简单的认日本军阀为义父的办法须改为见人就叫爸爸。他们慌乱、奔走、探听、勾结、竞争、唯恐怕落选——这回能登台，才能取得"开国元勋"的资格与享受。他们像暑天粪窖的蛆那么活跃。

更可怜的是冠晓荷一类的人。他们所巴结的人已经是慌乱而不知究竟如何，他们自己便更摸不清头脑。他们只恨父母没多给了他们两条腿！他们已奔走得筋疲力尽，而事情还是渺茫不定。

冠晓荷的俊美的眼已陷下两个坑儿，脸色也黑了一些。他可是一点也不灰心，他既坚信要转好运，又绝不疏忽了人事。他到处还是侃侃而谈，谈得嗓子都有点发哑，口中有时候发臭。他买了华达丸含在口中，即使是不说话的时候，口中好还有些事做。他的事情虽然还没有眉目，他可是已经因到各处奔走而学来不少名词与理论；由甲处取来的，他拿到乙处去卖；然后，由乙处又学来一半句，再到丙处去说。实在没有地方去说，他还会在家中传习给太太与女儿。而且，这样的传习与宣传，还可以掩饰自己的失败，常常的在一语未完而打个哈欠什么的，表示自己因努力而感到疲乏。

假若他的事情已经成功，他一定不会有什么闲心去关切或稍稍的注意老街旧邻们。现在，事情还没有任何把握，他就注意到邻居们：为什么像祁瑞宣那样的人们会一声不响，大门不出，二门不迈的呢？他们究竟有什么打算与把握呢？对钱默吟先生，他特别的注意。他以为，像钱先生那样的年纪、学问与为人，必定会因日本人来到而走一步好运。在他这几天的奔走中，他看到不少的名士们，有的预备以诗文结交日本朋友，打算创立个诗社什么的。

从这些诗人骚客的口中，冠晓荷学会了一套：

"日本人是喜欢作诗的，而且都作中国旧诗！要不怎么说白话诗没价值呢！"

有的预备着以绘画和书法为媒，与日本人接近，冠晓荷又学会一套：

"艺术是没有国籍的，中国人作画，正和日本人一样，都要美。我们以美易美，也就没什么谁胜谁败之分了！"

有的预备着以种花草为保身之计，他们说："日本人最爱花草。在东洋，连插花瓶都极有讲究！大家在一块儿玩玩花草，也就无须乎分什么中国人与日本人了！"这一套也被冠先生学会。

这些准备与言论，使冠晓荷想到钱默吟。钱先生既会诗文，又会绘画，还爱种花；全才！他心中一动：噢！假若打着钱先生的旗号，成立个诗社或画社，或开个小鲜花店，而由他自己去经营，岂不就直接的把日本人吸引了来，何必天天求爷爷告奶奶的谋事去呢？

想到这里，他也恍然大悟，噢！怨不得钱先生那么又臭又硬呢，人家心里有数儿呀！他很想去看看钱先生，但是又怕碰壁。想起上次在祁家门口与钱先生相遇的光景，他不肯再去吃钉子。他想还是先到祁家打听一下好。假若祁瑞宣有什么关于钱默吟的消息，他再决定怎样去到钱宅访问——只要有希望，碰钉子也不在乎。同时，他也纳闷祁瑞宣有什么高深莫测的办法，何以一点也不慌不忙的在家里蹲着。含上一颗华达丸，梳了梳头发，他到祁家来看一眼。

"瑞宣！"他在门口拱好了手，非常亲切的叫："没事吧？我来看看你们！"

同瑞宣来到屋中，落了坐，他先夸奖了小顺儿一番，然后引入正题："有甚什么消息没有？"

"没有呢！"

"太沉闷了！"冠晓荷以为瑞宣是故意有话不说，所以想用自己的资料换取情报，"我这几天不断出去，真实的消息虽然很少，可是大致的我已经清楚了大势所趋。一般的说，大家都以为中日必须合作。"

"哪个大家？"瑞宣本不想得罪人，但是一遇到冠先生这路人，他就不由的话中带着刺儿。

冠先生觉到了那个刺儿，转了转眼珠，说："自然，我们都希望中国能用武力阻止住外患，不过咱们打得过日本与否，倒是个问题。北平呢，无疑的是要暂时由日本人占领，那么，我想，像咱们这样有点用处的人，倒实在应当出来做点事，好少教我们的人民吃点亏。在这条胡同里，我就看得起你老哥和钱默翁，也就特别的关切你们。这几天，默翁怎样？"

"这两天，我没去看他。"

"他是不是有什么活动呢？"

"不知道！他恐怕不会活动吧，他是诗人！"

"诗人不见得就不活动呀！听说诗人杜秀陵就很有出任要职的可能！"

瑞宣不愿再谈下去。

"咱们一同看看默翁去，好不好？"

"改天吧！"

"哪一天？你定个时间！"

瑞宣被挤在死角落里，只好改敷衍为进攻："找他干什么呢？"

"是呀，"晓荷的眼放出光来，"这就是我要和你商量商量的呀！我知道钱先生能诗善画，而且爱养花草。日本人呢，也喜欢这些玩艺儿。咱们——你，我，钱先生——要是组织个什么诗画社，消极的能保身，积极的还许能交往上日本人，有点什么发展！我们一定得这么做，这确乎是条平妥的路子！"

"那么，冠先生，你以为日本人就永远占据住咱们的北平了？"

"他们占据一个月也好，一百年也好，咱们得有个准备。说真的，你老哥别太消极！在这个年月，咱们就得充分的活动，好弄碗饭吃，是不是？"

"我想钱先生决不肯做这样的事！"

"咱们还没见着他呢，怎能断定？谁的心里怎么样，很难不详谈就知道！"

瑞宣的胖脸微微红起来："我自己就不干！"他以为这一句话一定开罪于冠先生，而可以不再多啰唆了。

冠先生并没恼，反倒笑了一下："你不作诗，画画，也没关系！我也不会！我是说由默翁做文章，咱们俩主持事务。早一点下手，把牌子创开，日本人必闻风而至，咱们的小羊圈就成了文化中心！"

瑞宣再不能控制自己，冷笑得出了声。

"你再想想看！"冠先生立起来，"我觉得这件事值得做！做好了，于我们有益；做不好呢也无损！"一边说，他一边往院中走。"要不这样好不好？我来请客，把钱先生请过来，大家谈谈？他要是不愿上我那里去呢，我就把酒菜送到这边来！你看怎样？"

瑞宣答不出话来。

走到大门口，冠先生又问了声："怎样？"

瑞宣自己也不知道哼了一句什么，便转身进来。他想起那位窦神父的话。把神父的话与冠晓荷的话加在一处，他打了个冷战。

冠晓荷回到家中，正赶上冠太太回来不久。她一面换衣服，一面喊洗脸水和酸梅汤。她的赤包儿式的脸上已褪了粉，口与鼻大吞大吐的呼吸着，声势非常的大，仿佛是刚刚抢过敌人的两三架机关枪来似的。

大赤包对丈夫的财禄是绝对乐观的。这并不是她信任丈夫的能力，而是相信她自己的手眼通天。在这几天内，她已经和五位阔姨太太结为干姊妹，而且顺手儿赢了两千多块钱。她预言：不久她就会和日本太太们结为姊妹，而教日本的军政要人们也来打牌。

因为满意自己，所以她对别人不能不挑剔："招弟！你干了什么？高第你呢？怎么？该加劲儿的时候，你们反倒歇了工呢？"然后，指槐骂柳的，仍对两位小姐发言，而目标另有所在："怎么，出去走走，还晒黑了脸吗？我的脸皮老，不怕晒！我知道帮助丈夫兴家立业，不能专仗着脸子白，装他妈的小妖精！"

说完，她伸着耳朵听；假若尤桐芳有什么反抗的表示，她准备大举进攻。

尤桐芳，可是，没有出声。

大赤包把枪口转向丈夫来：

"你今天怎么啦？也不出去？把事情全交给我一个人了？你也不害羞！走，天还早呢，你给我乖乖的再跑一趟去！你又不是裹脚的小妞儿，还怕走大了脚？"

"我走！我走！"冠先生拿腔作调的说，"请太太不要发脾气！"说罢，戴起帽子，懒洋洋的走出去。

他走后，尤桐芳对大赤包开了火。她颇会调动开火的时间：冠先生在家，她能忍就忍，为是避免祸首的罪名；等他一出门，她的枪弹便击射出来。大赤包的嘴已很够野的，桐芳还要野上好几倍。骂到连她自己都觉难以入耳的时候，她会坦率的声明："我是唱玩艺儿出身满不在乎！"

尤桐芳不记得她的父母是谁，"尤"是她养母的姓。四岁的时候，她被人拐卖出来。八岁她开始学鼓书。她相当的聪明，十岁便登台挣钱。十三岁，被她的师傅给强奸了，影响到她身体的发育，所以身量很矮。小扁脸，皮肤相当的细润，两只眼特别的媚。她的嗓子不错，只是底气不足，往往唱着唱着便声嘶力竭。她的眼补救了嗓子的不足。为生活，她不能不利用她的眼帮助歌唱。她一出台，便把眼从右至左打个圆圈：使台下的人都以为她是看自己呢。因此，她曾经红过一个时期。她到北平来献技的时候，已经是二十二岁。一来是，北平的名角太多；二来是她曾打过二次胎，中气更不足了，所以，她在北平不甚得意。就是在她这样失意的时候，冠先生给她赎了身。大赤包的身量——先不用多说别的——太高，所以他久想娶个矮子。

假若桐芳能好好的读几年的书，以她的身世，以她的聪明，她必能成为一个很有用的小女人。退一步说，即使她不读书，而能堂堂正正的嫁人，以她的社会经验和所受的痛苦，她必能一扑纳心①的做个好主妇。她深知道华美的衣服，悦耳的言笑，丰腴的酒席，都是使她把身心腐烂掉，而被扔弃在烂死岗子的毒药。在表面上，她使媚眼，她歌唱，她开玩笑，而暗地里她却以泪洗面。没有父母，没有兄弟姊妹亲戚；睁开眼，世界是个空的。在空的世界中，她须向任何人都微笑，都飞眼，为是赚两顿饭吃。在二十岁的时候，她已明白了一切都是空虚，她切盼遇到个老实的男人，给她一点生活的真实。可是，她只能做姨太太！除了她的媚眼无法一时改正——假如她遇上一个好男人——她愿立刻改掉一切的恶习。但是，姨太太是"专有"的玩物；她须把媚惑众人的手段用来取悦一个人。再加上大赤包的嫉妒与压迫，她就更须向丈夫讨好，好不至于把到了口的饭食又丢掉。一方面，她须用旧有的诱惑技巧拴住丈夫的心；另一方面，她决定不甘受欺侮，以免变成垫在桌腿下的青蛙。况且，在心里，她不比任何人坏；或者，因为在江湖上走惯了，她倒比一般的人更义气一些。以一个女人来说，她也不比任何女人更不贞节。虽然她十三岁就破了身，二十二岁就已堕过两次胎，可是那并不是她自己的罪恶。因此，大赤包越攻击她，她便越要抗辩，她觉得大赤包没有骂她的资格。不幸，她的抗辩，本来是为得到了解，可是因为用了诟骂的形式来表达，便招来更多的攻击与仇恨。她也就只好将错就错的继续反攻。

今天，她的责骂不仅是为她自己，而且是为了她的老家——辽宁。她不准知道自己是关外人不是，但是她记得在沈阳的小河沿卖过艺，而且她的

①一扑纳心：所表示的就是我们普通话中所说的全心。

言语也是那里的。既无父母，她愿妥定的有个老家，好教自己觉得不是无根的浮萍。她知道日本人骗去了她的老家，也晓得日本人是怎样虐待着她的乡亲，所以她深恨大赤包的设尽方法想接近日本人。

在全家里，她只和高第说得来。冠晓荷对她相当的好，但是他的爱她纯粹是宠爱玩弄，而毫无尊重的意思。高第呢，既不得父母的欢心，当然愿意有个朋友，所以对桐芳能平等相待，而桐芳也就对高第以诚相见。

桐芳叫骂了一大阵以后，高第过来劝住了她。雷雨以后，多数是晴天，桐芳把怨气放尽，对高第特别的亲热。两个人谈起心来。一来二去的，高第把自己的一点小秘密告诉了桐芳，引起桐芳许多的感慨。

"托生个女人，唉，就什么也不用说了！我告诉你，大小姐，一个女人就像一个风筝。别看它花红柳绿的，在半天空中摇摇摆摆，怪美的，其实那根线儿是在人家手里呢！不服气，你要挣断那根线儿，好，你就头朝下，不是落在树上，就是挂在电线上，连尾巴带翅膀，全扯得稀烂，比什么都难看！"牢骚了一阵，她把话拉回来，"我没见过西院里的二爷。不过，要嫁人的话，就嫁个老老实实的人；不怕穷点，只要小两口儿能消消停停的过日子就好！你甭忙，我去帮你打听！我这一辈子算完了，睁开眼，天底下没有一个亲人！不错，我有个丈夫；可是，又不算个丈夫！也就是我的心路宽，脸皮厚；要不然，我早就扎在尿窝子里死啦！得啦，我就盼着你有一门子好亲事，也不枉咱们俩相好一程子！"

高第的短鼻子上纵起不少条儿笑纹。

十

北平的天又高起来！"八一三"！上海的炮声把久压在北平人的头上的黑云给掀开了！

祁瑞宣的眉头解开，胖脸上拥起一浪一浪的笑纹，不知不觉的低声哼着岳武穆的《满江红》。

瑞全扯着小顺儿，在院中跳了一个圈，而后把小妞子举起来，扔出去，再接住，弄得妞子惊颤的尖声笑着，而吓坏了小顺儿的妈。

"老三！你要是把她的嫩胳臂嫩腿摔坏了，可怎么办！"小顺儿的妈高声的抗议。

祁老人只晓得上海是个地名，对上海抗战一点也不感兴趣，只慨叹着说："劫数！劫数！这又得死多少人呀！"

天佑在感情上很高兴中国敢与日本决一死战，而在理智上却担忧自己的生意："这一下子更完了，货都由上海来啊！"

"爸爸，你老想着那点货，就不为国家想想！"瑞全笑着责备他老人家。

"我并没说打日本不好哇！"天佑抱歉的声辩。

小顺儿的妈莫名其妙，也不便打听，看到大家都快活，她便加倍用力的工作，并且建议吃一顿茴香馅的饺子。歪打正着，瑞全以为大嫂是要以吃饺子纪念这个日子，而大加夸赞。

"大嫂我帮着你包！"

"你呀？歇着吧！打惯了球的手，会包饺子？别往脸上贴金啦！"

天佑太太听到大家吵嚷，也出了声：

"怎么啦？"

瑞全跑到南屋，先把窗子都打开，而后告诉妈妈："妈！上海也开了仗！"

"好！蒋委员长做大元帅吧？"

"是呀！妈，你看咱们能打胜不能？"瑞全喜欢得忘了妈妈不懂得军事。

"那谁知道呀！反正先打死几万小日本再说！"

"对！妈你真有见识！"

"你们要吃饺子是不是？"

"大嫂的主意！她真有两下子，什么都知道！"

"搀我起来，我帮她拌馅子去；她拌馅子老太咸！"

"妈你别动，我们有的是人！连我还下手呢！"

"你？"妈妈笑了一下。她慢慢的自己坐起来。

瑞全忙过去搀扶，而不知把手放在哪儿好。

"算了吧！别管我，我会下地！这两天我好多了！"事实上，她的病像夏天的雨，说来就来，说走就走。当她精神好的时候，她几乎和好人差不多；可是，忽然的一阵不舒服，她便须赶快去睡倒。

慢慢的，她穿上了鞋，立了起来。立起来，她是那么矮，那么瘦，瑞全仿佛向来没注意过似的；他有点惊讶。他很爱妈妈，可是向来没想到过妈妈就是这样的一个小老太太。再看，妈妈与祖父、父亲，都长得不同。她不是祁家的人，可又是他的母亲，他觉得奇怪，而不知怎么的就更爱她。再看，她的脸色是那么黄，耳朵薄得几乎是透明的，他忽然感到一阵难过。上海开了仗，早晚他须由家里跑出去；上海在呼唤他！他走了以后，谁知道什么候才能再见到妈妈呢？是不是能再见到她呢？

"妈！"他叫出来，想把心中的秘密告诉她。

"啊？"

"啊——没什么！"他跑到院中，仰头看着那又高又蓝的天，吐了口气。

他到东屋看了看，见大嫂没有容纳他帮忙包饺子的表示，没出声，找了大哥去。

"大哥！我该走了吧？想想看，上海一开仗，得用多少人，我不能光坐在家里等好消息！"

"到上海去？"

"是呀！以前，想走我找不到目的地；现在有了去处，还不走？再不走，我就要爆炸了！"

"怎么走呢？天津有日本人把住，你又年轻力壮，又像学生的样子，日本人能轻易放你过去？我不放心！"

"你老这么婆婆妈妈的，大哥！这根本是冒险的事，没法子想得周到！溜出北平去再说，走一步再打算第二步！"

"咱们再仔细想一想！"瑞宣含着歉意的说，"怎样走？怎样化装？带什么东西？都须想一想！"

"要是那样，就别走啦！"瑞全并没发气，可是不耐烦的走出去。

瑞丰有点见风使舵。见大家多数的都喜欢上海开仗的消息，他觉得也应当随声附和。在他心里，他并没细细的想过到底打好，还是不打好。他只求自己的态度不使别人讨厌。

瑞丰刚要赞美抗战，又很快的改了主意，因为太太的口气"与众不同"。

瑞丰太太，往好里说，是长得很富态；往坏里说呢，干脆是一块肉。身量本就不高，又没有脖子，猛一看，她很像一个啤酒桶。脸上呢，本就长得蠢，又尽量的往上涂抹颜色，头发烫得像鸡窝，便更显得蠢而可怕。瑞丰干枯，太太丰满，所以瑞全急了的时候就管他们叫"刚柔相济"。她不只是那么一块肉，而且是一块极自私的肉。她的脑子或者是一块肥油，她的心至好也不过是一块像蹄髈一类的东西。

"打上海有什么可乐的？"她的厚嘴唇懒懒的动弹，声音不大，似乎喉眼都糊满脂肪，"我还没上过上海呢！炮轰平了它，怎么办？"

"轰不平！"瑞丰满脸赔笑的说："打仗是在中国地，大洋房都在租界呢，怎能轰平？就是不幸轰平了，也没关系；赶到咱们有钱去逛的时候，早就又修起来了；外国人多么阔，说修就修，说拆就拆，快得很！"

"不论怎么说，我不爱听在上海打仗！等我逛过一回再打仗不行吗？"

瑞丰很为难，他没有阻止打仗的势力，又不愿得罪太太，只好不敢再说上海打仗的事。

"有钱去逛上海，"太太并不因瑞丰的沉默而消了气，"你多咱才能有钱呢？嫁了你才算倒了霉！看这一家子，老少男女都是啬刻鬼，连看回电影都好像犯什么罪似的！一天到晚，没有说，没有笑，没有玩乐，老都撇着嘴像出丧的！"

"你别忙啊！"瑞丰的小干脸上笑得要裂缝子似的，极恳切的说，"你等我事情稍好一点，够咱们花的，再分家搬出去呀！"

"等！等！等！老是等！等到哪一天？"瑞丰太太的胖脸涨红，鼻洼上冒出油来。

中国的飞机出动！北平人的心都跳起多高！小崔的耳边老像有飞机响似的，抬着头往天上找。他看见一只敌机，但是他硬说是中国的，红着倭瓜脸和孙七辩论：

"要讲剃头刮脸，我没的可说；你拜过师，学过徒！说到眼神，就该你闭上嘴了；尊家的一对眼有点近视呀！我看得清楚极了！飞机的翅膀上画着青天白日；一点错没有！咱们的飞机既能炸上海，就能炸北平！"

孙七心中本来也喜欢咱们的飞机能来到北平，可是经小崔一说，他就不能不借题抬几句杠。及至小崔攻击到他的近视眼，他认了输，夹着小白布包，笑嘻嘻的到铺户去做活。到了铺户中，他把小崔的话扩大了一些，告诉给小商人们。他一手按着人家的脸，一手用刀在脸上和下巴底下刮剃，低声而恳切的说："我刚才看见七架咱们的轰炸机，好大个儿！翅儿上画着青天白日，清楚极了！"人家在他的剃刀威胁之下，谁也不敢分辩。

小崔哼唧着小曲，把车拉出去。到车口，他依然广播着他看见了中国飞机。在路上，看到日本兵，他扬着点脸飞跑；跑出相当的远，他高声的宣布："全杀死你们忘八日的！"而后，把咱们的飞机飞过天空的事，告诉给坐车的人。

李四爷许久也没应下活来——城外时时有炮声，有几天连巡警都罢了岗，谁还敢搬家呢。今天，他应下一档儿活来，不是搬家，而是出殡。他的本行是"窝脖儿"，到了晚年，他也应丧事；他既会稳当的捆扎与挪移箱匣桌椅，当然也能没有失闪的调动棺材。在护国寺街口上，棺材上了杠。一把纸钱像大白蝴蝶似的飞到空中，李四爷的尖锐清脆的声音喊出："本家儿赏钱八十吊啊！"抬杠的人们一齐喊了声"啊！"李四爷，穿着孝袍，精神百倍的，手里打着响尺①，好像把满怀的顾虑与牢骚都忘了。

李四大妈在小羊圈口上，站得紧靠马路边，为是看看丈夫领殡——责任很重的事——的威风。擦了好几把眼，看见了李四爷，她含笑的说了声："看这个老东西！"

---

① 响尺：旧社会出殡起杠时，一个人用两根尺样长的木器击响声。

棚匠刘师傅也有了事做。警察们通知有天棚的人家，赶快把棚席拆掉。警察们没有告诉大家拆棚的理由，可是大家都猜到这是日本鬼子怕中央的飞机来轰炸；席棚是容易起火的。刘师傅忙着出去拆棚。高高的站在房上，他希望能看到咱们的飞机。

小文夫妇今天居然到院中来吊嗓子，好像已经不必再含羞带愧的做了。

连四号的马老寡妇也到门口来看看。她最胆小，自从卢沟桥响了炮，她就没迈过街门的门坎。她也不许她的外孙——十九岁的程长顺——去作生意，唯恐他有什么失闪。她的头发已完全白了，而浑身上下都收拾得干干净净的，手指上还戴着四十年前的式样的、又重又大的银戒指。她的相貌比李四妈还更和善；心里也非常的慈祥，和李四妈差不多。可是，她在行动上，并不像李四妈那样积极、活跃，因为自从三十五岁她就守寡，不能不沉稳谨慎一些。

她手中有一点点积蓄，可是老不露出来。过日子，她极俭省，并且教她的外孙去做小生意。外孙程长顺在八岁的时候父母双亡，就跟着外婆。他的头很大，说话有点囔鼻，像患着长期伤风似的。因为头大，而说话又呜囔呜囔的，所以带着点傻相；其实他并不傻。外婆对他很好，每饭都必给他弄点油水，她自己可永远吃素。在给他选择个职业的时候，外婆很费了一番思索；结果是给他买了一架旧留声机和一两打旧唱片子，教他到后半天出去转一转街。长顺非常喜欢这个营业，因为他自己喜欢唱戏。他的营业也就是消遣。他把自己所有的唱片上的戏词与腔调都能唱上来。遇到片子残破，中间断了一点的时候，他会自己用嘴哼唧着给补充上。有时候，在给人家唱完半打或一打片子之后，人家还特烦他大声的唱几句。他说话时虽呜囔呜囔的，唱起来可并不这样；相反，正因为他的鼻子的关系，他的歌唱的尾音往往收入鼻腔，听起来很深厚有力。他的生意很不错，有几条街的人们专等着他，而不照顾别人。他的囔鼻成了他的商标。他的志愿是将来能登台去唱黑头，因他的脑袋既大，而又富于鼻音。

这一程子，长顺闷得慌极了！外婆既不许他出去转街，又不准他在家里开开留声机。每逢他刚要把机器打开，外婆就说："别出声儿呀，长顺，教小日本儿听见还了得！"

今天，长顺告诉外婆："不要紧了，我可以出去做买卖啦！上海也打上了，咱们的飞机，一千架，出去炸日本鬼子！咱们准得打胜！上海一打胜，咱们北平就平安了！"

外婆不大信长顺的话，所以大着胆子亲自到门外调查一下；倒仿佛由门外就能看到上海似的。

老太太的白发，在阳光下，发着一圈儿银光。大槐树的绿色照在她的脸上，给皮肤上的黄亮光儿减去一些，有皱纹的地方都画上一些暗淡的细道儿。胡同里没有行人，没有动静，她独自立了一会儿，慢慢的走回屋中去。

"怎样？外婆！"长顺急切的问。

"倒没有什么，也许真是平安了！"

"上海一开仗，咱们准打胜！外婆你信我的话，准保没错儿！"长顺开始收拾工具，准备下午出去做生意。

全胡同中，大家都高兴，都准备着迎接胜利，只有冠晓荷心中不大痛快。他的事情还没有眉目。假若事情已定，他大可以马上去浑水摸鱼，管什么上海开仗不开仗。但是，事情既没决定，而上海已经在抗战，万一中国打胜，他岂不是没打到狐狸而弄来一屁股臊？他很不痛快的决定这两天暂时停止活动，看看风色再说。

大赤包可深不以为然："你怎么啦？事情刚开头儿，你怎么懈了劲儿呢？上海打仗？关咱们什么屁事？凭南京那点兵就打得过日本？笑话！再有六个南京也不行！"大赤包差不多像中了邪。她以为后半世的产业与享受都凭此一举，绝对不能半途而废。

凑巧，六号住的丁约翰回来了。丁约翰的父亲是个基督徒，在庚子年被义和团给杀了。父亲殉道，儿子就得到洋人的保护；约翰从十三岁就入了"英国府"做打杂儿的。渐渐的，他升为摆台，现在已经是四十多岁的人了。虽然摆台的不算什么很高贵的职业，可是由小羊圈的人们看来，丁约翰是与众不同的。他自己呢也很会吹嘘，一提到身家，他便告诉人家他是世袭基督徒，一提到职业，他便声明自己是在英国府做洋事——他永远管使馆叫作"府"，因为"府"只比"官"次一等儿。他在小羊圈六号住三间正房，并不像孙七和小崔们只住一间小屋。他的三间房都收拾得很干净，而且颇有些洋摆设：案头上有许多内容一样而封面不同的洋书——四福音书和圣诗；橱子里有许多残破而能将就使用的啤酒杯、香槟杯和各式样的玻璃瓶与咖啡盒子。论服装，他也有特异之处，他往往把旧西服上身套在大衫上当作马褂——当然是洋马褂。

在全胡同里，他只与冠家有来往。这因为：第一，他看不起别的人家，而大家也并不怎么特别尊敬他，所以彼此两便，不必往来；第二，他看得起冠家，而冠家也能欣赏他的洋气，这已经打下友谊的基础，再加上，他由"府"里拿出来的一点黄油、咖啡或真正的牛津橙子酱什么的，只有冠家喜欢要，懂得它们是多么地道，所以双方就更多了一些关系——他永远把这类的洋货公道的卖给冠家。

这次，他只带来半瓶苏格兰的灰色奇酒，打算白送给冠先生。

假若丁约翰是在随便的一家西餐馆摆台，大赤包必定不会理会他，即使他天天送来黄油与罐头。丁约翰是在英国府摆台，这就大有文章了。假若宫里的太监本来是残废的奴役，而因在皇宫里的关系被人另眼看待，那么，大赤包理当另眼看待丁约翰。她觉得丁约翰本人与丁约翰所拿来的东西，都不足为奇，值得注意的倒是"英国府"那三个有声势的字。丁约翰来自英国府，那些东西来自英国府，这教大赤包感到冠家与英国使馆有了联系，一点可骄傲的联系！每逢她给客人拿出咖啡或果酱的时候，她必要再三的说明："这是由英国府拿出来的！""英国府"三个字仿佛粘在了她的口中，像口香糖似的那么甜美。

见丁约翰提着酒瓶进来，她立刻停止了申斥丈夫，而把当时所能搬运到脸上的笑意全搬运上来："哟！丁约翰！"她也非常喜欢"约翰"这两个字。虽然它们不像"英国府"那么堂皇雄伟，可是至少也可以与"沙丁鱼""灰色奇酒"并驾齐驱的含有洋味。

丁约翰，四十多岁，脸刮得很光，背挺得很直，眼睛永远不敢平视，而老向人家的手部留意，好像人们的手里老拿着刀叉似的。听见大赤包亲热的叫他，他只从眼神上表示了点笑意——在英国府住惯了，他永远不敢大声的说笑。

"拿着什么？"大赤包问。

"灰色奇！送给你的，冠太太！"

"送？"她的心里颤动了一下。她顶喜欢小便宜。接过去，像抱吃奶的婴孩似的，她把酒瓶搂在胸前，"谢谢你呀，约翰！你喝什么茶？还是香片吧？你在英国府常喝红茶，该换换口味！"

"坐下，约翰！"冠先生也相当的客气。"有什么消息没有？上海的战事，英国府方面怎么看？"

"中国还能打得过日本吗？外国人都说，大概有三个月，至多半年，事情就完了！"丁约翰很客观的说，倒仿佛他不是中国人，而是英国的驻华外交官。

"怎么完？"

"中国军队教人家打垮！"

大赤包听到此处，一兴奋，几乎把酒瓶掉在地上："冠晓荷！你听见没有？虽然我是个老娘儿们，我的见识可不比你们男人低！把胆子壮起点来，别错过了机会！"

冠晓荷愣了一小会儿，然后微笑了一下："你说的对！你简直是会思想的坦克车！"

十一

生在某一种文化中的人，未必知道那个文化是什么，像水中的鱼似的，他不能跳出水外去看清楚那是什么水。假若他自己不能完全客观的去了解自己的文化，那能够客观的来观察的旁人，又因为生活在这种文化以外，就极难咂摸到它的滋味，而往往因一点胭脂，断定他美，或几个麻斑而断定他丑。不幸，假若这个观察者是要急于搜集一些资料，以便证明他心中的一点成见，他也许就只找有麻子的看，而对擦胭脂的闭上眼。

日本人是相当的细心的。对中国的一切，他们从好久就有很详密的观察与调查，而自居为最能了解中国人的人。对中国的工矿农商与军事的情形，他们也许比中国人还更清楚，但是，他们要拿那些数目字作为了解中国文化的基础，就正好像拿着一本旅行指南而想作出欣赏山水的诗来。同时，他们为了施行诡诈与愚弄，他们所接触的中国人多数的是中华民族的渣滓。这些渣滓，不幸，给了他们一些便利，他们便以为认识了这些人就是认识了全体中国人，因而断定了中国文化里并没有礼义廉耻，而只有男盗女娼。国际间的友谊才是了解文化的真正基础，彼此了解并尊重彼此的文化，世界上才会有和平。日本人的办法，相反，却像一个贼到一所大宅子中去行窃，因贿赂了一两条狗而偷到了一些值钱的东西；从此，他便认为宅子中的东西都应该是他的，而以为宅子中只有那么一两条可以用馒头收买的狗。这，教日本人吃了大亏。他们的细心、精明、勤苦、勇敢，都因为那两条狗而变成心劳日拙，他们变成了惯贼，而贼盗是要受全人类的审判的！

他们没有想到在平津陷落以后，中国会有全面的抗战。在他们的军人心里，以为用枪炮劫夺了平津，便可以用军事占领的方式，一方面假装静候政治的解决，一方面实行劫抢，先把他们的衣袋装满了金银。这样，他们自己既可达到发财的目的，又可以使军人的声势在他们国内继长增高。因此，上海的抗战，使在平津的敌寇显出慌张。他们须一方面去迎战，一方面稳定平津；他们没法把平津的财宝都带在身上去作战。怎样稳定平津？他们在事前并没有多少准备。肆意的屠杀固然是最简捷明快的办法，但是，有了南京政府的全面抗战，他们开始觉到屠杀也许是危险的事，还不如把他们所豢养的中国狗拉出几条来，给他们看守着平津。假若在这时候，他们能看清楚，中国既敢抗战，必定是因为在军事的估量而外，还有可用的民气，在物质的损失中，具有忍无可忍的决心，他们就会及时的收兵，免得使他们自己堕入无底的深渊。可是，他们不相信中国是有深厚文化的国家，而只以枪炮的数目估计了一切。人类最大的惨剧便是彼此以武力估计价值，像熊或狗似的老想试试自己的力气，而忽略了智慧才是最有价值的，与真有价值的。

酝酿了许久的平津政治组织，在那半死不活的政务委员会外，只出来了没有什么用处的地方维持会，与替日本人维持地面的市政府。日本军人们心里很不痛快，因为这样的简陋的场面颇有损于"帝国"的尊严。汉奸们很不高兴，因为出头的人是那么少，自己只空喜欢了一场，而并不能马上一窝蜂似的全做了官。好讽刺的人管这叫作傀儡戏，其实傀儡戏也要行头鲜明，锣鼓齐备，而且要生末净旦俱全；这不能算是傀儡戏，而只是一锣、一羊、一猴的猴子戏而已。用金钱、心血、人命，而只换来一场猴子把戏，是多滑稽而可怜呢！

冠晓荷听了丁约翰的一番话，决定去加入猴子戏，而把全面的抗战放在一边，绝对不再加以考虑。市长和警察局长既然发表了，他便决定向市政府与警察局去活动。对市政与警政，他完全不懂，但是总以为做官是一种特别的技巧，而不在乎有什么专门的学识没有。

他和大赤包又奔走了三四天，依然没有什么结果。晓荷于无可如何之中，找出点原谅自己的道理："我看哪，说不定上海的作战只是给大家看看，而骨子里还是讲和。讲和之后，北平的官员还是由南京任命，所以现在北平也不大更动人。要不然，就凭咱们这点本事、经验和活动的能力，怎么会就扑个空呢？"

"放你的狗屁！"大赤包心中也不高兴，但是还咬着牙不自认失败，"你的本事在哪儿？我问问你！真有本事的话，出去一伸手拿个官儿来，看看你！不说你自己是窝囊废，倒胡猜乱想的泄自己的气！日子还长着呢，现在就泄了气还行吗？挺挺你的脊梁骨，去干哪！"

冠先生很难过的笑了笑。不便和太太吵嘴，他暗中决定：无论用什么方法，也得弄个官儿，教她见识见识！

这时候，真的消息与类似谣言的消息，像一阵阵方向不同、冷暖不同的风似的刮入北平。北平，在世界人的心中是已经死去，而北平人却还和中国一齐活着，他们的心还和中华一切地方的英勇抵抗而跳动。东北的义勇军又活动了，南口的敌人，伤亡了二千，青岛我军打退了登陆的敌人，石家庄被炸……这些真的假的消息，一个紧跟着一个，一会儿便传遍了全城。特别使小羊圈的人们兴奋的是一个青年汽车夫，在南口附近，把一部卡车开到山涧里去，青年和车上的三十多名日本兵，都摔成了肉酱。青年是谁？没有人知道。但是，人们猜测，那必是钱家的二少爷。他年轻，他在京北开车，他老不回家……这些事实都给他们的猜测以有力的佐证，一定是他！

可是，钱宅的街门还是关得严严的，他们无从去打听消息。他们只能多望一望那两扇没有门神、也没有多少油漆的门，表示尊敬与钦佩！

瑞宣听到人们的嘀咕，心中又惊又喜。他常听祖母说，在庚子年八国联军入城的时候，许多有地位的人全家自尽殉难。不管他们殉难的心理是什么，他总以为敢死是气节的表现。这回日本人攻进北平，人们仿佛比庚子年更聪明了，除了阵亡的将士，并没有什么殉难的官员与人民。这是不是真正的聪明呢？他不敢断定。现在，听到钱二少爷的比自杀殉难更壮烈、更有意义的举动，他觉得北平人并不尽像他自己那么因循苟安，而是也有英雄。他相信这件事是真的，因为钱老人曾经对瑞全讲过二少爷的决定不再回家。同时，他深怕这件事会连累到钱家的全家，假若大家因为钦佩钱仲石而随便提名道姓的传播。他找了李四爷去。

李四爷答应了暗地里嘱咐大家，不要再声张，而且赞叹着："咱们要是都像人家钱二少，别说小日本，就是大日本也不敢跟咱们刺毛啊！"

瑞宣本想去看看钱老先生，可是没有去，一来他怕惹起街坊们的注意，二来怕钱先生还不晓得这回事，说出来倒教老人不放心。

李四爷去嘱咐大家，大家都觉得应该留这点神。可是，在他遇到小崔以前，小崔已对尤桐芳说了。小崔虽得罪了冠先生和大赤包，尤桐芳和高第可是还坐他的车；桐芳对苦人，是有同情心的，所以故意的雇他的车，而且多给点钱，好教小崔没白挨了大赤包的一个嘴巴；高第呢是成心反抗母亲，母亲越讨厌小崔，她就越多坐他的车子。

坐着小崔的车，桐芳总喜欢和他说些闲话。在家里，一切家务都归大赤包处理，桐芳不能过问。她虽嫁了人，而不能做主妇，她觉得自己好像是住在旅馆中的娼妓！因此，她爱问小崔一些家长里短，并且羡慕小崔的老婆——虽然穷苦，虽然常挨打，可究竟是个管家的主妇。小崔呢，不仅向桐芳报告家政，也谈到街坊四邻的情形。照着往常的例子，他把他引以为荣的事也告诉了她。

"冠太太！"不当着冠家的人，他永远称呼她太太，为是表明以好换好。"咱们的胡同里出了奇事！"

"什么奇事？"她问，以便叫他多喘喘气。

"听说钱家的二爷，摔死了一车日本兵！"

"是吗？听谁说的？"

"大家伙儿都那么说！"

"喝！他可真行！"

"北平人也不都是窝囊废！"

"那么他自己呢？"

"自然也死喽！拼命的事嘛！"

桐芳回到家中，把这些话有枝添叶的告诉给高第，而被招弟偷偷听了去。招弟又"本社专电"似的告诉了冠先生。

晓荷听完了招弟的报告，心中并没有什么感动。他只觉得钱二少爷有点愚蠢：一个人只有一条命，为摔死别人，而也把自己饶上，才不上算！除了这点批判而外，他并没怎样看重这条专电。顺口答音的，他告诉了大赤包。

大赤包要是决定做什么，便连做梦也梦见那回事。她的心思，现在，完全萦绕在给冠晓荷运动官上，所以刮一阵风，或房檐上来了一只喜鹊，她都以为与冠先生的官运有关。听到钱二少的消息，她马上有了新的决定。

"晓荷！"她的眼一眨一眨的，脸儿上笼罩着一股既庄严又神秘的神气，颇似西太后与内阁大臣商议国家大事似的，"去报告！这是你的一条进身之路！"

晓荷愣住了。教他去贪赃受贿，他敢干，他可是没有挺着胸去直接杀人的胆气。

"怎么啦？你！"大赤包审问着。

"去报告？那得抄家呀！"晓荷觉得若是钱家被抄了家，都死在刀下，钱先生一定会来闹鬼！

"你这个松头日脑的家伙！你要管你自己的前途，管别人抄家不抄家干吗！再说，你不是吃过钱老头子的钉子，想报复吗？这是机会！"

听到"报复"，他动了点心。他以为钱默吟大不该那么拒人千里之外；那么，假若钱家真被抄了家，也是咎由自取——大概也就不会在死后还闹鬼！他也琢磨出来：敢情钱默吟的又臭又硬并不是因为与日本人有关系，而是与南京通着气。那么，假若南京真打胜了，默吟得了势，还有他——冠晓荷——的好处吗？

"这个消息真不真呢？"他问。

"桐芳听来的，问她！"大赤包下了懿旨。

审问桐芳的结果，并不能使晓荷相信那个消息是千真万确的。他不愿拿着个可信可疑的消息去讨赏。大赤包可是另有看法：

"真也罢，假也罢，告他一状再说！即使消息是假的，那又有什么关系，我们的消息假，而心不假；教上面知道咱们是真心实意的向着日本人，不也有点好处吗？你要是胆子小，我去！"

晓荷心中还不十分安帖，可是又不敢劳动皇后御驾亲征，只好答应下来。

桐芳又很快的告诉了高第。高第在屋里转开了磨。仲石，她的幻想中的英雄，真的成了英雄。她觉得这个英雄应当是属于她的。可是，他已经死去。她的爱，预言，美好的幻梦，一齐落了空！假若她不必入尼姑庵，而世界上还有她的事做的话，她应当首先去搭救钱家的人。但是，她怎么去见钱先生呢？钱先生既不常出来，而街门又永远关得严严的；她若去叫门，必被自己家里的人听到。写信，从门缝塞进去？也不妥当。她必须亲自见到钱先生，才能把话说得详尽而恳切。

她去请桐芳帮忙。桐芳建议从墙头上爬过去。她说："咱们的南房西边不是有一棵小槐树？上了槐树，你就可以够着墙头！"

高第愿意这样去冒险。她的心里，因仲石的牺牲，装满了奇幻的思想。她以为仲石的死是受了她的精神的感召，那么，在他死后，她也就应当做些非凡的事情。她决定去爬墙，并且嘱咐桐芳给她观风。

大概有九点钟吧。冠先生还没有回来。大赤包有点头痛，已早早的上了床。招弟在屋中读着一本爱情小说。高第决定乘这时机，到西院去。她嘱咐桐芳听着门，因为她回来的时候是不必爬墙的。

她的短鼻子上出着细小的汗珠，手与唇都微颤着。爬墙的危险与举动的奇突，使她兴奋、勇敢，而又有点惧怕。爬到墙那边，她就可以看见英雄的家；虽然英雄已死，她可是还能看到些英雄的遗物；她应当要过一两件来，作为纪念！想到那里，她的心跳得更快了，假若不是桐芳托她两把，她必定上不去那棵小树。上了树，她的心中清醒了好多，危险把幻想都赶了走。她的眼睁得很大，用颤抖的手牢牢的抓住墙头。

费了很大的事，她才转过身去。转了身，手扒着墙头，脚在半空，她只顾了喘气，把一切别的事都忘掉。她不敢往下看，又不敢松手，只闭着眼挣扎着挂在那里。好久，她心里一迷忽，手因无力而松开，她落在了地上。她的身量高，西院的地又因种花的关系而颇松软，所以她只觉得心中震动了一下，腿脚倒都没碰疼。这时候，她清醒了好多，心跳得很快。再转过身来，她看明白：其余的屋子都黑乎乎的，只有北房的西间儿有一点灯光。灯光被窗帘遮住，只透出一点点。院中，高矮不齐，一丛丛的都是花草；在微弱的灯光中，像一些蹲伏着的人。高第的心跳得更快了；她大着胆，手揿着胸口，慢慢的用脚试探着往前挪动，底襟时时挂在刺梅一类的枝上。好容易，她挪移到北屋外，屋里有两个人轻轻的谈话。她闭着气，蹲在窗下。屋里的语声是一老一少，老的（她想）一定是钱老先生，少的或者是钱大少爷。听了一会儿，她辨清那年少的不是北平口音，而是像胶东的人。这，引起她的好奇心，想立起来看看窗帘有没有缝隙。急于立起来，她忘了窗台，而把头碰在上面。她把个"哎哟"只吐出半截，可是已被屋中听到。灯立刻灭了。

隔了一小会儿，钱先生的声音在问："谁？"

她慌成了一团，一手揥着胸口，一手按着头，半蹲半立的木在那里。

钱先生轻轻的出来，又低声的问了声："谁？"

"我！"她低声的回答。

钱先生吓了一跳："你是谁？"

高第留着神立起来："小点声！我是隔壁的大小姐，有话对你说。"

"进来！"钱先生先进去，点上灯。

高第的右手还在头上摸弄那个包，慢慢的走进去。

钱先生本来穿着短衣，急忙找到大衫穿上，把钮扣扣错了一个："冠小姐？你打哪儿进来的？"

高第一脚的露水，衣服被花枝挂破了好几个口子，头上一个包，头发也碰乱了，看了看自己，看了看钱先生，觉得非常的好笑。她微笑了一下。

钱先生的态度还镇静，可是心里有点莫名其妙之感，眨巴着眼呆看着她。

"我由墙上跳过来的，钱伯伯！"她找了个小凳，坐下。

"跳墙？"诗人向外打了一眼，"干吗跳墙？"

"有要紧的事！"她觉得钱先生是那么敦厚可爱，不应当再憋闷着他，"仲石的事！"

"仲石怎样？"

"伯伯，你还不知道？"

"不知道！他没有回来！"

"大家都说，都说……"她低下头去，愣着。

"都说什么？"

"都说他摔死一车日本兵！"

"真的？"老人的油汪水滑的乌牙露出来，张着点嘴，等她回答。

"大家都那么说！"

"噢！他呢？"

"也……"

老人的头慢慢往下低，眼珠往旁边挪，不敢再看她。高第急忙的立起来，以为老人要哭。老人忽然又抬起头来，并没有哭，只是眼中湿润了些。纵了一下鼻子，他伸手把桌下的酒瓶摸上来："小姐，你……"他的话说得不甚真切，而且把下半句——你不喝酒吧？——咽了回去。厚敦敦的手微有点颤，他倒了大半茶杯茵陈酒，一扬脖喝了一大口。用袖口抹了抹嘴，眼亮起来，他看着高处，低声的说："死得好！好！"打了个酒嗝，他用乌牙咬上了下唇。

"钱伯伯，你得走！"

"走？"

"走！大家现在都吵嚷这件事，万一闹到日本人耳朵里去，不是要有灭门的罪过吗？"

"噢！"钱先生反倒忽然笑了一下，又端起酒来，"我没地方去！这是我的家，也是我的坟墓！况且，刀放脖子上的时候，我要是躲开，就太无勇了吧！小姐，我谢谢你！请回去吧！怎么走？"

高第心里很不好受。她不能把她父母的毒计告诉钱先生，而钱先生又是这么真纯、正气、可爱。她把许多日子构成的幻想全都忘掉，忘了对仲石的虚构的爱情，忘了她是要来看看"英雄之家"，她是面对着一位可爱而将要遭受苦难的老人；她应当设法救他。可是，她一时想不出主意。她用一点笑意掩饰了她心中的不安，而说了声：

"我不用再跳墙了吧？"

"当然！当然！我给你开门去！"他先把杯中的余酒喝尽，而后身子微晃了两晃，仿佛头发晕似的。

高第扶住了他。他定了定神，说："不要紧！我开门去！"他开始往外走，一边走一边嘟囔，"死得好！死得好！我的……"他没敢叫出儿子的名字来，把手扶在屋门的门框上，立了一会儿。院中的草茉莉与夜来香放着浓烈的香味，他深深的吸了一口气。

高第不能明白老诗人心中的复杂的感情，而只觉得钱先生的一切都与父亲不同。她所感到的不同并不是在服装面貌上，而是在一种什么无以名之的气息上，钱先生就好像一本古书似的，宽大，雅静，尊严。到了大门内，她说了句由心里发出来的话："钱伯伯，别伤心吧！"

钱老人嗯嗯的答应了两声，没说出话来。

出了大门，高第飞也似的跑了几步。她跳墙的动机是出于好玩、冒险与诡秘的恋爱，搭救钱先生只是一部分。现在，她感到了充实与热烈，忘了仲石，而只记住钱先生，她愿立刻的一股脑儿都说给桐芳听。桐芳在门内等着她呢，没等叫门，便把门开开了。

默吟先生立在大门外，仰头看着大槐树的密丛丛的黑叶子，长叹了一声。忽然，灵机一动，他很快的跑到祁家门口。正赶上瑞宣来关街门，他把瑞宣叫了出来。

"有工夫没有？我有两句话跟你谈谈！"他低声的问。

"有！要不是你来，我就关门睡觉去了！完全无事可做，连书也看不下去！"瑞宣低声的答对。

"好！上我那里去！"

"我进去说一声。"

默吟先生先回去，在门洞里等着瑞宣。瑞宣紧跟着就来到，虽然一共没有几步路，可是他赶得微微有点喘；他知道钱先生夜间来访，必有要紧的事。

到屋里，钱先生握住瑞宣的手，叫了声："瑞宣！"他想和瑞宣谈仲石的事。不但要谈仲石殉国，也还要把儿子的一切——他幼时是什么样子，怎样上学，爱吃什么……——都说给瑞宣听。可是，他咽了两口气，松开手，嘴唇轻轻的动了几动，仿佛是对自己说："谈那些干什么呢！"

比了个手式，请瑞宣坐下，钱先生把双肘都放在桌儿上，面紧对着瑞宣的，低声而恳切的说："我要请你帮个忙！"

瑞宣点了点头，没问什么事；他觉得只要钱伯伯教他帮忙，他就应当马上答应。

钱先生拉过一个小凳来，坐下，脸仍旧紧对着瑞宣，闭了会儿眼。睁开眼，他安详了好多，脸上的肉松下来一些。

"前天夜里，"他低声的安详的说，"我睡不着。这一程子了，我夜夜失眠！我想，亡了国的人，大概至少应当失眠吧！睡不着，我到门外去散散步。轻轻的开开门，我看见一个人紧靠着槐树立着呢！我赶紧退了回来。你知道，我是不大爱和邻居们打招呼的。退回来，我想了想：这个人不大像附近的邻居。虽然我没看清楚他的脸，可是以他的通身的轮廓来说，他不像我认识的任何人。这引起我的好奇心。我本不是好管闲事的人，可是失眠的人的脑子特别精细，我不由的想看清他到底是谁，和在树底下干什么。"说到这里，他又闭了闭眼，然后把杯中的余滴倒在口中，咂摸着滋味，"我并没往他是小偷或土匪上想，因为我根本没有值钱的东西怕偷。我也没以为他是乞丐。我倒是以为他必定有比无衣无食还大的困难。留了很小的一点门缝，我用一只眼往外看。果然，不出我所料，他是有很大的困难。他在槐树下面极慢极慢的来回绕，一会儿立住，仰头看看；一会儿又低着头慢慢的走。走了很久，忽然他极快的走向路西的堵死的门去了。他开始解腰带！我等着，狠心的等着！等他把带子拴好了才出去；我怕出去早了会把他吓跑！"

"对的！"瑞宣本不想打断老人的话，可是看老人的嘴角已有了白沫儿，所以插进一两个字，好教老人喘口气。

"我极快的跑出去！"默吟先生的眼发了光，"一下子搂住他的腰！他发了怒，回手打了我两拳。我轻轻的叫了声'朋友！'他不再挣扎，而全身都颤起来。假若他一个劲儿跟我挣扎，我是非松手不可的，他年轻力壮！'来吧！'我放开手，说了这么一句。他像个小羊似的跟我进来！"

"现在还在这里？"

钱先生点了点头。

"他是做什么的？"

"诗人！"

"诗人？"

钱先生笑了一下："我说他的气质像诗人，他实在是个军人。他姓王，王排长。在城内作战，没能退出去。没有钱，只有一身破裤褂，逃走不易，藏起来又怕连累人，而且怕被敌人给擒住，所以他想自尽。他宁可死，而不做俘虏！我说他是诗人，他并不会作诗；我管富于情感、心地爽朗的人都叫作诗人；我和他很说得来。我请你来就是为这个人的事。咱们得设法教他逃出城去。我想不出办法来，而且，而且，"老先生又愣住了。

"而且，怎样？钱伯伯！"

老人的声音低得几乎不易听见了："而且，我怕他在我这里吃连累！你知道，仲石，"钱先生的喉中噎了一下："仲石，也许已经死啦！说不定我的命也得赔上！据说，他摔死一车日本兵，日本人的气量是那么小，哪能白白饶了我！不幸，他们找上我的门来，岂不也就发现了王排长？"

"听谁说的，仲石死了？"

"不用管吧！"

"伯伯，你是不是应当躲一躲呢？"

"我不考虑那个！我手无缚鸡之力，不能去杀敌雪耻，我只能临危不苟，儿子怎么死，我怎么陪着。我想日本人会打听出他是我的儿子，我也就不能否认他是我的儿子！是的，只要他们捕了我去，我会高声的告诉他们，杀你们的是钱仲石，我的儿子！好，我们先不必再谈这个，而要赶快决定怎样教王排长马上逃出城去。他是军人，他会杀敌，我们不能教他死在这里！"

瑞宣的手摸着脸，细细的思索。

钱先生倒了半杯酒，慢慢的喝着。

想了半天，瑞宣忽然立起来："我先回家一会儿，和老三商议商议，马上就回来。"

"好！我等着你！"

十二

老三因心中烦闷，已上了床。瑞宣把他叫起来。极简单扼要的，瑞宣把王排长的事说给老三听。老三的黑豆子眼珠像夜间的猫似的，睁得极黑极大，而且发着带着威严的光。他的颧骨上红起两朵花。听完，他说了声："我们非救他不可！"

瑞宣也很兴奋，可是还保持着安详，不愿因兴奋而鲁莽，因鲁莽而败事。慢条斯礼的，他说："我已经想了个办法，不知道你以为如何？"

老三慌手忙脚的登上裤子，下了床，倒仿佛马上他就可以把王排长背出城似的："什么办法？大哥！"

"先别慌！我们须详细的商量一下，这不是闹着玩的事！"

瑞全忍耐的坐在床沿上。

"老三！我想啊，你可以同他一路走。"

老三又立了起来："那好极了！"

"这有好处，也有坏处。好处是王排长既是军人，只要一逃出城去，他就必有办法；他不会教你吃亏。坏处呢，他手上的掌子，和说话举止的态度神气，都必教人家一看就看出他是干什么的。日本兵把着城门，他不容易出去；他要是不幸而出了岔子，你也跟着遭殃！"

"我不怕！"老三的牙咬得很紧，连脖子上的筋都挺了起来。

"我知道你不怕，"瑞宣要笑，而没有笑出来，"有勇无谋可办不了事！我们死，得死在晴天大日头底下，不能窝窝囊囊的送了命！我想去找李四大爷去。"

"他是好人，可是对这种事他有没有办法，我就不敢说！"

"我——教给他办法！只要他愿意，我想我的办法还不算很坏！"

"什么办法？什么办法？"

"李四大爷要是最近给人家领杠出殡，你们俩都身穿重孝，混出城去，大概不会受到检查！"

"大哥！你真有两下子！"瑞全跳了起来。

"老实点！别教大家听见！出了城，那就听王排长的了。他是军人，必能找到军队！"

"就这么办了，大哥！"

"你愿意？不后悔？"

"大哥你怎么啦？我自己要走的，能后悔吗？况且，别的事可以后悔，这种事——逃出去，不做亡国奴——还有什么可后悔的呢？"

瑞宣沉静了一会儿才说："我是说，逃出去以后，不就是由地狱入了天堂，以后的困难还多的很呢。前些日子我留你，不准你走，也就是这个意思。五分钟的热气能使任何人登时成为英雄，真正的英雄却是无论受多么久、多么大的困苦，而仍旧毫无悔意或灰心的人！记着我这几句话，老三！记住了，在国旗下吃粪，也比在太阳旗下吃肉强！你要老不灰心丧气，老像今天晚上这个劲儿，我才放心！好，我找李四大爷去。"

瑞宣去找李四爷。老人已经睡了觉，瑞宣现把他叫起来。李四妈也跟着起来，夹七夹八的一劲儿问：是不是祁大奶奶要添娃娃？还是谁得了暴病，要请医生？经瑞宣解释了一番，她才明白他是来与四爷商议事体，而马上决定非去给客人烧一壶水喝不可，瑞宣拦不住她，而且觉得她离开屋里也省得再打岔，只好答应下来。她掩着怀，瞎摸合眼的走出去，现找劈柴升火烧水。乘着她在外边瞎忙，瑞宣把来意简单的告诉了老人。老人横打鼻梁①，愿意帮忙。

"老大，你到底是读书人，想得周到！"老人低声的说，"城门上，车站上，检查得极严，实在不容易出去。当过兵的人，手上脚上身上仿佛全有记号，日本人一看就认出来；捉住，准杀头！出殡的，连棺材都要在城门口教巡警拍一拍，可是穿孝的人倒还没受过多少麻烦。这件事交给我了，明天就有一档子丧事，你教他们俩一清早就跟我走，杠房有孝袍子，我给他们赁两身。然后，是教他俩装作孝子，还是打执事的，我到时候看，怎么合适怎么办！"

四大妈的水没烧开，瑞宣已经告辞，她十分的抱歉，硬说柴火被雨打湿了："都是这个老东西，什么事也不管；下雨的时候，连劈柴也不搬进去！"

"闭上你的嘴！半夜三更的你嚷什么！"老人低声的责骂。

瑞宣又去找钱老者。

这时候，瑞全在屋里兴奋得不住的打嗝，仿佛被食物噎住了似的。想想这

---

① 横打鼻梁：方言，表示保证办到所说的事。

个，想想那个，他的思想像走马灯似的，随来随去，没法集中。他恨不能一步跳出城去，加入军队去作战。刚想到这里，他又看见自己跟招弟姑娘在北海的莲花中荡船。他很愿意马上看见她，告诉她他要逃出城去，做个抗战的英雄！不，不，不，他又改了主意，她没出息，绝对不会欣赏他的勇敢与热烈。这样乱想了半天，他开始感到疲乏，还有一点烦闷。期待是最使人心焦的事，他的心已飞到想象的境界，而身子还在自己的屋里，他不知如何处置自己。

　　妈妈咳嗽了两声。他的心立时静下来。可怜的妈妈！只要我一出这个门，恐怕就永远不能相见了！他轻轻的走到院中。一天的明星，天河特别的白。他只穿着个背心，被露气一侵，他感到一点凉意，胳臂上起了许多小冷疙瘩。他想急忙走进南屋，看一看妈妈，跟她说两句极温柔的话。极轻极快的，他走到南屋的窗外。他立定，没有进去的勇气。在平日，他万也没想到母子的关系能够这么深切。他常常对同学们说："一个现代青年就像一只雏鸡，生下来就可以离开母亲，用自己的小爪掘食儿吃！"现在，他木在那里。他决不后悔自己的决定，他一定要逃走，去尽他对国家应尽的责任，但是，他至少也须承认他并不像一只鸡雏，而是永远永远与母亲在感情上有一种无可分离的联系。立了有好大半天，他听见小顺儿哼唧。妈妈出了声："这孩子！有臭虫，又不许拿！活像你三叔的小时候，一拿臭虫就把灯盏儿打翻！"他的腿有点软，手扶住了窗台。他还不能后悔逃亡的决定，可也不以自己的腿软为可耻。在分析不清自己到底是勇敢，还是软弱，是富于感情，还是神经脆弱之际，他想起日本人的另一罪恶——有多少母与子，夫与妻，将受到无情的离异与永久的分别！想到这里，他的脖子一使劲，离开了南屋的窗前。

　　在院里，他绕了一个圈儿。大嫂的屋里还点着灯。他觉得大嫂也不像往日那么俗气与琐碎了。他想进去安慰她几句，表明自己平日对她的顶撞无非是叔嫂之间的小小的开玩笑，在心里他是喜欢大嫂、感激大嫂的。可是，他没敢进去，青年人的嘴不是为道歉预备着的！

　　瑞宣从外面轻轻的走进来，直奔了三弟屋中去。老三轻手蹑脚的紧跟来，他问："怎样？大哥！"

"明天早晨走！"瑞宣好像已经筋疲力尽了似的，一下子坐在床沿上。

"明——"老三的心跳得很快，说不上话来。以前，瑞宣不许他走，他非常的着急；现在，他又觉得事情来的太奇突似的。用手摸了摸他的胳臂，他觉得东西都没有预备，自己只穿着件背心，实在不像将有远行的样子。半天，他才问出来："带什么东西呢？"

"啊？"瑞宣仿佛把刚才的一切都忘记了，眼睛直勾勾的看着弟弟，答不出话来。

"我说，我带什么东西？"

"噢！"瑞宣听明白了，想了一想，"就拿着点钱吧！还带着，带着，你的纯洁的心，永远带着！"他还有千言万语，要嘱告弟弟，可是他已经不能再说出什么来。摸出钱袋，他的手微颤着拿出三十块钱的票子来，轻轻的放在床上。然后，他立起来，把手搭在老三的肩膀上，细细的看着他。"明天早上我叫你！别等祖父起来，咱们就溜出去！老三！"他还要往下说，可是闭上了嘴。一扭头，他轻快的走出去。老三跟到门外，也没说出什么来。

弟兄俩谁也睡不着。在北平陷落的那一天，他们也一夜未曾合眼。但是，那一夜，他们只觉得渺茫，并抓不住一点什么切身的东西去思索或谈论。现在，他们才真感到国家、战争与自己的关系，他们须把一切父子兄弟朋友的亲热与感情都放在一旁，而且只有摆脱了这些最难割难舍的关系，他们才能肩起更大的责任。他们——既不准知道明天是怎样——把过去的一切都想起来，因为他们是要分离；也许还是永久的分离。瑞宣等太太睡熟，又穿上衣服，找了老三去。他们直谈到天明。

听到祁老人咳嗽，他们溜了出去。李四爷是惯于早起的人，已经在门口等着他们。把弟弟交给了李四爷，瑞宣的头，因为一夜未眠和心中难过，疼得似乎要裂开。他说不出什么来，只紧跟在弟弟的身后东转西转。

"大哥！你回去吧！"老三低着头说。见哥哥不动，他又补了一句："大哥，你在这里我心慌！"

"老三！"瑞宣握住弟弟的手，"到处留神哪！"说完，他极快的跑回家去。

到屋中，他想睡一会儿。可是，他睡不着。他极疲乏，但是刚一闭眼，他就忽然惊醒，好像听见什么对老三不利的消息。他爱老三；因为爱他，所以才放他走。他并不后悔教老三走，只是不能放心老三究竟走得脱走不脱。一会儿，他想到老三的参加抗战的光荣，一会儿又想到老三被敌人擒住，与王排长一同去受最惨的刑罚。他的脸上和身上一阵阵的出着讨厌的凉汗。

同时，他得想出言词去敷衍家里的人。他不能马上痛痛快快的告诉大家实话，那会引起全家的不安，或者还会使老人们因关切而闹点病。他得等合适的机会再说，而且有证据使大家放心老三的安全。

多么长的天啊！太阳影儿仿佛随时的停止前进，钟上的针儿也像不会再动。好容易，好容易，到了四点钟，他在枣树下听见四大妈高声向李四爷说话。他急忙跑出去。李四爷低声的说：

"他们出了城！"

十三

瑞全走后，祁老人问了瑞宣好几次："小三儿哪里去啦？"瑞宣编了个谎，硬说日本兵要用瑞全的学校做营房，所以学生都搬到学校里去住，好教日本兵去另找地方。其实呢，瑞宣很明白：假若日本兵真要占用学校，一个电话便够了，谁也不敢反抗。他知道自己的谎言编制的并不高明，可是老人竟自相信了，也就不必再改编。

瑞丰看出点棱缝来，心中很不高兴，向大哥提出质询。瑞宣虽然平日不大喜欢老二，可是他觉得在这种危患中，兄弟的情谊必然的增高加厚，似乎不应当欺哄老二，所以他说了实话。

"怎么？大哥你教他走的？"瑞丰的小干脸绷得像鼓皮似的。

"他决心要走，我不好阻止；一个热情的青年，理当出去走走！"

"大哥你可说得好！你就不想想，他不久就毕业，毕业后抓俩钱儿，也好帮着家里过日子呀！真，你怎么把只快要下蛋的鸡放了走呢？再说，赶明儿一调查户口，我们有人在外边抗战，还不是蘑菇？”

假若老二是因为不放心老三的安全而责备老大，瑞宣一定不会生气，因为人的胆量是不会一样大的。胆量小而情感厚是可以原谅的。现在，老二的挑剔，是完全把手足之情抛开，而专从实利上讲，瑞宣简直没法不动气了。

可是，他咽了好几口气，到底控制住了自己。他是当家的，应当忍气；况且，在城亡国危之际，家庭里还闹什么饥荒呢。他极勉强的笑了一笑：“老二，你想得对，我没想到！”

“现在最要紧的是千万别声张出去！”老二相当骄傲的嘱告哥哥，“一传说出去，咱们全家都没命！我早就说过，大哥你不要太宠着老三，你老不听！我看哪，咱们还是分居的好！好吗，这玩艺儿，老三闯出祸来，把咱老二的头耍下去，才糟糕一马司！”

瑞宣不能再忍。他的眼只剩了一条缝儿，胖脸上的肉都缩紧。还是低声的，可是每个字都像小石子落在渊涧里，声小而结实，他说：“老二！你滚出去！”

老二没想到老大能有这么一招，他的小干脸完全红了，像个用手绢儿擦亮了的小山里红似的。他要发作。可是一看大哥的眼神和脸色，他忍住了气：“好，我滚就是了！”

老大拦住了他：“等等！我还有话说呢！”他的脸白得可怕。“平日，我老敷衍你，因为这里既由我当家，我就不好意思跟你吵嘴。这可是个错误！你以为我不跟你驳辩，就是你说对了，久而久之，就养成了你的坏毛病——你总以为搂住便宜就好，牺牲一点就坏。我很抱歉，我没能早早的矫正你！今天，我告诉你点实话吧！老三走得对，走得好！假若你也还自居为青年，你也应当走，做点比吃喝打扮更大一点的事去！两重老人都在这里，我自己没法子走开，但是我也并不以此就原谅自己！你想想看，日本人的刀已放在咱们的脖子上，你还能单看家中的芝麻粒大的事，而不往更大点的事上多瞧一眼吗？我并不逼着你走，我是教你先去多想一想，往远处大处想一想！"他的气消了一点，脸上渐渐的有了红色，"请你原谅我的发脾气，老二！但是，你也应当知道，好话都是不大受听的！好，你去吧！"他拿出老大哥的气派来，命令弟弟出去，省得再继续争吵。

老二吃了这个钉子，心中不平，暗中把老三偷走的事去报告祖父与母亲，为了讨点好。

妈妈得到消息，并没抱怨老大，也没敢吵嚷，只含着泪一天没有吃什么。

祁老人表示出对老大不满意："单单快到我的生日，你教老三走！你等他给我磕完头再走也好哇！"

小顺儿的妈听到这话，眼珠一转，对丈夫说："这就更非给他老人家做寿不可啦！将功折罪，别教二罪归一呀！"

瑞宣决定给老人庆寿，只是酒菜要比往年俭省一点。

这时候，学校当局们看上海的战事既打得很好，而日本人又没派出教育负责人来，都想马上开学，好使教员与学生们都不至于精神涣散。瑞宣得到通知，到学校去开会。教员们没有到齐，因为已经有几位逃出北平。谈到别人的逃亡，大家的脸上都带出愧色。谁都有不能逃走的理由，但是越说道那些理由越觉得惭愧。

校长来到。他是个五十多岁，极忠诚、极谨慎的一位办中等教育的老手。大家坐好，开会。校长立起来，眼看着对面的墙壁，足有三分钟没有说出话来。瑞宣低着头，说了声："校长请坐吧！"校长像犯了过错的小学生似的，慢慢的坐下。

一位年纪最轻的教员，说出大家都要问而不好意思问的话来：

"校长！我们还在这儿做事，算不算汉奸呢？"

大家都用眼盯住校长，校长又僵着身子立起来，用手摆弄着一管铅笔。他轻嗽了好几下，才说出话来：

"诸位老师们！据兄弟看，战事不会在短期间里结束。按理说，我们都应当离开北平。可是，中学和大学不同。大学会直接向教育部请示，我们呢只能听教育局的命令。城陷之后教育局没人负责，我们须自打主张。大学若接到命令，迁开北平，大学的学生以年龄说，有跋涉长途的能力，以籍贯说，各省的人都有，可以听到消息便到指定的地方集合。咱们的学生，年纪既小，又百分之——"他又嗽了两下，"之——可以说百分之九十是在城里住家。我们带着他们走，走大道，有日本兵截堵，走小道，学生们的能力不够。再说，学生的家长们许他们走吗？也是问题。因此，我明知道，留在这里是自找麻烦，自讨无趣——可怎么办呢？！日本人占定了北平，必首先注意到学生们，也许大肆屠杀青年，也许收容他们做亡国奴，这两个办法都不是咱们所能忍受的！可是，我还想暂时维持学校的生命，在日本人没有明定办法之前，我们不教青年们失学；在他们有了办法之后，我们忍辱求全的设法不教青年们受到最大的损失——肉体上的，精神上的。老师们，能走的请走，我决不拦阻，国家在各方面都正需要人才。不能走的，我请求大家像被奸污了的寡妇似的，为她的小孩子忍辱活下去。我们是不是汉奸？我想，不久政府就会派人来告诉咱们；政府不会忘了咱们，也一定知道咱们逃不出去的困难！"他又嗽了两声，手扶住桌子，"兄弟还有许多话，但是说不上来了。诸位同意呢，咱们下星期一开学。"他眼中含着点泪，极慢极慢的坐下去。

沉静了好久，有人低声的说："赞成开学！"

"有没有异议？"校长想往起立，而没能立起来。没有人出声。他等了一会儿，说："好吧，我们开学看一看吧！以后的变化还大得很，我们能尽心且尽心吧！"

由学校出来，瑞宣像要害热病似的那么憋闷。他想安下心去，清清楚楚的看出一条道路来。可是，他心中极乱，抓不住任何一件事作为思索的起点。他嘴中开始嘟囔。听见自己的嘟囔，心中更加烦闷。平日，他总可怜那些有点神经不健全，而一边走路一边自己嘟嘟囔囔的人。今天，他自己也这样了；莫非自己要发疯？他想起来屈原的披发行吟。但是，他有什么可比屈原的呢？"屈原至少有自杀的勇气，你有吗？"他质问自己。他不敢回答。他想到北海或中山公园去散散闷，可是又阻止住自己："公园是给享受太平的人们预备着的，你没有资格去！"他往家中走。"打败了的狗只有夹着尾巴往家中跑，别无办法！"他低声的告诉自己。

走到胡同口，巡警把他截住。"我在这里住。"他很客气的说。

"等一会儿吧！"巡警也很客气，"里边拿人呢！"

"拿人？"瑞宣吃了一惊，"谁？什么案子？"

"我也不知道！"巡警抱歉的回答，"我只知道来把守这儿，不准行人来往。"

"日本宪兵？"瑞宣低声的问。

巡警点了点头。然后，看左右没有人，他低声的说："这月的饷还没信儿呢，先帮着他们拿咱们的人！真叫窝囊！谁知道咱们北平要变成什么样子呢！先生，你绕个圈儿再回来吧，这里站不住！"

瑞宣本打算在巷口等一会儿，听巡警一说，他只好走开。他猜想得到，日本人捉人必定搜检一切，工夫一定小不了，他决定去走一两个钟头再回来。

"拿谁呢？"他一边走一边猜测。第一个，他想到钱默吟，"假若真是钱先生，"他对自己说，"那——"他想不出来别的话了，而只觉得腿有点发软。第二个，他想到自己的家，是不是老三被敌人捉住了呢？他身上出了汗。他站住，想马上回去。但是，回去又有什么用呢？巡警是不会准他进巷口的。再说，即使他眼看着逮捕钱诗人或他自己家里的人，他又有什么办法呢？没办法！这就叫作亡国惨！没了任何的保障，没有任何的安全，亡国的人是生活在生与死的隙缝间的。愣了半天，他才看出来，他是立在护国寺街上的一家鲜花厂的门口。次日便是庙会。在往常，这正是一挑子一挑子由城外往厂子里运花的时候；到下午，厂子的门洞便已堆满了不带盆子的花棵，预备在明日开庙出售。今天，厂子里外都没有一点动静。门洞里冷清清的只有一些败叶残花。在平日，瑞宣不喜欢逛庙，而爱到花厂里看看，买花不买的，看到那些水灵的花草，他便感到一点生意。现在，他呆呆的看着那些败叶残花，觉得仿佛丢失了一点什么重要的东西。"亡了国就没有了美！"他对自己说。说完，他马上矫正自己："为什么老拿太平时候的标准来看战时的事呢？在战时，血就是花，壮烈的牺牲便是美！"

这时候，日本宪兵在捉捕钱诗人，那除了懒散，别无任何罪名的诗人。胡同两头都临时设了岗，断绝交通。冠晓荷领路。他本不愿出头露面，但是日本人一定教他领路，似乎含有既是由他报告的，若拿不住人，就拿他是问的意思。事前，他并没想到能有这么一招；现在，他只好硬着头皮去干。他的心跳得很快，脸上还勉强的显出镇定，而眼睛像被猎犬包围了的狐狸似的，往四外看，唯恐教邻居们看出他来。他把帽子用力往前扯，好使别人不易认出他来。胡同里的人家全闭了大门，除了槐树上悬着的绿虫儿而外，没有其他的生物。他心中稍为平静了些，以为人们都已藏起去。其实，棚匠刘师傅，还有几个别的人，都扒着门缝往外看呢，而且很清楚的认出他来。

白巡长，脸上没有一点血色，像失了魂似的，跟在冠晓荷的身后。全胡同的人几乎都是他的朋友，假若他平日不肯把任何人带到区署去，他就更不能不动感情的看着朋友们被日本人捕去。对于钱默吟先生，他不甚熟识，因为钱先生不大出来，而且永远无求于巡警。但是，白巡长准知道钱先生是一百二十成的老好人；假若人们都像钱先生，巡警们必可以无为而治。到了钱家门口，他才晓得是捕钱先生，他恨不能一口将冠晓荷咬死！可是，身后还有四个铁棒子似的兽兵，他只好把怒气压抑住。自从城一陷落，他就预想到，他须给敌人做爪牙，去欺侮自己的人。除非他马上脱去制服，他便没法躲避这种最难堪的差事。他没法脱去制服，自己的本领、资格与全家大小的衣食，都替他决定下他须做那些没有人味的事！今天，果然，他是带着兽兵来捉捕最老实的，连个苍蝇都不肯得罪的，钱先生！

敲了半天的门，没有人应声。一个铁棒子刚要用脚踹门，门轻轻的开了。开门的是钱先生。像刚睡醒的样子，他的脸上有些红的褶皱，脚上拖着布鞋，左手在扣着大衫的钮子。头一眼，他看见了冠晓荷，他忙把眼皮垂下去。第二眼，他看到白巡长，白巡长把头扭过去。第三眼，他看到冠晓荷向身后的兽兵轻轻点了点头，像犹大出卖耶稣的时候那样。极快的，他想到两件事：不是王排长出了毛病，便是仲石的事泄漏了。极快的，他看清楚是后者，因为眼前是冠晓荷——他想起高第姑娘的警告。

很高傲自然的，他问了声："干什么？"

这三个字像是烧红了的铁似的。冠晓荷一低头，仿佛是闪躲那红热的火花，向后退了一步。白巡长也跟着躲开。两个兽兵像迎战似的，要往前冲。钱先生的手扶在门框上，挡住他们俩，又问了声："干什么？"一个兽兵的手掌打在钱先生的手腕上，一翻，给老诗人一个反嘴巴。诗人的口中流出血来。兽兵往里走。诗人愣了一会儿，用手扯住那个敌兵的领子，高声的喊喝："你干什么！"敌兵用全身的力量挣扭，钱先生的手，像快溺死的人抓住一条木棍似的，还了扣。白巡长怕老人再吃亏，急快的过来用手一托老先生的肘；钱先生的手放开，白巡长的身子挤进来一点，隔开了老先生与敌兵；敌兵一脚正踹在白巡长的腿上。白巡长忍着疼，把钱先生拉住，假意威吓着。钱先生没再出声儿。

一个兵守住大门，其余的全进入院中；白巡长拉着钱先生也走进来。白巡长低声的说："不必故意的赌气，老先生！好汉不吃眼前亏！"

冠晓荷的野心大而胆量小，不敢进来，也不敢在门外立着。他走进了门洞，掏出闽漆嵌银的香烟盒，想吸支烟。打开烟盒，他想起门外的那个兵，赶紧把盒子递过去，卖个和气。敌兵看了看他，看了看烟盒，把盒子接过去，关上，放在了衣袋里。冠先生惨笑了一下，学着日本人说中国话的腔调："好的！好的！大大的好！"

钱大少爷——孟石——这两天正闹痢疾。本来就瘦弱，病了两天，他就更不像样子了。长头发蓬散着，脸色发青，他正双手提着裤子往屋中走，一边走，一边哼哼。看见父亲被白巡长拉着，口中流着血，又看三个敌兵像三条武装的狗熊似的在院中晃，他忘了疾痛，摇摇晃晃的扑过父亲来。白巡长极快的想到：假若敌人本来只要捉钱老人，就犯不上再白饶上一个。假若钱少爷和日本人冲突，那就非也被捕不可。想到这儿，他咬一咬牙，狠了心。一手他还拉着钱先生，一手他握好了拳。等钱少爷走近了，他劈面给了孟石一个满脸花。孟石倒在地上。白巡长大声的呼喝着"大烟鬼！大烟鬼！"说完，他指了指孟石，又把大指与小指翘起，放在嘴上，嘴中吱吱的响，作给日本人看。他知道日本人对烟鬼是向来"优待"的。

敌兵没管孟石，都进了北屋去检查。白巡长乘这个机会解释给钱先生听："老先生你年纪也不小了，跟他们拼就拼吧；大少爷可不能也教他们捉了去！"

钱先生点了点头。孟石倒在地上，半天没动；他已昏了过去。钱先生低头看着儿子，心中虽然难过，可是难过得很痛快。二儿子的死——现在已完全证实——长子的受委屈，与自己的苦难，他以为都是事所必至，没有什么可稀奇的。太平年月，他有花草，有诗歌，有茶酒；亡了国，他有牺牲与死亡；他很满意自己的遭遇。他看清他的前面是监牢、毒刑与死亡，而毫无恐惧与不安。他只盼着长子不被捕，那么他的老妻与儿媳妇便有了依靠，不至于马上受最大的耻辱与困苦。他不想和老妻诀别，他想她应该了解他：她受苦一世，并无怨言；他殉难，想必她也能明白他的死的价值。对冠晓荷，他不愿去恨恨。他觉得每个人在世界上都像庙中的五百罗汉似的，各有各的一定的地位；他自己的应当死，正如冠晓荷的应当卖人求荣。这样的一一想罢，他的心中很平静坦然。在平日，他有什么感触，便想吟诗。现在，他似乎与诗告别了，因为他觉得二子仲石的牺牲，王排长的宁自杀不投降，和他自己的命运，都是"亡国篇"中的美好的节段——这些事实，即使用散文记录下来，依然是诗的；他不必再向音节词律中找诗了。

这时候，钱太太被兽兵从屋里推了出来，几乎跌倒。他不想和她说什么，可是她慌忙的走过来："他们拿咱们的东西呢！你去看看！"

钱先生哈哈的笑起来。白巡长拉了钱先生好几下，低声的劝告："别笑！别笑！"钱太太这才看清，丈夫的口外有血。她开始用袖子给他擦。"怎么啦？"老妻的袖口擦在他的口旁，他像忽然要发痧似的，心中疼了一阵，身上都出了汗。手扶着她，眼闭上，他镇定了一会儿。睁开眼，他低声的对她说："我还没告诉你，咱们的老二已经不在了，现在他们又来抓我！不用伤心！不用伤心！"他还有许多话要嘱咐她，可是再也说不出来。

钱太太觉得她是做梦呢。她看到的，听到的，全接不上榫子来。自从卢沟桥开火起，她没有一天不叨念小儿子的，可是丈夫和大儿子总告诉她，仲石就快回来了。那天，夜里忽然来了位客人，像是种地的庄稼汉儿，又像个军人。她不敢多嘴，他们也不告诉她那是谁。忽然，那个人又不见了。她盘问丈夫，他只那么笑一笑，什么也不说。还有一晚上，她分明听见院中有动静，又听到一个女子的声音喊喊喳喳的；第二天，她问，也没得到回答。这些都是什么事呢？今天，丈夫口中流着血，日本兵在家中乱搜乱抢，而且丈夫说二儿子已经不在了！她想哭，可是惊异与惶惑截住了她的眼泪。她拉住丈夫的臂，想一样一样的细问。她还没开口，敌兵已由屋中出来，把一根皮带子扔给了白巡长。

钱先生说了话："不必绑！我跟着你们走！"白巡长拿起皮绳，低声的说："松拢上一点，省得他们又动打！"老太太急了，喊了声："你们干什么？要把老头弄了到哪儿去？放开！"她紧紧的握住丈夫的臂。白巡长很着急，唯恐敌兵打她。正在这时候，孟石苏醒过来，叫了声："妈！"钱先生在老妻的耳边说："看老大去！我去去就来，放心！"一扭身，他挣开了她的手，眼中含着两颗怒、愤、傲、烈种种感情混合成的泪，挺着胸往外走。走了两步，他回头看了看他手植的花草，一株秋葵正放着大朵的鹅黄色的花。

瑞宣从护国寺街出来，正碰上钱先生被四个敌兵押着往南走。他们没有预备车子，大概为是故意的教大家看看。钱先生光着头，左脚拖着布鞋，右脚光着，眼睛平视，似笑非笑的抿着嘴。他的手是被捆在身后。瑞宣要哭出来。钱先生并没有看见他。瑞宣呆呆的立在那里，看着，看着，渐渐的他只能看到几个黑影在马路边上慢慢的动，在晴美的阳光下，钱先生的头上闪动着一些白光。

迷迷瞪瞪的他走进小羊圈，除了李四爷的门开着半扇，各院的门还全闭着。他想到钱家看看，安慰安慰孟石和老太太。刚在钱家的门口一愣，李四爷——在门内坐着往外偷看呢——叫了他一声。他找了四大爷去。

"先别到钱家去！"李四爷把瑞宣拉到门里说，"这年月，亲不能顾亲，友不能顾友，小心点！"

瑞宣没有回答出什么来，愣了一会儿，走出来。到家中，他的头痛得要裂。谁也没招呼，他躺在床上，有时候有声，有时候无声的，自己嘟囔着。

全胡同里的人，在北平沦陷的时候，都感到惶惑与苦闷，及至听到上海作战的消息，又都感到兴奋与欣悦。到现在为止，他们始终没有看见敌人是什么样的面貌，也想不出到底他们自己要受什么样的苦处。今天，他们才嗅到了血腥，看见了随时可以加在他们身上的损害。他们都跟钱先生不大熟识，可是都知道他是连条野狗都不得罪的人。钱先生的被打与被捕，使他们知道了敌人的厉害。他们心中的"小日本"已改了样子；小日本儿们不仅是来占领一座城，而是来要大家的命！同时，他们斜眼扫着冠家的街门，知道了他们须要极小心，连"小日本"也不可再多说；他们的邻居里有了甘心作日本狗的人！他们恨冠晓荷比恨日本人还更深，可是他们不会组织起来与他为难；既没有团体的保障，他们个人也就只好敢怒而不敢言。

冠晓荷把门闭的紧紧的，心中七上八下的不安。太阳落下去以后，他更怕了，唯恐西院里有人来报仇。不敢明言，他暗示出，夜间须有人守夜。

大赤包可是非常的得意，对大家宣布：

"得啦，这总算是立了头一功！咱们想退也退不出来了，就卖着力气往前干吧！"交代清楚了这个，她每五分钟里至少下十几条命令，把三个仆人支使得脚不挨地的乱转。一会儿，她主张喝点酒，给丈夫庆功；一会儿，他要请干姊妹们来打牌；一会儿，她要换衣裳出去打听打听钱先生的消息；一会儿，她把刚换好的衣服又脱下来，而教厨子赶快熬点西米粥。

及至她看清冠晓荷有点害怕，她不免动了气：

"你这小子简直不知好歹，要吃，又怕烫，你算哪道玩艺儿呢？这不是好容易找着条道路，立了点功，你怎反倒害了怕呢？姓钱的是你的老子，你怕教人家把他一个嘴巴打死？"

晓荷勉强的打着精神说："大丈夫敢作敢当，我才不怕！"

"这不结啦！"大赤包的语气温柔了些，"你是愿意打八圈，还是喝两虬儿？"没等他回答，她决定了："打八圈吧，今个晚上我的精神很好！高第！你来不来？桐芳你呢？"

高第说要去睡觉。桐芳拒绝了。大赤包发了脾气，想大吵一阵。可是，招弟说了话：

"妈！你听！"

西院里钱太太放声哭起来，连大赤包也不再出声了。

十 四

中秋前后是北平最美丽的时候。天气正好不冷不热，昼夜的长短也划分得平匀。没有冬季从蒙古吹来的黄风，也没有伏天里挟着冰雹的暴雨。天是那么高，那么蓝，那么亮，好像是含着笑告诉北平的人们：在这些天里，大自然是不会给你们什么威胁与损害的。西山北山的蓝色都加深了一些，每天傍晚还披上各色的霞帔。

在太平年月，街上的高摊与地摊，和果店里，都陈列出只有北平人才能一一叫出名字来的水果。各种各样的葡萄，各种各样的梨，各种各样的苹果，已经叫人够看够闻够吃的了，偏偏又加上那些又好看好闻好吃的北平特有的葫芦形的大枣，清香甜脆的小白梨，像花红那样大的白海棠，还有只供闻香儿的海棠木瓜，与通体有金星的香槟子，再配上为拜月用的，贴着金纸条的枕形西瓜，与黄的红的鸡冠花，可就使人顾不得只去享口福，而是已经辨不清哪一种香味更好闻，哪一种颜色更好看，微微的有些醉意了！

那些水果，无论是在店里或摊子上，又都摆列的那么好看，果皮上的白霜一点也没蹭掉，而都被摆成放着香气的立体的图案画，使人感到那些果贩都是些艺术家，他们会使美的东西更美一些。况且，他们还会唱呢！他们精心的把摊子摆好，而后用清脆的嗓音唱出有腔调的"果赞"："唉——一毛钱儿来耶，你就挑一堆我的小白梨儿，皮儿又嫩，水儿又甜，没有一个虫眼儿，我的小嫩白梨儿耶！"歌声在香气中颤动，给苹果葡萄的静丽配上音乐，使人们的脚步放慢，听着看着嗅着北平之秋的美丽。

同时，良乡的肥大的栗子，裹着细沙与糖蜜在路旁唰啦唰啦的炒着，连锅下的柴烟也是香的。"大酒缸"门外，雪白的葱白正拌炒着肥嫩的羊肉；一碗酒，四两肉，有两三毛钱就可以混个醉饱。高粱红的河蟹，用席篓装着，沿街叫卖，而会享受的人们会到正阳楼去用小小的木锤，轻轻敲裂那毛茸茸的蟹脚。

同时，在街上的"香艳的"果摊中间，还有多少个兔儿爷摊子，一层层的摆起粉面彩身，身后插着旗伞的兔儿爷——有大有小，都一样的漂亮工细，有的骑着老虎，有的坐着莲花，有的肩着剃头挑儿，有的背着鲜红的小木柜；这雕塑的小品给千千万万的儿童心中种下美的种子。

同时，以花为粮的丰台开始一挑一挑的往城里运送叶齐苞大的秋菊，而公园中的花匠，与爱美的艺菊家也准备给他们费了半年多的苦心与劳力所养成的奇葩异种开"菊展"。北平的菊种之多，式样之奇，足以甲天下。

同时，像春花一般骄傲与俊美的青年学生，从清华园，从出产莲花白酒的海甸，从东南西北城，到北海去划船；荷花久已残败，可是荷叶还给小船上的男女身上染上一些清香。

同时，那文化过熟的北平人，从一入八月就准备给亲友们送节礼了。街上的铺店用各式的酒瓶，各种馅子的月饼，把自己打扮得像鲜艳的新娘子；就是那不卖礼品的铺户也要凑个热闹，挂起秋节大减价的绸条，迎接北平之秋。

北平之秋就是人间的天堂，也许比天堂更繁荣一点呢！

祁老太爷的生日是八月十三。口中不说，老人的心里却盼望着这一天将与往年的这一天同样的热闹。每年，过了生日便紧跟着过节，即使他正有点小小的不舒服，他也必定挣扎着表示出欢喜与兴奋。在六十岁以后，生日与秋节的联合祝贺几乎成为他的宗教仪式——在这天，他须穿出最心爱的衣服；他须在事前预备好许多小红纸包，包好最近铸出的银角子，分给向他祝寿的小儿；他须极和善的询问亲友们的生活近况，而后按照着他的生活经验逐一的给予鼓励或规劝；他须留神观察，教每一位客人都吃饱，并且检出他所不大喜欢的瓜果或点心给儿童们拿了走。他是老寿星，所以必须做到老寿星所应有的一切慈善、客气、宽大，好免得教客人们因有所不满而暗中抱怨，以致损了他的寿数。生日一过，他感到疲乏；虽然还表示出他很关心大家怎样过中秋节，而心中却只把它作为生日的尾声，过不过并不太紧要，因为生日是他自己的，过节是大家的事；这一家子，连人口带产业，都是他创造出来的，他理应有点自私。

今年，他由生日的前十天，已经在夜间睡得不甚安贴①了。他心中很明白，有日本人占据着北平，他实在不应该盼望过生日与过节能和往年一样的热闹。虽然如此，他可是不愿意就轻易的放弃了希望。钱默吟不是被日本宪兵捉去，至今还没有消息么？谁知道能再活几天呢！那么，能够活着，还不是一件喜事吗？为什么不快快活活的过一次生日呢？这么一想，他不但希望过生日，而且切盼这一次要比过去的任何一次——不管可能与否——更加倍的热闹！说不定，这也许就是末一次了哇！况且，他准知道自己没有得罪过日本人，难道日本人——不管怎样不讲理——还不准一个老实人庆一庆七十五的寿日吗？

他决定到街上去看看。北平街市上，在秋节，应该是什么样子，他一闭眼就能看得清清楚楚；他实在没有上街去的必要。但是，他要出去，不是为看他所知道的秋节街市，而是为看看今年的街市上是否有过节的气象。假若街上照常的热闹，他便无疑的还可以快乐的过一次生日。而日本人的武力占领北平也就没什么大了不得的地方了。

到了街上，他没有闻到果子的香味，没有遇到几个手中提着或肩上担着礼物的人，没有看见多少中秋月饼。他本来走的很慢，现在完全走不上来了。他想得到，城里没有果品，是因为，城外不平安，东西都进不了城。他也知道，月饼的稀少是大家不敢过节的表示。他忽然觉得浑身有些发冷。在他心中，只要日本人不妨碍他自己的生活，他就想不起恨恶他们。对国事，正如对日本人，他总以为都离他很远，无须乎过问。他只求能平安的过日子，快乐的过生日。他觉得他既没有辜负过任何人，他就应当享有这点平安

① 安贴：平静踏实。

与快乐的权利！现在，他看明白，日本已经不许他过节过生日！

以祁老人的饱经患难，他的小眼睛里是不肯轻易落出泪来的。但是，现在他的眼有点看不清前面的东西了。他已经活了七十五岁。假若小儿们会因为一点不顺心而啼哭，老人们就会由于一点不顺心而想到年岁与死亡的密切关系，而不大容易控制住眼泪，等到老人与小儿们都不会泪流，世界便不是到了最和平的时候，就是到了最恐怖的时候。

找了个豆汁儿摊子，他借坐了一会儿，心中才舒服了一些。

他开始往家中走。路上，他看见两个兔儿爷摊子，都摆着许多大小不同的、五光十色的兔儿爷。在往年，他曾拉着儿子，或孙子，或重孙子，在这样的摊子前一站，就站个把钟头，去欣赏、批评和选购一两个价钱小而手工细的泥兔儿。今天，他独自由摊子前面过，他感到孤寂。同时，往年的兔儿爷摊子是与许多果摊儿立在一处的，使人看到两种不同的东西，而极快的把二者联结到一起——用鲜果供养兔子王。由于这观念的联合，人们的心中就又立刻勾出一幅美丽的、和平的、欢喜的拜月图来。今天，两个兔儿爷的摊子是孤立的，两旁并没有那色香俱美的果子，使祁老人心中觉得异样，甚至于有些害怕。

他想给小顺儿和妞子买两个兔儿爷。很快的他又转了念头——在这样的年月还给孩子们买玩艺儿？可是，当他还没十分打定主意的时候，摆摊子的人，一个三十多岁的瘦子，满脸含笑的叫住了他："老人家照顾照顾吧！"由他脸上的笑容和他声音的温柔，祁老人看出来，即使不买他的货物，而只和他闲扯一会儿，他也必定很高兴。祁老人可是没停住脚步，他没有心思买玩具或闲扯。瘦子赶过来一步："照顾照顾吧！便宜！"听到"便宜"，几乎是本能的，老人停住了脚。瘦子的笑容更扩大了，假若刚才还带有不放心的意思，现在仿佛是已把心放下去。他笑着叹了口气，似乎是说："我可抓到了一位财神爷！"

"老人家，您坐一会儿，歇歇腿儿！"瘦子把板凳拉过来，而且用袖子拂拭了一番，"我告诉您，摆出来三天了，还没开过张，您看这年月怎办？货物都是一个夏天做好的，能够不拿出来卖吗？可是……"看老人已经坐下，他赶紧入了正题："得啦，你老人家拿我两个大的吧，准保赔着本儿卖！您要什么样子的？这一对，一个骑黑虎的，一个骑黄虎的，就很不错！玩艺做的真地道！"

"给两个小孩儿买，总得买一模一样的，省得争吵！"祁老人觉得自己是被瘦子圈弄住了，不得不先用话搪塞一下。

"有的是一样的呀，您挑吧！"瘦子决定不放跑了这个老人。"您看，是要两个黑虎的呢，还是来一对莲花座儿的？价钱都一样，我贱贱的卖！"

"我不要那么大的！孩子小，玩艺儿大，容易摔了！"老人又把瘦子支回去，心中痛快了一点。

"那么您就挑两个小的，得啦！"瘦子决定要把这号生意做成，"大的小的，价钱并差不多，因为小的工细，省了料可省不了工！"他轻轻的拿起一个不到三寸高的小兔儿爷，放在手心上细细的端详："您看，活儿做得有多么细致！"

小兔儿的确做得细致：粉脸是那么光润，眉眼是那么清秀，就是一个七十五岁的老人也没法不像小孩子那样的喜爱它。脸蛋上没有胭脂，而只在小三瓣嘴上画了一条细线，红的，上了油；两个细长白耳朵上淡淡的描着点浅红；这样，小兔儿的脸上就带出一种英俊的样子，倒好像是兔儿中的黄天霸似的。它的上身穿着朱红的袍，从腰以下是翠绿的叶与粉红的花，每一个叶褶与花瓣都精心的染上鲜明而匀调的彩色，使绿叶红花都闪闪欲动。

祁老人的小眼睛发了光。但是，他晓得怎样控制自己。他不能被这个小泥东西诱惑住，而随便花钱。他会像悬崖勒马似的勒住他的钱——这是他成家立业的首要的原因。

"我想，我还是挑两个不大不小的吧！"他看出来，那些中溜儿的玩具，既不像大号的那么威武，也不像小号的那么玲珑，当然价钱也必合适一点。

瘦子有点失望。可是，凭着他的北平小贩应有的修养，他把失望都严严的封在心里，不准走漏出半点味。老人费了二十五分钟的工夫，挑了一对。又费了不到二十五分也差不多的时间，讲定了价钱。讲好了价钱，他又坐下了——非到无可如何的时候，他不愿意往外掏钱；钱在自己的口袋里是和把狗拴在屋里一样保险的。

瘦子并不着急。他愿意有这么位老人坐在这里，给他做义务的广告牌。同时，交易成了，彼此便变成朋友，他对老人说出心中的话：

"要照这么下去，我这点手艺非绝了根儿不可！"

"怎么？"老人把要去摸钱袋的手又拿了出来。

"您看哪，今年我的货要是都卖不出去，明年我还傻瓜似的预备吗？不会！要是几年下去，这行手艺还不断了根？您想是不是？"

"几年？"老人的心中凉了一下。

"东三省……不是已经丢了好几年了吗？"

"哼！"老人的手有点发颤，相当快的掏出钱来，递给瘦子，"哼！几年！我就入了土喽！"说完，他几乎忘了拿那一对泥兔儿，就要走开，假若不是瘦子很小心的把它们递过来。

"几年！"他一边走一边自己嘟囔着。口中嘟囔着这两个字，他心中的眼睛已经看到，他的棺材恐怕是要从有日本兵把守着的城门中抬出去，而他的子孙将要住在一个没有兔儿爷的北平；随着兔儿爷的消灭，许多许多可爱的、北平特有的东西，也必定绝了根！他想不起像"亡国惨"一类的名词，去给他心中的抑郁与关切一个简单而有力的结论，他只觉得"绝了根"，无论是什么人和什么东西，是"十分"不对的！在他的活动了七十五年的心中，对任何不对的事情，向来很少有用"十分"来形容的时候。即使有时候他感到有用"十分"作形容的必要，他也总设法把它减到九分、八分，免得激起自己的怒气，以致发生什么激烈的行动；他宁可吃亏，而决不去带着怒气应付任何的事。他没读过什么书，但是他老以为这种吃亏而不动气的办法是孔夫子或孟夫子直接教给他的。

一边走，他一边减低"十分"的成数。他已经七十五岁了，"老不以筋骨为能"，他必须往下压制自己的愤怒。不知不觉的，他已走到了小羊圈，像一匹老马那样半闭着眼而能找到了家。走到钱家门外，他不由的想起钱默吟先生，而立刻觉得那个"十分"是减不得的。同时，他觉得手中拿着两个兔儿爷是非常不合适的；钱先生怎样了，是已经被日本人打死，还是熬着苦刑在狱里受罪？好友生死不明，而他自己还有心情给重孙子买兔儿爷！想到这里，他几乎要承认钱少爷的摔死一车日本兵，和孙子瑞全的逃走，都是合理的举动了。

一号的门开开了。老人受了一惊。几乎是本能的，他往前赶了几步；他不愿意教钱家的人看见他——手中拿着兔儿爷！

紧走了几步以后，他后了悔。凭他与钱老者的友谊，他就是这样的躲避着朋友的家属吗、他马上放缓了脚步，很惭愧的回头看了看。钱太太——一个比蝴蝶还温柔，比羊羔还可怜的年近五十的矮妇人——在门外立着呢。她的左腋下夹着一个不很大的蓝布包儿，两只凹进很深的眼看看大槐树，又看看蓝布包儿，好像在自家门前迷失了路的样子。祁老人向后转。钱太太的右手拉起来一点长袍——一件极旧极长的袍子，长得遮住脚面——似乎也要向后转。老人赶了过去，叫了声钱太太。钱太太不动了，呆呆的看着他。她脸上的肌肉像是已经忘了怎样表情，只有眼皮慢慢的开闭。

"钱太太！"老人又叫了一声，而想不起别的话来。

她也说不出话来；极度的悲苦使她心中成了一块空白。

老人咽了好几口气，才问出来："钱先生怎样了？"

她微微的一低头，可是并没有哭出来；她的泪仿佛已经早已用完了。她很快的转了身，迈进了门坎。老人也跟了进去。在门洞中，她找到了自己的声音，一种失掉了言语的音乐的哑涩的声音：

"什么地方都问过了，打听不到他在哪里！祁伯伯！我是个终年不迈出这个门坎的人，可是现在我找遍了九城！"

"大少爷呢？"

"快，快，快不行啦！父亲被捕，弟弟殉难，他正害病；病上加气，他已经三天没吃一口东西，没说一句话了！祁伯伯，日本人要是用炮把城轰平了，倒比这么坑害人强啊！"说到这里，她的头扬起来。眼中，代替眼泪的，是一团儿怒的火。她不住的眨眼，好像是被烟火烧炙着似的。

老人愣了一会儿。他很想帮她的忙，但是事情都太大，他无从尽力。假若这些苦难落在别人的身上，他会很简单的判断："这都是命当如此！"可是，他不能拿这句话来判断眼前的这一回事，因为他的确知道钱家的人都是一百一十成的好人，绝对不应该受这样的折磨。

"现在，你要上哪儿去呢？"

她看了看腋下的蓝布包儿，脸上抽动了一下，而后又扬起头来，决心把害羞压服住："我去当当！"紧跟着，她的脸上露出极微的，可是由极度用力而来的，一点笑意，像在浓云后努力透出的一点阳光。"哼！平日，我连拿钱买东西都有点害怕，现在我会也上当铺了！"

祁老人得到可以帮忙的机会："我，我还能借给你几块钱！"

"不，祁伯伯！"她说得那么坚决，哑涩的嗓子中居然出来一点尖锐的声音。

"咱们过得多呀！钱太太！"

"不！我的丈夫一辈子不求人，我不能在他不在家的时候……"她没有能说完这句话，她要刚强，可是她也知道刚强的代价是多么大。她忽然的改了话："祁伯伯！你看，默吟怎样呢？能够还活着吗？能够还回来吗？"

祁老人的手颤起来。他没法回答她。想了半天，他声音很低的说："钱太太！咱们好不好去求求冠晓荷呢？"他不会说"解铃还是系铃人"，可是他的口气与神情帮忙他，教钱太太明白了他的意思。

"他？求他？"她的眉有点立起来了。

"我去！我去！"祁老人紧赶着说，"你知道，我也很讨厌那个人！"

"你也不用去！他不是人！"钱太太一辈子不会说一个脏字，"不是人"已经把她所有的愤恨与诅咒都说尽了，"啊，我还得赶紧上当铺去呢！"说着，她很快的往外走。

祁老人完全不明白她了。她，那么老实、规矩、好害羞的一个妇人，居然会变成这么坚决、烈性与勇敢！愣住一会，看她已出了大门，他才想起跟出来。出了门，他想拦住她，可是她已拐了弯——她居然不再注意关上门，那永远关得严严的门！老人叹了口气，不知道怎的很想把手中的一对泥东西摔在大槐树的粗干子上。可是，他并没肯那么办。他也想进去看看钱大少，可是也打不起精神来，他觉得心里堵得慌！

走到三号门口，他想进去看看冠先生，给钱默吟说说情。可是，他还须再想一想。他的愿意搭救钱先生是出于真心，但是他绝不愿因救别人而连累了自己。在一个并不十分好对付的社会中活了七十多岁，他知道什么叫作谨慎。

到了家中，他仿佛疲倦得已不能支持。把两个玩艺儿交给小顺儿的妈，他一语未发的走进自己的屋中。小顺儿的妈只顾了接和看两个泥东西，并没注意老人的神色。她说了声："哟！还有卖兔儿爷的哪！"说完，她后了悔，她的语气分明是有点看不起老太爷，差不多等于说："你还有心思买玩艺儿哪，在这个年月！"她觉得不大得劲儿。为掩饰自己的不知如何是好，她喊了声小顺儿："快来，太爷爷给你们买兔儿爷来啦！"

小顺儿与妞子像两个箭头似的跑来。小顺儿劈手拿过一个泥兔儿去，小妞子把一个食指放在嘴唇上，看着兔儿爷直吸气，兴奋得脸上通通的红了。

"还不进去给老太爷道谢哪？"他们的妈高声的说。

妞子也把兔儿爷接过来，双手捧着，同哥哥走进老人的屋内。

"太爷爷！"小顺儿笑得连眉毛都挪了地方，"你给买来的？"

"太爷爷！"妞子也要表示感谢，而找不到话说。

"玩去吧！"老人半闭着眼说："今年玩了，明年可……"他把后半句话咽回去了。

"明年怎样？明年买更大、更大、更大的吧？"小顺儿问。

"大、大、大的吧？"妞子跟着哥哥说。

老人把眼闭严，没回出话来。

十五

北平虽然做了几百年的"帝王之都"，它的四郊却并没有受过多少好处。一出城，都市立刻变成了田野。城外几乎没有什么好的道路，更没有什么工厂，而只有些菜园与不十分肥美的田；田亩中夹着许多没有树木的坟地。在平日，这里的农家，和其他的北方的农家一样，时常受着狂风、干旱、蝗虫的欺侮，而一年倒有半年忍受着饥寒。一到打仗，北平的城门紧闭起来，城外的治安便差不多完全交给农民们自行维持，而农民们便把生死存亡都交给命运。他们，虽然有一辈子也不一定能进几次城的，可是在心理上都自居为北平人。他们都很老实，讲礼貌，即使饿着肚子也不敢去为非作歹。他们只受别人的欺侮，而不敢去损害别人。在他们实在没有法子维持生活的时候，才把子弟们送往城里去拉洋车，当巡警或做小生意，得些工资，补充地亩生产的不足。到了改朝换代的时候，他们无可逃避的要受到最大的苦难：屠杀，抢掠，奸污，都首先落在他们的身上。赶到大局已定，皇帝便会把他们的田墓用御笔一圈，圈给那开国的元勋；于是，他们丢失了自家的坟墓与产业，而给别人做看守坟陵的奴隶。

祁老人的父母是葬在德胜门外土城西边的一块相当干燥的地里。据风水先生说，这块地背枕土城——北平城的前身——前面西山，主家业兴旺。这块地将将的够三亩，祁老人由典租而后又找补了点钱，慢慢的把它买过来。他并没有种几株树去纪念父母，而把地仍旧交给原来的地主耕种，每年多少可以收纳一些杂粮。他觉得父母的坟头前后左右都有些青青的麦苗或白薯秧子也就和树木的绿色相差无几，而死鬼们大概也可以满意了。

在老人的生日的前一天，种着他的三亩地的常二爷——一个又干又偻、而心地极好的、将近六十岁的、横粗的小老头儿——进城来看他。德胜门已经被敌人封闭，他是由西直门进来的。背着一口袋新小米，他由家里一口气走到祁家。除了脸上和身上落了一层细黄土，简直看不出来他是刚刚负着几十斤粮走了好几里路的。一进街门，他把米袋放下，先声势浩大的跺了一阵脚，而后用粗硬的手使劲地搓了搓脸，又在身上拍打了一回；这样把黄土大概的除掉，他才提起米袋往里走，一边走一边老声老气的叫："祁大哥！祁大哥！"虽然他比祁老人小着十好几岁，可是，当初不知怎么论的，他们彼此兄弟相称。

常二爷每次来访，总是祁家全家人最兴奋的一天。久住在都市里，他们已经忘了大地的真正颜色与功用；他们的"地"不是黑土的大道，便是石子垫成，铺着臭油的马路。及至他们看到常二爷——满身黄土而拿着新小米或高粱的常二爷——他们才觉出人与大地的关系，而感到亲切与兴奋。他们愿意听他讲些与政治、国际关系、衣装的式样和电影明星完全无关，可是紧紧与生命相联，最实际，最迫切的问题。听他讲话，就好像吃腻了鸡鸭鱼肉，而嚼一条刚从架上摘下来的，尖端上还顶着黄花的王瓜，那么清鲜可喜。他们完全以朋友对待他，虽然他既是个乡下人，又给他们种着地——尽管只是三亩来的坟地。

祁老人这两天心里正不高兴。自从给小顺儿们买了兔儿爷那天起，他就老不大痛快。对于庆祝生日，他已经不再提起，表示出举行与否全没关系。对钱家，他打发瑞宣给送过十块钱去，钱太太不收。他很想到冠家去说情，可是他几次已经走到三号的门外，又退了回来。他厌恶冠家像厌恶一群苍蝇似的。

但是，不去吧，他又觉得对不起钱家的人。不错，在这年月，人人都该少管别人的闲事；像猫管不着狗的事那样。可是，见死不救，究竟是于心不安的。人到底是人哪，况且，钱先生是他的好友啊！他不便说出心中的不安，大家动问，他只说有点想"小三儿"，遮掩过去。

听到常二爷的声音，老人从心里笑了出来，急忙的迎到院里。院中的几盆石榴树上挂着的"小罐儿"已经都红了，老人的眼看到那发光的红色，心中忽然一亮；紧跟着，他看到常二爷的大腮帮，花白胡须的脸。他心中的亮光像探照灯照住了飞机那么得意。

"常老二！你可好哇？"

"好噢！大哥好？"常二爷把粮袋放下，作了个通天扯地的大揖。

到了屋里，两位老人彼此端详了一番，口中不住的说"好"，而心中都暗道："又老了一些！"

小顺儿的妈闻风而至，端来洗脸水与茶壶。常二爷一边用硬手搓着硬脸，一边对她说："泡点好叶子哟！"

她的热诚劲儿使她的言语坦率而切于实际：

"那没错！先告诉我吧，二爷爷，吃了饭没有？"

瑞宣正进来，脸上也带着笑容，把话接过去："还用问吗，你做去就是啦！"

常二爷用力的用手巾钻着耳朵眼，胡子上的水珠一劲儿往下滴。"别费事！给我做碗片儿汤就行了！"

"片儿汤？"祁老人的小眼睛睁得不能再大一点。"你这是到了我家里啦！顺儿的妈，赶紧去做，做四大碗炸酱面，煮硬一点！"

她回到厨房去。小顺儿和妞子飞跑的进来。常二爷已洗完脸，把两个孩搂住，而后先举妞子，后举小顺儿，把他们举得几乎够着了天——他们的天便是天花板。把他们放下，他从怀里掏出五个大红皮油鸡蛋来，很抱歉的说："简直找不出东西来！得啦，就这五个蛋吧！真拿不出手去，哼！"

这时候，连天佑太太也振作精神，慢慢的走进来。瑞丰也很想过来，可是被太太拦住："一个破种地的乡下脑壳，有什么可看的！"她撅着胖嘴说。

大家团团围住，看常二爷喝茶，吃面，听他讲说今年的年成，和家中大小的困难，都感到新颖有趣。最使他们兴奋的，是他把四大碗面条、一中碗炸酱和两头大蒜，都吃了个干净。吃完，他要了一大碗面汤，几口把它喝干，而后挺了挺腰，说了声："原汤化原食！"

大家的高兴，可惜，只是个很短的时间的。常二爷在打过几个长而响亮的饱嗝儿以后，说出点使大家面面相觑的话来：

"大哥！我来告诉你一声，城外头近来可很不安静！偷坟盗墓的很多！"

"什么？"祁老人惊异的问。

"偷坟盗墓的！大哥你看哪，城里头这些日子怎么样，我不大知道。城外头，干脆没人管事儿啦！你说闹日本鬼子吧，我没看见一个，你说没闹日本鬼子吧，黑天白日的又一劲儿咕咚大炮，打下点粮食来，不敢挑出去卖；不卖吧，又怎么买些针头线脑的呢；眼看着就到冬天，难道不给孩子们身上添点东西吗？近来就更好了，王爷坟和张老公坟全教人家给扒啦，我不晓得由哪儿来的这么一股儿无法无天的人，可是我心里直沉不住气！我自己的那几亩旱也不收、涝也不收的冤孽地，和那几间东倒西歪痨病腔子的草房，都不算一回事！我就是不放心你的那块坟地！大哥，你托我给照应着坟，我没给过你一个小铜板，你也没拿我当作看坟的对待。咱们是朋友。每年春秋两季，我老把坟头拍得圆圆的，多添几锨土；什么话呢，咱们是朋友。那点地的出产，我打了五斗，不能告诉你四斗九升。心眼放正，老天爷看得见！现在，王爷坟都教人家给扒了，万一……"常二爷一劲儿眨巴他的没有什么睫毛的眼。

大家全愣住了。小顺儿看出来屋里的空气有点不大对，扯了扯妞子："走，咱们院子里玩去！"

妞子看了看大家，也低声说了声："肘！"——"走"字，她还不大说得上来。

大家都感到问题的严重，而都想不出办法来。瑞宣只说出一个"亡"字来，就又闭上嘴。他本来要说"亡了国连死人也得受刑！"可是，说出来既无补于事，又足以增加老人们的忧虑，何苦呢，所以他闭上了嘴。

天佑太太说了话："二叔你就多分点心吧，谁教咱们是父一辈子一辈的交情呢！"她明知道这样的话说不说都没关系，可是她必须说出来；老太太们大概都会说这种与事无益，而暂时能教大家缓一口气的话。

"就是啊，老二！"祁老人马上也想起话来，"你还得多分分心！"

"那用不着大哥你嘱咐！"常二爷拍着胸膛说，"我能尽心的地方，决不能耍滑！说假话是狗养的！我要交代清楚，到我不能尽心的时候，大哥你可别一口咬定，说我不够朋友！哼，这才叫做天下大乱，大变人心呢！"

"老二！你只管放心！看事做事；你尽到了心，我们全家感恩不尽！我们也不能抱怨你！那是我们祁家的坟地！"祁老人一气说完，小眼睛里窝着两颗泪。他真的动了心。假如不幸父母的棺材真叫人家给掘出来，他一辈子的苦心与劳力岂不全都落了空？父母的骨头若随便被野狗叼了走，他岂不是白活了七十多岁，还有什么脸再见人呢？

常二爷看见祁老人眼中的泪，不敢再说别的，而只好横打鼻梁负起责任："得啦，大哥！什么也甭再说了，就盼着老天爷不亏负咱们这些老实人吧！"说完，他背着手慢慢往院中走。（每逢他来到这里，他必定要把屋里院里全参观一遍，倒好像是游览故宫博物院呢。）来到院中，他故意的夸奖那些石榴，好使祁老人把眼泪收回去。祁老人也跟着来到院中，立刻喊瑞丰拿剪子来，给二爷剪下两个石榴，给孩子们带回去。瑞丰这才出来，向常二爷行礼打招呼。

"老二，不要动！"常二爷拦阻瑞丰去剪折石榴。"长在树上是个玩艺儿！我带回家去，还不够孩子们吃三口的呢！乡下孩子，老像饿疯了似的！"

"瑞丰你剪哪！"祁老人坚决的说，"剪几个大的！"

这时候，天佑太太在屋里低声的叫瑞宣，"老大，你搀我一把儿，我站不起来啦！"

瑞宣赶紧过去搀住了她："妈！怎么啦？"

"老大！咱们作了什么孽，至于要掘咱们的坟哪！"

瑞宣的手碰着了她的，冰凉！他没有话可说，但是没法子不说些什么："妈！不要紧！不要紧！哪能可巧就轮到咱们身上呢！不至于！不至于！"一边说着，他一边搀着她走，慢慢走到南屋去。"妈！喝口糖水吧？"

"不喝！我躺会儿吧！"

扶她卧倒，他呆呆的看着她的瘦小的身躯。他不由的想到：她不定什么时候就会死去，而死后还不知哪会儿就被人家掘出来！他是应当在这里守着她呢？还是应当像老三那样去和敌人决斗呢？他决定不了什么。

"老大，你去吧！"妈妈闭着眼说，声音极微细。

他轻轻的走出来。

常二爷参观到厨房，看小顺儿的妈那份忙劲儿和青菜与猪肉之多，他忽然的想起来："哟！明天是大哥的生日！你看我的记性有多好！"说完，他跑到院中，就在石榴盆的附近给祁老人跪下了："大哥，你受我三个头吧！

盼你再活十年二十年的，硬硬朗朗的！"

"不敢当噢！"祁老人喜欢得手足无措，"老哥儿们啦，不敢当！"

"就是这三个头！"二爷一边磕头一边说，"你跟我'要'礼物，我也拿不出来！"叩罢了头，他立起来，用手掸了掸磕膝上的尘土。

瑞宣赶紧跑过来，给常二爷作揖致谢。

小顺儿以为这很好玩，小青蛙似的，爬在地上，给他的小妹磕了不止三个头。小妞子笑得哏哏的，也忙着跪下给哥哥磕头。磕着磕着，两个头顶在一处，改为顶老羊。

大人们，心里忧虑着坟墓的安全，而眼中看到儿童的天真，都无可如何的笑了笑。

"老二！"祁老人叫常二爷，"今天不要走，明天吃碗寿面再出城！"

"那——"常二爷想了想，"我不大放心家里呀！我并没多大用处，究竟是在家可以给他们仗点胆！嗨！这个年月，简直的没法儿混！"

"我看，二爷爷还是回去的好！"瑞宣低声的说，"省得两下里心都不安！"

"这话对！"常二爷点着头说，"我还是说走就走！抓早儿出城，路上好走一点！大哥，我再来看你！我还有点荞麦呢，等打下来，我送给你点！那么，大哥，我走啦！"

"不准你走！"小顺儿过来抱住常二爷的腿。

"不肘！"妞子永远摹仿着哥哥，也过来拉住老人的手。

"好乖！真乖！"常二爷一手拍着一个头，口中赞叹着，"我还来呢！再来，我给你们扛个大南瓜来！"

正这么说着，门外李四爷的清脆嗓音在喊："城门又关上了，先别出门啊！"

祁老人与常二爷都是饱经患难的人，只知道谨慎，而不知道害怕。可是听到李四爷的喊声，他们脸上的肌肉都缩紧了一些，胡子微微的立起来。小顺儿和妞子，不知道为什么，赶紧撒开手，不再缠磨常二爷了。

"怎么？"小顺儿的妈从厨房探出头来问，"又关了城？我还忘了买黄花和木耳，非买去不可呢！"

大家都觉得这不是买木耳的好时候，而都想责备她一半句。可是，大家又都知道她是一片忠心，所以谁也没肯出声。见没人搭话，她叹了口气，像蜗牛似的把头缩回去。

"老二！咱们屋里坐吧！"祁老人往屋中让常二爷，好像屋中比院里更安全似的。

常二爷没说什么，心中七上八下的非常的不安。晚饭，他到厨房去帮着烙饼，本想和祁少奶奶说些家长里短，可是，一提起家中，他就更不放心，所以并没能说得很痛快。晚间，刚点灯不久，他就睡了，准备次日一清早就出城。

天刚一亮，他就起来了，可是不能不辞而别——怕大门不锁好，万一再有"扫亮子"的小贼。等到小顺儿的妈来升火，他用凉水漱了漱口，告诉她他要赶早儿出城。她一定要给他弄点东西吃，他一定不肯；最后，她塞给他一张昨天晚上剩下的大饼，又倒了一大碗暖瓶里的开水，勒令教他吃下去。吃完，他拿着祁老人给的几个石榴，告辞。她把他送出去。

城门还是没有开。他向巡警打听，巡警说不上来什么时候才能开城，而嘱咐他别紧在那里晃来晃去。他又回到祁家来。

没有任何人的帮助，小顺儿的妈独力做好了够三桌人吃的"炒菜面"。工作使她疲劳，可也使她自傲。看常二爷回来，她更高点兴，因为她知道即使她的烹调不能尽满人意，她可是必能由常二爷的口中得到最好的称赞。

祁老人也颇高兴常二爷的没能走脱，而凑着趣说："这是城门替我留客，老二！"

眼看就十点多钟了，客人没有来一个！祁老人虽然还陪着常二爷闲谈，可是脸上的颜色越来越暗了。常二爷看出来老人的神色不对，颇想用些可笑的言语教他开心，但是自己心中正挂念着家里，实在打不起精神来。于是，两位老人就对坐着发愣。愣得实在难堪了，就交替着咳嗽一声，而后以咳嗽为题，找到一两句话——只是一两句，再往下说，就势必说到年岁与健康，而无从不悲观。假若不幸而提到日本鬼子，那就更糟，因为日本人是来毁灭一切的，不管谁的年纪多么大，和品行怎样好。

天佑一清早就回来了，很惭愧的给父亲磕了头。他本想给父亲买些鲜果和螃蟹什么的，可是城门关着，连西单牌楼与西四牌楼的肉市与菜市上都没有一个摊子，他只好空着手回来。他知道，老父亲并不争嘴；不过，能带些东西回来，多少足以表示一点孝心。再说，街上还能买到东西，就是"天下太平"的证据，也好教老人高兴一点。可是，他空着手回来！他简直不敢多在父亲面前立着或坐着，恐怕父亲问到市面如何，而增加老人的忧虑。他也不敢完全藏到自己的屋中去，深恐父亲挑了眼，说他并没有祝寿的诚心。他始终没敢进南屋去，而一会儿到北屋给父亲和常二爷添添茶，一会儿到院中用和悦的声音对小顺儿说："看！太爷爷的石榴有多么红呀！"或对小妞子说："哟！太爷爷给买的兔儿爷？真好看！好好拿着，别摔了噢！"他的语声不但和悦，而且相当的高，好教屋里的老人能听见。口中这么说道着，他的心里可正在盘算：每年在这个时节，城里的人多少要添置一些衣服；而城外的人，收了庄稼以后，必定进城来买布匹；只要价钱公道，尺码儿大，就不怕城外的人不成群搭伙的来照顾的。他的小布铺，一向是言无二价，而且是尺码加一。他永不仗着"大减价"去招生意，他的尺就是最好的广告。可是，今年，他没看见一个乡下的主顾；城门还关着啊！至于城里的人，有钱的不敢花用，没钱的连饭都吃不上，谁还买布！他看准，日本人不必用真刀真枪的乱杀人，只要他们老这么占据着北平，就可以杀人不见血的消灭多少万人！他想和家里的人谈谈这个，但是今天是老太爷的生日，他张不开口。他须把委屈放在肚子里，而把孝心，像一件新袍子似的，露在外面。

天佑太太扎挣着，很早的就起来，穿起新的竹布大衫，给老公公行礼。在她低下头行礼的时候，她的泪偷偷的在眼中转了几转。她觉得她必死在老公公的前头，而也许刚刚埋在地里就被匪徒们给掘出来！

最着急的是小顺儿的妈。酒饭都已预备好，而没有一个人来！劳力是她自己的，不算什么。钱可是大家的呢；假若把菜面都剩下，别人还好办，老二瑞丰会首先责难她的！即使瑞丰不开口，东西都是钱买来的，她也不忍随便扔掉啊！她很想溜出去，把李四爷请来，可是人家能空着手来吗？她急得在厨房里乱转，实在憋不住了，她到上屋去请示：

"你们二位老人家先喝点酒吧？"

常二爷纯粹出于客气的说："不忙！天还早呢！"其实，他早已饿了。

祁老人愣了一小会儿，低声的说："再等一等！"

她笑得极不自然的又走回厨房。

瑞丰也相当的失望，他平日最喜欢串门子，访亲友，好有机会把东家的事说给西家，再把西家的事说给东家，而在姑姑老姨之间充分的表现他的无聊与重要。亲友们家中有婚丧事儿，他必定到场，去说，去吃，去展览他的新衣帽，像只格外讨好的狗似的，总在人多的地方摇摆尾巴。自从结婚以后，他的太太扯住了他的腿，不许他随便出去。在她看，中山公园的来今雨轩，北海的五龙亭，东安市场与剧院才是谈心、吃饭和展览装饰的好地方。她讨厌那些连"嘉宝"与"阮玲玉"都不晓得的三姑姑与六姨儿。因此，他切盼今天能来些位亲友，他好由北屋串到南屋的跟平辈的开些小玩笑，和长辈们说些陈谷子烂芝麻；到吃饭的时候，还要扯着他的干而尖锐的嗓子，和男人们拼酒猜拳。吃饱，喝足，把谈话也都扯尽，他会去告诉大嫂："你的菜做得并不怎样，全仗着我的招待好，算是没垮台。你说是不是？大嫂？"

等到十一点多钟了，还是没有人来。瑞丰的心凉了半截。他的话，他的酒量，他的酬应天才，今天全没法施展了！"真奇怪！人们因为关城就不来往了吗？北平人太泄气！太泄气！"他叼着根烟卷儿在屋中来回的走，口中嘟囔着。

"哼！不来人才好呢！我就讨厌那群连牙也不刷的老婆子老头子们！"二太太撇着嘴说，"我告诉你，丰，赶到明儿个老三的事犯了，连条狗也甭想进这个院子来！看看钱家，你就明白了！"

瑞丰恍然大悟："对呀！不都是关城的缘故，倒恐怕是老三逃走的事已然吵嚷动了呢！"

"你这才明白！木头脑袋！我没早告诉你吗，咱们得分出去另过吗？你老不听我的，倒好像我的话都有毒似的！赶明儿老三的案子犯了，尊家也得教宪兵捆了走！"

"依你之见呢？"瑞丰拉住她的胖手，轻轻的拍了两下。

"过了节，你跟大哥说：分家！"

"咱们月间的收入太少哇！"他的小干脸上皱起许多细纹来，像个半熟了的花仔儿似的，"在这里，大嫂是咱们的义务老妈子；分出去，你又不会做饭。"

"什么不会？我会，就是不做！"

"不管怎样吧，反正得雇女仆，开销不是更大了吗？"

"你是死人，不会去活动活动？"二太太仿佛感到疲乏，打了个肥大款式的哈欠；大红嘴张开，像个小火山口似的。

"哟！你不是说话太多了，有点累的慌？"瑞丰很关切的问。

"在舞场、公园、电影园，我永远不觉得疲倦；就是在这里我才老没有精神；这里就是地狱，地狱也许比这儿还热闹点儿！"

"咱们找什么路子呢？"他不能承认这里是地狱，可是也不敢顶撞太太，所以只好发问。

她的胖食指指着西南："冠家！"

"冠家？"瑞丰的小干脸上登时发了光。他久想和冠家的人多有来往，一来是他羡慕晓荷的吃喝穿戴，二来是他想跟两位小姐勾搭勾搭，开开心。可是，全家的反对冠家，使他不敢特立独行，而太太的管束又教他不敢正眼看高第与招弟。今天，听到太太的话，他高兴得像饿狗得到一块骨头。

"冠先生和冠太太都是顶有本事的人，跟他们学，你才能有起色！可是，"胖太太说到这里，她的永远缩缩着的脖子居然挺了起来，"你要去，必得跟我一道！要是偷偷的独自去和她们耍骨头，我砸烂了你的腿！"

"也不致有那么大的罪过呀！"他扯着脸不害羞的说。

他们决定明天去给冠家送点节礼。

瑞宣的忧虑是很多的，可是不便露在外面。为目前之计，他须招老太爷和妈妈欢喜。假若他们因忧郁而闹点病，他马上就会感到更多的困难。他暗中去关照了瑞丰，建议给父亲，嘱托了常二爷："吃饭的时候，多喝几杯！拼命的闹哄，不给老人家发牢骚的机会！"对二弟妹，他也投递了降表："老太爷今天可不高兴，二妹，你也得帮忙，招他笑一笑！办到了我过了节，请你看电影。"

二奶奶得到这个贿赂，这才答应出来和大家一同吃饭；她本想独自吃点什么，故意给大家下不来台的。

把大家都运动好，瑞宣用最欢悦的声音叫："顺儿的妈！开饭哟！"然后又叫瑞丰："老二！帮着拿菜！"

老二"啊"了一声，看着自己的蓝缎子夹袍，实在不愿到厨房去。待了一会儿，看常二爷自动的下了厨房，他只好跟了过去，拿了几双筷子。

小顺儿、妞子和他们的兔儿爷——小顺儿的那个已短了一个犄角——也都上了桌子，为是招祁老太爷欢喜。只有大奶奶不肯坐下，因为她须炒菜去。天佑和瑞宣爷儿俩把所能集合起来的笑容都摆在脸上。常二爷轻易不喝酒，但是喝起来，因为身体好，很有个量儿；他今天决定放量的喝。瑞丰心里并没有像父亲与哥哥的那些忧虑，而纯以享受的态度把筷子老往好一点的菜里伸。

祁老人的脸上没有一点笑容。很勉强的，他喝了半盅儿酒，吃了一箸子菜。大家无论如何努力制造空气，空气中总是湿潮的，像有一片儿雾。雾气越来越重，在老人的眼皮上结成两个水珠。他不是个多愁善感的人，但是在今天他要是还能快乐，他就不是神经错乱，也必定是有了别的毛病。

面上来了，他只喝了一口卤。擦了擦胡子，他问天佑："小三儿没信哪？"

天佑看瑞宣，瑞宣没回答出来什么。

吃过面，李四爷在大槐树下报告，城门开了，常二爷赶紧告辞。常二爷走后，祁老人躺下了，晚饭也没有起来吃。

十六

中秋。程长顺很早的吃了午饭，准备做半天的好生意。可是，转了几条胡同，把嗓子喊干，并没做上一号买卖。撅着嘴，抹着头上的汗，他走回家来。见了外婆，泪在眼眶里，鼻音加倍的重，他叨唠：“这是怎么啦？大节下的怎么不开张呢？去年今天，我不是拿回五块零八毛来吗？”

“歇会儿吧，好小子！”马寡妇安慰着他，“去年是去年，今年是今年啊！”

剃头的孙七，吃了两杯闷酒，白眼珠上横着好几条血丝，在院中搭了话：“马老太太，咱们是得另打主意呀！这样，简直混不下去，你看，现在铺子里都裁人，我的生意越来越少！有朝一日呀，哼！我得打着‘唤头’，沿街兜生意去！我一辈子爱脸面，难道耍了这么多年的手艺，真教我下街去和刚出师的乡下孩子们争生意吗？我看明白啦，要打算好好的活着，非把日本鬼子赶出去不可！”

“小点声呀！孙师傅！教他们听见还了得！”马寡妇开着点门缝，低声的说。

孙七哈哈的笑起来。马寡妇赶紧把门关好，像耳语似的对长顺说：“不要听孙七的，咱们还是老老实实的过日子，别惹事！反正天下总会有太平了的时候！日本人厉害呀，架不住咱们能忍啊！”老太太深信她的哲理是天下最好的，因为“忍”字教她守住贞节，度过患难，得到像一个钢针那么无趣而永远发着点光的生命。

这时候，已经是下午四点钟，小崔交了车，满脸怒气的走回来。

孙七的近视眼没有看清小崔脸上的神色：“怎样？今天还不错吧？”

“不错？”小崔没有好气的说，“敢情不错！听说过没有？大八月十五的，车厂子硬不放份儿，照旧交车钱！”

“没听说过！这是他妈的日本办法吧？”

"就是啊！车主硬说，近来三天一关城，五天一净街，收不进钱来，所以今天不能再放份儿！"

"你乖乖的交了车份儿？"

"我又不是车主儿的儿子，不能那么听话！一声没哼，我把车拉出去了，反正我心里有数儿！拉到过午，才拉了两个座儿；还不够车份儿钱呢！好吧，我弄了一斤大饼，两个子儿的葱酱，四两酱肘子，先吃他妈的一顿再说。吃完，我又在茶馆里泡了好大半天。泡够了，我把两个车胎全扎破，把车送了回去。进了车厂子，我神气十足的，喊了声：两边都放炮啦，明儿个见！说完，我就扭出来了！"

"真有你的，小崔！你行！"

屋里，小崔的太太出了声："孙七爷，你白活这么大的岁数呀！他大节下的，一个铜板拿不回来，你还夸奖他哪？人心都是肉做的，你的是什么做的呀，我问你你！"说着她走了出来。

假若给她两件好衣裳和一点好饮食，她必定是个相当好看的小妇人。衣服的破旧，与饥寒的侵蚀，使她失去青春。虽然她才二十三岁，她的眉眼、行动与脾气，却已都像四五十岁的人了。她的小长脸上似乎已没有了眉眼，而只有替委屈与忧愁工作活动的一些机关。她的四肢与胸背已失去青年妇人所应有的诱惑力，而只是一些洗衣服、走路与其他的劳动的，带着不多肉的木板与木棍。今天，她特别的难看。头没有梳，脸没有洗，虽然已是秋天，她的身上却只穿着一身像从垃圾堆中掘出来的破单裤褂。她的右肘和右腿的一块肉都露在外面。她好像已经忘了她是个女人。是的，她已经忘了一切，而只记着午饭还没有吃——现在已是下午四点多钟。

孙七爷，虽然好抢话吵嘴，一声没出的躲开。他同情她，所以不能和她吵嘴，虽然她的话不大好听。同时，他也不便马上替她说公道话，而和小崔吵闹起来；今天是八月节，不应当吵闹。

小崔很爱他的太太，只是在喝多了酒的时候才管辖不住他的拳头，而砸在她的身上。今天，他没有吃酒，也就没有伸出拳头去的蛮劲儿。看着她蓬头垢面的样子，他愣了好大半天，说不出话来。虽然如此，他可是不肯向她道歉，他要维持住男人的威风。

马老太太轻轻的走出屋门来，试着步儿往前走。走到小崔的身旁，她轻轻拉了他一把。然后，她向小崔太太说："别着急啦，大节下的！我这儿还有两盘倭瓜馅的饺子呢，好歹的你先垫一垫！"

小崔太太吸了吸鼻子，带着哭音说："不是呀，马老太太！挨一顿饥、两顿饿，并不算什么！一年到头老是这样，没个盼望，没个办法，算怎么一回事呢？我嫁给他三年了，老太太你看看我，还像个人不像？"说完，她一扭头，极快的走进屋中去。

小崔叹了口气，倭瓜脸上的肌肉横七竖八的乱扭动。

马老太太又拉了他一把："来！把饺子给她拿过去！给她两句好话！不准又吵闹！听见了没有？"

小崔没有动。他不肯去拿马老太太的饺子。他晓得她一辈子省吃俭用，像抱了窝的老母鸡似的，拾到一颗米粒都留给长顺吃。他没脸去夺她的吃食。嗽了一声，他说：

"老太太！留着饺子给长顺吃吧！"

长顺嚷着鼻子，在屋内搭了碴儿：

"我不吃！我想哭一场！大节下的，跑了七八里，会一个铜板没挣！"

马老太太提高了点嗓音："你少说话，长顺！"

"老太太！"小崔接着说，"我想明白了，我得走，我养不了她，"他向自己屋中指了指。"照这么下去，我连自己也要养不活了！我当兵去，要死也死个痛快！我去当兵，她呢只管改嫁别人，这倒干脆，省得都饿死在这里！"

孙七又凑了过来："我不知道，军队里还要我不要。要是能行的话，我跟你一块儿走！这像什么话呢，好好的北平城，教小鬼子霸占着！"

听到他们两个的话，马老太太后悔了。假若今天不是中秋节，她决不会出来多事。这并不是她的心眼不慈善，而是严守着她的"多一事不如少一事"的寡妇教条。"别这么说呀！"她低声而恳切的说，"咱们北平人不应当说这样的话呀！凡事都得忍，忍住了气，老天爷才会保佑咱们，不是吗？"她还有许多话要说，可是唯恐怕教日本人听了去，所以搭讪着走进屋中，心里很不高兴。

过了一会儿，她教长顺把饺子送过去。长顺刚拿起盘子来，隔壁的李四妈端着一大碗热气腾腾的炖猪头肉，进了街门。她进屋就喊，声音比碗里的肉更热一点。"小崔！好小子！我给你送点肉来！什么都买不到，那个老东西不知道由哪儿弄来个猪头！"话虽是对小崔说的，她可是并没看见他。她的话是不能存心中的，假若遇不到对象，她会像上了弦的留声机似的，不管有人听没有，独自说出来。

"四大妈！又教你费心！"小崔搭了话。

"哟！你在这儿哪？快接过去！"

小崔笑着把碗接过去，对四大妈他是用不着客气推让的。

"好小子！把碗还给我！我不进屋里去啦！哟！"她又看见了孙七。"七爷！你吃了没有？来吧，跟你四大爷喝一盅去！什么闹日本鬼子不闹的，反正咱们得过咱们的节！"

这时候，钱家的老少两位妇人放声的哭起来。孙七爷听到了一耳朵，赶紧说："四大妈，听！"

四大妈的眼神儿差点事，可是耳朵并不沉："怎么啦？噢！小崔，你把碗送过来吧，我赶紧到钱家看看去！"

孙七跟着她："我也去！"

马老太太见小崔已得到一碗肉，把饺子收回来一半，而教长顺只送过一盘子去："快去快来！别再出门啦，钱家不定又出了什么事！"

祁家过了个顶暗淡的秋节。祁老人和天佑太太都病倒，没有起床。天佑吃了点老人生日剩下的菜，便到铺子去，因为铺伙们今天都歇工，他不能不去照应着点。他一向是在三节看着铺子，而教别人去休息。因此，他给大家的工钱尽管比别家的小，可是大家还都乐意帮助他，他用人情补足了他们物质上的损失。他走后，瑞宣和韵梅轻轻的拌了几句嘴。韵梅吃过了不很高兴的午饭，就忙着准备晚间供月的东西。她并不一定十分迷信月亮爷，不过是想万一它有一点点灵应呢，在这慌乱的年月，她就不应当不应酬得周到一些。再说呢，年年拜月，今年也似乎不可缺少，特别是在婆婆正卧病在床的时候。她须教婆婆承认她的能力与周到，好教婆婆放心养病，不必再操一点心。

瑞宣满腔的忧郁，看她还弄那些近乎儿戏的东西，怒气便找到了个出口："真！你还弄那些个玩艺？"

假若她和缓的说明了她的用意，瑞宣自然会因了解而改了口气。可是，她的心中也并不高兴，所以只觉得丈夫有意向她发气，而忽略了说明真象的责任。"哟！"她的声音不大，可是很清脆，"你看我一天到晚老闹着玩，不做一点正经事，是不是？"说话的时候，她的眼神比言语还加倍的厉害。

瑞宣不愿意继续的吵，因为他晓得越吵声音就必定越大，教病着的老人们听见不大好意思。他忍住了气，可是脸上阴沉的要落下水来。他躲到院中，呆呆的看着树上的红石榴。

在三点钟左右的时候，他看见瑞丰夫妇都穿着新衣服往外走。瑞丰手里提着个小蒲包，里面装的大概是月饼。他没问他们上哪里去，他根本看不起送礼探亲家一类的事。

瑞丰夫妇是到冠家去。

冠先生与冠太太对客人的欢迎是极度热烈的。晓荷拉住瑞丰的手，有三分多钟，还不肯放开。他的呼吸气儿里都含着亲热与温暖。大赤包，摇动着新烫的魔鬼式的头发，把瑞丰太太搂在怀中。祁氏夫妇来的时机最好。自从钱默吟先生被捕，全胡同的人都用白眼珠瞟冠家的人。虽然在口中，大赤包一劲儿的说"不在乎"，可是心中究竟不大够味儿。大家的批评并不能左右她的行动，也不至于阻碍她的事情，因为他们都是些没有势力的人。不过，像小崔、孙七、刘棚匠、李四爷，那些"下等人"也敢用白眼瞟她，她的确有些吃不消。今天，看瑞丰夫妇来到，她觉得胡同中的"舆论"一定是改变了，因为祁家是这里的最老的住户，也就是"言论界"的代表人。瑞丰拿来的一点礼物很轻微，可是大赤包极郑重的把它接过去——它是一点象征，象征着全胡同还是要敬重她，像敬重西太后一样。无论个性怎样强的人，当他做错事的时候，心中也至少有点不得劲，而希望别人说他并没做错。瑞丰来访，是给晓荷与大赤包来做证人——即使他们的行为不正，也还有人来巴结！

瑞丰夫妇在冠家觉得特别舒服，像久旱中的花木忽然得到好雨。他们听的、看的和感觉到的，都恰好是他们所愿意听的、看的与感觉到的。大赤包亲手给他们煮了来自英国府的咖啡，切开由东城一家大饭店新发明的月饼。吸着咖啡，瑞丰慢慢的有了些醉意：冠先生的最无聊的话，也不是怎么正好碰到他的心眼上，像小儿的胖手指碰到痒痒肉上那么又痒痒又好受。冠先生的姿态与气度，使他钦佩羡慕，而愿意多来几次，以便多多的学习。他的小干脸上红起来，眼睛在不偷着瞟尤桐芳与招弟姑娘的时候，便那么闭一闭，像一股热酒走到腹部时候那样的微晕。

瑞丰太太的一向懒洋洋的胖身子与胖脸，居然挺脱起来。她忽然有了脖子，身量高出来一寸。说着笑着，她连乳名——毛桃儿——也告诉了大赤包。

"打几圈儿吧？"大赤包提议。

瑞丰没带着多少钱，但是绝对不能推辞。第一，他以为今天是中秋节，理应打牌。第二，在冠家而拒绝打牌，等于有意破坏秩序。第三，自己的腰包虽然不很充实，可是他相信自己的技巧不坏，不至于垮台。瑞丰太太马上答应了："我们俩一家吧！我先打！"说着，她摸了摸手指上的金戒指，暗示给丈夫："有金戒指呢！宁输掉了它，不能丢人！"瑞丰暗中佩服太太的见识与果敢，可是教她先打未免有点不痛快。他晓得她的技巧不怎样高明，而脾气又惆怅——越输越不肯下来。假若他立在她后边，给她指点指点呢，她会一定把输钱的罪过都归到他身上，不但劳而无功，而且罪在不赦。他的小干脸上有点发僵。

这时候，大赤包问晓荷："你打呀？"

"让客人！"晓荷庄重而又和悦的说，"瑞丰你也下场好了！"

"不！我和她一家儿！"瑞丰自以为精明老练，不肯因技痒而失去控制力。

"那么，太太、桐芳或高第、招弟，你们四位太太小姐们玩会儿好啦！我们男的伺候着茶水！"晓荷对妇女的尊重，几乎像个英国绅士似的。

瑞丰不能不钦佩冠先生了，于是爽性决定不立在太太背后看歪脖子和。

大赤包一声令下，男女仆人飞快的跑进来，一眨眼把牌桌摆好，颇像机械化部队的动作那么迅速准确。

桐芳把权利让给了招弟，表示谦退，事实上她是怕和大赤包因一张牌也许又吵闹起来。

妇人们入了座。晓荷陪着瑞丰闲谈，对牌桌连睬也不睬。

"打牌，吃酒，"他告诉客人，"都不便相强。强迫谁打牌，正和揪着人家耳朵灌酒一样的不合理。我永远不抢酒喝，不争着打牌；也不勉强别人陪我。在交际场中，我觉得我这个态度最妥当！"

瑞丰连连的点头。他自己就最爱犯争着打牌和闹酒的毛病。他觉得冠先生应当做他的老师！同时，他偷眼看大赤包。她活像一只雌狮。她的右眼照管着自己的牌，左眼扫射着牌手们的神气与打出的牌张；然后，她的两眼一齐看一看桌面，很快的又一齐看到远处坐着的客人，而递过去一点微笑。她的微笑里含着威严与狡猾，像雌狮对一只小兔那么威而不厉的逗弄着玩。她的抓牌与打牌几乎不是胳臂与手指的运动，而像牌由她的手中蹦出或被她的有磁性的肉吸了来似的。她的肘，腕，甚至于乳房，好像都会抓牌与出张。出张的时节，她的牌撂得很响，给别人的神经上一点威胁，可是，那张牌到哪里去了？没人能知道，又给大家一点惶惑。假若有人不知进退的问一声："打的什么？"她的回答又是那么一点含着威严与狡猾的微笑，使发问的人没法不红了脸。她自己和了牌，随着牌张的倒下，她报出和数来，紧跟着就洗牌；没人敢质问她，或怀疑她，她的全身像都发着电波，给大家的神经都通了电，她说什么就必定是什么。可是，别人和了牌而少算了翻数，她也必定据实的指出错误："跟我打牌，吃不了亏！输赢有什么关系，牌品要紧！"这，又使大家没法不承认即使把钱输给她，也输得痛快。

瑞丰再看他的太太，她已经变成在狮子旁边的一只肥美而可怜的羊羔。

她的眼忙着看手中的牌，又忙着追寻大赤包打出就不见了的张子，还要抽出空儿看看冠家的人们是否在暗笑她。她的左手在桌上，紧紧的按着两张牌，像唯恐他们会偷偷的跑出去；右手，忙着抓牌，又忙着调整牌，以致往往不到时候就伸出手去，碰到别人的手；急往回缩，袖子又撩倒了自己的那堵小竹墙。她的脸上的肌肉缩紧，上门牙咬着下嘴唇，为是使精力集中，免生错误，可是那三家的牌打得太熟太快，不知怎的她就落了空。"哟！"她不晓得什么时候，谁打出的二索；她恰好和二索调单——缺一门，二将，孤幺，三翻！她只"哟"了一声，不便再说什么，多说更泄自己的气。三家的二索马上都封锁住了，她只好换了张儿。她打出了二索，大赤包和坎二索！大赤包什么也没说，而心中发生的电码告诉明白了瑞丰太太："我早就等着你的二索呢！"

瑞丰还勉强着和晓荷乱扯，可是心中极不放心太太手上的金戒指。

牌打到西风圈，大赤包连坐三把庄。她发了话："瑞丰，你来替我吧！我幸得都不像话了，再打，准保我还得连庄！你来，别教太太想我们娘儿三个圈弄她一个人！你来呀！"

瑞丰真想上阵。可是，晓荷吸住了他。他刚刚跟晓荷学到一点怎样落落大方，怎好就马上放弃了呢？学着晓荷的媚笑样子，他说："你连三把庄，怎知道她不连九把庄呢？"说着，他看了看太太，她从鼻子上抹去一个小汗珠，向他笑了。他非常满意自己的辞令，而且心中感谢冠先生的熏陶。他觉得从前和三姑姑六姨姨的抢两粒花生米，说两句俏皮话，或夸赞自己怎样扣住一张牌，都近乎无聊，甚至于是下贱。冠先生的态度与行动才真是足以登大雅之堂的！

"你不来呀？"大赤包的十个小电棒儿又洗好了牌，"那天在曹宅，我连坐了十四把庄，你爱信不信！"她知道她的威吓是会使瑞丰太太更要手足失措的。

她的牌起得非常的整齐，连庄是绝对可靠的了。可是，正在计划着怎样多添一翻的时节，西院的两位妇人哭嚷起来。哭声像小钢针似的刺入她的耳中。她想若无其事的继续赌博，但是那些小钢针好像是穿甲弹，一直钻到她的脑中，而后爆炸开。她努力控制自己的肌肉与神经，不许它们泄露她的内心怎样遭受着轰炸。可是，她控制不住她的汗。她的夹肢窝忽然的湿了一点，而最讨厌的是脑门与鼻尖上全都潮润起来。她的眼由东扫西射改为紧紧的盯着她的牌。只有这样，她才能把心拴住，可是她也知道这样必定失去谈笑自如的劲儿，而使人看出她的心病。她不后悔自己做过的事，而只恨自己为什么这样脆弱，连两声啼哭都受不住！

啼声由号啕改为似断似续的悲啼，牌的响声也一齐由清脆的拍拍改为在桌布上的轻滑。牌的出入迟缓了好多，高第和招弟的手都开始微颤。大赤包打错了一张牌，竟被瑞丰太太和了把满贯。

晓荷的脸由微笑而扩展到满脸都是僵化了的笑纹，见瑞丰太太和了满贯，他想拍手喝彩，可是，手还没拍到一处，他发现了手心上出满了凉汗。手没有拍成，他把手心上的汗偷偷的抹在裤子上。这点动作使他几乎要发怒。他起码也有三十年没干过这么没出息的事了——把汗擦在裤子上！这点失仪的耻辱的分量几乎要超过卖人害命的罪过的，因为他一生的最大的努力与最高的成就，就是在手脚的动作美妙而得体上。他永远没用过他的心，像用他的手势与眼神那么仔细过。他的心像一罐罐头牛奶，即使打开，也只是由一个小孔，慢慢的流出一条牛奶来。在这小罐里永远没有像风暴或泉涌的情感。他宁可费两个钟头去修脚，而不肯闭上眼看一会儿他的心。可是，西院的哭声确是使他把汗擦在裤子上的原因。他害了怕。他一定是动了心。动了心就不易控制手脚，而失去手足的美好姿态便等于失去了他的整个的人！他赶紧坐好，把嘴唇偷偷的舔活润了，想对瑞丰解释：“那个……”他找不到与无聊扯淡相等的话，而只有那种话才能打开僵局。他有点发窘。他不晓得什么叫良心的谴责，而只感到心中有点憋闷。

“爸爸！”高第叫了一声。

“啊？”晓荷轻妙的问了声。他觉得高第这一声呼叫极有价值，否则他又非僵在那儿不可。

"替我打两把呀？"

"好的！好的！"他没等女儿说出理由来便答应了，而且把"的"说得很重，像刚刚学了两句国语的江南人那样要字字清楚，而把重音放错了地方。因为有了这样的"的"，他爽性学江南口音，补上："吾来哉！吾来哉！"而后，脚轻轻的跳了个小箭步，奔了牌桌去。这样，他觉得就是西院的全家都死了，也可以与他丝毫无关了。

他刚坐下，西院的哭声，像歇息了一会儿的大雨似的，比以前更加猛烈了。

大赤包把一张幺饼猛的拍在桌上，眼看着西边，带着怒气说，"太不像话了，这两个臭娘儿们！大节下的嚎什么丧呢！"

"没关系！"晓荷用两个手指夹着一张牌，眼瞟着太太，说："她们哭她们的，我们玩我们的！"

"还差多少呀？"瑞丰搭讪着走过来，"先歇一会儿怎样？"

他太太的眼射出两道"死光"来："我的牌刚刚转好一点！你要回家，走好了，没人拦着你！"

"当然打下去！起码十六圈，这是规矩！"冠先生点上枝香烟，很俏式的由鼻中冒出两条小龙来。

瑞丰赶紧走回原位，觉的太太有点不懂事，可是不便再说什么，他晓得夫妻间的和睦是仗着丈夫能含着笑承认太太的不懂事而维持着的。

"我要是有势力的话，碰！"大赤包碰了一对九万，接着说，"我就把这样的娘儿们一个个都宰了才解气！跟她们做邻居真算倒了霉，连几圈小麻将她们都不许你消消停停的玩！"

屋门开着呢，大赤包的一对幺饼型的眼睛看见桐芳和高第往外走。"嗨！你们俩上哪儿？"她问。

桐芳的脚步表示出快快溜出去的意思，可是高第并不怕她的妈妈，而想故意的挑战："我们到西院看看去！"

"胡说！"大赤包半立起来，命令晓荷，"快拦住她们！"

晓荷顾不得向瑞丰太太道歉，手里握着一张红中就跑了出去。到院中，他一把没有抓住桐芳（因为红中在手里，他使不上力），她们俩跑了出去。

牌没法打下去了。冠先生与冠太太都想捺住气，不在客人面前发作。在他俩的心中，这点修养与控制是必须表现给客人们看的，以便维持自己的身分。能够敷衍面子，他们以为，就是修养。但是，今天的事似乎特别另样。不知怎的，西院的哭声仿佛抓住了大赤包的心，使她没法不暴躁。那一丝丝的悲音像蜘蛛用丝缠裹一个小虫似的，缠住她的心灵。她想用玩耍，用瞎扯，去解脱自己，但是毫无功效。哭声向她要求缴械投降。不能！不能投降！她须把怒火发出来，以便把裹住她的心灵的蛛丝烧断。她想去到院中，跳着脚辱骂西院的妇女们一大顿。可是，不知到底为了什么，她鼓不起勇气；西院的哭声像小唧筒似的浇灭了她的勇敢。她的怒气拐了弯，找到了晓荷："你就那么饭桶，连她们俩都拦不住？这算怎回事呢？她们俩上西院干什么去？你也去看看哪！普天下，找不到另一个像你这样松头日脑的人！你娶小老婆，你生女儿，可是你管不住她们！这像什么话呢？"

晓荷手中掂着那张红中，微笑着说："小老婆是我娶的，不错！女儿可是咱们俩养的，我不能负全责。"

"别跟我胡扯！你不敢去呀，我去！我去把她们俩扯回来！"大赤包没有交代一声牌是暂停，还是散局，立起来就往院中走。

瑞丰太太的胖脸由红而紫，像个熟过了劲儿的大海茄。这把牌，她又起得不错，可是大赤包离开牌桌，而且并没交代一声。她感到冤屈与耻辱。西院的哭声，她好像完全没有听到。她是"一个心眼"的人。

瑞丰忙过去安慰她："钱家大概死了人！不是老头子教日本人给枪毙了，就是大少爷病重。咱们家去吧！在咱们院子里不至于听得这么清楚！走哇？"

瑞丰太太一把拾起自己的小皮包，一把将那手很不错的牌推倒，怒冲冲的往外走。

"别走哇！"晓荷闪开了路，而口中挽留她。

她一声没出。瑞丰搭讪着也往外走，口中啊啊着些个没有任何意思的字。

"再来玩！"晓荷不知送他们出去好，还是只送到院中好。他有点怕出大门。

大赤包要往西院去的勇气，到院中便消去了一大半。看瑞丰夫妇由屋里出来，她想一手拉住一个，都把他们拉回屋中。可是，她又没做到。她只能说出："不要走！这太对不起了！改天来玩呀！"她自己也觉出她的声音里并没带着一点水分，而像枯朽了的树枝被风刮动的不得已而发出些干涩的响声来。

瑞丰又啊啊了几声，像个惊惶失措的小家兔儿似的，蹦蹦跶跶的，紧紧的跟随在太太的后面。

祁家夫妇刚走出去，大赤包对准了晓荷放去一个鱼雷："你怎么了？怎么连客也不知道送送呢？你怕出大门，是不是？西院的娘儿们是母老虎，能一口吞了你？"

晓荷决定不反攻，他的心里像打牌到天亮的时候那么一阵阵儿的发迷糊。他的脸上还笑着，唯一的原因是没有可以代替笑的东西。愣了半天，他低声的对自己说："这也许就是个小报应呢！"

"什吗？"大赤包听见了，马上把双手叉在腰间，像一座"怒"的刻像似的，"放你娘的驴屁！"

"什么屁不好放，单放驴屁？"晓荷觉得质问的非常的得体，心中轻松了些。

十七

孙七，李四妈，瑞宣，李四爷，前后脚的来到钱家。事情很简单！钱孟石病故，他的母亲与太太在哭。

李四妈知道自己的责任是在劝慰两位妇人。可是，她自己已哭成了个泪人。"这可怎么好噢！怎么好噢！"她双手拍着大腿说。

孙七，泪在眼圈里，跺开了脚！"这是什么世界！抓去老的，逼死小的！我……"他想破口大骂，而没敢骂出来。

瑞宣，在李四爷身后，决定要和四爷学，把一看成一，二看成二，哀痛，愤怒，发急，都办不了事。尽管钱老人是他的朋友，孟石是他的老同学，他决定不撒开他的感情去恸哭，而要极冷静的替钱太太办点事。可是，一眼看到死尸与哭着的两个妇人，他的心中马上忘了棺材、装殓、埋葬，那些实际的事，而由孟石的身上看到一部分亡国史。钱老人和孟石的学问、涵养、气节与生命，就这么糊里糊涂的全结束了。还有千千万万人的生命，恐怕也将要这么结束！人将要像长熟了的稻麦那样被镰刀割倒，连他自己也必定受那一刀之苦。他并没为忧虑自己的死亡而难过，他是想死的原因与关系。孟石为什么应当死？他自己为什么该当死？在一个人死了之后，他的长辈与晚辈应当受着什么样的苦难与折磨？想到这里，他的泪，经过多少次的阻止，终于大串的落下来。

孟石，还穿着平时的一身旧夹裤褂，老老实实的躺在床上，和睡熟了的样子没有多大区别。他的脸瘦得剩了一条。在这瘦脸上，没有苦痛，没有表情，甚至没有了病容，就那么不言不语的，闭着眼安睡。瑞宣要过去拉起他的瘦、长、苍白的手，喊叫着问他："你就这么一声不响的走了吗？你不晓得仲石的壮烈吗？为什么脸上不挂起笑纹？你不知道父亲在狱中吗？为什么不怒目？"可是，他并没有走过去拉死鬼的手。他知道在死前不抵抗的，只能老老实实的闭上眼，而北平人倒有百分之九十九是不抵抗的，他自己也是其中的一个，他自己也会有那么一天就这样闭上了眼，连脸上也不带出一点怒气。他哭出了声。多日来的羞愧、忧郁、顾虑、因循，不得已，一股脑儿都哭了出来。他不是专为哭一位亡友，而是多一半哭北平的灭亡与耻辱！

四大妈拉住两个妇人的手，陪着她们哭。钱太太与媳妇已经都哭傻了，张着嘴，合着眼，泪与鼻涕流湿了胸前，她们的哭声里并没有一个字，只是由心里往外倾倒眼泪，由喉中激出悲声。哭一会儿，她们噎住，要闭过气去。四大妈急忙给她们捶背，泪和言语一齐放出来："不能都急死哟！钱太太！钱少奶奶！别哭喽！"她们缓过气来，哼唧着，抽搭着，生命好像只剩了一根线那么细，而这一根线还要涌出无穷的泪来。气顺开，她们重新大哭起来。冤屈，愤恨，与自己的无能，使她们愿意马上哭死。

李四爷含着泪在一旁等着。他的年纪与领杠埋人的经验，教他能忍心的等待。等到她们死去活来的有好几次了，他抹了一把鼻涕，高声的说："死人是哭不活的哟！都住声！我们得办事！不能教死人臭在家里！"

孙七不忍再看，躲到院中去。院中的红黄鸡冠花开得正旺，他恨不能过去拔起两棵，好解解心中的憋闷："人都死啦，你们还开得这么有来有去的！他妈的！"

瑞宣把泪收住，低声的叫："钱伯母！钱伯母！"他想说两句有止恸收泪的作用的话，可是说不出来。一个亡了国的人去安慰另一个亡了国的人，等于屠场中的两头牛相对哀鸣。

钱太太哭得已经没有了声音，没有了泪，也差不多没有了气。她直着眼，愣起来。她的手和脚已经冰冷，失去了知觉。她已经忘了为什么哭，和哭谁，除了心中还跳，她的全身都已不会活动。她愣着，眼对着死去的儿子愣着，可是并没看见什么。死亡似乎已离她自己不远，只要她一闭目，一垂头，她便可以很快的离开这苦痛的人世。

钱少奶奶还连连的抽搭。四大妈拉着她的手，挤咕着两只哭红了的眼，劝说："好孩子！好孩子！要想开点呀！你要哭坏了，谁还管你的婆婆呢？"

少奶奶横着心，忍住了悲恸。愣了一会儿，她忽然的跪下了，给大家磕了报丧的头。大家都愣住了，想了一下，才明白过来。四大妈的泪又重新落下来："起来吧！苦命的孩子！"可是，少奶奶起不来了。这点控制最大的悲哀的努力，使她筋疲力尽。手脚激颤着，她瘫在了地上。

这时候，钱太太吐出一口白沫子来，哼哼了两声。

"想开一点呀，钱太太！"李四爷劝慰，"有我们这群人呢，什么事都好办！"

"钱伯母！我也在这儿呢！"瑞宣对她低声的说。

孙七轻轻的进来："钱太太！咱们的胡同里有害人的，也有帮助人的，我姓孙的是来帮忙的，有什么事！请你说就是了！"

钱太太如梦方醒的看了大家一眼，点了点头。

桐芳和高第已在门洞里立了好半天。听院内的哭声止住了，她们才试着步往院里走。

孙七看见了她们，赶紧迎上来，要细看看她们是谁。及至看清楚了，他头上与脖子上的青筋立刻凸起来。他久想发作一番，现在他找到了合适的对象："小姐太太们，这儿没唱戏，也不耍猴子，没有什么好看的！请出！"

桐芳把外场劲儿拿出来："七爷，你也在这儿帮忙哪？有什么我可以做的事没有？"

孙七听小崔说过，桐芳的为人不错。他是错怪了人，于是弄得很僵。

桐芳和高第搭讪着往屋里走。瑞宣认识她们，可是向来没和她们说过话。李四妈的眼神既不好，又忙着劝慰钱家婆媳，根本不晓得屋里又添了两个人。钱家婆媳不大认识她们；就是相识，也没心思打招呼。她们俩看看这个，看看那个，心中极不得劲儿。李四爷常给冠家作事，当然认识她们，他可是故意的不打招呼。

桐芳无可奈何的过去拉了李四爷一下，把他叫到院中来。高第也跟了出来。

"四爷！"桐芳低声而亲热的叫，"我知道咱们的胡同里都怎么恨我们一家子人！可是我和高第并没过错。我们俩没出过坏主意，陷害别人！我和高第想把这点意思告诉给钱老太太，可是看她哭得死去活来的，实在没法子张嘴。得啦，我求求你吧，你老人家得便替我们说一声吧！"

四爷不敢相信她的话，也不敢不信。最初，他以为她俩是冠家派来的"侦探"。听桐芳说得那么恳切，他又觉得不应当过度的怀疑她们。他不好说什么，只不着边际的点了点头。

"四爷！"高第的短鼻子上纵起许多带着感情的碎纹，"钱太太是不是很穷呢？"

李四爷对高第比对桐芳更轻视一些，因为高第是大赤包的女儿。他又偏又硬的回答出一句："穷算什么呢？钱家这一下子断了根，绝了后！"

"仲石是真死啦？钱老先生也……"高第说不下去了。她一心只盼仲石的死是个谣言，而钱先生也会不久被释放出来，好能实现她自己的那个神秘的小梦。可是，看到钱家婆媳的悲伤和孟石的死，她知道自己的梦将永远是个梦了。她觉得她应当和钱家婆媳一同大哭一场，因为她也变成了寡妇——一个梦中的寡妇。

李四爷有点不耐烦，很不客气的说："你们二位要是没别的事，就请便吧！我还得——"

桐芳把话抢过来："四爷，我和高第有一点小意思！"她把手中握了半天的一个小纸包——纸已被手心上的汗沤得皱起了纹——递过来："你不必告诉钱家的婆媳，也不必告诉别人，你爱怎么用就怎么用，给死鬼买点纸烧也好，给……也好，都随你的便！这并不是谁教给我们这么做的，我们只表一表我们自己的心意；为这个，回头大概我们还得和家中打一架呢！"

李四爷的心中暖和了一点，把小纸包接了过来。他晓得钱家过的是苦日子，而丧事有它的必须花钱的地方。当着她俩，他把小包儿打开，以便心明眼亮；里面是桐芳的一个小金戒指，和高第的二十五块钞票。

"我先替你们收着吧！"老人说，"用不着，我原物交还；用得着，我有笔清账！我不告诉她们，好在她们一家子都不懂得算账！"

桐芳和高第的脸上都光润了一点，觉得她们是做了一件最有意义的事。

她们走后，李老人把瑞宣叫到院中商议："事情应该快办哪，钱少爷的身上还没换一换衣服呢！要老这么耽搁着，什么时候能抬出去呢？入土为安；又赶上这年月，更得快快的办啦！"

瑞宣连连点头："四爷，要依着我，连寿衣都不必去买，有什么穿什么；这年月不能再讲体面。棺材呢，买口结实点的，弄十六个人赶快抬出去，你老人家看是不是？"

李老人抓了抓脖子上的大肉包："我也这么想。恐怕还得请几位——至少是五众儿——和尚，超度超度吧？别的都可以省，这俩钱儿非花不可！"

孙七凑了过来："四大爷！难道不报丧吗？钱家有本家没有，我不晓得；老太太和少奶奶的娘家反正非赶紧去告诉一声不可呀！别的我尽不了力，这点跑腿的事，我办得了！我一个人不行，还有小崔呢！"

"四爷爷！"瑞宣亲热的叫着，"现在我们去和钱太太商议，管保是毫无结果，她已经哭昏了。"

李老人猜到瑞宣的心意："咱们可作不了主，祁大爷！事情我都能办，棺材铺，杠房，我都熟，都能替钱太太省钱。可是，没有她的话，我可不敢去办。"

"对！"瑞宣没说别的，赶快跑回屋中，把四大妈叫出来，"老太太，你先去问她们有什么至亲，请了来，好商议商议怎么办事呀！"

李四妈的大近视眼已哭成了一对小的红桃，净顾了难受，什么主意也没有，而且耳朵似乎也发聋，听不清任何人的话。

瑞宣急忙又改了主意："四爷爷！孙师傅！你们先家去歇一会儿，教四祖母在这里照应着她们婆媳。"

"可怜的少奶奶！一朵花儿似的就守了寡！"四大妈的双手又拍起大腿来。

没人注意她的话。瑞宣接着说："我家去把小顺儿的妈找来，叫她一边劝一边问钱太太。等问明白了，我通知你们两位，好不好？"

孙七忙接过话来："四大爷，你先回家吃饭，我在这儿守着点门！祁大爷，你也请吧！"说完，他像个放哨的兵似的，很勇敢的到门洞里去站岗。

李四爷同瑞宣走出来。

瑞宣忘了亡国的耻辱与钱家的冤屈，箭头儿似的跑回家中。他的眼还红着，而心中痛快了许多。现在，他似乎只求自己能和李四爷与孙七一样的帮钱家的忙；心中的委屈仿佛已经都被泪冲洗干净，像一阵大雨把胡同里的树叶与渣滓洗净了那样。找到了韵梅，他把刚才吵嘴的事已经忘净，很简单而扼要的把事情告诉明白了她。她还没忘了心中的委屈，可是一听到钱家的事，她马上挺了挺腰，忙而不慌的擦了把手，奔了钱家去。

祁老人把瑞宣叫了去。瑞宣明知道说及死亡必定招老人心中不快，可是他没法做善意的欺哄，因为钱家的哭声是随时可以送到老人的耳中的。

听到孙子的报告，老人好大半天没说上话来。患难打不倒他的乐观，死亡可使他不能再固执己见。说真的，城池的失守并没使他怎样过度的惶惑不安，他有他自己的老主意，主意拿定，他觉得就是老天爷也没法难倒他。及至"小三儿"不辞而别，钱默吟被捕，生日没有过成，坟墓有被发掘的危险，最后，钱少爷在中秋节日死去，一件一件像毒箭似的射到他心中，他只好闭口无言了！假若他爽直的说出他已经不应当再乐观，他就只好马上断了气。他还希望再活几年！可是，钱少爷年轻轻的就会已经死了！哼，谁知道老天要怎样收拾人呢！他的惯于切合实际的心本想拿出许多计划：钱家的丧事应当怎样办，钱家婆媳应当取什么态度，和祁家应该怎样帮钱家的忙……可是，他一句没说出来。他已不大相信自己的智慧与经验了！

瑞丰在窗外偷偷的听话儿呢。他们夫妇的"游历"冠家，据胖太太看，并没有多大的成功。她的判断完全根据着牌没有打好这一点上。她相信，假若继续打下去，她必定能够大捷，而赢了钱买点能给自己再增加些脂肪的吃食，在她想，是最足以使她的心灵得到慰藉的事。可是，牌局无结果而散！她有点看不起大赤包！

瑞丰可并不这么看。学着冠先生的和悦而潇洒的神气与语声，他说："在今天的情形之下，我们很难怪她。我们必须客观的，客观的，去判断一件事！说真的，她的咖啡、点心和招待的殷勤，到底是只此一家，并无分号，在咱们这条胡同里！"他很满意自己的辞令，只可惜嗓音还少着一点汁水，不十分像冠先生——冠先生的声音里老像有个刚咬破的蜜桃。

胖太太，出乎瑞丰意料之外，居然没有反驳，大概是因为除了牌局的未能圆满结束，她实在无法否认冠家的一切确是合乎她的理想的。看到太太同意，瑞丰马上建议："我们应当多跟他们来往！别人不了解他们，我们必须独具只眼！我想我和冠晓荷一定可以成为莫逆之交的！"说完，他的眼珠很快的转了好几个圈；他满意运用了"独具只眼"与"莫逆之交"，像诗人用恰当了两个典故似的那么得意。

他去偷听瑞宣对老祖父说些什么，以便报告给冠家。他须得到晓荷与大赤包的欢心，他的前途才能有希望。退一步讲，冠家即使不能给他实利，那么常能弄到一杯咖啡、两块洋点心，和白瞧瞧桐芳与招弟，也不算冤枉！

瑞宣走出来，弟兄两个打了个照面。瑞丰见大哥的眼圈红着，猜到他必是极同情钱太太。他把大哥叫到枣树下面。枣树本来就不甚体面，偏又爱早早的落叶，像个没有模样而头发又稀少的人似的那么难看。幸而枝子的最高处还挂着几个未被小顺儿的砖头照顾到的红透了的枣子，算是稍微遮了一点丑。瑞丰和小顺儿一样，看到枣子总想马上放到口中。现在，他可是没顾得去打那几个红枣，因为有心腹话要对哥哥说。

"大哥！"他的声音很低，神气恳切而诡秘，"钱家的孟石也死啦！""也"字说得特别的用力，倒好像孟石的死是为凑热闹似的。

"啊！"瑞宣的声音也很低，可是不十分好听，"他也是你的同学！"他的"也"字几乎与二弟的那个同样的有力。

瑞丰仰脸看了看树上的红枣，然后很勉强的笑了笑："尽管是同学！我对大哥你不说泛泛的话，因为你闯出祸来，也跑不了我！我看哪，咱们都少到钱家去！钱老人的生死不明，你怎知道没有日本侦探在暗中监视着钱家的人呢？再说，冠家的人都怪好的，咱们似乎也不必因为帮忙一家邻居，而得罪另一家邻居，是不是？"

瑞宣舔了舔嘴唇，没说什么。

"钱家，"瑞丰决定要把大哥说服，"现在是家破人亡，我们无论怎样帮忙，也不会得到丝毫的报酬。冠家呢——"说到这里，他忽然改了话："大哥，你没看报吗？"

瑞宣摇了摇头。真的，自从敌人进了北平，报纸都被奸污了以后，他就停止了看报。在平日，看报纸是他的消遣之一。报纸不但告诉他许多事，而且还可以掩护他，教他把脸遮盖起来，在他心中不很高兴的时候。停止看报，对于他，是个相当大的折磨，几乎等于戒烟或戒酒那么难过。可是，他决定不破戒。他不愿教那些带着血的谎话欺哄他，不教那些为自己开脱罪名的汉奸理论染脏了他的眼睛。

"我天天看一眼报纸上的大字标题！"瑞丰说，"尽管日本人说话不尽可靠，可是我们的仗打得不好是真的！山西、山东、河北，都打得不好，南京还保得住吗？所以，我就想：人家冠先生的办法并不算错！本来吗，比如说南京真要也丢了，全国还不都得属东洋管；就是说南京守得住，也不老容易的打回来呀！咱们北平还不是得教日本人管着？胳臂拧不过大腿去，咱们一家子还能造反，打败日本人吗？大哥，你想开着点，少帮钱家的忙，多跟冠家递个和气，不必紧自往死牛犄角里钻！"

"你说完了？"瑞宣很冷静的问。

老二点了点头。他的小干脸上要把智慧、忠诚、机警、严肃，全一下子拿出来，教老大承认他的才气的优越与心地的良善。可是，他只表现了一点掩饰不住的急切与不安。眉头皱着一点，他用手背抹了抹嘴角上的一堆小白沫儿。

"老二！"瑞宣想说的话像刚倒满了杯的啤酒，都要往外流了。可是，看了老二一眼，他决定节省下气力。他很冷淡的笑了笑，像冰上炸开一点纹儿似的："我没有什么可说的！"

老二的小干脸僵巴起来。"大哥！我很愿意把话说明白了，你知道，她——"他向自己的屋中很恭敬的指了指，倒像屋中坐着的是位女神，"她常劝我分家，我总念其手足的情义，不忍说出口来！你要是不顾一切的乱来，把老三放走，又帮钱家的忙，我可是真不甘心受连累！"他的语声提高了许多。

天佑太太在南屋里发问："你们俩嘀咕什么呢？"

老大极快的回答："说闲话呢，妈！"

老二打算多给哥哥一点压力："你要是不能决定，我跟妈商议去！"

"妈和祖父都病着呢！"瑞宣的声音还是很低，"等他们病好了再说不行吗？"

"你跟她说说去吧！"老二又指了指自己的屋子，"这并不是我一个人的主意！"

瑞宣，一个受过新教育的人，晓得什么叫小家庭制度。他没有一点反对老二要分出去的意思。不过，祖父、父亲和母亲，都绝对不喜欢分家，他必得替老人们设想，而敷衍老二。老二在家里与分出去，对瑞宣在家务上的、经济上的、伦理上的负担并没什么差别。可是，老二若是分出去，三位老人就必定一齐把最严重的谴责加在他的身上。所以，他宁可多忍受老二夫妇一些冤枉气，而不肯叫老人们心中都不舒服。他受过新教育，可是须替旧伦理尽义务。他没有一时一刻忘了他的理想，可是整天、整月、整年的，他须为人情与一家大小的饱暖去工作操劳。每逢想到这种矛盾，他的心中就失去平静，而呆呆的发愣。现在，他又愣起来。

"怎样？"老二紧催了一板。

"啊？"瑞宣眨巴了几下眼，才想起刚才的话来。想起老二的话来，正像一位在思索着宇宙之谜的哲学家忽然想起缸里没有了米那样，他忽然的发了气。他的脸突然的红了，紧跟着又白起来。"你到底要干吗？"他忘了祖父与母亲的病，忘了一切，声音很低，可是很宽，像憋着大雨的沉雷，"分家吗？你马上滚！"

南屋的老太太忘了病痛，急忙坐起来，隔着窗户玻璃往外看："怎么啦？怎么啦？"

老大上了当。老二凑近窗前："妈！这你可听见了？大哥叫我滚蛋！"

幸而，母亲的心是平均的拴在儿女身上的。她不愿意审判他们，因为审判必须决定屈直胜负。她只用她的地位与慈爱的威权压服他们："大节下的呀！不准吵嘴！"

老二再向窗前凑了凑，好像是他受了很大的委屈，而要求母亲格外爱护他。

老大又愣起来。他很后悔自己的鲁莽，失去控制，而惹得带病的妈妈又来操心！

瑞丰太太肉滚子似的扭了出来："丰！你进来！有人叫咱们滚，咱们还不忙着收拾收拾就走吗？等着叫人家踢出去，不是白饶一面儿吗？"

瑞丰放弃了妈妈，小箭头似的奔了太太去。

"瑞宣——"祁老人在屋里扯着长声儿叫，"瑞宣——"并没等瑞宣答应，他发开了纯为舒散肝气的议论："不能这样子呀！小三儿还没有消息，怎能再把二的赶出去呢！今天是八月节，家家讲究团圆，怎么单单咱们说分家呢？要分，等我死了再说；我还能活几天？你们就等不得呀！"

瑞宣没答理祖父，也没安慰妈妈，低着头往院外走。在大门外，他碰上了韵梅。她红着眼圈报告：

"快去吧！钱太太不哭啦！孙七爷已经去给她和少奶奶的娘家送信，你赶紧约上李四爷，去商议怎么办事吧！"

瑞宣的怒气还没消，可是决定尽全力去帮钱家的忙。他觉得只有尽力帮助别人，或者可以减轻他的忧虑，与不能像老三那样去赴国难的罪过。

他在钱家守了一整夜的死人。

十八

除了娘家人来到，钱家婆媳又狠狠的哭了一场之外，她们没有再哭出声来。钱太太的太阳穴与腮全陷进去多么深，以致鼻子和颧骨都显着特别的坚硬，有棱有角。二者必居其一：不是她已经把泪都倾尽，就是她下了决心不再哭。恐怕是后者，因为在她的陷进很深的眼珠里，有那么一点光。这点光像最温柔的女猫怕淘气的小孩动她的未睁开眼的小猫那么厉害，像带着鸡雏的母鸡感觉到天上来了老鹰那么勇敢，像一个被捉住的麻雀要用它的小嘴咬断了笼子棍儿那么坚决。她不再哭，也不多说话，而只把眼中这点光一会儿放射出来，一会儿又收起去；存储了一会儿再放射出来。

大家很不放心这点光。

李四爷开始喜欢钱太太，因为她是那么简单痛快，只要他一出主意，她马上点头，不给他半点麻烦和淤磨。从一方面看，她对于一切东西的价钱和到什么地方去买，似乎全不知道，所以他一张口建议，她就点头。从另一方面看，她的心中又像颇有些打算，并不糊里糊涂的就点头。比如说：四爷说，棺材只求结实，不管式样好看不好看，她点点头。四爷说，灵柩在家里只停五天，出殡只要十六个杠儿和一班儿清音吹鼓手，她又点点头。可是，当他提到请和尚放焰口的时候，她摇了头，因为钱先生和少爷们都不信佛，家里从来没给任何神佛烧过香。这，教李四爷觉得很奇怪。他很想问明白，钱家是不是"二毛子"，信洋教。可是他没敢问，因为他想不起钱家的人在什么时候上过教堂，而且这一家子无论在什么地方都丝毫不带洋气儿。李四爷不能明白她，而且心中有点不舒服——在他想，无论怎样不信佛的人，死后念念经总是有益无损的事。钱太太可是很坚决，她连着摇了两次头。

李四爷也看出来：她的反对念经，一定不是为省那几个钱，因为当他建议买棺材与别的事的时候，虽然他立意要给她节省，可是并没有明说出来，她只点头，而并没问："那得要多少钱哪？"她既像十分明白李四爷必定会给省钱，又像随便花多少也不在乎的样子。李四爷一方面喜欢她的简单痛快，另一方面又有点担心——她到底有多少钱呢？

为慎重起见，李四爷避着钱太太，去探听少奶奶的口气。她没有任何意见，婆婆说怎办，就怎办。四爷又特别提出请和尚念经的事，她说："公公和孟石都爱作诗，什么神佛也不信。"四爷不知道诗是什么，更想不透为什么作诗就不信佛爷。他只好放弃了自己的主张，虽然在心中已经算计好，他会给她们请来五位顶规矩而又便宜的和尚。他问到钱太太到底有多少钱，少奶奶毫不迟疑的回答："一个钱没有！"

李四爷抓了头。不错，他自己准备好完全尽义务，把杠领出城去。但是，杠钱、棺材钱和其他的开销，尽管他可以设法节省，可也要马上就筹出款子来呀！他把瑞宣拉到一边，咬了咬耳朵。

瑞宣按着四爷的计划，先糖糖的在心中造了个预算表，然后才说："我晓得咱们胡同里的人多数的都肯帮忙。但是钱太太绝不喜欢咱们出去替她化缘募捐。咱们自己呢，至多也不过能掏出十块八块的，那和总数还差得多呢！咱们是不是应当去问问她们的娘家人呢？"

"应当问问！"老人点了头，"这年月，买什么都要付现钱！要不是闹日本鬼子，我准担保能赊出一口棺材来；现在，连一斤米全赊不出来，更休提寿材了！"

钱太太的弟弟，和少奶奶的父亲，都在这里。钱太太的弟弟陈野求，是个相当有学问，而心地极好的中年瘦子。脸上瘦，所以就显得眼睛特别的大。当他的眼珠定住的时候，他好像是很深沉，个性很强似的。可是他不常定住眼珠，相反，他的眼珠总爱"多此一举"的乱转，倒好像他是很浮躁、很好事。有这么一对眼，再加上两片薄得像刀刃似的、极好开合（找不到说话的对象，他自己会叨唠得很热闹）的嘴唇，他就老那么飘轻飘轻的，好像一片飞在空中的鸡毛那样被人视为无足重轻。事实上，他既不深沉，也不浮躁。他的好转眼珠只是一种习惯，他的好说话是为特意讨别人的好。他是个好人。假若不是因为他有一位躺在坟地的和一位躺在床上的太太，这两位太太给他生的八个孩子，他必定不会老被人看成空中飞动的一片鸡毛。只要他用一点力，他就能成为一位学者。可是，八张像蝗虫的小嘴，和十六对像铁犁的脚，就把他的学者资格永远褫夺了。无论他怎样卖力气，八个孩子的鞋袜永远教他爱莫能助！

他和钱默吟是至近的亲戚，也是最好的朋友。姐丈与舅爷所学的不同，但是谈到学问，彼此都有互相尊敬的必要。至于谈到人生的享受，野求就非常的羡慕默吟了，默吟有诗有画有花木与茵陈酒，而野求只有吵起来像一群饥狼似的孩子。他非常的喜欢来看姐姐与姐丈，因为即使正赶上姐丈也断了粮，到底他们还可以上下古今的闲扯——他管这个闲扯叫作"磨一磨心上的锈"。可是，他不能常来，八个孩子与一位常常生病的太太，把他拴在了柴米油盐上。

当孙七把口信捎到的时候，他正吃着晚饭——或者应当说正和孩子们抢着饭吃。孙七把话说完，野求把口中没咽净的东西都吐在地上。没顾得找帽子，他只向屋里嚷了一声，就跑了出来，一边走一边落泪。

就是他，陪着瑞宣熬了第一夜。瑞宣相当的喜欢这个人。最足以使他们俩的心碰到一处的是他们对国事的忧虑，尽管忧虑，可是没法子去为国尽忠。他告诉瑞宣："从历史的久远上看，作一个中国人并没什么可耻的地方。但是，从只顾私而不顾公，只讲斗心路而不敢真刀真枪的去干这一点看，我实在不佩服中国人。北平亡了这么多日子了，我就没看见一个敢和敌人拼一拼的！中国的人惜命忍辱实在值得诅咒！话虽这样说，可是你我……"他很快的停住，矫正自己："不，我不该这么说！"

"没关系！"瑞宣惨笑了一下，"你我大概差不多！"

"真的？我还是只说我自己吧！八个孩子，一个老闹病的老婆！我就像被粘在苍蝇纸上的一个苍蝇，想飞，可是身子不能动！"唯恐瑞宣张嘴，他抢着往下说，"是的，我知道连小燕还不忍放弃了一窝黄嘴的小雏儿，而自己到南海上去飞翔。可是，从另一方面看，岳武穆、文天祥，也都有家庭！咱们，噢，请原谅！我，不是咱们！我简直是个妇人，不是男子汉！再抬眼看看北平的文化，我可以说，我们的文化或者只能产生我这样因循苟且的家伙，而不能产生壮怀激烈的好汉！我自己惭愧，同时我也为我们的文化担忧！"

瑞宣长叹了一声："我也是个妇人！"

连最爱说话的陈野求也半天无话可说了。

现在，瑞宣和李四爷来向野求要主意。野求的眼珠定住了。他的轻易不见一点血色的瘦脸上慢慢的发暗——他的脸红不起来，因为贫血。张了几次嘴，他才说出话来："我没钱！我的姐姐大概和我一样！"

怕野求难堪，瑞宣嘟囔着："咱们都穷到一块儿啦！"

他们去找少奶奶的父亲——金三爷。他是个大块头。虽然没有李四爷那么高，可是比李四爷宽的多。宽肩膀，粗脖子，他的头几乎是四方的。头上脸上全是红光儿，脸上没有胡须，头上只剩了几十根灰白的头发。最红的地方是他的宽鼻头，放开量，他能一顿喝斤半高粱酒。在少年，他踢过梅花桩，摔过私跤，扔过石锁，练过形意拳，而没读过一本书。经过五十八个春秋，他的功夫虽然已经撂下了，可是身体还像一头黄牛那么结实。

金三爷的办公处是在小茶馆里。泡上一壶自己带来的香片，吸两袋关东叶子烟，他的眼睛看着出来进去的人，耳中听着四下里的话语，心中盘算着自己的钱。看到一个合适的人，或听到一句有灵感的话，他便一个木楔子似的挤到生意中去。他说媒，拉纤，放账！他的脑子里没有一个方块字，而有排列得非常整齐的一片数目字。他非常的爱钱，钱就是他的"四书"或"四叔"——他分不清"书"与"叔"有多少不同之处。可是，他也能很大方。在应当买脸面的时候，他会狠心的拿出钱来，好不至于教他的红鼻子减少了光彩。假若有人给他一瓶好酒，他的鼻子就更红起来，也就更想多发点光。

他和默吟先生做过同院的街坊。默吟先生没有借过他的钱，而时常送给他点茵陈酒，因此，两个人成了好朋友。默吟先生一肚子诗词，三爷一肚子账目，可是在不提诗词与账目，而都把脸喝红了的时候，二人发现了他们都是"人"。

因为友好，他们一来二去的成了儿女亲家。在女儿出阁以后，金三爷确是有点后悔，因为钱家的人永远不会算账，而且也无账可算。但是，细看一看呢，第一，女儿不受公婆的气；第二，小公母俩也还和睦；第三，钱家虽穷，而穷的硬气，不但没向他开口借过钱，而且仿佛根本不晓得钱是什么东西；第四，亲家公的茵陈酒还是那么香冽，而且可以白喝。于是，他把后悔收起来，而时时暗地里递给女儿几个钱，本利一概牺牲。

这次来到钱家，他准知道买棺材什么的将是他的责任。可是，他不便自告奋勇。他须把钱花到亮飕的地方。他没问亲家母的经济情形如何，她也没露一点求助的口气。他忍心的等着；他的钱像舞台上的名角似的，非敲敲锣鼓是不会出来的。

李四爷和瑞宣来敲锣鼓，他大仁大义的答应下："二百块以内，我兜着！二百出了头，我不管那个零儿！这年月，谁手里也不方便！"说完，他和李四爷又讨论了几句；对四爷的办法，他都点了头；他从几句话中看出来四爷是内行，绝对不会把他的"献金"随便被别人赚了去。对瑞宣，他没大招呼，他觉得瑞宣太文雅，不会是能办事的人。

李四爷去奔走。瑞宣，因为丧事的"基金"已有了着落，便陪着野求先生谈天。好像是有一种暗中的谅解似的，他们都不敢提默吟先生。在他们的心里，都知道这是件最值得谈的事，因为孟石仲石都已死去，而钱老先生是生死不明；他们希望老人还活着，还能恢复自由，好使这一家人有个办法。但是，他们都张不开口来谈，因为他们对营救钱先生丝毫不能尽力，空谈一谈有什么用呢？因此，他们口中虽然没有闲着，可是心中非常的难过，他们的眼神互相的告诉："咱们俩是最没有用的蠢材！"

谈来谈去，谈到钱家婆媳的生活问题。瑞宣忽然灵机一动："你知道不知道，他们收藏着什么有价值的东西呢？字画，或是善本的书？假若有这一类的东西，我们负责给卖一卖，不是就能进一笔钱吗？"

"我不知道！"野求的眼珠转得特别的快，好像愿意马上能发现一两件宝物，足以使姐姐免受饥寒似的，"就是有，现在谁肯出钱买字画书籍呢？咱们的想法都只适用于太平年日，而今天……"他的薄嘴唇紧紧的闭上，贫血的脑中空了一块，像个搁久了的鸡蛋似的。

"问问钱太太怎样？"瑞宣是急于想给她弄一点钱。

"那，"野求又转了几下眼珠，"你不晓得我姐姐的脾气！她崇拜我的姐丈！"很小心的，他避免叫出姐丈的名字来，"我晓得姐丈是个连一个苍蝇也不肯得罪的人，他一定没强迫过姐姐服从他。可是他一句话，一点小小的癖好，都被姐姐看成神圣不可侵犯的，绝对不能更改的事。她宁可挨一天的饿，也不肯缺了他的酒；他要买书，她马上会摘下头上的银钗。你看，假若他真收藏着几件好东西，她一定不敢去动一动，更不用说拿去卖钱了！"

"那么，出了殡以后怎么办呢？"

野求好大半天没回答上来，尽管他是那么喜欢说话的人。愣够了，他才迟迟顿顿的说："为她们有个照应，我可以搬来住。她们需要亲人的照应，你看出来没有我姐姐的眼神？"

瑞宣点了点头。

"她眼中的那点光儿不对！谁知道她要干什么呢？丈夫被捕，两个儿子一齐死了，恐怕她已打定了什么主意。她是最老实的人，但是被捆好的一只鸡也要挣扎挣扎吧？我很不放心！我应当来照应着她！话可是又说回来，我还自顾不暇，怎能再多养两口人呢？光是来照应着她们，而看着她们挨饿，那算什么办法呢？假若这是在战前，我无论怎样，可以找一点兼差，供给她们点粗茶淡饭。现在，教我上哪儿找兼差去呢？亡了国，也就亡了亲戚朋友之间的善意善心！征服者是狼，被征服的是一群各自逃命的羊！再说，她们清静惯了，我要带来八个孩子，一天就把这满院的花草踏平，半天就把她们的耳朵震聋，大概她们也受不了！简单的说吧，我没办法！我的心快碎了，可是想不出办法！"

棺材到了，一口极笨重结实而极不好看的棺材！没上过漆，木材的一切缺陷全显露在外面，显出凶恶狠毒的样子。

孟石只穿了一身旧衣服，被大家装进那个没有一点感情的大白匣子去。

金三爷用大拳头捶了棺材两下子，满脸的红光忽然全晦暗起来，高声的叫着："孟石！孟石！你就这么忍心的走啦？"

钱太太还是没有哭。在棺材要盖上的时候，她颤抖着从怀中掏出一小卷没有裱过、颜色已灰黄了的纸来，放在儿子的手旁。

瑞宣向野求递了个眼神。他们俩都猜出来那必是一两张字画。可是他们都不敢去问一声，那个蠢笨的大白匣子使他们的喉中发涩，说不出话来。他们都看见过棺材，可是这一口似乎与众不同，它使他们意味到全个北平就也是一口棺材！

少奶奶大哭起来。金三爷的泪是轻易不落下来的，可是女儿的哭声使他的眼失去了控制泪珠的能力。这，招起他的暴躁，他过去拉着女儿的手，厉声的喝喊："不哭！不哭！"女儿继续的悲号，他停止了呼喝，泪也落了下来。

出殡的那天是全胡同最悲惨的一天。十六个没有穿褂衣的穷汉，在李四爷的响尺的指挥下，极慢极小心的将那口白辣辣的棺材在大槐树下上了杠。没有丧种，少奶奶披散着头发，穿着件极长的粗布孝袍在棺材前面领魂。她像一个女鬼。金三爷悲痛的、暴躁的、无可如何的搀着她，红鼻子上挂着一串眼泪。在起杠的时节，他跺了跺两只大脚。一班儿清音，开始奏起简单的音乐。李四爷清脆的嗓子喊起"例行公事"的"加钱"，只喊出半句来。他的响尺不能击错一点，因为它是杠夫的耳目，可是敲得不响亮。他绝对不应当动心，但是动了心。一辆极破的轿车，套着一匹连在棺材后面都显出缓慢的瘦骡子，拉着钱太太。她的眼，干的，放着一点奇异的光，紧盯住棺材的后面，车动，她的头也微动一下。

祁老人，还病病歪歪的，扶着小顺儿，在门内往外看。他不敢出来。小妞子也要出来看，被她的妈扯了回去。瑞宣太太的心眼最软。把小妞子扯到院中，她听见婆婆在南屋里问她："钱家今天出殡啊？"她只答应了一声"是！"然后极快的走到厨房，一边切着菜，一边落泪。

瑞宣，小崔，孙七，都去送殡。除了冠家，所有的邻居都立在门外含泪看着。看到钱少奶奶，马老寡妇几乎哭出声来，被长顺搀了回去："外婆！别哭啊！"劝着外婆，他的鼻子也酸起来。小文太太扒着街门，只看了一眼，便转身进去了。四大妈的责任是给钱家看家。她一直追着棺材，哭到胡同口，才被四大爷叱喝回来。

死亡，在亡国的时候，是最容易碰到的事。钱家的悲惨景象，由眼中进入大家的心中；在心中，他们回味到自己的安全。生活在丧失了主权的土地上，死是他们的近邻！

十九

冠宅的稠云再也不能控制住雷雨了。几天了，大赤包的脸上老挂着一层发灰光的油。她久想和桐芳、高第开火。可是，西院里还停着棺材；她的嗓子像锈住了的枪筒，发不出火来。她老觉得有一股阴气，慢慢的从西墙透过来。有一天晚上，在月光下，她仿佛看见西墙上有个人影。她没敢声张，可是她的头发都偷偷的竖立起来。

西院的棺材被抬了走。她的心中去了一块病。脸上的一层灰色的油慢慢变成暗红的，她像西太后似的坐在客室的最大的一张椅子上。像火药库忽然爆炸了似的，她喊了声："高第！来！"

高第，虽然见惯了阵式，心中不由的颤了一下。把短鼻子上拧起一朵不怕风雨的小花，她慢慢的走过来。到了屋中，她没有抬头，问了声："干吗？"她的声音很低很重，像有铁筋洋灰似的。

大赤包脸上的雀斑一粒粒的都发着光，像无数的小黑枪弹似的。"我问问你！那天，你跟那个臭娘儿们上西院干什么去了？说！"

桐芳，一来是激于义愤，二来是不甘心领受"臭娘儿们"的封号，三来是不愿教高第孤立无援，一步便审到院中，提着最高的嗓音质问："把话说明白点儿，谁是臭娘儿们呀？"

"心里没病不怕冷年糕！"大赤包把声音提得更高一点，企图着压倒桐芳的声势，"来吧！你敢进来，算你有胆子！"

桐芳的个子小，力气弱，讲动武，不是大赤包的对手。但是，她的勇气催动着她，像小鹞子并不怕老鹰那样，扑进了北屋。

大赤包、桐芳、高第的三张嘴一齐活动，谁也听不清谁的话，而都尽力的发出声音，像林中的群鸟只管自己啼唤，不顾得听取别人的意见那样。她们渐渐的失去了争吵的中心，改为随心所欲的诟骂，于是她们就只须把毒狠而污秽的字随便的编串到一块，而无须顾及文法和修辞。这样，她们心中和口中都感到爽快，而越骂越高兴。她们的心中开了闸，把平日积聚下的污垢一下子倾泻出来。她们平日在人群广众之间所带着的面具被扯得粉碎，露出来她们的真正的脸皮，她们得到了"返归自然"的解放与欣喜！

晓荷先生藏在桐芳的屋里，轻轻的哼唧着《空城计》的一段"二六"，右手的食指、中指与无名指都富有弹性的在膝盖上点着板眼。现在，他知道，还不到过去劝架的时候；雨要是没下够，就是打雷也不会晴天的。他晓得：等到她们的嘴角上已都起了白沫儿，脸上已由红而白，舌头都短了一些的时候，他再过去，那才能收到马到成功的效果，不费力的便振作起家长的威风。

瑞丰，奉了太太之命，来劝架。劝架这件工作的本身，在他看，是得到朋友的信任与增高自己的身分的捷径。当你给朋友们劝架的时候，就是那占理的一面，也至少在言语或态度上有他的过错——你抓住了他的缺陷。在他心平气和了之后，他会怪不好意思和你再提起那件事，而即使不感激你，也要有点敬畏你。至于没有理的一面，因为你去调解而能逃脱了无理取闹所应得的惩罚，自然就非感激你不可了。等到事情过去，你对别的朋友用不着详述闹事理的首尾，而只简直的——必须微微的含笑——说一声："他们那件事是我给了的！"你的身分，特别是在这人事关系比法律更重要的社会里，便无疑的因此而增高了好多。

瑞丰觉得他必须过去劝架，以便一举两得：既能获得冠家的信任，又能增高自己的身分。退一步讲，即使他失败了，冠家的人大概也不会因为他的无能而忽视了他的热心的。是的，他必须去，他须像个木楔似的硬楔进冠家去，教他们没法不承认他是他们的好朋友。况且，太太的命令是不能不遵从的呢。

他把头发梳光，换上一双新鞋，选择了一件半新不旧的绸夹袍，很用心的把袖口卷起，好露出里面的雪白的衬衣来。他没肯穿十成新的长袍，一来是多少有点不适宜去劝架，二来是穿新衣总有些不自然——他是到冠家去，人家冠先生的文雅风流就多半仗着一切都自自然然。

到了战场，他先不便说什么，而只把小干脸板得紧紧的，皱上眉头，倒好像冠家的争吵是最严重的事，使他心中感到最大的苦痛。

三个女的看到他，已经疲乏了的舌头又重新活跃起来，像三大桶热水似的，把话都泼在他的头上。他咽了一口气。然后，他的眼向大赤包放出最诚恳的关切，头向高第连连的点着，右耳向桐芳竖着，鼻子和口中时时的哼着、唧着、叹息着。他没听清一句话，可是他的耳目口鼻全都浸入她们的声音中，像只有他能了解她们似的。

她们的舌头又都周转不灵了，他乘机会出了声："得了！都看我吧！冠太太！"

"真气死人哪！"大赤包因为力气已衰，只好用咬牙增高感情。

"冠小姐！歇歇去！二太太！瞧我啦！"

高第和桐芳连再瞪仇敌一眼的力气也没有了，搭讪着做了光荣的退却。

大赤包喝了口茶，打算重新再向瑞丰述说心中的委屈。瑞丰也重新皱上眉，准备以算一道最难的数学题的姿态去听取她的报告。

这时候，晓荷穿着一身浅灰色湖绸的夹袄夹裤，夹袄上罩着一件深灰色细毛线打的菊花纹的小背心，脸上储蓄着不少的笑意，走进来。

"瑞丰！今天怎么这样闲在？"他好像一点不晓得她们刚吵完架似的。没等客人还出话来，他对太太说，"给瑞丰弄点什么吃呢？"

虽然还想对瑞丰诉委屈，可是在闹过那么一大场之后，大赤包又觉得把心思与话语转变个方向也未为不可。她是相当爽直的人："对啦！瑞丰，我今天非请请你不可！你想吃什么？"

没有太太的命令，瑞丰不敢接受冠家的招待。转了一下他的小眼珠，他扯了个谎："不，冠太太！家里还等着我吃饭呢！今天，有人送来了一只烤鸭子！我决不能跟你闹客气！改天，改天，我和内人一同来！"

"一言为定！明天好不好？"大赤包的脸，现在，已恢复了旧观，在热诚恳切之中带着不少的威严。见瑞丰有立起来告辞的倾向，她又补上："喝杯热茶再走，还不到吃饭的时候！"她喊仆人泡茶。

瑞丰，急于回去向太太报功，可是又不愿放弃多和冠氏夫妇谈一谈的机会，决定再多坐一会儿。

晓荷很满意自己的从容不迫，调度有方；他觉得自己确有些诸葛武侯的气度与智慧。他也满意大赤包今天的态度，假若她还是不依不饶的继续往下吵闹，即使他是武侯，大概也要手足失措。因此，他要在客人面前表示出他对她们的冲突并不是不关心，好教太太得到点安慰，而且也可以避免在客人走后再挨她的张手雷的危险。

未曾开言，他先有滋有味的轻叹了一声，以便惹起客人与太太的注意。叹罢了气，他又那么无可如何的、啼笑皆非的微笑了一下。然后才说："男大当婚，女大当聘，一点也不错！我看哪，"他瞟了太太一眼，看她的神色如何，以便决定是否说下去。见大赤包的脸上的肌肉都松懈着，有些个雀斑已被肉褶儿和皱纹掩藏住，他知道她不会马上又变脸，于是决定往下说："我看哪，太太！咱们应当给高第找婆家了！近来她的脾气太坏了，闹得简直有点不像话！"

瑞丰不敢轻易发表意见，只把一切所能集合起来的表情都摆在脸上，又是皱眉，又是眨眼，还舔一舔嘴唇，表现出他的关切与注意。

大赤包没有生气，而只把嘴角往下撇，撇到成了一道很细很长的曲线，才又张开："你横是不敢说桐芳闹得不像话！"

瑞丰停止了皱眉，挤眼。他的小干脸上立刻变成了"没字碑"。他不敢因为"做戏"而显出偏袒，招任何一方面的不快。

晓荷从太太的脸色和语声去判断，知道她不会马上做"总攻击"，搭讪着说："真的，我真不放心高第！"

"瑞丰！"大赤包马上来了主意，"你帮帮忙，有合适的人给她介绍一个！"

瑞丰受宠若惊的，脸上像打了个闪似的，忽然的一亮："我一定帮忙！一定！"说完，他开始去检查他的脑子，颇想能马上找到一两位合适的女婿，送交大赤包审核备案。同时，他心里说："嘿！假若我能做大媒！给冠家！给冠家！"也许是因为太慌促吧，他竟自没能马上想起配做冠家女婿的"举子"来。他改了话，以免老愣着："家家有本难念的经！"

"怎么？府上也……"晓荷也皱了皱眉，知道这是轮到他该表示同情与关切的时候了。

"提起来话长得很！"瑞丰的小干脸上居然有点湿润的意思，像脸的全部都会落泪似的。

"闲谈！闲谈！我反正不会拉老婆舌头！"晓荷急于要听听祁家的争斗经过。

凭良心说，瑞丰实在没有什么委屈可诉。可是，他必须说出点委屈来，以便表示自己是怎样的大仁大义；假若没有真的，他也须"创作"出一些实事。一个贤人若是甘心受苦难而一声不出，一个凡人就必须说出自己的苦难，以便自居为贤人。吸着刚泡来的香茶，他像个受气的媳妇回到娘家来似的，诉说着祁家四代的罪状。最后，他提到已经不能再住在家里，因为大哥瑞宣与大嫂都压迫着他教他分家。这，分明是个十成十的谎言，可是为得别人的同情，谎言是必须用的工具。

晓荷很同情瑞丰，而不便给他出什么主意，因为一出主意便有非实际去帮忙不可的危险。最使他满意的倒是听到祁家人的不大和睦，他的心就更宽绰了一些，而把自己家事的纠纷看成了事有必至，理有固然。

大赤包也很同情瑞丰，而且马上出了主意。她的主意向来是出来的很快，因为她有这个主意不好就马上另出一个，而丝毫不感到矛盾的把握！

"瑞丰，你马上搬到我这里来好啦！我的小南屋闲着没用，只要你不嫌窄别①，搬来就是了！我一定收你的房钱，不教你白住，你不用心里过意不去！好啦，就这样办啦！"

这，反倒吓了瑞丰一跳。他没想到事情能会这么快就有办法！有了办法，他反倒没了主意。他不敢谢绝冠太太的厚意，也不敢马上答应下来。他的永远最切实际的心立刻看到，假若他搬了来，只就打牌那一件事，且不说别的，他就"奉陪"不起。他的小干脸忽然缩小了一圈。他开始有点后悔，不该为闲扯而把自己弄得进退两难。

冠先生看出客人的为难，赶紧对太太说："别劝着人家分家呀！"

大赤包的主意，除了她自己愿意马上改变，永远是不易撤销的："你知道什么！我不能看着瑞丰——这么好的人——在家里小菜碟似的受欺负！"她转向瑞丰："你什么时候愿意来，那间小屋总是你的！君子一言，快马一鞭！"

瑞丰觉得点头是他必尽的义务。他点了头。口中也想说两句知恩感德的话，可是没能说出来。

晓荷看出瑞丰的为难，赶紧把话岔开："瑞丰，这两天令兄颇帮钱家的

———————————
① 窄别，即不宽裕的意思。

忙。钱家到底怎么办的丧事，令兄也许对你讲过了吧？"

瑞丰想了一会儿才说："他没对我讲什么！他——唉！他跟我说不到一块儿！我们只有手足之名，而无手足之情！"他的颇像初中学生的讲演稿子的辞令，使他很满意自己的口才。

"嗷！那就算了吧！"晓荷的神情与语调与其说是不愿为难朋友，还不如说是激将法。

瑞丰，因为急于讨好，不便把谈话结束在这里："晓翁，要打听什么？我可以去问瑞宣！即使他不告诉我，不是还可以从别的方面……"

"没多大了不起的事！"晓荷淡淡的一笑，"我是要打听打听，钱家有什么字画出卖没有？我想，钱家父子既都能写能画，必然有点收藏。万一因为办丧事需钱而想出手，我倒愿帮这个忙！"他的笑意比刚才加重了好多，因为他的话是那么巧妙，居然把"乘人之危"变成"帮这个忙"，连他自己都觉得有点"太"聪明了，而不能不高兴一下。

"你要字画干什么？这年月花钱买破纸？你简直是个半疯子！"大赤包觉得一件漂亮的衣服可以由家里美到街上去，而字画只能挂在墙上。同样的花钱，为什么不找漂亮的，能在大街上出风头的东西去买呢？

"这，太太，你可不晓得！"晓荷笑得很甜美的说，"我自有妙用！自有妙用！嗷，"他转向瑞丰："你给我打听一下！先谢谢！"他把脊背挺直，而把脑袋低下，拱好的拳头放在头上，停了有五六秒钟。

瑞丰也忙着拱手，但是没有冠先生那样的庄严漂亮。他心中有点发乱。他的比鸡鸭的大不了多少的脑子搁不下许多事——比打哈哈凑趣，或抢两个糖豌豆重大一点的事。他决定告辞回家，去向太太要主意。

回到家中，他不敢开门见山的和太太讨论，而只皱着眉在屋中来回的走——想不出主意，而觉得自己很重要。直到太太下了命令，他才无可如何的据实报告。

太太，听到可以搬到冠家去，像饿狗看见了一块骨头："那好极了！丰！你这回可露了本事！"

太太的褒奖使他没法不笑着接领，但是："咱们月间的收入是……"他不能说下去，以免把自己的重要剥夺净尽。

"挣钱少，因为你俩眼儿黑糊糊，不认识人哪！"瑞丰太太直挺脖子，想教喉中清亮一些，可是没有效果；她的话都像带着肉馅儿似的，"现在咱们好容易勾上了冠家，还不一扑纳心的跟他们打成一气？我没看见过你这么没出息的人！"

瑞丰等了一会儿，等她的气消了一点，才张嘴："咱们搬过去，连伙食钱都没有！"

"不会在那院住，在这院吃吗？难道瑞宣还不准咱们吃三顿饭？"

瑞丰想了想，觉得这的确是个办法！

"去，跟他们说去！你不去，我去！"

"我去！我去！我想大哥总不在乎那点饭食！而且，我会告诉明白他，多咱我有了好事，就马上自己开伙；这不过是暂时之计！"

钱家的坟地是在东直门外。杠到了鼓楼，金三爷替钱太太打了主意，请朋友们不必再远送。瑞宣知道自己不惯于走远路，不过也还想送到城门。可是野求先生很愿接受这善意的劝阻，他的贫血的瘦脸上已经有点发青，假若一直送下去，他知道他会要闹点毛病的。他至少须拉个伴儿，因为按照北平人的规矩，丧家的至亲必须送到坟地的；他不好意思独自"向后转"。他和瑞宣咬了个耳朵。看了看野求的脸色，瑞宣决定陪着他"留步"。

小崔和孙七决定送出城去。

野求怪难堪的，到破轿车的旁边，向姐姐告辞。钱太太两眼盯住棺材的后面，好像听明白了，又像没大听明白他的话，只那么偶然似的点了一下头。他跟着车走了几步："姐姐！别太伤心啦！明天不来，我后天必来看你！姐姐！"他似乎还有许多话要说，可是腿一软，车走过去。他呆呆的立在马路边上。

瑞宣也想向钱太太打个招呼，但是看她那个神气，他没有说出话来。两个人呆立在马路边上，看着棺材向前移动。天很晴，马路很长，他们一眼看过去，就能看到那像微微有些尘雾的东直门。秋晴并没有教他们两个觉到爽朗。反之，他们觉得天很低，把他们俩压在那里不能动。他们所看到的阳光，只有在那口白而丑恶的，很痛苦的一步一步往前移动的，棺材上的那一点。那几乎不是阳光，而是一点无情的，恶作剧的，像什么苍蝇一类的东西，在死亡上面颤动。慢慢的，那口棺材离他们越来越远了。马路两边的电杆渐渐的往一处收拢，像要钳住它，而最远处的城门楼，静静的，冷酷的，又在往前吸引它，要把它吸到那个穿出去就永退不回来的城门洞里去。

愣了好久，两个人才不约而同的往归路走，谁也没说什么。

瑞宣的路，最好是坐电车到太平仓；其次，是走烟袋斜街，什刹海，定王府大街，便到了护国寺。可是，他的心仿佛完全忘了选择路线这件事。他低着头，一直往西走，好像要往德胜门去。陈野求跟着他。走到了鼓楼西，瑞宣抬头向左右看了看。极小的一点笑意显现在他的嘴唇上："哟！我走到哪儿来啦？"

"我也不应该往这边走！我应当进后门！"野求的眼垂视着地上，像有点怪不好意思似的。

瑞宣心里想：这个人的客气未免有点过火！他打了个转身。陈先生还跟着。到烟袋斜街的口上，他向陈先生告别。陈先生还跟着。瑞宣有些不大得劲儿了，可是不好意思说什么。最初，他以为陈先生好说话，所以舍不得分离。可是，陈先生并没说什么。他偷眼看看，陈先生的脸色还是惨绿的，分明已经十分疲乏。他纳闷：为什么已经这样的疲倦了，还陪着朋友走冤枉路呢？

眼看已到斜街的西口，瑞宣实在忍不住了："陈先生！别陪我啦吧？你不是应该进后门？"

野求先生的头低得不能再低，用袖子擦了擦嘴。愣了半天。他的最灵巧的薄嘴唇开始颤动。最后，他的汗和话一齐出来："祁先生！"他还低着头，眼珠刚往上一翻便赶紧落下去。"祁先生！唉——"他长叹了一口气。"你，你，有一块钱没有？我得带回五斤杂合面去！八个孩子！唉——"

瑞宣很快的摸出五块一张的票子来，塞在野求的手里。他没说什么，因为找不到恰当的话。

野求又叹了口气。他想说很多的话，解释明白他的困难和困难所造成的无耻。

瑞宣没容野求解释，而只说了声："咱们都差不多！"是的，在他心里，他的确看清楚：恐怕有那么一天，他会和野求一样的无耻与难堪，假若日本兵老占据住北平！他丝毫没有轻视野求先生的意思，而只求早早的结束了这小小的一幕悲喜剧。没再说什么，他奔了什刹海去。

什刹海周围几乎没有什么行人。除了远远的，随着微风传来的，电车的铃声，他听不到任何的响声。"海"中的菱角、鸡头米与荷花，已全只剩了一些残破的叶子，在水上漂着或立着。水边上柳树的叶子已很稀少，而且多半变成黄的。在水心里，立着一只像雕刻的，一动也不动的白鹭。"海"的秋意，好像在白鹭身上找到了集中点，它是那么静，那么白，那么幽独凄惨。瑞宣好像被它吸引住了，呆呆的立在一株秋柳的下面。他想由七七抗战起一直想到钱孟石的死亡，把还活在心中的一段亡国史重新温习一遍，以便决定此后的行动。可是，他的心思不能集中。在他刚要想起一件事，或拿定一个主意的时候，他的心中就好像有一个小人儿，掩着口在笑他：你想那个干吗？反正你永远不敢去抵抗敌人，永远不敢决定什么！他有许多事实上的困难，足以使他为自己辩护。但是心中那个小人儿不给他辩护的机会。那个小人儿似乎已给他判了案："不敢用血肉相拼的，只能臭死在地上！"

极快的，他从地上拔起腿来，沿着"海"岸疾走。

到了家中，他想喝口茶，休息一会儿，便到钱家去看看。他觉得钱家的丧事仿佛给了他一点寄托，帮人家的忙倒能够暂时忘记了自己的忧愁。

他的一杯茶还没吃完，瑞丰便找他来谈判。

瑞宣听完二弟的话，本要动气。可是，他心中忽而一亮，从二弟身上找到了一个可以自谅自慰的理由——还有比我更没出息的人呢！这个理由可并没能教他心里快活；相反，他更觉得难过了。他想：有他这样的明白而过于老实的人，已足以教敌人如入无人之境的攻入北平；那么，再加上老二与冠晓荷这类的人，北平就恐怕要永难翻身了。由北平而想到全国，假若到处的知识分子都像他自己这样不敢握起拳头来，假若到处有老二与冠晓荷这样的蛆虫，中国又将怎样呢？想到了这个，他觉得无须和老二动气了。等老二说完，他声音极低的，像怕得罪了老二似的，说："分家的事，请你对父亲说吧，我不能做主！至于搬出去，还在这里吃饭，只要我有一碗，总会分给你一半的，不成问题！还有别的话吗？"

瑞丰反倒愣住了。他原是准备好和老大"白刃相接"的；老大的态度和语声使他没法不放下刺刀，而不知如何是好了。愣了一会儿，他的小干脸上发了亮，他想明白啦：他的决定必是无懈可击的完全合理，否则凭老大的精明，决不会这么容易点头吧！有了这点了解，他觉得老大实在有可爱的地方；于是，他决定乘热打铁，把话都说净。怪亲热的，他叫了声："大哥！"

瑞宣心中猛跳了一下，暗自说：我是"他"的大哥！

"大哥！"老二又叫了声，仿佛决心要亲热到家似的，"你知道不知道，钱家可有什么好的字画？"他的声音相当的高，表示出内心的得意。

"干吗？"

"我是说，要是有的话，我愿意给找个买主。钱家两位寡妇——"

"钱老先生还没死！"

"管他呢！我是说，她们俩得点钱，不是也不错？"

"钱太太已经把字画放在孟石的棺材里了！"

"真的？"老二吓了一大跳，"那个老娘儿们，太，太，"他没好意思往下说，因为老大的眼盯着他呢。停了一会儿，他才一计不成再生一计的说："大哥，你再去看看！万一能找到一些，我们总都愿帮她们的忙！"说完，他搭讪着走出，心中预备好一句"我们大成功！"去说给太太听，好教她的脸上挂出些胖的笑纹！

老二走出去，瑞宣想狂笑一阵。可是，他马上后了悔。不该，他不该，对老二取那个放任的态度！他是哥哥，应当以做兄长的诚心，说明老二的错误，不应该看着弟弟往陷阱里走！他想跑出去，把老二叫回来。只是想了想，他并没有动。把微微发热的手心按在脑门上，他对自己说："算了吧，我和他还不一样的是亡国奴！"

二十

瑞宣和四大妈都感到极度的不安：天已快黑了，送殡的人们还没有回来！四大妈早已把屋中收拾好，只等他们回来，她好家去休息。他们既还没有回来，她是闲不住的人，只好拿着把破扫帚，东扫一下子，西扫一下子的消磨时光。瑞宣已把"歇会儿吧，四奶奶！"说了不知多少次，她可是照旧的走出来走进去，口中不住的抱怨那个老东西，倒好像一切错误都是四大爷的。

天上有一块桃花色的明霞，把墙根上的几朵红鸡冠照得像发光的血块。一会儿，霞上渐渐有了灰暗的地方；鸡冠花的红色变成深紫的。又隔了一会儿，霞散开，一块红的，一块灰的，散成许多小块，给天上摆起几穗葡萄和一些苹果。葡萄忽然明起来，变成非蓝非灰、极薄极明、那么一种妖艳得使人感到一点恐怖的颜色；红的苹果变成略带紫色的小火团。紧跟着，像花忽然谢了似的，霞光变成一片灰黑的浓雾；天忽然的暗起来，像掉下好几丈来似的。瑞宣看看天，看看鸡冠花；天忽然一黑，他觉得好像有块铅铁落在他的心上。他完全失去他的自在与沉稳。他开始对自己嘟囔："莫非城门又关了？还是……"天上已有了星，很小很远，在那还未尽失去蓝色的天上极轻微的眨着眼。"四奶奶！"他轻轻的叫，"回去休息休息吧！累了一天！该歇着啦！"

"那个老东西！埋完了，还不说早早的回来！坟地上难道还有什么好玩的？老不要脸！"她不肯走。虽然住在对门，她满可以听到她们归来的声音而赶快再跑过来，可是她不肯那么办。她必须等着钱太太回来，交代清楚了，才能离开。万一日后钱太太说短少了一件东西，她可吃不消！

天完全黑了。瑞宣进屋点上了灯。院里的虫声吱吱的响成一片。虫声是那么急，那么惨，使他心中由烦闷变成焦躁。案头上放着几本破书，他随手拿起一本来；放翁的《剑南集》。就着灯，他想读一两首，镇定镇定自己的焦急不安。一掀，他看见一张纸条，上面有些很潦草的字——孟石的笔迹，他认得。在还没看清任何一个字之前，他似乎已然决定：他愿意偷走这张纸条，作个纪念。马上他又改了主意：不能偷，他须向钱太太说明，把它要了走。继而又一想：死亡不定什么时候就轮到自己，纪念？笑话！他开始看那些字：

"初秋：万里传烽火，惊心独倚楼；云峰余夏意，血海洗秋收！"下面还有两三个字，写得既不清楚，又被秃笔随便的涂抹了几下，没法认出来。一首未写完的五律。

瑞宣随手拉了一只小凳，坐在了灯前，像第一次并没看明白似的，又读了一遍。平日，他不大喜欢中国诗词。虽然不便对别人说，可是他心中觉得他阅过的中国诗词似乎都像鸦片烟，使人消沉懒散，不像多数的西洋诗那样像火似的燃烧着人的心。这个意见，他谦退的不便对别人说；他怕自己的意见只是浅薄的成见。对钱家父子，他更特别的留着神不谈文艺理论，以免因意见或成见的不同而引起友谊的损伤，今日，他看到孟石的这首未完成的五律，他的对诗词的意见还丝毫没有改变。可是，他舍不得放下它。他翻过来掉过去的看，想看清那抹去了的两三个字；如果能看清，他想把它续成。他并没觉到孟石的诗有什么好处，他自己也轻易不弄那纤巧的小玩艺儿。可是，他想把这首诗续成。

想了好半天，他没能想起一个字来。他把纸条放在原处，把书关好。"国亡了，诗可以不亡！"他自言自语的说，"不，诗也得亡！连语言文字都可以亡的！"他连连的点头。"应当为孟石复仇，诗算什么东西呢！"他想起陈野求，全胡同的人，和他自己，叹了一口气，"都只鬼混，没人，没人，敢拿起刀来！"

四大妈的声音吓了他一跳："大爷，听！他们回来啦！"说完，她瞎摸合眼的就往外跑，几乎被门坎绊了一跤。

"慢着！四奶奶！"瑞宣奔过她去。

"没事！摔不死！哼，死了倒也干脆！"她一边唠叨，一边往外走。

破轿车的声音停在了门口。金三爷带着怒喊叫："院里还有活人没有？拿个亮儿来！"

瑞宣已走到院中，又跑回屋中去端灯。

灯光一晃，瑞宣看见一群黄土人在闪动，还有一辆黄土盖严了的不动的车，与一匹连尾巴都不摇一摇的，黄色的又像驴又像骡子的牲口。

金三爷还在喊："死鬼们！往下抬她！"

四大爷，孙七，小崔，脸上头发上全是黄土，只有眼睛是一对黑洞儿，像泥鬼似的，全没出声，可全都过来抬人。

瑞宣把灯往前伸了伸，看清抬下来的是钱少奶奶。他欠着脚，从车窗往里看，车里是空的，并没有钱太太。

四大妈揉了揉近视眼，依然看不清楚："怎么啦？怎么啦？"她的手已颤起来。

金三爷又发了命令："闪开路！"

四大妈赶紧躲开，几乎碰在小崔的身上。

"拿灯来领路！别在那儿愣着！"金三爷对灯光儿喊。

瑞宣急忙转身，一手掩护着灯罩，慢慢的往门里走。

到了屋中，金三爷一屁股坐在了地上；虽然身体那么硬棒，他可已然筋疲力尽。

李四爷的腰已弯得不能再弯，两只大脚似乎已经找不着了地，可是他还是照常的镇静、婆婆妈妈的处理事："你赶紧去泡白糖姜水！这里没有火，家里弄去！快！"他告诉四大妈。

四大妈连声答应："这里有火，我知道你们回来要喝水！到底怎回事呀？"

"快去做事！没工夫说闲话！"四大爷转向孙七与小崔，"你们俩回家去洗脸，待一会儿到我家里去吃东西，车把式呢？"

车夫已跟了进来，在屋门外立着呢。

四大爷掏出钱来："得啦，把式，今天多受屈啦！改天我请喝酒！"他并没在原价外多给一个钱。

车夫，一个驴脸的中年人，连钱看也没有看就塞在身里。"四大爷，咱们爷儿们过的多！那么，我走啦？"

"咱们明天见啦！把式！"四大爷没往外送他，赶紧招呼金三爷，"三爷，谁去给陈家送信呢？"

"我管不着！"三爷还在地上坐着，红鼻子被黄土盖着，像一截刚挖出来的胡萝卜，"姓陈的那小子简直不是玩艺儿！这样的至亲，他会偷油儿不送到地土上，我反正不能找他去，我的脚掌儿都磨破了！"

"怎么啦，四爷爷？"瑞宣问。

李四爷的嗓子里堵了一下："钱太太碰死在棺材上了！"

"什……"瑞宣把"什"下面的"么"咽了回去。他非常的后悔，没能送殡送到地土；多一个人，说不定也许能手急眼快的救了钱太太。况且，他与野求是注意到她的眼中那点"光"的。

这时候，四大妈已把白糖水给少奶奶灌下去，少奶奶哼哼出来。

听见女儿出声，金三爷不再顾脚疼，立了起来。"苦命的丫头！这才要咱们的好看呢！"一边说着，他一边走进里间，去看女儿。看见女儿，他的暴躁减少了许多，马上打了主意："姑娘，用不着伤心，都有爸爸呢！爸爸缺不了你的吃穿！愿意跟我走，咱们马上回家，好不好？"

瑞宣知道不能放了金三爷，低声的问李四爷："尸首呢？"

"要不是我，简直没办法！庙里能停灵，可不收没有棺材的死尸！我先到东直门关厢赊了个火匣子，然后到莲花庵连说带央告，差不多都给人家磕头了，人家才答应下暂停两天！换棺材不换，和怎样抬埋，马上都得打主意！嘿！我一辈子净帮人家的忙，就没遇见过这么挠头的事！"一向沉稳老练的李四爷现在显出不安与急躁，"四妈！你倒是先给我弄碗水喝呀！我的嗓子眼里都冒了火！"

"我去！我去！"四大妈听丈夫的语声语气都不对，不敢再骂"老东西"。

"咱们可不能放走金三爷！"瑞宣说。

金三爷正从里间往外走。"干吗不放我走？我该谁欠谁的是怎着？我已经发送了一个姑爷，还得再给亲家母打幡儿吗？你们找陈什么球那小子去呀！死的是他的亲姐姐！"

瑞宣纳住了气，惨笑着说："金三伯伯，陈先生刚刚借了我五块钱去，你想想，他能发送得起一个人吗？"

"我要有五块钱，就不借给那小子！"金三爷坐在一条凳子上，一手揉脚，一手擦脸上的黄土。

"嗯——"瑞宣的态度还是很诚恳，好教三爷不再暴躁，"他倒是真穷！这年月，日本人占着咱们的城，做事的人都拿不到薪水，他又有八个孩子，有什么办法呢？得啦，伯伯你作善作到底！干脆的说，没有你就没有办法！"

四大妈提来一大壶开水，给他们一人倒了一碗。四大爷蹲在地上，金三爷坐在板凳上，一齐吸那滚热的水。水的热气好像化开了三爷心里的冰。把水碗放在凳子上，他低下头去落了泪。一会儿，他开始抽搭，老泪把脸上的黄土冲了两道沟儿。然后，用力的捏了捏红鼻子，又唾了一大口白沫子，他抬起头来："真没想到啊！真没想到！就凭咱们九城八条大街，东单西四鼓楼前，有这么多人，就会干不过小日本，就会教他们治得这么苦！好好的一家人，就这么接二连三的会死光！好啦，祁大爷，你找姓陈的去！钱，我拿；可是得教他知道！明人不能把钱花在暗地里！"

瑞宣，虽然也相当的疲乏，决定去到后门里，找陈先生。四大爷主张教小崔去，瑞宣不肯，一来因为小崔已奔跑了一整天，二来他愿自己先见到陈先生，好教给一套话应付金三爷。

月亮还没上来，门洞里很黑。约摸着是在离门坎不远的地方，瑞宣踩到一条圆的像木棍而不那么硬的东西上。他本能的收住了脚，以为那是一条大蛇。还没等到他反想出北方没有像手臂粗的蛇来，地上已出了声音："打吧！没的说！我没的说！"

瑞宣认出来语声："钱伯伯！钱伯伯！"

地上又不出声了。他弯下腰去，眼睛极力往地上找，才看清：钱默吟是脸朝下，身在门内，脚在门坎上爬伏着呢。他摸到一条臂，还软和，可是湿漉漉的很凉。他头向里喊："金伯伯！李爷爷！快来！"他的声音的难听，马上惊动了屋里的两位老人。他们很快的跑出来。金三爷嘟囔着："又怎么啦？又怎么啦？狼嚎鬼叫的？"

"快来！抬人！钱伯伯！"瑞宣发急的说。

"谁？亲家？"金三爷撞到瑞宣的身上，"亲家？你回来的好！是时候！"虽然这么叨唠，他可是很快的辨清方位，两手抄起钱先生的腿来。

"四妈！"李四爷摸着黑抄起钱先生的脖子，"快，拿灯！"

四大妈的手又哆嗦起来，很忙而实际很慢的把灯拿出来，放在了窗台上："谁？怎么啦？简直是闹鬼哟！"

到屋里，他们把他放在了地上。瑞宣转身把灯由窗台上拿进来，放在桌上。地上躺着的确是钱先生，可已经不是他们心中所记得的那位诗人了。

钱先生的胖脸上已没有了肉，而只剩了一些松的、无倚无靠的黑皮。长的头发，都粘合到一块儿，像用胶贴在头上的，上面带着泥块与草棍儿。在太阳穴一带，皮已被烫焦，斑斑块块的，像拔过些"火罐子"似的。他闭着眼，而张着口，口中已没有了牙。身上还是那一身单裤褂，已经因颜色太多而辨不清颜色，有的地方撕破，有的地方牢牢的粘在身上，有的地方很硬，像血或什么粘东西凝结在上面似的。赤着脚，满脚是污泥，肿得像两只刚出泥塘的小猪。

他们呆呆的看着他。惊异，怜悯，与愤怒拧绞着他们的心，他们甚至于忘了他是躺在冰凉的地上。李四妈，因为还没大看清楚，倒有了动作；她又泡来一杯白糖水。

看见她手中的杯子，瑞宣也开始动作。他十分小心、恭敬的把老人的脖子抄起来，教四大妈来灌糖水。四大妈离近了钱先生，看清了他的脸，"啊"了一声，杯子出了手！李四爷想斥责她，但是没敢出声。金三爷凑近了一点，低声而温和的叫："亲家！亲家！默吟！醒醒！"这温柔恳切的声音，出自他这个野调无腔的人的口中，有一种分外的悲惨，使瑞宣的眼中不由的湿了。

钱先生的嘴动了动，哼出两声来。李四爷忽然的想起动作，他把里间屋里一把破藤子躺椅拉了出来。瑞宣慢慢的往起搬钱先生的身子，金三爷也帮了把手，想把钱先生搀到躺椅上去。钱先生由仰卧改成坐的姿势。他刚一坐起来，金三爷"啊"了一声，其中所含的惊异与恐惧不减于刚才李四妈的那个。钱先生背上的那一部分小褂只剩了两个肩，肩下面只剩了几条，都牢固的镶嵌在血的条痕里。那些血道子，有的是定好了黑的或黄的细长疤痕；有的还鲜红的张着，流着一股黄水；有的并没有破裂，而只是蓝青的肿浮的条子；有的是在黑疤下面扯着一条白的脓。一道布条，一道黑，一道红，一道青，一道白，他的背是一面多日织成的血网！

"亲家！亲家！"金三爷真的动了心。说真的，孟石的死并没使他动心到现在这样的程度，因为他把女儿给了孟石，实在是因为他喜爱默吟："亲家！这是怎回事哟！日本鬼子把你打成这样？我日他们十八辈儿的祖宗！"

"先别吵！"瑞宣还扶着钱诗人，"四大爷，快去请大夫！"

"我有白药！"四大爷转身就要走，到家中去取药。

"白药不行！去请西医，外科西医！"瑞宣说得非常的坚决。

李四爷，虽然极信服白药，可是没敢再辩驳。扯着两条已经连立都快立不稳的腿，走出去。

钱先生睁了睁眼，哼了一声，就又闭上了。

李四妈为赎自己摔了杯子的罪过，又沏来一杯糖水。这回，她没敢亲自去灌，而交给了金三爷。

小崔回来了，在窗外叫："四奶奶还不吃饭去吗？天可真不早啦！"

"你去和孙七吃，别等我！"

"四爷呢？"

"请大夫去了！"

"怎么不叫我去呢？"说着，他进了屋中。一眼看到地上的情景，他差点跳起来："什么？钱先生！"

瑞宣扶着钱先生，对小崔说："崔爷，再跑一趟后门吧，请陈先生马上来！"

"好孩子！"李四妈的急火横在胸里，直打嗝儿，"你去嚼两口馒头，赶紧跑一趟！"

"这——"小崔想问明白钱先生的事。

"快去吧，好孩子！"四妈央告着。

小崔带着点舍不得走的样子走出去。

糖水灌下去，钱先生的腹内响了一阵。没有睁眼，他的没了牙的嘴轻轻的动。瑞宣辨出几个字，而不能把它们联成一气，找出意思来。又待了一会儿，钱先生正式的说出话来："好吧！再打吧！我没的说！没的说！"说着，他的手——与他的脚一样的污黑——紧紧抓在地上，把手指甲抠在方砖的缝子里，像是为增强抵抗苦痛的力量。他的语声还和平日一样的低碎，可是比平日多着一点把生死置之度外的劲儿。忽然的，他睁开了眼——一对像庙中佛像的眼，很大很亮，而没看见什么。

"亲家！我，金三！"金三爷蹲在了地上，脸对着亲家公。

"钱伯伯！我，瑞宣！"

钱先生把眼闭了一闭，也许是被灯光晃的，也许是出于平日的习惯。把眼再睁开，还是向前看着，好像是在想一件不易想起的事。

里屋里，李四妈一半劝告，一半责斥的，对钱少奶奶说："不要起来！好孩子，多躺一会儿！不听话，我可就不管你啦！"

钱先生似乎忘了想事，而把眼闭成一道缝，头偏起一点，像偷听话儿似的。听到里间屋的声音，他的脸上有一点点怒意。"啊！"他巴唧了两下唇，"又该三号受刑了！挺着点，别嚷！咬上你的唇，咬烂了！"

钱少奶奶到底走了出来，叫了声："爸爸！"

瑞宣以为她的语声与孝衣一定会引起钱先生的注意。可是，钱先生依然没有理会什么。

扶着那把破藤椅，少奶奶有泪无声的哭起来。

钱先生的两手开始用力往地上抓。像要往起立的样子。瑞宣想就劲儿把他搀到椅子上去。可是，钱先生的力气，像狂人似的，忽然大起来。一使劲，他已经蹲起来。他的眼很深很亮，转了几下："想起来了！他姓冠！哈哈！我去教他看看，我还没死！"他再一使力，立了起来。身子摇了两下，他立稳。他看到了瑞宣，但是不认识。他的凹进去的腮动了动，身子向后躲闪："谁？又拉我去上电刑吗？"他的双手很快的捂在太阳穴上。

"钱伯伯！是我！祁瑞宣！这是你家里！"

钱先生的眼像困在笼中的饥虎似的，无可如何的看着瑞宣，依然辨不清他是谁。

金三爷忽然心生一计："亲家！孟石和亲家母都死啦！"他以为钱先生是血迷了心，也许因为听见最悲惨的事大哭一场，就会清醒过来。

钱先生没有听懂金三爷的话。右手的手指轻按着脑门，他仿佛又在思索。想了半天，他开始往前迈步——他肿得很厚的脚已不能抬得很高；及至抬起来，他不知道往哪里放它好。这样的走了两步，他仿佛高兴了一点。"忘不了！是呀，怎能忘了呢！我找姓冠的去！"他一边说，一边吃力的往前走，像带着脚镣似的那么缓慢。

因为想不起更好的主意，瑞宣只好相信金三爷的办法。他想，假若钱先生真是血迷了心，而心中只记着到冠家去这一件事，那就不便拦阻。他知道，钱先生若和冠晓荷见了面，一定不能不起些冲突；说不定钱先生也许一头碰过去，与冠晓荷同归于尽！他既不便阻拦，又怕出了凶事；所以很快的他决定了，跟着钱先生去。主意拿定，他过去搀住钱诗人。

"躲开！"钱先生不许搀扶，"躲开！拉我干什么？我自己会走！到行刑场也是一样的走！"

瑞宣只好跟在后面。金三爷看了女儿一眼，迟疑了一下，也跟上来。李四大妈把少奶奶搀了回去。

不知要倒下多少次，钱先生才来到三号的门外。金三爷与瑞宣紧紧的跟着，唯恐他倒下来。

三号的门开着呢。院中的电灯虽不很亮，可是把走道照得相当的清楚。钱先生努力试了几次，还是上不了台阶；他的脚腕已肿得不灵活。瑞宣本想挽他回家去，但是又一想，他觉得钱先生应当进去，给晓荷一点惩戒。金三爷大概也这么想，所以他扶住了亲家，一直扶进大门。

冠氏夫妇正陪着两位客人玩扑克牌。客人是一男一女，看起来很像夫妇，而事实上并非夫妇。男的是个大个子，看样子很像个在军阀时代做过师长或旅长的军人。女的有三十来岁，看样子像个从良的妓女。他们俩的样子正好说明了他们的履历——男的是个小军阀，女的是暂时与他同居的妓女，他一向住在天津，新近才来到北平，据说颇有所活动，说不定也许能做警察局的特高科科长呢。因此，冠氏夫妇请他来吃饭，而且诚恳的请求他带来他的女朋友。饭后，他们玩起牌来。他的牌品极坏。遇到"爱司""王""后"他便用他的并不很灵巧的大手，给做上记号。发牌的时候，他随便的翻看别家的牌，而且扯着脸说："喝，你有一对红桃儿爱司！"把牌发好，他还要翻开余牌的第一张看个清楚。他的心和手都很笨，并不会暗中闹鬼儿耍手彩；他的不守牌规只是一种变相的敲钱。等到赢了几把以后，他会觍着脸说："这些办法都是跟张宗昌督办学来的！"冠氏夫妇是一对老牌油子，当然不肯吃这个亏。可是，今天他们俩决定认命输钱，因为对于一个明天也许就走马上任的特务主任是理当纳贡称臣的。晓荷的确有涵养，越输，他的态度越自然，谈笑越活泼。还不时的向那位女"朋友"飞个媚眼。大赤包的气派虽大，可是到底还有时候沉不住气，而把一脸的雀斑都气得一明一暗的。晓荷不时的用脚尖偷偷碰她的腿，使她注意不要得罪了客人。

晓荷的脸正对着屋门。他是第一个看见钱先生的。看见了，他的脸登时没有了血色。把牌放下，他要往起立。

"怎么啦？"大赤包问。没等他回答，她也看见了进来的人。"干什么？"她像叱喝一个叫花子似的问钱先生。她确是以为进来的是个要饭的。及至看清那是钱先生，她也把牌放在了桌上。

"出牌呀！该你啦，老冠！"军人的眼角撩到了进来的人，可是心思还完全注意在赌牌上。

钱先生看着冠晓荷，嘴唇开始轻轻的动，好像是小学生在到老师跟前背书以前先自己暗背一过儿那样。

金三爷紧跟着亲家，立在他的身旁。

瑞宣本想不进屋中去，可是愣了一会儿之后，觉得自己太缺乏勇气。笑了一下，他也轻轻的走进去。

晓荷看见瑞宣，想把手拱起来，搭讪着说句话。但是他的手抬不起来。肯向敌人屈膝的，磕膝盖必定没有什么骨头，他僵在那里。

"这是他妈的怎回事呢？"军人见大家愣起来，发了脾气。

瑞宣极想镇定，而心中还有点着急。他盼着钱先生快快的把心中绕住了的主意拿出来，快快的结束了这一场难堪。

钱先生往前凑了一步。自从来到家中，谁也没认清，他现在可认清了冠晓荷。认清了，他的话像背得烂熟的一首诗似的，由心中涌了出来。

"冠晓荷！"他的声音几乎恢复了平日的低柔，他的神气也颇似往常的诚恳温厚，"你不用害怕，我是诗人，不会动武！我来，是为看看你，也叫你看看我！我还没死！日本人很会打人，但是他们打破了我的身体，打断了我的骨头，可打不改我的心！我的心永远是中国人的心！你呢，我请问你，你的心是哪一国的呢？请你回答我！"说到这里，他似乎已经筋疲力尽，身子晃了两晃。

瑞宣赶紧过去，扶住了老人。

晓荷没有任何动作，只不住的舐嘴唇。钱先生的样子与言语丝毫没能打动他的心，他只是怕钱先生扑过来抓住他。

军人说了话："冠太太，这是怎回事？"

大赤包听明白钱先生并不是来动武，而且旁边又有刚敲过她的钱的候补特务处处长助威，她决定拿出点厉害来："这是成心捣蛋，你们全滚出去！"

金三爷的方头红鼻子一齐发了光，一步，他迈到牌桌前："谁滚出去？"

晓荷想跑开。金三爷隔着桌子，一探身，老鹰揸膝的揪住他的脖领，手往前一带，又往后一放，连晓荷带椅子一齐翻倒。

"打人吗？"大赤包立起来，眼睛向军人求救。

军人——一个只会为虎作伥的军人——急忙立起来，躲在了一边。妓女像个老鼠似的，藏在他的身后。

"好男不跟女斗！"金三爷要过去抓那个像翻了身的乌龟似的冠晓荷。可是，大赤包以气派的关系，躲晚了一点，金三爷不耐烦，把手一撩，正撩在她的脸上。以他的扔过石锁的手，只这么一撩，已撩活动了她的两个牙，血马上从口中流出来。她抱着腮喊起来："救命啊！救命！"

"出声，我捶死你！"

她捂着脸，不敢再出声，躲在一旁。她很想跑出去，喊巡警。可是，她知道现在的巡警并不认真的管事。这时节，连她都仿佛感觉到亡了国也有别扭的地方！

军人和女友想跑出去。金三爷怕他们出去调兵，喝了声："别动！"军人很知道服从命令，以立正的姿态站在了屋角。

瑞宣虽不想去劝架，可是怕钱先生再昏过去，所以两手紧握着老人的胳臂，而对金三爷说："算了吧！走吧！"

金三爷很利落，又很安稳的，绕过桌子去："我得管教管教他！放心，我会打人！教他疼，可不会伤了筋骨！"

晓荷这时候手脚乱动的算是把自己由椅子上翻转过来。看逃无可逃，他只好往桌子下面钻。金三爷一把握住他的左脚腕，像拉死狗似的把他拉出来。

晓荷知道北平的武士道的规矩，他"叫"了："爸爸！别打！"

金三爷没了办法。"叫"了，就不能再打。捏了捏红鼻子头，他无可如何的说："便宜你小子这次！哼！"说完，他挺了挺腰板，蹲下去，把钱先生背了起来；向瑞宣一点头："走！"走出屋门，他立住了，向屋中说："我叫金三，住在蒋养房，什么时候找我来，清茶恭候！"

招弟害怕，把美丽的小脸用被子蒙起，蜷着身躺在床上，一动也不敢动。桐芳与高第在院中看热闹呢。

借着院中的灯光，钱先生看见了她们。他认清了高第："你是个好孩子！"

金三爷问了声"什么"，没得到回答，于是放开两只踢梅花桩的大脚，把亲家背回家去。

见"敌人"走净，冠家夫妇一齐量好了声音，使声音不至传到西院去，开始咒骂。大赤包漱了漱口，宣布她非报仇不可，而且想出许多足以使金三爷碎尸万断的计策来。晓荷对客人详细的说明，他为什么不抵抗，不是胆小，而是好鞋不踩臭狗屎！那位军人也慷慨激壮的述说：他是没动手，若是动了手的话，十个金三也不是他的对手。女的没说什么，只含笑向他们点头。

二十一

李四爷对西半城的中医，闭眼一想，大概就可以想起半数以上来。他们的住址和他们的本领，他都知道。对于西医，他只知道几位的姓名与住址，而一点也不晓得他们都会治什么病。碰了两三家，他才在武定侯胡同找到了一位他所需要的外科大夫。这是一位本事不大而很爱说话的大夫，脸上很瘦，身子细长，动作很慢，像有一口大烟瘾似的。问了李四爷几句话，他开始很慢很慢的，把刀剪和一些小瓶往提箱里安放。对每件东西，他都迟疑不决的看了再看，放进箱内去又拿出来，而后再放进去。李四爷急得出了汗，用手式和简短的话屡屡暗示出催促的意思。大夫仍然不慌不忙，一边收拾东西，一边慢慢的说："不忙！那点病，我手到擒来，保管治好！我不完全是西医，我也会中国的接骨拿筋。中西贯通，我决误不了事！"这几句"自我介绍"，教李四爷的心舒服了一点。老人相信白药与中国的接骨术。

像是向来没出诊过似的，大夫好容易才把药箱装好。他又开始换衣服。李四爷以为半夜三更的，实在没有打扮起来的必要，可是不敢明说出来。及至大夫换好了装，老人觉得他的忍耐并没有白费。他本来以为大夫必定换上一身洋服，或是洋医生爱穿的一件白袍子。可是，这位先生是换上了很讲究的软绸子夹袍和缎子鞋。把袖口轻轻的、慢慢的卷起来，大夫的神气很像准备出场的说相声的。李四爷宁愿意医生像说相声的，也不喜欢穿洋服的假洋人。

看大夫卷好袖口，李四爷把那个小药箱提起来。大夫可是还没有跟着走的意思。他点着了一支香烟，用力往里吸，而后把不能不往外吐的一点烟，吝啬的由鼻孔里往外放；他不是吐烟，而像是给烟细细的过滤呢。这样吸了两口烟，他问：

"我们先讲好了诊费吧？先小人后君子！"

李四爷混了一辈子，他的办法永远是交情第一，金钱在其次。在他所认识的几位医生里，还没有一位肯和他先讲诊费的。只要他去请，他们似乎凭他的年纪与客气，就得任劳任怨，格外的克己。听了这位像说相声的医生这句话，老人觉得有点像受了污辱。同时，为时间的关系，他又不肯把药箱放下，而另去请别人。他只好问："你要多少钱呢？"这句话说得很不好听，仿佛是意在言外的说："你不讲交情，我也犯不上再客气！"

医生又深深的吸了口烟，才说："出诊二十元，药费另算。"

"药费也说定了好不好？归了包堆，今天这一趟你一共要多少钱？"李四爷晓得八元的出诊费已经是很高的，他不能既出二十元的诊金，再被医生敲一笔药费。没等大夫张口，他把药箱放下了："干脆这么说吧，一共拢总，二十五元，去就去，不去拉倒！"二十五元是相当大的数目，他去年买的那件小皮袄连皮筒带面子，才一共用了十九块钱。现在，他不便因为"嘎噔价钱"①而再多耽误工夫，治病要紧。好在，他心中盘算，高第的那点钱和桐芳的小金戒指还在他手里，这笔医药费总不至于落空。

"少点！少点！"医生的瘦脸上有一种没有表情的表情，像石头那么坚硬、无情与固定，"药贵呀！上海的仗老打不完，药来不了！"

四爷的疲乏与着急使他控制不住了自己的脾气："好吧，不去就算

———————
① 嘎噔价钱：讨价还价的意思。

啦！"他要往外走。

"等一等！"大夫的脸上有了点活动气儿，"我走这一趟吧，赔钱的买卖！一共二十五元。外加车费五元！"

四爷叹了口无可如何的气，又把药箱提起来。

夜间，没有什么人敢出来，胡同里找不到一部洋车。到胡同口上，四爷喊了声："车！"

大夫，虽然像有口大烟瘾，走路倒相当的快："不用喊车，这几步路我还能对付！这年月，真叫无法！我要车钱，而不坐车，好多收几个钱！"

李四爷只勉强的哼了两声。他觉得这个像说相声的医生是个不折不扣的骗子手！他心中很后悔自己没坚持教钱先生服点白药，或是请位中医，而来找这么个不三不四的假洋大夫。他甚至于决定：假若这位大夫光会敲钱，而不认真去调治病人，他会毫不留情的给他几个有力的嘴巴的。

可是，大夫慢慢的和气起来："我告诉你，假若他们老占据着这座城，慢慢的那些短腿的医生会成群的往咱们这里灌，我就非饿死不可！他们有一切的方便，咱们什么也没有啊！"

李老者虽是个没有受过教育的人，心中却有个极宽广的世界。他不但关切着人世间的福利，也时时的往那死后所应去的地方望一眼。他的世界不只是他所认识的北平城，而是也包括着天上与地下。他总以为战争、灾患，不过都是一时的事；那永远不改的事却是无论在什么时候，人们都该行好作善，好使自己纵然受尽人间的苦处，可是死后会不至于受罪。因此，他不大怕那些外来的危患。反之，世上的苦难越大，他反倒越活跃，越肯去帮别人的忙。他是要以在苦难中所尽的心力，去换取死后与来生的幸福。他自己并说不上来他的信仰是从哪里来的，他既不信佛，不信玉皇大帝，不信孔圣人，他也又信佛，信玉皇与孔圣人。他的信仰中有许多迷信，而迷信并没能使他只凭烧高香拜神像去取得好的报酬。他是用义举善行去表现他的心，而他的心是——他自己并不能说得这么清楚——在人与神之间发生作用的一个机关。自从日本人进了北平城，不错，他的确感到了闷气与不安。可是他的眼仿佛会从目前的危难跃过去，而看着那更远的更大的更有意义的地点。他以为日本鬼子的猖狂只是暂时的，他不能只管暂时的患难而忽略了那久远的事件。现在，听到了大夫的话，李老人想起钱先生的家败人亡。在平日，他看大夫与钱先生都比他高着许多，假若他们是有彩羽的鹦鹉，他自己不过是屋檐下的麻雀。他没想到日本人的侵袭会教那些鹦鹉马上变成丢弃在垃圾堆上的腐鼠。他不再讨厌在他旁边走着的瘦医生了。他觉得连他自己也许不定在哪一天就被日本人砍去头颅！

月亮上来了。星渐渐的稀少，天上空阔起来。和微风匀到一起的光，像冰凉的刀刃儿似的，把宽静的大街切成两半，一半儿黑，一半儿亮。那黑的一半，使人感到阴森，亮的一半使人感到凄凉。李四爷，很想继续听着大夫的话，可是身上觉得分外的疲倦。他打了个很长的哈欠，凉风儿与凉的月光好像一齐进入他的口中；凉的，疲倦的，泪，顺着鼻子往下滚。揉了揉鼻子，他稍微精神了一点。他看见了护国寺街口立着的两个敌兵。他轻颤了一下，全身都起了极细碎的小白鸡皮疙瘩。

大夫停止了说话，眼看着那一对只有钢盔与刺刀发着点光的敌兵，他的身子紧贴着李四爷，像求老人保护他似的，快也不是、慢也不是的往前走。李四爷也失去了态度的自然，脚落在有月光的地上倒仿佛是落在空中；他的脚，在平日，是最稳当的，现在他觉得飘摇不定。他极不放心手中的药箱，万一敌兵要起疑呢？他恨那只可以被误认为子弹箱的东西，也恨那两个兵！

敌兵并没干涉他们。可是他们俩的脊骨上感到寒凉。有敌兵站着的地方，不管他们在发威还是含笑，总是地狱！他们俩的脚是在他们自己的国土上走，可是像小贼似的不敢把脚放平。极警觉、极狼狈的，他们走到了小羊圈的口儿上。像老鼠找到了洞口似的，他们感到了安全，钻了进去。

钱先生已被大家给安放在床上。他不能仰卧，而金三爷又不忍看他脸朝下爬着。研究了半天，瑞宣决定教老人横卧着，他自己用双手撑着老人的脖子与大腿根。怕碰了老人的伤口，他把自己的夹袍轻轻的搭上。老人似乎是昏昏的睡过去，但是每隔二三分钟，他的嘴与腮就猛的抽动一下，腿用力的往下一蹬；有时候，随着口与腿的抽动，他轻喊一声——像突然被马蜂或蝎子蛰了似的。扶着、看着老人，瑞宣的夹肢窝里流出了凉汗。他心中的那个几乎近于抽象的"亡国惨"，变成了最具体的、最鲜明的事实。一个有学识有道德的诗人，在亡国之际，便变成了横遭刑戮的野狗！他想流泪，可是愤恨横在他的心中，使他的泪变成一些小的火苗，烧着他的眼与喉。他不住的干嗽。

李四妈把钱少奶奶搀到西屋去，教她睡下。四大妈还不觉得饿，而只想喝水。喝了两三大碗开水，她坐在床边，一边擦着脑门上的汗，一边和自己嘀咕："好好的一家子人哟！怎么会闹成这个样子呢？"她的大近视眼被汗淹得更迷糊了，整个的世界似乎都变成一些模糊不清的黑影。

金三爷在门口儿买了几个又干又硬的硬面饽饽，啃两口饽饽，喝一点开水。他时时的凑过来，看亲家一眼。看亲家似睡似死的躺着，他的硬面饽饽便塞在食管中，噎得直打嗝儿。躲开，灌一口开水，他的气又顺过来。他想回家去休息，可是又不忍得走。他既然惹了冠晓荷，他就须挺起腰板等着下回分解。他不能缩头缩脑的躲开。无论怎么说，刚才在冠家的那一幕总是光荣的；那么，他就不能跳出是非场去，教人家笑他有始无终！把饽饽吃到一个段落，他点上了长烟袋，挺着腰板吸着烟。他觉得自己很像秉烛待旦的关老爷！

医生来到，金三爷急扯白脸的教李四爷回家："四爷！你一定得回家歇歇去！这里全有我呢！走！你要不走，我是狗日的！"

四爷见金三爷起了关门子誓，不便再说什么，低声的把诊费多少告诉了瑞宣，把那个戒指与那点钱也递过去："好啦，我回家吃点东西去，哪时有事只管喊我一声。金三爷，祁大少爷，你们多辛苦吧！"他走了出去。

医生轻轻跺了跺鞋上的尘土，用手帕擦了擦脸，又卷了卷袖口，才坐在了金三爷的对面。他的眼神向金三爷要茶水，脸上表示出他须先说些闲话儿，而不忙着去诊治病人。假若他的行头像说相声的，他的习惯是地道北平人的——在任何时间都要摆出闲暇自在的样子来，在任何急迫中先要说道些闲话儿。

金三爷，特别是在战胜了冠晓荷以后，不想扯什么闲盘儿，而愿直截了当的做些事。

"病人在那屋里呢！"他用大烟袋指了指。

"噢！"大夫的不高兴与惊异掺混在一块儿，这么出了声儿，怕金三爷领略不出来其中的滋味，他又"噢"了一声，比第一声更沉重一些。

"病人在那屋里呢！快着点，我告诉你！"金三爷立了起来，红鼻子向大夫发着威。

大夫觉得红鼻子与敌兵的刺刀有相等的可怕，没敢再说什么，像条小鱼似的溜开。看见了瑞宣，他仿佛立刻感到"这是个好打交代的人"。他又挽了挽袖口，眼睛躲着病人，而去挑逗瑞宣。

瑞宣心中也急，但是老实的狗见了贼也不会高声的叫，他还是婆婆妈妈的说："医生，请来看看吧！病得很重！"

"病重，并不见得难治。只要断症断得准，下药下得对！断症最难！"大夫的眼始终没看病人，而很有力量的看着瑞宣，"你就说，那么大名气的尼古拉，出诊费二百元，汽车接送，对断症都并没有把握！我自己不敢说高明，对断症还相当的、相当的准确！"

"这位老先生是被日本人打伤的，先生！"瑞宣想提出日本人来，激起大夫一点义愤，好快快的给调治。

可是，瑞宣只恰好把大夫的话引到另一条路上来："是的！假若日本医生随着胜利都到咱们这儿来挂牌，我就非挨饿不可！我到过日本，他们的医药都相当的发达！这太可虑了！"

金三爷在外屋里发了言："你磨什么豆腐呢？不快快的治病！"

瑞宣觉得很难为情，只好满脸赔笑的说："他是真着急！大夫，请过来看看吧！"

大夫向外面瞪了一眼，无可如何的把钱先生身上盖着的夹袍拉开，像看一件丝毫无意购买的东西似的，随便的看了看。

"怎样？"瑞宣急切的问。

"没什么！先上点白药吧！"大夫转身去找药箱。

"什么？"瑞宣惊讶的问，"白药？"

大夫找到了药箱，打开，拿出一小瓶白药来："我要是给它个外国名字，告诉你它是拜耳的特效药，你心里大概就舒服了！我可是不欺人！该用西药，我用西药；该用中药，就用中药；我是要沟通中西医术，自成一家！"

"不用听听心脏吗？"瑞宣看不能打倒白药，只好希望大夫施展些高于白药的本事。

"用不着！咱们有消炎的好药，吃几片就行了！"大夫又在小箱里找，找出几片白的"布朗陶西耳"来。

瑞宣晓得那些小白片的用处与用法。他很后悔，早知道大夫的办法是这么简单，他自己就会治这个病，何必白花三十元钱呢！他又发了问，还希望大夫到底是大夫，必定有些他所不知道的招数："老人有点神经错乱，是不是——"

"没关系！身上疼，就必影响到神经；吃了我的药，身上不疼了，心里也自然会平静起来。要是你真不放心的话，给他买点七厘散，或三黄宝蜡，都极有效。我不骗人，能用有效的中国药，就不必多教洋药房赚去咱们的钱！"

瑞宣没了办法。他很想自己去另请一位高明的医生来，可是看了看窗外的月影，他只好承认了白药与布朗陶西耳："是不是先给伤口消一消毒呢？"

大夫笑了一下："你仿佛倒比我还内行！上白药用不着消毒！中国药，中国办法；西洋药，西洋办法。我知道怎样选择我的药，也知道各有各的用法！好啦！"他把药箱盖上，仿佛一切已经办妥，只等拿钱了。

瑞宣决定不能给大夫三十块钱。钱还是小事，他不能任着大夫的意这样戏弄钱诗人。说真的，假若他的祖父或父亲有了病，他必定会尽他该尽的责任；可是，尽责任总多少含有一点勉强。对钱诗人，他是自动的，真诚的，愿尽到朋友所能尽的心力。钱先生是他所最佩服的人；同时，钱先生又是被日本人打伤的。对钱先生个人，和对日本人的愤恨，他以为他都应该负起使老人马上能恢复健康的责任——没有一点勉强！

他的眼睁得很大，而黑眼珠凝成很小的两个深黑的点子，很不客气的问大夫说："完啦？"

"完啦！"大夫板着瘦脸说，"小病，小病！上上药，服了药，准保见好！我明天不来，后天来；大概我一共来看四五次就可以毫无问题了！"

"你用不着再来！"瑞宣真动了气，"有你这样的大夫，不亡国才怪！"

"扯那个干什么呢？"大夫的瘦脸板得很紧，可是并没有带着怒，"该怎么治，我怎么治，不能乱来！亡国？等着看吧，日本大夫们一来到，我就非挨饿不可！说老实话，我今天能多赚一个铜板，是一个铜板！"

瑞宣的脸已气白，但是不愿再多和大夫费话，掏出五块钱来，放在了药箱上："好，你请吧！"

大夫见了钱，瘦脸上忽然一亮。及至看明白只是五块钱，他的脸忽然黑起来，像疾闪后的黑云似的："这是怎回事？"

金三爷在外间屋坐着打盹，大夫的声音把他惊醒。巴唧了两下嘴，他立起来："怎么啦？"

"凭这一小瓶，和这几小片，他要三十块钱！"瑞宣向来没做过这样的事。这点事若放在平日，他一定会咽口气，认吃亏，决不能这样的因不吃亏而显出自己的小气、偏狭。

金三爷往前凑了凑，红鼻子有声有色的出着热气。一把，他将药箱拿起来。

大夫慌了。他以为金三爷要把药箱摔碎呢："那可摔不得！"

金三爷处置这点事是很有把握的。一手提着药箱，一手揑住大夫的脖子："走！"这样，他一直把大夫送到门外。把小箱放在门坎外，他说了声："快点走！这次我便宜了你！"

大夫，拿着五块钱，提起药箱，向着大槐树长叹了口气。

瑞宣，虽然不信任那个大夫，可是知道布朗陶西耳与白药的功效。很容易的，他掰开钱先生的嘴（因为已经没有了门牙），灌下去一片药。很细心的，他把老人的背轻轻的用清水擦洗了一遍，而后把白药敷上。钱先生始终一动也没动，仿佛是昏迷过去了。

这时候，小崔领着陈野求走进来。野求，脸上挂着许多细碎的汗珠，进了屋门，晃了好几晃，像要晕倒的样子。小崔扶住了他。他吐出了两口清水，脸上出了更多的汗，才缓过一口气。手扶着脑门，又立了半天，他才很勉强的说出话来："金三爷！我先看看姐丈去！"他的脸色是那么绿，语气是那么低卑，两眼是那么可怜的乱转，连金三爷也不便说什么了。金三爷给了小崔个命令："你回家睡觉去吧！有什么事，咱们明天再说！"

小崔已经很疲倦，可是舍不得走开。他恭敬的、低声的问："钱老先生怎样了？"在平日，全胡同里与他最少发生关系的人恐怕就是钱先生，钱先生连街门都懒得出，就更没有照顾小崔的车子的机会了。可是小崔现在极敬重钱先生，不是因为平日的交情，而是为钱先生的敢和日本人拼命！

"睡着了！"金三爷说，"你走吧！明天见！"

小崔还要说些什么，表示他对钱老人的敬重与关切，可是他的言语不够用，只好把手心的汗都擦在裤子上，低着头走出去。

看到了姐丈，也就想起亲姐姐，野求的泪像开了闸似的整串的往下流。他没有哭出声来。疲乏、忧郁、痛心和营养不良，使他瘫倒在床前。

金三爷虽然很看不起野求，可是见他瘫倒，心中不由的软起来："起来！起来！哭办不了事！城外头还放着一口子呢！"他的话还很硬，可是并没有为难野求的意思。

野求有点怕金三爷，马上楞楞磕磕的立起来。泪还在流，可是脸上没有了任何痛苦的表情，像雷闪已停，虽然还落着雨，而天上恢复了安静的样子。

"来吧！"金三爷往外屋里叫野求和瑞宣，"你们都来！商量商量，我好睡会儿觉！"

自从日本兵进了北平城，除了生意冷淡了些，金三爷并没觉得有什么该关心的地方。他的北平，只是一个很大的瓦片厂。当他立在高处的时候，他似乎看不见西山和北山，也看不见那黄瓦与绿瓦的宫殿，而只看见那灰色的、一垄一垄的屋顶上的瓦。那便是他的田，他的货物。有他在中间，卖房子的与买房子的便会把房契换了手，而他得到成三破二的报酬成三破二的报酬，旧社会买卖房地产的陋规，即买主应付出买房总价钱的三成，卖房人应付出总卖价的二成给介绍人作为报酬。日本人进了城，并没用轰炸南苑与西苑的飞机把北平城内的"瓦片"也都炸平；那么，有房子就必有买有卖，也就有了金三爷的"庄稼"。所以，他始终觉得北平的被日本人占据与他并没多大的关系。

及至他看到了女婿与亲家太太的死亡，和亲家的遍体鳞伤，他才觉出来日本人的攻城夺地并不是与他毫无关系——他的女儿守了寡，他最好的朋友受了重伤！赶到他和冠晓荷发生了冲突，他开始觉得不但北平的沦陷与他有关系，而且使他直接的卷入漩涡。他说不清其中的始末原由，而只觉到北平并不仅仅是一大片砖瓦，而是与他有一种特别的关系。这种关系只能用具体的事实来说明，而具体的事实就在他的心上与眼前——北平属了日本人，他的至亲好友就会死亡；他们的死亡不仅损失了他的金钱，而且使他看到更大的危险，大家都可以无缘无故死去的危险。在平日，他几乎不知道什么是国家；现在，他微微的看见了一点国家的影子。这个影子使他的心扩大了一些，宽大了一些。他还想不出他是否该去和怎样去抵抗日本人；可是，他仿佛须去做一点异于只为自己赚钱的事，心里才过得去。

陈野求的可怜的样子，和瑞宣的热诚的服侍钱老人，都使他动了一点心。他本来看不起他们；现在，他想和他们商议商议钱家的事，像好朋友似的坐在一块儿商议。

瑞宣本来就没心去计较金三爷曾经冷淡过他；在看见金三爷怎样收拾了冠晓荷以后，他觉得这个老人是也还值得钦佩的。在危患中，他看出来，只有行动能够自救与救人。说不定，金三爷的一伸拳头，就许把冠晓荷吓了回去，而改邪归正。假使全北平的人都敢伸拳头呢？也许北平就不会这么像死狗似的，一声不出的受敌人的踢打吧？他认识了拳头的伟大与光荣。不管金三爷有没有知识，有没有爱国的心，反正那对拳头使金三爷的头上发出圣洁的光。他自己呢，只有一对手，而没有拳头。他有知识，认识英文，而且很爱国，可是在城亡了的时候，他像藏在洞里的一条老鼠！他的自惭使他钦佩了金三爷。

"都坐下！"金三爷下了命令。他已经十分疲乏，白眼珠上横着几条细的血道儿，可是他还强打精神要把事情全盘的讨论一过儿——他觉得自己非常的重要，有主意，有办法，因为他战胜了冠晓荷。又点上了烟，巴唧了两口，话和烟一齐放出来："第一件，"他把左手的拇指屈起来，"明天怎么埋亲家太太。"

野求顾不得擦拭脸上的泪；眼珠儿定住，泪道儿在鼻子两旁挂着，他对金三爷的红鼻子发愣。听到三爷的话，他低下头去；即使三爷没有看他，他也觉到有一对眼睛盯在了他的头上。

瑞宣也没话可说。

他们仿佛是用沉默哀恳着金三爷再发发善心。

金三爷咧了咧嘴，无可如何的一笑："我看哪，事情还求李四爷给办，钱，"他的眼真的盯在野求的头上。

野求的头低得更深了些，下巴几乎碰到锁子骨上面。

"钱，唉！还得我出吧？"

野求大口的咽着吐沫，有点响声。

"谁教三爷你……"瑞宣停顿住，觉得在国破家亡的时候，普通的彼此敷衍的话是不应当多说的。

"第二件，埋了亲家太太以后，又该怎么办。我可以把姑娘接回家去，可是那么一来，谁照应着亲家呢？要是叫她在这儿伺候着公公，谁养活着他们呢？"

野求抬了抬头，想建议他的全家搬来，可是紧跟着便又低下头去，不敢把心意说出来；他晓得自己的经济能力是担负不起两个人的一日三餐的；况且姐丈的调养还特别要多花钱呢！

瑞宣心中很乱，假若事情发生在平日，他想他一定会有办法。可是事情既发生在现时，即使他有妥当的办法，谁能保险整个的北平不在明天变了样子呢？谁敢保证明天钱先生不再被捕呢？谁知道冠晓荷要怎样报复呢？谁敢说金三爷，甚至连他自己，不遇到凶险呢？在屠户刀下的猪羊还能提出自己的办法吗？

他干嗽了好几下，才说出话来。他知道自己的话是最幼稚，最没力量，可是不能不说。即使是个半死的人，说一句话总还足以表示他有点活气儿："三伯伯！我看少奶奶得在这儿伺候着钱伯伯。我和我的内人，会帮她的忙。至于他们公媳二人的生活费用，只好由咱们大家凑一凑了。我这些话都不是长远的办法，而只是得过且过，混过今天再说明天。谁敢说，明天咱们自己不被日本人拿去呢！"

野求长叹了一口气。

金三爷把大手放在光头上，用力的擦了几下子。他要发怒，他以为凭自己的武功和胆气，他是天不怕地不怕，绝对不会受欺侮的。

这时候，里屋里钱先生忽然"啊"了一声，像一只母鸡在深夜里，冷不防的被黄狼咬住，那么尖锐、苦痛与绝望。野求的脸，好容易稍微转过一点颜色来，听到这一声，马上又变成惨绿的。瑞宣像被针刺了似的猛的站起来。金三爷头上仅有的几根头发全忽的竖起，他忘了自己的武功与胆气，而觉得像有一把尖刀刺入他的心。

三个人前后脚跑进里屋。钱老人由横躺改为脸朝下的趴伏，两臂左右的伸开，双手用力的抓着床单子，指甲差不多抠进了布中。他似乎还睡着呢，可是口中出着点被床单阻住的不甚清楚的声音。瑞宣细听才听明白："打！打！我没的说！没有！打吧！"

野求的身上颤抖起来。

金三爷把头转向了外，不忍再看。咬了咬牙，他低声的说："好吧，祁大爷，先把亲家治好了，再说别的吧！"

二十二

无论刮多大的风，下多大的雨，无论天气怎样的寒，还是怎样的热，无论家中有什么急事，还是身体不大舒服，瑞宣总不肯告假。假若不得已的请一两点钟假，他也必定补课，他不肯教学生在功课上吃一点亏。一个真认识自己的人，就没法不谦虚。谦虚使人的心缩小，像一个小石卵，虽然小，而极结实。结实才能诚实。瑞宣认识他自己。他觉得他的才力、智慧、气魄，全没有什么足以傲人的地方；他只能尽可能的对事对人尽到他的心、他的力。他知道在人世间，他的尽心尽力的结果与影响差不多等于把一个石子投在大海里，但是他并不肯因此而把石子可惜的藏在怀中，或随便的掷在一汪儿臭水里。他不肯用坏习气减少他的石子的坚硬与力量。打铃，他马上拿起书上讲堂；打铃，他才肯离开教室。他没有迟到早退的、装腔作势的恶习。不到万不得已，他也永远不旷课。上堂教课并不给他什么欣悦，他只是要对得住学生，使自己心中好受。

学校开了课。可是他并不高兴去。他怕见到第二代的亡国奴。他有许多理由与事实，去原谅自己在北平低着头受辱。他可是不能原谅自己，假若他觍着脸到讲台上立定，仿佛是明告诉学生们他已承认了自己无耻，也教青年们以他为榜样！

但是，他不能不去。为了收入，为了使老人们心安，为了对学校的责任，他不能藏在家里。他必须硬着头皮去受刑——教那些可爱的青年们的眼，像铁钉似的，钉在他的脸上与心中。

校门，虽然是开学的日子，却没有国旗。在路上，他已经遇到三三两两的学生；他不敢和他们打招呼。靠着墙根，他低着头疾走，到了校门外，学生们更多了。他不知道怎样的走进了那个没有国旗的校门。

教员休息室是三间南房，一向潮湿；经过一夏天未曾打开门窗，潮气像雾似的凝结在空中，使人不敢呼吸。屋里只坐着三位教师。见瑞宣进来，他们全没立起来。在往常，开学的日子正像家庭中的节日，大家可以会见一个夏天未见面的故人和新聘来的生朋友，而后不是去聚餐，便是由校长请客，快活的过这一天。这一天，是大家以笑脸相迎，而后脸上带着酒意，热烈的握手，说"明天见"的日子。今天，屋里像坟墓那样潮湿、静寂。三位都是瑞宣的老友。有两位是楞磕磕的吸着烟，一位是注视着桌子上纵起的一片漆皮。他们都没向瑞宣打招呼，而只微微的一点头，像大家都犯了同样的罪，在监狱中不期而遇的那样。瑞宣向来是得拘谨就拘谨的人，现在就更不便破坏了屋中沉寂的空气。他觉得只有冷静，在今天，才似乎得体。在今天，只有冷静沉寂才能表示出大家心中的苦闷。在静寂中，大家可以渐渐的听到彼此心中的泪在往外涌。

坐下，他翻弄翻弄一本上学期用过的点名簿。簿子的纸非常的潮湿，好几页连到一处，很不易揭开。揭开，纸上出了一点点声音。这一点声音，在屋中凝结住的潮气中发出，使他的身上忽然微痒，像要出汗的样子。他赶紧把簿子合上。虽然这么快的把簿子合上，他可是已经看到一列学生的名字——上学期还是各别的有名有姓的青年，现在已一律的，没有例外的，变成了亡国奴。他几乎坐不住了。

听一听院里，他希望听到学生们的欢笑与喊叫。在往日，学生们在上课前后的乱闹乱吵老给他一种刺激，使他觉到：青春的生命力量虽然已从他自己身上渐渐消逝，可是还在他的周围；使他也想去和他们一块儿蹦蹦跳跳，吵吵闹闹。现在，院里没有任何声音！学生们——不，不是学生们，而是亡国奴们——也和他一样因羞愧而静寂！这比成群的飞机来轰炸还更残酷！

他喜欢听学生的欢笑，因为没有欢笑的青春便是夭折。今天，他可是不能希望他们和往日一样的活泼；他们都是十四五岁左右的人，不能没心没肺！同时，他们确是不喊不叫了，难道他们从此永远如此吗？假若他们明天就又喊又闹了，难道他们就该为亡国而只沉默一天吗？他想不清楚，而只觉得房里的潮气像麻醉药似的糊在他的鼻子上，使他堵得慌！

咽了几口气，他渴盼校长会忽然的进来，像一股阳光似的进来，把屋中的潮气与大家心中的闷气都赶了走。

校长没有来。教务主任轻轻的把门拉开。他是学校中的老人，已经做了十年的教务主任。扁脸，矮身量，爱说话而说不上什么来，看着就是个没有才干，而颇勤恳负责的人。进了屋门，他的扁脸转了一圈；他的看人的方法是脸随着眼睛转动，倒好像是用一面镜子照大家呢。看清了屋中的四位同事，他紧赶几步，扑过瑞宣来，很亲热的握手；而后，他又赶过那三位去，也一一的握手。在往常，他的话必定在握手以前已经说出来好几句。今天，他的手握得时间比较长，而没有话可说。都握完手，大家站了一圈儿，心中都感到应当出点声音，打破屋中的被潮湿浸透了的沉寂。

"校长呢？"瑞宣问。

"嗯——"教务主任的话来得很不顺畅，"校长不大舒服，不大舒服。今天，他不来了；嘱咐我告诉诸位，今天不举行开学式；一打铃，诸位老师上班就是了；和学生们谈一谈就行了，明天再上课——啊，再上课。"

大家又愣住了。他们都在猜想：校长也许是真病了，也许不是。和学生们谈一谈？谈什么呢？

教务主任很愿再说些什么，使大家心中痛快一些，可是他想不起说什么才好。摸了摸扁脸，他口中出着点没有字的声音，搭讪着走出去。

四位先生又僵在了那里。

铃声，对于一个做惯了教员的，有时候很好听，有时候很不悦耳。瑞宣向来不讨厌铃声，因为他只要决定上课，他必定已经把应教的功课或该发还的卷子准备得好好的。他不怕学生质问，所以也不怕铃声。今天，他可是怕听那个管辖着全校的人的行动的铃声，像一个受死刑的囚犯怕那绑赴刑场的号声或鼓声似的。他一向镇定，就是十年前他首次上课堂讲书的时节，他的手也没有发颤。现在，他的手在袖口里颤起来。

铃声响了。他迷迷糊糊的往外走，脚好像踩在棉花上。他似乎不晓得往哪里走呢。凭着几年的习惯，他的脚把他领到讲堂上去。低着头，他进了课堂。屋里极静，他只能听到自己的心跳。上了讲台，把颤动着的右手放在讲桌上，他慢慢的抬起头来。学生们坐得很齐，一致的竖直了背，扬着脸，在看。他们的脸都是白的，没有任何表情，像是石头刻的。一点辣味儿堵塞住他的嗓子，他嗽了两声。泪开始在他的眼眶里转。

他应当安慰他们，但是怎样安慰呢？他应当鼓舞起他们的爱国心，告诉他们抵抗敌人，但是他自己怎么还在这里装聋卖哑的教书，而不到战场上去呢？他应当劝告他们忍耐，但是怎么忍耐呢？他可以教他们忍受亡国的耻辱吗？

把左手也放在桌上，支持着他的身体，他用极大的力量张开了口。他的声音，好像一根细鱼刺似的横在了喉中。张了几次嘴，他并没说出话来。他希望学生们问他点什么。可是，学生们没有任何动作；除了有几个年纪较大的把泪在脸上流成很长很亮的道子，没有人出声。城亡了，民族的春花也都变成了木头。

糊里糊涂的，他从嗓子里挤出两句话来："明天上课。今天，今天，不上了！"

学生们的眼睛开始活动，似乎都希望他说点与国事有关的消息或意见。他也很想说，好使他们或者能够得着一点点安慰。可是，他说不出来。真正的苦痛是说不出来的！狠了狠心，他走下了讲台。大家的眼失望的追着他。极快的，他走到了屋门；他听到屋中有人叹气。他迈门坎，没迈利落，几乎绊了一跤。屋里开始有人活动，声音很微，像是偷手摸脚的那样往起立和往外走呢。他长吸了一口气，没再到休息室去，没等和别的班的学生会面，他一气跑回家中，像有个什么鬼追着似的。

到家里，谁也没理，他连鞋也没脱，便倒在床上。他的脑中已是空的，只有一些好像可以看得见的白的乱丝在很快的转。他用力的闭着眼。脑中的乱丝好似转疲了，渐渐的减低速度。单独的、不相关联的、忽现忽没的观念，像小星星似的，开始由那团乱丝中往起跳。他没有能力使它们集合到一处，他觉得烦躁。

他忽然坐起来。仿佛像万花筒受了震动似的，他的脑中忽然结成一朵小花——"这就是爱国吧？"他问自己。问完，他自己低声的笑起来。他脑中的花朵又变了："爱国是一股热情所激发出来的崇高的行动！光是想一想，说一说，有什么用处呢？"

一声没出，他又跑到钱家去。服侍钱先生，现在，变成他的最有意义、最足以遮羞的事！

另外请来一位西医，详细的给钱先生检查过，钱先生的病是："身上的伤没有致命的地方，可以治好；神经受了极大的刺激，也许一时不能恢复原状；他也许忘了以前一切的事，也许还能有记忆；他需要长时间的静养。"

金三爷、李四爷、陈野求和小崔一清早就出了城，去埋葬钱太太。看家的还是四大妈。瑞宣来到，她叫他招呼着钱先生，她照应着少奶奶。

各线的战事消息都不大好。北平的街上增加了短腿的男女，也开始见到日本的军用票。用不着看报，每逢看见街上的成群的日本男女，瑞宣就知道我们又打了个败仗。上海的战事，不错，还足以教他兴奋。可是，谁也能看出来，上海的战事并没有多少希望，假若其余的各线都吃败仗。在最初，他把希望同等的放在北方的天险与南方的新军上。他知道北方的军队组织与武器是无法和日本兵较量的，所以他希望以天险补救兵力与武器的缺陷。可是，天险一个个的好像纸糊的山与关，很快的相继陷落。每逢这些地方陷落，他的心中就好像被利刃刺进一次。他所知道的一点地理是历史的附属。由历史中，他记得山海关、娘子关、喜峰口、雁门关。他没到过这些地方，不晓得它们到底"险"到甚么程度。他只觉得这些好听的地名给他一些安全之感——有它们便有中国历史的安全。可是，这些地方都并不足以阻挡住敌人。在惶惑不安之中，他觉得历史仿佛是个最会说谎的骗子，使他不敢再相信自己的国家中的一切。假若还有不骗人的事情，那便是在上海作战的，曾经调整过的新军。上海无险可守，可是倒能打得那么出色。有"人"才有历史与地理。可是，上海的国军能支持多久？到底有多少师人？多少架飞机？他无从知道。他知道上海在海上，而海是日本人的。他怀疑日本以海陆空的联合攻击，我们只以陆军迎战，是否能致胜？同时，他觉得应当马上离开家，去参加斗争；有人才有历史与地理，难道他自己应该袖手旁观么？可是他走不动，"家"把他的生命埋在了北平，而北平已经失去它的历史，只是个地理上的名词。

他的胖脸瘦了一圈，眼睛显着特别的大。终日，他老像想着点什么不该随便忘记了的事，可是一经想起，他又愿意把它忘掉。亡了国的人既没有地方安置身体，也没有地方安置自己的心。他几乎讨厌了他的家。他往往想象：假若他是单身一人，那该多么好呢？没有四世同堂的锁镣，他必会把他的那一点点血洒在最伟大的时代中，够多么体面呢？可是，人事不是想象的产物；骨肉之情是最无情的锁链，把大家紧紧的穿在同一的命运上。他不愿再到学校去。那已经不是学校，而是青年的集中营，日本人会不久就来到，把吗啡与毒药放进学生们的纯洁的脑中，教他们变成了第二等的"满洲人"。

他只愿看着钱先生。老人的痛苦像是一种警告："你别忘了敌人的狠毒！"老人的哀鸣与各处的炮火仿佛是相配合的两种呼声："旧的历史，带着它的诗、画与君子人，必须死！新的历史必须由血里产生出来！"这种警告与呼声并不能使他像老三似的马上逃出北平，可是消极的，他能因此而更咬紧一点牙，在无可如何之中不至于丧失了节操。这就有一点意义。至少，也比蹲在家里，听着孩子哭与老人们乱叨唠强上一点。

同时，他深想明白明白钱老人为什么能逃出虎口，由监狱跑回家中。老人已经落在虎口中，居然会又逃出来，这简直不可置信！莫非日本人觉得战事没有把握，所以不愿多杀人？还是日本的军人与政客之间有什么斗争与冲突，而使钱先生找到可以钻出来的隙缝？或者是日本人虽然正打着胜仗，可是事实上却有很大的牺牲，以致军人和政客都各处乱动，今天来了明天走，没有一定的办法，没有一定的主意，"二郎"拿来的人，"三郎"可以放了走？他想不清楚。

他希望钱老人会详详细细的告诉他。现在，老人可还不会讲话。他愿意殷勤的看护，使老人早日恢复健康，早些对他说了一切。这是亡国的过程中的一个小谜。猜破了这个谜，他才能够明白一点征服者与被征服者中间的一点关系，一个实在的具体的事件——假若记载下来，也颇可以给历史留下点儿"扬州十日"里的创痕与仇恨！

服了止痛安神的药，钱先生睡得很好。伤口和神经还时常教他猛的扭动一下，或哀叫一声，可是他始终没有睁开眼。

看着这像是沉睡，又像是昏迷的老人，瑞宣不由的时时不出声的祷告。他不知向谁祷告好，而只极虔诚的向一个什么具有人形的"正义"与"慈悲"祈求保佑。这样的祷告，有时候使他觉得心里舒服一点，有时候又使他暗笑自己。当他觉得心里舒服一点的时候，他几乎要后悔为什么平日那么看不起宗教，以致缺乏着热诚与从热诚中激出来的壮烈的行动。可是，再一想，那些来到中国杀人放火的日本兵们几乎都带着佛经、神符和什么千人针；他们有宗教，而宗教会先教他们变成野兽，而后再入天堂！想到这里，他又没法不暗笑自己了。

看着昏睡的钱老人，瑞宣就这么东想想西想想。一会儿，他觉得自己是有最高文化的人——爱和平，喜自由，有理想，和审美的心；不野调无腔，不迷信，不自私。一会儿，他又以为自己是最没有用处的废物；城亡了，他一筹莫展；国亡了，他还是低着头去做个顺民；他的文化连丝毫的用处也没有！

想到他的头都有点疼了，他轻手蹑脚的走出去，看看院里的秋花，因为钱先生不喜用盆，而把花草多数都种在地上，所以虽然已经有许多天没有浇灌，可是墙阴下的鸡冠与葵花什么的还照常开着花。看着一朵金黄的，带着几条红道道的鸡冠，他点点头，对自己说："对了！你温柔、美丽，像一朵花。你的美丽是由你自己吸取水分、日光，而提供给世界的。可是，你缺乏着保卫自己的能力；你越美好，便越会招来那无情的手指，把你折断，使你死灭。一朵花，一座城，一个文化，恐怕都是如此！玫瑰的智慧不仅在乎它有色有香，而也在乎它有刺！刺与香美的联合才会使玫瑰安全、久远、繁荣！中国人都好，只是缺少自卫的刺！"想到这里，他的心中光亮起来；他认清了自己的长处，不再以自己为废物；同时，他也认清，自己的短处，知道如何去坚强自己。他的心中有了力量。

正在这时候，祁老人拉着小顺儿慢慢的走进来。时间是治疗痛苦的药。老人的病，与其说是身体上的，还不如说是精神上的。他心里不痛快。慢慢的，他觉得终日躺在床上适足以增加病痛，还不如起来活动活动。有些病是起于忧郁，而止于自己解脱的。时间会巧妙的使自杀的决心改为"好死不如赖活"。他从床上起来；一起来，便不再只愁自己，而渐渐的想起别人。他首先想到他的好友，钱先生。孟石出殡的时候，他在大门内看了一眼；而后又躺着哼哼了整一天。每一口棺材，在老人眼中，都仿佛应当属于自己。他并没为孟石多想什么，因为他只顾了想象自己的一把骨头若装在棺材里该是什么滋味。他很怕死。快入墓的人大概最注意永生。他连着问小顺儿的妈好几次："你看我怎样啊？"

她的大眼睛里为钱家含着泪，而声音里为祖父拿出轻松与快活来："爷爷，你一点病也没有！老人哪，一换节气都得有点腰酸腿疼的，躺两天就好了的！凭你的精神，老爷子，顶少顶少也还得活二十年呢！"

孙媳妇的话像万应锭似的，什么病都不治，而什么病都治，把老人的心打开。她顺水推舟的建议：

"爷爷，大概是饿了吧？我去下点挂面好不好？"

老人不好意思马上由死亡而跳到挂面上来，想了一会儿，把议案修正了一下："冲一小碗藕粉吧！嘴里老白唧唧的没有味儿！"

及至老人听到钱先生的回来，他可是一心一意的想去看看，而完全忘了自己的病痛。钱先生是他的好友，他应当尽可能的去安慰与照应，他不能再只顾自己。

他叫瑞丰搀着他去。瑞丰不敢去，第一，他怕到钱家去；第二，更怕被冠家的人看见他到钱家去；第三，特别怕在钱家遇见瑞宣——他似乎已痛深恶绝了大哥，因为大哥竟敢公然与冠家为敌，帮着钱默吟和金三爷到冠家叫闹，打架。听祖父叫他，他急忙躺在了床上，用被子蒙上头，而由胖太太从胖喉咙中挤出点声音来："他不大舒服，刚吃了阿司匹灵！"

"嗷！还是吃一丸子羚翘解毒呀！秋瘟！"

这样，老人才改派了小顺儿做侍从。

小顺儿很得意。看见了爸爸，他的小尖嗓子像开了一朵有声的花似的："爸爸！太爷爷来啦！"

怕惊动了钱老人与少奶奶，瑞宣忙向小顺儿摆手。小顺儿可是不肯住声："钱爷爷在哪儿哪？他叫日本鬼子给打流了血，是吗？臭日本鬼子！"

祁老人连连的点头，觉得重孙子聪明绝顶，值得骄傲："这小子！什么都知道！"

瑞宣一手搀着祖父，一手拉着儿子，慢慢往屋中走。进了屋门，连小顺儿似乎都感到点不安，他不敢再出声了。进到里屋，祁老人一眼看到了好友——钱先生正脸朝外躺着呢。那个脸，没有一点血色，可是并不很白，因为在狱中积下的泥垢好像永远也不能再洗掉。没有肉，没有活软气儿，没有睡觉时的安恬的样子，腮深深的陷入，唇张着一点，嘴是个小黑洞，眼闭着，可是没有闭严，眼皮下时时露出一点轻轻动的白膜，黑紫黑紫的灸痕在太阳穴与脑门上印着，那个脸已经不像个脸，而像被一层干皮包着的头颅骨。他的呼吸很不平匀。堵住了气，他的嘴就张得更大一些，眼皮似要睁开那么连连的眨巴。小顺儿用小手捂上了眼。祁老人呆呆的看着好友的脸，眼中觉得发干，发辣，而后又发湿。他极愿意发表一点意见，但是说不上话来，他的口与舌都有些麻木。他的意见，假若说出来，大概是："瑞宣，你父亲和钱先生的年纪仿上仿下。不知道为什么，我好像看到你父亲也变成这样！"由这几句要说而说不出的话，他慢慢的想起日本人。一个饱经患难的老人，像他，很会冷静的、眼不见心不烦的拒绝相信别人的话，好使自己的衰老了的心多得到一些安静。从"九一八"起，他听到多少多少关于日本人怎样野蛮残暴的话，他都不愿信以为真。在他的心灵的深处，他早就知道那些话并不会虚假，可是他不愿相信，因为相信了以后，他就会看出危险，而把自己能平平安安活到八十岁的一点分内的希望赶快扔弃了。现在，看到了好友的脸，他想到了自己的儿子，也就想到他自己。日本人的刺刀是并不躲开有年纪的人的。他可以故意的拒绝相信别人的话，但是没法不相信钱先生的脸。那张脸便是残暴的活广播。

愣了不知有多久，他才迷迷糊糊的往前凑了一步。他想看看钱先生的身上。

"爷爷！"瑞宣低声的叫，"别惊动他吧！"他晓得教老人看了钱先生的脊背，是会使老人几天吃不下饭去的。

"太爷爷！"小顺儿扯了扯老人的袍襟，"咱们走吧！"

老人努力的想把日本人放在脑后，而就眼前的事，说几句话。他想告诉瑞宣应当给钱先生买什么药，请哪位医生，和到什么地方去找专治跌打损伤的秘方。他更希望钱先生此时会睁开眼，和他说一两句话。他相信，只要他能告诉钱先生一两句话，钱先生的心就会宽起来；心一宽，病就能好得快。可是，他还是说不上话来。他的年纪、经验、智慧，好像已经都没有了用处。日本人打伤了他的好友，也打碎了他自己的心。他的胡子嘴动了好几动，只说出："走吧，小顺儿！"

瑞宣又搀住了祖父，他觉得老人的胳臂像铁一样重。好容易走到院中，老人立住，对那些花木点了点头，自言自语的说："这些花草也得死！唉！"

二十三

钱先生慢慢的好起来。日夜里虽然还是睡的时间比醒的时间多，可是他已经能知道饥渴，而且吃的相当的多了。瑞宣偷偷的把皮袍子送到典当铺去，给病人买了几只母鸡，专为熬汤喝。他不晓得到冬天能否把皮袍赎出来，但是为了钱先生的恢复康健，就是冬天没有皮袍穿，他也甘心乐意。

钱少奶奶，脸上虽还是青白的，可是坚决的拒绝了李四大妈的照应，而挣扎着起来服侍公公。

金三爷，反正天天要出来坐茶馆，所以一早一晚的必来看看女儿与亲家。钱先生虽然会吃会喝了，可是还不大认识人。所以，金三爷每次来到，不管亲家是睡着还是醒着，总先到病榻前点一点他的四方脑袋，而并不希望和亲家谈谈心，说几句话儿。点完头，他拧上一袋叶子烟，巴唧几口，好像是表示："得啦，亲家，你的事，我都给办了！只要你活着，我的心就算没有白费！"然后，他的红脸上会发出一点快活的光儿来，觉得自己一辈子有了件值得在心中存记着的事——发送了女婿、亲家母，还救活了亲家！

对女儿，他也没有多少话可讲。他以为守寡就是守寡，正像卖房的就是卖房一样的实际，用不着格外的痛心与啼哭。约摸着她手中没了钱，他才把两三块钱放在亲家的床上，高声的仿佛对全世界广播似的告诉姑娘："钱放在床上啦！"

当他进来或出去的时候，他必在大门外稍立一会儿，表示他不怕遇见冠家的人。假若遇不见他们，他也要高声的咳嗽一两声，示一示威。不久，全胡同里的小儿都学会了他的假嗽，而常常的在冠先生的身后演习。

冠先生并不因此而不敢出门。他自有打算，沉得住气。"小兔崽子们！"他暗中咒骂，"等着你们冠爷爷的，我一旦得了手，要不像抹臭虫似的把你们都抹死才怪！"他的奔走，在这些日子，比以前更加活跃了许多。最近，因为勤于奔走的缘故，他已摸清了一点政局的来龙去脉。由一位比他高明着许多倍的小政客口中，他听到：在最初，日本军阀愿意把华北的一切权利都拿在自己的手中，所以他们保留着那个已经破碎不全的华北政务委员会。同时，为维持北平一城的治安，他们从棺材里扒出来几个老汉奸组织起维持会。其实维持会只是个不甚体面的古董铺，并没有任何实权。那真正替敌人打扫街道与维持秩序的，却是市政府。在市政府中，天津帮占了最大的势力。现在，山东，河北，河南，山西，敌军都有迅速的进展：敌军既不能用刺刀随在每个中国人的背后，就势必由日本政客与中国汉奸合组起来个代替"政务委员会"的什么东西，好挂起五色旗来统治整个的华北，好教汉奸们替"皇军"使用军用票、搜刮物资和发号施令。这个机构很难产出，因为日本军人根本讨厌政治，根本不愿意教类似政治的东西拘束住他们的肆意烧杀。他们在找到完全听他们的话的，同时又能敷衍中国百姓的汉奸以前，决不肯轻意摆出个政府来。在天津，在敌人占据了各学校之后，他们本无意烧掉各图书馆的书籍，不是爱惜它们，而是以为书籍也多少可以换取几个钱的。可是，及至他们的驻津领事劝告他们，把书籍都运回国去。他们马上给图书馆们举行了火葬。他们讨厌外交官的多口。他们愿像以总督统管朝鲜那样，来统治华北和一切攻陷的地方，把文官的势力削减到零度。可是，军队的活动，不能只仗着几个命令；军队需要粮草、服装、运输工具和怎样以最少的士兵取得最大的胜利。这，使讨厌文官与政治的军阀没法不想到组织政府，没法不借重于政客与汉奸。军阀的烦恼永远是"马上得之，不能马上治之"。

在日军进入北平的时候，最先出现于北平人眼前的新组织是新民会，一个从炮火烟雾中钻出来的宣传机关。冠晓荷听见说有这么个机关，而没有十分注意它，他不大看得起宣传工作。他心目中的"差事"是税局、盐务；他心中的头衔是县长、科长、处长……他觉得一个"会"，既无税局与盐务署的收入，又无县长、处长的头衔，一定就没有什油水与前途。现在，他才明白过来：这个"会"是大有前途的，因为他是紧跟着军队的，替军队宣扬"德威"的亲近的侍从。有它，日本军队才能在屠杀之后把血迹埋掩起来；有它，日本军队才能欺哄自己：他们对被征服的民众的确有了"和平的"办法。它不跟军阀争什么，而是老老实实的在军人身后唱着"太平歌词"。军人以炮火打瘫了一座城，新民会赶紧过来轻轻的给上一点止痛的药。

那位小政客告诉冠晓荷："要谋大官，你非直接向日本军官手里去找不可。维持会不会有很长的寿命。到市政府找事呢，你须走天津帮的路线。新民会较比容易进去，因为它是天字第一号的顺民，不和日本军人要什么——除了一碗饭与几个钱——而紧跟着日本兵的枪口去招抚更多的顺民，所以日本军人愿意多收容些这样的人。只要你有一技之长，会办报，会演戏，会唱歌，会画图，或者甚至于会说相声，都可以作为进身的资格。此外，还有个万不可忽视的力量——请注意地方上的'老头子'！老头子们是由社会秩序的不良与法律保障的不足中造成他们的势力。他们不懂政治，而只求实际的为自己与党徒们谋安全。他们也许知道仇视敌人，但是敌人若能给他们一点面子，他们就会因自己的安全而和敌人不即不离的合作。他们未必出来做官，可是愿意做敌人用人选士的顾问。这是个最稳固最长久的力量！"

这一点分析与报告，使冠晓荷闻所未闻。虽然在官场与社会中混了二三十年，他可是始终没留过心去观察和分析他的环境。他是个很体面的苍蝇，哪里有粪，他便与其他的蝇子挤在一处去凑热闹；在找不到粪的时候，他会用腿儿玩弄自己的翅膀，或用头轻轻的撞窗户纸玩，好像表示自己是普天下第一号的苍蝇。他永远不用他的心，而只凭喝酒打牌等等的技巧去凑热闹。从凑热闹中，他以为他就会把油水捞到自己的碗中来。

听到人家这一片话，他闭上了眼，觉得他自己很有思想，很深刻，倒好像那都是他自己思索出来的。过了一会儿，他把这一套话到处说给别人听，而且声明马上要到天津去，去看看老朋友们。把这一套说完，他又谦虚的承认自己以前的浮浅："以前，我说过：艺术是没有国界的，和……那些不着边际的话。那太浮浅了！人是活到老，学到老的！现在，我总算抓到了问题的根儿，总算有了进步！有了进步！"

他并不敢到天津去。不错，他曾经在各处做过事；可是，在他的心的深处却藏着点北平人普遍的毛病——怕动，懒得动。他觉得到天津去——虽然仅坐三小时的火车——就是"出外"，而出外是既冒险而又不舒服的事。再说，在天津，他并没有真正的朋友。那么，白花一些钱，而要是还找不到差事，岂不很不上算？

对日本的重要军人，他一个也不认识。他很费力的记住了十来个什么香月、大角、板垣与这个郎、那个田，而且把报纸上记载的他们的行动随时在他的口中"再版"，可是他自己晓得他们与他和老虎与他距离得一样的远。

至于"老头子"们，他更无法接近，也不大高兴接近。他的不动产虽不多，银行的存款也并没有超过一万去，可是他总以为自己是个绅士。他怕共产党，也怕老头子们。他觉得老头子就是窦尔墩，而窦尔墩的劫富安贫是不利于他的。

他想应当往新民会走。他并没细打听新民会到底都做些什么，而只觉得自己有做头等顺民的资格与把握。至不济，他还会唱几句二簧、一两折奉天大鼓（和桐芳学的）和几句相声！况且，他还做过县长与局长呢！他开始向这条路子进行。奔走了几天，毫无眉目，可是他不单不灰心，反倒以为"心到神知"，必能有成功的一天。无事乱飞是苍蝇的工作，而乱飞是早晚会碰到一只死老鼠或一堆牛粪的。冠先生是个很体面的苍蝇。

不知别人怎样，瑞丰反正是被他给"唬"住了。那一套分析，当冠先生从容不迫的说给瑞丰听的时候，使瑞丰的小干脸上灰暗起来。他——瑞丰——没想到冠先生能这么有眼光、有思想！他深怕自己的才力太小，不够巴结冠先生的了！

冠先生可是没对瑞丰提起新民会来，因为他自己既正在奔走中，不便教瑞丰知道了也去进行，和他竞争；什么地方该放胆宣传，什么地方该保守秘密，冠先生的心中是大有分寸的。

二三十年的军阀混战，"教育"成像晓荷的一大伙苍蝇。他们无聊，无知，无心肝，无廉耻，因为军阀们不懂得用人，而只知道豢养奴才。在没有外患的时候，他们使社会腐烂。当外患来到，他们使国家亡得快一点。

受过只管收学费与发文凭的教育的瑞丰，天然的羡慕晓荷。他自己没做过官，没接近过军阀，可是他的文凭既是换取生活费用的执照，他就没法不羡慕冠先生的衣食住行的舒服与款式。他以为冠先生是见过世面的"人物"，而他自己还是口黄未退的"雏儿"。

瑞丰决定赶快搬到三号的那间小屋子去住。那间小屋小到仅足以放下一张床，只有个小门，没有窗户。当瑞丰去看一眼的时候，他没看见什么——因为极黑暗——而只闻到一些有猫屎味的潮气。他愿意住这间小屋，他的口气表示出来：只要能和冠家住在一处，哪怕是教他立着睡觉也无所不可！

这时候，西长安街新民报社楼上升起使全城的人都能一抬头便看见的大白气球，球下面扯着大旗，旗上的大字是"庆祝保定陷落"！保定，在北平人的心里几乎是个地理上的名词。它的重要仿佛还赶不上通州，更不用说天津或石家庄了。他们只知道保定出酱菜与带响的大铁球。近些年来，揉铁球的人越来越少了，保定与北平人的关系也就越发模糊不清了。现在，"保定陷落"在白气球底下刺着大家的眼，大家忽然的想起它来，像想起一个失踪很久的好友或亲戚似的。大家全低下头去。不管保定是什么样的城，它是中国的地方！多失陷一座别的城，便减少克复北平的一分希望。他们觉得应该为保定戴孝，可是他们看到的是"气球"与"庆祝"！亡国是最痛心，最可耻，可是他们得去庆祝！自己庆祝亡国！

日本的"中国通"并不通。他们不晓得怎么给北平人留面子。假若他们一声不出的、若无其事的接受胜利，北平人是会假装不知道而减少对征服者的反感的。但是，日本人的"小"心眼里，既藏不住狠毒，也藏不住得意。像猫似的，他们捉住老鼠不去马上吃掉，而要戏耍好大半天；用爪牙戏弄被征服者是他们的唯一的"从容"。他们用气球扯起保定陷落的大旗来！

新民会抓到表功的机会。即使日本人要冷静，新民会的头等顺民也不肯不去铺张。在他们的心里，他们不晓得哪是中国，哪是日本。只要有人给饭吃，他们可以做任何人的奴才。他们像苍蝇与臭虫那样没有国籍。

他们决定为自庆亡国举行大游行。什么团体都不易推动与召集，他们看准了学生——决定利用全城的中学生和小学生来使游行成功。

瑞丰喜欢热闹。在平日，亲友家的喜事，他自然非去凑热闹不可了；就是丧事，他也还是"争先恐后"的去吃、去看、去消遣。他不便设身处地的去想丧主的悲苦；那么一来，他就会"自讨无趣"。他是去看穿着白孝、哭红了眼圈儿的妇女们；他觉得她们这样更好看。他注意到酒饭的好坏，和僧人们的嗓子是否清脆，念经比唱小曲更好听；以便回到家中批评给大家听。丧事是人家的，享受是他自己的，他把二者极客观的从当中画上一条清楚的界线。对于庆祝亡国，真的，连他也感到点不大好意思。可是及至他看到街上铺户的五色旗、电车上的松枝与彩绸和人力车上的小纸旗，他的心被那些五光十色给吸住，而觉得国家的丧事也不过是家庭丧事的扩大，只要客观一点，也还是可以悦心与热闹耳目的。他很兴奋。无论如何，他须看看这个热闹。

同时，在他的同事中有位姓蓝名旭字紫阳的，赏给了他一个笑脸和两句好话——"老祁，大游行你可得多帮忙啊！"他就更非特别卖点力气不可了。他佩服蓝紫阳的程度是不减于他佩服冠晓荷的。

紫阳先生是教务主任兼国文教员，在学校中的势力几乎比校长的还大。但是，他并不以此为荣。他的最大的荣耀是他会写杂文和新诗。他喜欢被称为文艺家。他的杂文和新诗都和他的身量与模样具有同一的风格：他的身量很矮，脸很瘦，鼻子向左歪着，而右眼向右上方吊着；这样的左右开弓，他好像老要把自己的脸扯碎了似的；他的诗文也永远写得很短，像他的身量；在短短的几行中，他善用好几个"然而"与"但是"，扯乱了他的思想而使别人莫测高深，像他的眉眼。他的诗文，在寄出去以后，总是不久或好久而被人家退还，他只好降格相从的在学校的壁报上发表。在壁报上发表了以后，他恳切的嘱咐学生们，要拿它们当作模范文读。同时，他恨那些成名的作家。想起成名的作家，他的鼻子与右眼便分向左右拼命的斜去，一直到五官都离了本位，才放松了一会儿。他以为作家的成名都仗着巴结出版家与彼此互相标榜。他认为作家们偶尔的被约去讲演或报纸上宣布了到哪里旅行或参观，都是有意的给自己做宣传与登广告。他并不去读他们的著作，而只觉得有了他们的著作才削夺了他自己发表作品的机会。他自己的心眼儿是一团臭粪，所以他老用自己的味儿把别人在他的思索中熏臭。因为他的心是臭的，所以他的世界也是臭的，只有他自己——他觉得——可怜可爱而且像花一样的清香。

他已经三十二岁，还没有结婚。对于女人，他只能想到性欲。他的脸与诗文一样的不招女人喜爱，所以他因为接近不了女人而也恨女人。看见别人和女性一块走，他马上想起一些最脏最丑的情景，去写几句他自己以为最毒辣而其实是不通的诗或文，发泄他心中的怨气。他的诗文似乎是专为骂人的，而且以为他最富正义感。

他的口很臭，因为身子虚，肝火旺，而又不大喜欢刷牙。他的话更臭，无论在他所谓的文章里还是在嘴中，永远不惜血口喷人。因此，学校里的同事们都不愿招惹他，而他就变本加厉的猖狂，渐渐的成了学校中的一霸。假若有人肯一个嘴巴把他打出校门，他一定连行李也不敢回去收拾，便另找吃饭的地方去。可是，北平人与吸惯了北平的空气的人——他的同事们——是对任何人任何事都不敢伸出手去的。他们敷衍他，他就成了英雄。

　　蓝先生不佩服世界史中的任何圣哲与伟人，因而也就不去摹仿他们的高风亮节。当他想起一位圣哲的时候，他总先想到圣哲的大便是不是臭的。赶到想好了圣哲的大便也必然的发臭，他就像发现了一个什么真理似的去告诉给学生们，表示他是最有思想的人。对同事们，除非在嘴巴的威胁之下，他永远特立独行，说顶讨厌的话，做顶讨厌的事。他自居为"异人"。对瑞丰，他可是一向相当的客气。瑞丰是庶务。每逢他受蓝先生的委托买些私人用的东西，像毛巾与稿纸什么的，他总买来顶好的东西而不说价钱。蓝先生每次都要问价钱，而后还发一大套议论——贪污是绝对要不的！尽管是公家的一根草，我们也不能随便的拿！瑞丰笑着听取"训话"。听完了，他只说一声："改天再说，忙什么？"于是，"改天再说"渐渐的变为"不再提起"，而蓝先生觉得瑞丰是有些道理的人，比圣哲和伟人还更可喜一点！

　　日本人进了城，蓝先生把"紫阳"改为"东阳"，开始向敌人或汉奸办的报纸投稿。这些报纸正缺乏稿子，而蓝先生的诗文，虽然不通，又恰好都是攻击那些逃出北平、到前线或后方找工作的作家们，所以"东阳"这个笔名几乎天天像两颗小黑痣似的在报屁股上发现。他恨那些作家，现在他可以肆意的诟骂他们了，因为他们已经都离开了北平。他是专会打死老虎的。看见自己的稿子被登出，他都细心的剪裁下来，用学校的信笺裱起，一张张的挂在墙上。他轻易不发笑，可是在看着这些裱好了的小纸块的时候，他笑出了声。他感激日本人给了他"成名"的机会，而最使他动心的是接到了八角钱的稿费。看着那八角钱，他想象到八元、八十元、八百元！他不想再扯碎自己的脸，而用右手压着向上吊着的眼，左手搬着鼻子，往一块儿拢合，同时低呼着自己的新笔名："东阳！东阳！以前你老受着压迫，现在你可以自己创天下了！你也可以结合一群人，领导一群人，把最高的稿费拿到自己手中了！鼻子不要再歪呀！你，鼻子，要不偏不倚的指向光明的前途哟！"

他入了新民会。

这两天，他正忙着筹备庆祝大会，并赶制宣传的文字。在他的文字里，他并不提中日的战争与国家大事，而只三言五语的讽刺他所嫉恨的作家们："作家们，保定陷落了，你们在哪里呢？你们又在上海滩上去喝咖啡与跳舞吧？"这样的短文不十分难写，忙了一个早半天，他就能写成四五十段，冠以总题："匕首文"。对庆祝大会的筹备，可并不这么容易。他只能把希望放在他的同事与学生们身上。他通知了全体教职员与全体学生，并且说了许多恫吓的话，可是还不十分放心。照常例，学生结队离校总是由体育教师领队。他不敢紧紧的逼迫体育教员，因为他怕把他逼急而抡起拳头来。别位教师，虽然拳头没有那么厉害，可是言语都说的不十分肯定。于是，他抓到了瑞丰。

"老祁！"他费了许多力气才把眉眼调动得有点笑意，"他们要都不去的话，咱们俩去！我做正领队——不，总司令，你做副司令！"

瑞丰的小干脸上发了光。他既爱看热闹，又喜欢这个副司令的头衔："我一定帮忙！不过，学生们要是不听话呢？"

"那简单的很！"东阳的鼻眼又向相反的方向扯开，"谁不去，开除谁！简单的很！"

回到家中，瑞丰首先向胖太太表功：

"蓝东阳入了新民会。他找我帮忙，领着学生去游行。他总司令，我副司令！我看，只要巴结好了他，我不愁没有点好事做！"说完，他还觉得不甚满意，因为只陈述了事实，而没拿出足以光耀自己的理由来。他想了一会儿，又找补上："他为什么不找别人，而单单的找咱们？"他等着胖太太回答。

她没答理他。他只好自动的说出："这都是因为咱们平日会做事！你看，每逢他托我买东西，我总给他买顶好的，而不说价钱。一条毛巾或两刀稿纸什么的，难道他自己不会去买，而必定托我去？这里就有文章！可是，咱们也会做文章！一条毛巾或两刀稿纸，咱们还能没地方去'拿'？'拿'来，送给他，这就叫不费之惠！我要连这个小过门都不会，还当什么庶务？"

胖太太微微的点一点头，没有特别的夸赞他。他心中不甚满意，所以找了大嫂去再说一遍，以期得到预期的称赞。

"大嫂，你等着看这个热闹吧！"

"哟！这年月还有什么热闹呀？"大嫂的一向很水灵的眼近来有点发昏，白眼珠上老有些黄暗的朦子——老太爷的不舒服，婆婆的病，丈夫的忧郁，老三的出走，家计的困难，都给她增多了关切与工作。她仍然不大清楚日本人为什么要和我们打仗，和为什么占据了北平，可是她由困难与劳累中仿佛呵摸到了这些不幸与苦痛都是日本人带给她的。她觉得受更大更多的苦难已经是命中注定的事了，她想不到还会有什么热闹可看；就是有，她也没心去看！

"顶热闹的大游行！学校里由我领队！不是吹，大嫂，我老二总算有一套！你多咱看见过庶务做领队的？"

"真的！"大嫂不晓得怎样回答好，只用这个有一百多种解释的字表示她的和蔼。

老二把嫂嫂的"真的"解释成：庶务领队真乃"出类拔萃"。于是，有枝添叶的把事情的经过与将来的希望都又说了一遍。

"你哥哥也得去吧？"韵梅从老二的叙述中听出点不大是味儿的地方来。她知道那个出好酱菜的城也是中国的，而中国人似乎不该去庆祝它的陷落。假若她没想错，她以为，瑞宣就又必很为难，因为难而也许又生她的气。她很怕丈夫生气。在结婚以前，她就由娘家人的神色与低声的嘀咕中领会到她的未婚夫不大喜欢她。虽然心中反对自由结婚，她可是不能不承认现在的世界上确乎可以"自由"一下，而未婚夫的不欢喜她，或者正因为不

"自由"！她认定了自己是毫无罪过的苦命人。假若瑞宣坚持不要她，她愿意把这条苦命结束了。幸而瑞宣没坚持己见，而把她娶过来。她并不感激他，因为既是明媒正娶，她自有她的身分与地位。可是，她心中始终有点不大安逸，总觉得丈夫与她之间有那么一层薄纱，虽然不十分碍事，可是他们俩老因此而不能心贴着心的完全粘合在一处。没有别的办法，她只能用"尽责"去保障她的身分与地位——她须教公婆承认她是个能干的媳妇，教亲友承认她是很像样的祁家少奶奶，也教丈夫无法不承认她的确是个贤内助。她——即使在结婚和生儿养女以后——也不能学那些"自由"的娘儿们那种和男人眉来眼去的丑相。她不能把太太变为妖精，像二弟妇那样。她只能消极的不招丈夫生气，使夫妇相安无事。在思想上、言论上和一部分行动上，瑞宣简直是她的一个永不可解的谜。她不愿费她的脑子去猜破这个谜，而只求尽到自己的责任，慢慢的教"谜"自动的说出谜底来。是的，她有时候也忍无可忍的和他吵几句嘴，不过，在事后一想，越吵嘴便相隔越远，吵嘴会使谜更难猜一些。她看清楚：不急，不气，才会使日子过得平安。

最近，丈夫更像个谜了。可是她看得很明白，这个谜已经不是以前的那个了。现在这个谜是日本人给她出的。日本人使她的丈夫整天的没个笑容，脸上湿漉漉的罩着一层忧郁的云。她可怜丈夫，而无从安慰他。她既不知道日本人都怀着什么鬼胎，又不清楚日本人的鬼胎在什么地方影响着她的丈夫。她不敢问他，可又替他憋闷的慌。她只能摆出笑脸操作一切，而不愿多说多道惹他生气。只要他不对她发脾气，她就可以安一点心，把罪恶都归在日本人身上。因此，她也盼望中日的战争早早结束了，所有在北平的日本人全滚出去，好使瑞宣仍旧做她一个人的谜，而是全家的当家人，有说有笑有生趣。

瑞宣从钱家刚回来。关于学生游行的事，他已经听到，而且打定主意不去参加。他的校长，在开学的那天没有到校，现在还请着假。瑞宣猜想：假若大游行成为事实，校长大概十之八九会辞职的。他颇想到校长家中去谈一谈，假若校长真要辞职，他自己也该赶早另找事做；他知道校长是能负责必负责，而不能因负责累及自己的气节的人。他愿和这样的人谈一谈。

他刚走到枣树那溜儿，老二便由东屋的门外迎接上来。

"大哥，你们学校里筹备得怎样了？我们那里由我领队！"

"好！"瑞宣的脸上没有丝毫的表情，这个"好"字是块更无表情的硬石子。

韵梅在厨房的门口，听到那块石子的声响。她心中跳了一下。假若她怕丈夫对她生气的话，她就更怕他和别人发脾气。她晓得丈夫在平日很会纳着气敷衍大家，使家中的暗潮不至于变为狂风大浪。现在，她不敢保险丈夫还能忍气，因为北平全城都在风浪之中，难道一只小木船还能不摇动吗？

她说了话。她宁愿话不投机，招丈夫对她发怒，也不愿看着他们兄弟之间起了口舌："刚由钱家回来吧？钱先生怎样了？是不是能吃点什么啦？跌打损伤可非吃不可呀！"

"嗯——好点啦！"瑞宣仍旧板着脸，可是他的回答教韵梅明白，并且放心，他理解了她的用意。

他走进自己的屋中。她相当的满意自己。老二没有声音的笑了笑，笑老大的不识时务。

这时候，冠先生穿着半旧的绸袍走出门来。由他的半旧的衣服可以看出来，他要拜访的一定不是什么高贵的人。他奔了六号去。

二十四

在冠家的历史中，曾经有过一个时期，大赤包与尤桐芳联合起来反抗冠晓荷。六号住的文若霞，小文的太太，是促成冠家两位太太合作的"祸首"。

小文是中华民国元年元月元日降生在一座有花园亭榭的大宅子中的。在幼年时期，他的每一秒钟都是用许多金子换来的。在他的无数的玩具中，一两一个的小金锭与整块翡翠琢成的小壶都并不算怎样的稀奇。假若他早生三二十年，他一定会承袭上一等侯爵，而坐着八人大轿去见皇帝。他有多少对美丽的家鸽，每天按着固定的时间，像一片流动的霞似的在青天上飞舞。他有多少对能用自己的长尾包到自己的头的金鱼，在年深苔厚的缸中舞动。他有多少罐儿入谱的蟋蟀，每逢竞斗一次，就须过手多少块白花花的洋钱。他有在冬天还会振翅鸣叫的，和翡翠一般绿的蝈蝈，用雕刻得极玲珑细致的小葫芦装着，揣在他的怀里，葫芦的盖子上镶着宝石……他吃、喝、玩、笑，像一位太子那么舒适，而无须乎受太子所必须受的拘束。在吃，喝，玩，笑之外，他也常常生病；在金子里生活着有时候是不大健康的。不过，一生病，他便可以得到更多的怜爱，糟蹋更多的钱，而把病痛变成一种也颇有意思的消遣；贵人的卧病往往是比穷人的健壮更可羡慕的。他极聪明，除了因与书籍不十分接近而识字不多外，对什么游戏玩耍他都一看就成了专家。在八岁的时候，他已会唱好几出整本的老生戏，而且腔调韵味极像谭叫天的。在十岁上，他已经会弹琵琶，拉胡琴——胡琴拉得特别的好。

在满清的末几十年，旗人的生活好像除了吃汉人所供给的米，与花汉人供献的银子而外，整天整年的都消磨在生活艺术中。上自王侯，下至旗兵，他们都会唱二簧、单弦、大鼓与时调。他们会养鱼，养鸟，养狗，种花，和斗蟋蟀。他们之中，甚至也有的写一笔顶好的字，或画点山水，或作些诗词——至济还会诌几套相当幽默的悦耳的鼓儿词。他们的消遣变成了生活的艺术。他们没有力气保卫疆土和稳定政权，可是他们会使鸡鸟鱼虫都与文化发生了最密切的关系。他们听到了革命的枪声便全把头藏在被窝里，可是他们的生活艺术是值得写出多少部有价值与趣味的书来的。就是从我们现在还能在北平看到的一些小玩艺儿中，像鸽铃、风筝、鼻烟壶儿、蟋蟀罐子、鸟儿笼子、兔儿爷，我们若是细心的去看，就还能看出一点点旗人怎样在最细小的地方花费了最多的心血。

文侯爷不是旗人。但是，因为爵位的关系，他差不多自然而然的便承袭了旗人的那一部文化。假若他不生在民国元年，说不定他会成为穿宫过府的最漂亮的人物，而且因能拉会唱和斗鸡走狗得到最有油水的差事。不幸，他生在民国建的第一天。他的思想——假若他也有思想——趣味，生活习惯与本领，完全属于前朝，而只把两只脚立在民国的土地上。民国的国民不再做奴隶，于是北平那些用楠木为柱、琉璃作瓦的王府，不到几年就因老米与银锭的断绝而出卖，有的改为军阀的私宅，有的改为学校，有的甚至拆毁了而把砖瓦零卖出去，换些米面。贵族的衰落多半是像雨后的鲜蘑的，今天还是庞大的东西，明天就变成一些粉末，随风而逝！

文侯爷的亭台阁榭与金鱼白鸽，在他十三四岁的时候，也随着那些王公的府邸变成了换米面的东西。他并没感到怎样的难过，而只觉得生活上有些不方便。那些值钱的东西本来不是他自己买来的，所以他并不恋恋不舍的，含着泪的，把它们卖出去。他不知道那些物件该值多少钱，也不晓得米面卖多少钱一斤；他只感到那些东西能换来米面便很好玩。经过多少次好玩，他发现了自己身边只剩下了一把胡琴。

他的太太，文若霞，是家中早就给他定下的。她的家庭没有他的那么大，也没有那么阔绰，可是也忽然的衰落，和他落在同一的情形上。他与她什么也没有了，可是在十八岁上他们俩有了个须由他们自己从一棵葱买到一张桌子的小家庭。他们为什么生在那用金子堆起来的家庭，是个谜；他们为什么忽然变成连一块瓦都没有了的人，是个梦；他们只知道他们小两口都像花一样的美，只要有个屋顶替他们遮住雨露，他们便会像一对春天的小鸟那么快活。在他们心中，他们都不晓得什么叫国事，与世界上一共有几大洲。他们没有留恋过去的伤感，也没有顾虑明天的忧惧，他们今天有了饭便把握住了今天的生活；吃完饭，他们会低声的歌唱。他们的歌唱慢慢的也能供给他们一些米面，于是他们就无忧无虑的，天造地设的，用歌唱去维持生活。他们经历了历史的极大的变动，而像婴儿那么无知无识的活着；他们的天真给他们带来最大的幸福。

小文——现在，连他自己似乎也忘了他应当被称为侯爷——在结婚之后，身体反倒好了一点，虽然还很瘦，可是并不再三天两头儿的闹病了。矮个子，小四方脸，两道很长很细的眉，一对很知道好歹的眼睛，他有个令人喜爱的清秀模样与神气。在他到票房和走堂会去的时候，他总穿起相当漂亮的衣裳，可是一点也不显着匪气。平时，他的衣服很不讲究，不但使人看不出他是侯爷，而且也看不出他是票友。无论他是打扮着，还是随便的穿着旧衣裳，他的风度是一致的：他没有骄气，也不自卑，而老是那么从容不迫的，自自然然的，眼睛平视，走着他的不紧不慢的步子。对任何人，他都很客气；同时，他可是决不轻于去巴结人。在街坊四邻遇到困难，而求他帮忙的时候，他决不摇头，而是手底下有什么便拿出什么来。因此，邻居们即使看不起他的职业，可还都相当的尊敬他的为人。

在样子上，文若霞比她的丈夫更瘦弱一点。可是，在精力上，她实在比他强着好多。她是本胡同中的林黛玉。长脸蛋，长脖儿，身量不高，而且微有一点水蛇腰，看起来，她的确有些像林黛玉。她的皮肤很细很白，眉眼也很清秀。她走道儿很慢，而且老低着头，像怕踩死一个虫儿似的。当她这么羞怯怯的低头缓步的时候，没人能相信她能登台唱戏。可是，在她登台的时候，她的眉画得很长很黑，她的眼底下染上蓝晕，在台口一扬脸便博个满堂好儿；她的眉眼本来清秀，到了台上便又添上英煔。她的长脸蛋揉上胭脂，淡淡的，极匀润的，从腮上直到眼角，像两片有光的浅粉的桃瓣。她"有"脖子。她的水蛇腰恰好能使她能伸能缩，能软能硬。她走得极稳，用轻移缓进控制着锣鼓。在必要时，她也会疾走；不是走，而是在台上飞。她能唱青衣，但是拿手的是花旦；她的嗓不很大，可是甜蜜，带着膛音儿。

论唱，论做，论扮相，她都有下海的资格。可是，她宁愿意做拿黑杆的票友，而不敢去搭班儿。

她唱，小文给她拉琴。他的胡琴没有一个花招儿，而托腔托得极严。假若内行们对若霞的唱作还有所指摘，他们可是一致的佩服他的胡琴。有他，她的不很大的嗓子就可以毫不费力的得到预期的彩声。在维持生活上，小文的收入比她的多，因为他既无须乎像她那么置备行头和头面，而且经常的有人来找他给托戏。

在他们小夫妇初迁来的时候，胡同里的青年们的头上都多加了些生发油——买不起油的也多抿上一点水。他们有事无事的都多在胡同里走两趟，希望看到"她"。她并不常出来。就是出来，她也老那么低着头，使他们无法接近。住过几个月，他们大家开始明白这小夫妇的为人，也就停止了给头发上加油。大家还感到她的秀美，可是不再怀着什么恶意了。

为她而出来次数最多的是冠晓荷。他不只在胡同里遇见过她，而且看过她的戏。假若她是住在别处，倒也罢了；既是近邻，他觉得要对她冷淡，便差不多是疏忽了自己该尽的义务。再说，论年纪、模样、技艺，她又远胜尤桐芳；他要是漠不关心她，岂不是有眼而不识货么。他知道附近的年轻人都在头发上加了油，可是他也知道只要他一往前迈步，他们就没有丝毫的希望；他的服装，气度，身分，和对妇女的经验，都应当做他们的老师。从另一方面看呢，小文夫妇虽然没有挨饿的危险，可是说不上富裕来；那么，他要是常能送过去一两双丝袜子什么的，他想他必能讨过一些便宜来的；有这么"经济"的事儿，他要是不向前进攻，也有些不大对得住自己。他决定往前伸腿。

在胡同中与大街上，他遇上若霞几次。他靠近她走，他娇声的咳嗽，他飞过去几个媚眼，都没有效果。他改了主意。拿着点简单的礼物，他直接的去拜访新街坊了。

小文夫妇住的是两间东房，外间是客厅，内间是卧室，卧室的门上挂着张很干净的白布帘子。客厅里除了一张茶几，两三个小凳之外，差不多没有什么东西。墙上的银花纸已有好几张脱落下来的。墙角上放着两三根藤子棍。这末一项东西说明了屋中为什么这样简单——便于练武把子。

小文陪着冠先生在客厅内闲扯。冠先生懂得"一点"二簧戏，将将够在交际场中用的那么一点。他决定和小文谈戏。敢在专家面前拿出自己的一知半解的人不是皇帝，便是比皇帝也许更糊涂的傻蛋。冠先生不傻。他是没皮没脸。

"你看，是高庆奎好，还是马连良好呢？"冠先生问。

小文极自然的反问：

"你看呢？"小文的态度是那么自然，使冠晓荷绝不会怀疑他是有意的不回答问题，或是故意的要考验考验客人的知识。不，没人会怀疑他。他是那么自然，天真。他是贵族。在幼年时，他有意无意的学会这种既不忙着发表意见，而还能以极天真自然的态度使人不至于因他的滑头而起反感。

冠晓荷不知道怎样回答好了。对那两位名伶，他并不知道长在哪里，短在何处。"嗯——"他微一皱眉，"恐怕还是高庆奎好一点！"唯恐说错，赶紧又补上："一点——点！"

小文没有摇头，也没有点头。他干脆的把这一页揭过去，而另提出问题。

假若他摇头，也许使冠先生心中不悦；假若点头，自己又不大甘心。所以，他硬把问题摆在当地，而去另谈别的。幼年时，他的侯府便是一个小的社会；在那里，他见过那每一条皱纹都是用博得"天颜有喜"的狡猾与聪明铸成的大人物——男的和女的。见识多了，他自然的学会几招。脸上一点没露出来，他的心中可实在没看起冠先生。

又谈了一会儿，小文见客人的眼不住的看那个白布门帘，他叫了声："若霞！冠先生来啦！"倒好像冠先生是多年的老友似的。

冠先生的眼盯在了布帘上，心中不由的突突乱跳。

很慢很慢的，若霞把帘子掀起，而后像在戏台上似的，一闪身出了场。她穿着件蓝布半大的褂子，一双白缎子鞋；脸上只淡淡的拍了一点粉。从帘内一闪出来，她的脸就正对着客人，她的眼极大方的天真的看着他。她的随便的装束教她好像比在舞台上矮小了好多，她的脸上不似在舞台上那么艳丽，可是肉皮的细润与眉眼的自然教她更年轻一些，更可爱一些。可是，她的声音好像是为她示威。一种很结实，很清楚，教无论什么人都能听明白这是一个大方的、见过世面的、好听而不好招惹的声音。这个声音给她的小长脸上忽然的增加了十岁。

"冠先生，请坐！"

冠先生还没有站好，便又坐下了。他的心里很乱。她真好看，可是他不敢多看。她的语音儿好听，可是他不愿多听——那语声不但不像在舞台上那么迷人，反而带着点令人清醒的冷气儿。

冠晓荷，在进到这小夫妇的屋里以前，以为他必受他们俩的欢迎，因为他十分相信自己的地位身分是比他们俩高得很多的。因此，他所预备下的话，差不多都属于"下行"的：他会照应他们，他们理应感激与感谢他。他万没想到他们俩的气度会是这么自自然然的不卑不亢！他有点发慌！预备好的话已经拿不出来，而临时找话说总容易显出傻气。

他扯什么，他们夫妇俩就随着扯什么。但是，无论扯什么，他们俩的言语与神气都老有个一定的限度。他们自己不越这个限度，也不容冠晓荷越过去。他最长于装疯卖傻的"急进"。想当初，他第一次约尤桐芳吃饭的时候，便假装疯魔的吻了她的嘴。今天，他施展不开这套本事。

来看小文夫妇的人相当的多。有的是来约帮忙；有的是来给若霞说戏，或来跟她学戏；有的是来和小文学琴；有的……这些人中有男有女，有老有少，他们都像是毫无用处的人，可是社会要打算成个社会，又非有他们不可。他们有一种没有用处的用处。他们似乎都晓得这一点，所以他们只在进来的时候微向冠先生一点头，表示出他们自己的尊傲。到临走的时候，他们都会说一声"再见"或"您坐着"，而并没有更亲密的表示。冠先生一直坐了四个钟头。他们说戏，练武把，或是学琴，绝对不因他在那里而感到不方便。他们既像极坦然，又像没把冠先生放在眼里。他们说唱便唱，说比画刀枪架儿便抄起墙角立着的藤子棍儿。他们在学本事或吊嗓子之外，也有说有笑。他们所说的事情与人物，十之八九是冠先生不知道的。他们另有个社会。他们口中也带着脏字，可是这些字用得都恰当，因恰当而健康。他们的行动并没有像冠先生所想象的那么卑贱、随便与乱七八糟！

他觉得大家对他太冷淡。他几次想告辞而又不忍得走。又坐了会儿，他想明白：大家并没冷淡他，而是他自视太高，以为大家应当分外的向他献殷勤；那么，大家一不"分外"的表示亲热，自然就显着冷淡了。他看明白这一点，也就决定不仅呆呆的坐在那里，而要参加他们的活动。在一个适当的机会，他向小文说，他也会哼哼两句二簧。他的意思是教小文给他拉琴。小文又没点头，也没摇头，而把冠先生的请求撂在了一旁。冠先生虽然没皮没脸，也不能不觉得发僵。他又想告辞。

正在这时候，因为屋里人太多了，小文把白布帘折卷起来。冠晓荷的眼花了一下。

里间的顶棚与墙壁是新糊的四白落地，像洞房似的那么干净温暖。床是钢丝的。不多的几件木器都是红木的。墙上挂着四五个名伶监制的泥花脸，一张谭叫天的戏装照片，和一张相当值钱的山水画。在小文夫妇到须睡木板与草垫子的时候，他们并不因没有钢丝床而啼哭。可是，一旦手中有了钱，他们认识什么是舒服的，文雅的；他们自幼就认识钢丝床，红木桌椅，与名贵的字画。

冠晓荷看愣了。这间卧室比他自己的既更阔气，又文雅。最初，他立在屋门口往里看。过了一会儿，假装为细看那张山水画，而在屋中巡阅了一遭。巡阅完，他坐在了床沿上，细看枕头上的绣花。他又坐了一个钟头。在这最后的六十分钟里，他有了新的发现。他以为文若霞必定兼营副业，否则怎能置备得起这样的桌椅摆设呢？他决定要在这张床上躺那么几次！

第二天，他很早的就来报到。小文夫妇没有热烈的欢迎他，也没有故意的冷淡他，还是那么不即不离的，和昨天差不多。到快吃饭的时候，他约他们去吃个小馆，他们恰巧因有堂会不能相陪。

第三天，冠先生来的更早。小文夫妇还是那样不卑不亢的对待他。他不能否认事情并没什么发展，可是正因为如此，他才更不能放松一步。在这里，即使大家都没话可说，相对着发愣，他也感到舒服。

在这三五天之内，大赤包已经与尤桐芳联了盟。大赤包的娘家很有钱。在当初，假若不是她家中的银钱时常在冠晓荷的心中一闪一闪的发光，他绝不会跟她结婚；在结婚之前，她的脸上就有那么多的雀斑。结婚之后，大赤包很爱冠晓荷——他的确是个可爱的风流少年。同时，她也很害怕，她感觉到他并没把风流不折不扣的都拿了出来给她——假若他是给另一个妇人保存着可怎么好呢！因此，她的耳目给冠晓荷撒下了天罗地网。在他老老实实的随在她身后的时候，她知道怎样怜爱他，打扮他，服侍他，好像一个老姐姐心疼小弟弟那样。赶到她看出来，或是猜想到，他有冲出天罗地网的企图，她会毫不留情的管教他，像继母打儿子那么下狠手。

可惜，她始终没给冠家生个男娃娃。无论她怎样厉害，她没法子很响亮的告诉世界上：没有儿子是应当的呀！所有的妇科医院，她都去访问过；所有的司管生娃娃的神仙，她都去烧过香；可是她拦不住冠晓荷要娶小——他的宗旨非常的光明正大，为生儿子接续香烟！她翻滚的闹，整桶的流泪，一会儿声言自杀，一会儿又过来哀求……把方法用尽，她并没能拦住他娶了尤桐芳。

在做这件事上，冠晓荷表现了相当的胆气与聪明。三天的工夫，他把一切都办好；给朋友们摆上了酒席，他告诉他们他是为要儿子而娶姨太太。他在南城租了一间小北屋，作为第二洞房。

大赤包在洞房中人还未睡熟时，便带领着人马来偷营劫寨。洞房里没有多少东西，但所有的那一点，都被打得粉碎。她给尤桐芳个下马威。然后，她雇了辆汽车，把桐芳与晓荷押解回家。她没法否认桐芳的存在，但是她须教桐芳在她的眼皮底下做小老婆。假若可能，她会把小老婆折磨死！

幸而桐芳建稳了阵地，对大赤包的每一进攻都予以有力的还击。这样，大赤包与尤桐芳虽然有机会就吵，可是暗中彼此伸了大指，而桐芳的生命与生活都相当的有了保障。

冠晓荷天天往文家跑，使大赤包与尤桐芳两位仇敌变成了盟友。大赤包决定不容丈夫再弄一个野娘儿们来。桐芳呢，既没能给晓荷生儿子，而年岁又一天比一天大起来；假若晓荷真的再来一份儿外家，她的前途便十分暗淡了。她们俩联了盟。桐芳决定不出一声，而请大赤包做全权代表。

大赤包一张口就说到了家：

“晓荷！请你不要再到六号去！你要非去不可呢，我和桐芳已商量好，会打折你的腿。把你打残废了，我们俩情愿养活着你，伺候着你！”

晓荷想辩驳几句，说他到文家去不过是为学几句戏，并无他意。

大赤包不准他开口。

"现在，你的腿还好好的，愿意去，只管去！不过，去过以后，你的腿……我说到哪里，做到哪里！"她的语声相当的低细，可是脸煞白煞白的，十足的表明出可以马上去杀人的决心与胆气。

晓荷本想斗一斗她，可是几次要抬腿出去，都想到太太的满脸煞气，而把腿收回来。

桐芳拜访了若霞一次。她想：她自己的，与文若霞的，身分，可以说是不分上下。那么，她就可以利用这个职业相同的关系——一个唱鼓书的与一个女票友——说几句坦白而发生作用的话。

桐芳相当痛苦的把话都说了。若霞没有什么表示，而只淡淡的说了句："他来，我没法撵出他去；他不来，我永远不会下帖请他去。"说完，她很可爱的笑了一小声。

桐芳不甚满意若霞的回答。她原想，若霞会痛痛快快的一口答应下不准冠晓荷再进来的。若霞既没这样的坚决的表示，桐芳反倒以为若霞真和晓荷有点感情了。她没敢登时对若霞发作，可是回到家中，她决定与大赤包轮流在大门洞内站岗，监视晓荷的出入。

晓荷没法逃出监视哨的眼睛。他只好留神打听若霞在何时何地清唱或彩唱，好去捧场，并且希望能到后台去看她，约她吃回饭什么的。他看到了她的戏，可是她并没从戏台上向他递个眼神。他到后台约她，也不知道怎么一转动，她已不见了！

不久，这点只为"心到神知"的秘密工作，又被大赤包们看破。于是，冠先生刚刚的在戏院中坐下，两位太太也紧跟着坐下；冠先生刚刚拼着命喊了一声好，欢迎若霞出场，不知道他的两只耳朵怎么就一齐被揪住，也说不清是谁把他脚不擦地的拖出戏院外。糊里糊涂的走了好几十步，他才看清，他是做了两位太太的俘虏。

从这以后，晓荷虽然还不死心，可是表面上服从了太太的话，连向六号看一看都不敢了。

在日本兵入了城以后，他很"关切"小文夫妇。不错，小文夫妇屋中摆着的是红木桌椅，可是戏园与清唱的地方都关起门来，而又绝对不会有堂会，他们大概就得马上挨饿！他很想给他们送过一点米或几块钱去。可是，偷偷的去吧，必惹起口舌；向太太说明吧，她一定不会相信他还能有什么"好"意。他越关切文家，就越可怜自己在家庭中竟自这样失去信用与尊严！

现在，他注意到了新民会，也打听明白庆祝保定陷落的大游行是由新民会主持，和新民会已去发动各行各会参加游行。所谓各会者，就是民众团体的，到金顶妙峰山或南顶娘娘庙等香火大会去朝香献技的开路，狮子，五虎棍，耍花坛，杠箱官儿①，秧歌等等单位。近些年来，因民生的凋敝、迷信的破除与娱乐习尚的改变，这些"会"好像已要在北京城内绝迹了。在抗战前的四五年中，这些几乎被忘掉的民间技艺才又被军队发现而重新习练起来——它们表演的地方可不必再是香火大会，表演的目的也往往由敬神而改为竞技。许多老人们看见这些档子玩艺儿，就想起太平年月的光景而不住的感叹。许多浮浅的青年以为这又是一个复古的现象，开始诅咒它们。

新民会想起它们来，一来因为这种会都是各行业组织起来的，那么，有了它们就差不多是有了民意；二来因为这不是田径赛或搏击那些西洋玩艺，而是地道的中国东西，必能取悦于想以中国办法灭亡中国的日本人。

冠晓荷这次到六号去是取得了太太的同意的。他是去找棚匠刘师傅。耍太狮少狮是棚匠们的业余的技艺。当几档子"会"在一路走的时候，遇见桥梁，太狮少狮便须表演"吸水"等极危险、最见功夫的玩艺。只有登梯爬高惯了的棚匠，才能练狮子。刘师傅是耍狮子的名手。

冠晓荷不是替别人来约刘师傅去献技，而是打算由他自己"送给"新民会一两档儿玩艺。不管新民会发动得怎样，只要他能送上一两组人去，就必能引起会中对他的注意。他已和一位新闻记者接洽好，替他做点宣传。

刚到六号的门外，他的心已有点发跳。进到院中，他愿像一支火箭似的

---

① 杠箱官是一种传统民俗文化。杠箱这类武玩意儿来说，有表演以武打见长的五虎杠箱，有的会则是以诙谐、幽默独树一帜，成为与其相对的文玩意儿。

射入东屋去。可是，他用力刹住心里的闸，而把脚走向北小屋去。

"刘师傅在家？"他轻轻的问了声。

刘师傅的身量并不高，可是因为浑身到处都有力气，所以显着个子很大似的。他已快四十岁，脸上可还没有什么皱纹。脸色相当的黑，所以白眼珠与一口很整齐的牙就显着特别的白。有一口白而发光的牙的人，像刘师傅，最容易显出精神，健壮来。圆脸，没有什么肉，处处都有棱有角的发着光。

听见屋外有人叫，他像一条豹子那么矫健轻快的迎出来。他已预备好了一点笑容，脸上的棱角和光亮都因此而软化了一些。及至看清楚，门外站着的是冠晓荷，他的那点笑容突然收回去，脸上立刻显着很黑很硬了。

"噢，冠先生！"他在阶下挡住客人，表示出有话当面讲来，不必到屋中去。他的屋子确是很窄别，不好招待贵客，但是假若客人不是冠晓荷，他也决不会逃避让座献茶的义务的。

冠先生没有接受刘师傅的暗示，大模大样的想往屋里走。对比他地位高的人，他把人家的屁也看成暗示；对比他低下的人，暗示便等于屁。

"有事吗？冠先生！"刘师傅还用身子挡着客人，"要是——我们茶馆坐坐去好不好？屋里太不像样儿！"他觉得冠先生不会还听不出他的意思来，而闪开了一点身子——老挡着客人像什么话呢。

冠先生似乎根本没听见刘师傅的话。"无聊"，假若详细一点来解释，便是既不怕白费了自己的精神，又不怕讨别人的厌。冠先生一生的特长便是无聊。见刘师傅闪开了点，他伸手去拉门。刘师傅的脸沉下来了："我说，冠先生，屋里不大方便，有什么话咱们在这里说！"

见刘师傅的神气不对了，冠先生才想起来：他今天是来约请人家帮忙的，似乎不该太不客气了。他笑了一下，表示并不恼刘师傅的没有礼貌。然后，很甜蜜的叫了声"刘师傅"，音调颇像戏台上小旦的："我求你帮点忙！"

"说吧，冠先生！"

"不！"晓荷作了个媚眼，"不！你得先答应我！"

"你不告诉我明白了，我不能点头！"刘师傅说得很坚决。

"不过，一说起来，话就很长，咱们又没个地方——"晓荷看了四围一眼，觉得此地实在不是讲话的所在。

"没关系！我们粗鲁人办事，三言两语，脆快了当，并不挑地方！"刘师傅的白牙一闪一闪的说，脸上很难看。

"刘师傅，你知道，"冠先生又向四外看了一眼，把声音放得很低，"保定……不是要大游行吗？"

"噢！"刘师傅忽然笑了，笑得很不好看，"你是来约我耍狮子去？"

"小点声！"冠先生开始有点急切，"你怎么猜着的？"

"他们已经来约过我啦！"

"谁？"

"什么民会呀！"

"噢！"

"我告诉了他们，我不能给日本人耍！我的老家在保定，祖坟在保定！我不能庆祝保定陷落！"

冠晓荷愣了一小会儿，忽然的一媚笑："刘师傅，你不帮忙他们，可否给我个脸呢？咱们是老朋友了！"说罢，他皱上点眉看着刘师傅，以便增补上一些感动力。

"就是我爸爸来叫我，我也不能去给日本人耍狮子！"说完，刘师傅拉开屋门，很高傲、威严的走进去。

冠先生的气不打一处来！他恨不能追进屋去，把刘棚匠饱打一顿！可是，他不敢发作；论力气，刘师傅能打他这样的四五个人；论道理，尽管他恨刘师傅，可是他不能派给合适的罪名。他呆呆的立在那里，非常的僵得慌！

小文从外面走来，非常的安详、自然。

冠先生急中生智，忙向刘师傅的屋门推了两下子："不送！不送！"他的声音带出那么多的诚恳与着急，刘师傅似乎非服从不可了。

小文看见了冠先生的动作，仿佛也听见了刘师傅在屋里说："那么，就真不送了！"他的小四方脸上泛起一层笑意，准备和冠先生搭话。

"文先生！干吗去啦？"冠先生亲热的打招呼。小文大大方方的一笑，把左手抬了起来，教冠先生看："刚由当铺回来！"

冠先生看清他的手里攥着一张当票儿。他想顺着这张当票子说出他对文宅的关切与愿意帮忙。可是，小文的神气既不以当当为耻，也似乎没感到生活有什么可怕的压迫。他把当票子给冠先生看，似乎完全出于天真好玩，而一点也没有向他求怜的意思。看着小文，冠先生一时不能决定怎样张嘴好。他微一愣住，小文可就不知怎的笑了笑，点了头，躲开了。他第二次独自立在了院中。

他的气更大了！他本想搭讪着和小文一同走进东屋，看看若霞——能多亲近她一次，就是回家多挨几句骂也值得！小文这样的溜开，教他不好意思迈大步赶上前去——人的行动和在舞台上的差不多，丢了一板，便全盘错乱了。

他低着头往外走。

看！谁在大槐树下立着呢？祁瑞丰！

冠先生的眼刚刚看清瑞丰的小干脸，他的心就像当的响了一声似的那么痛快、高兴。在这张小干脸上，他看到了一点他自己；像小儿看见亲娘似的，他扑了过来。

瑞丰看着小妞子玩耍呢——他自己还没有儿女，所以对侄男侄女倒确乎很爱护。在小顺儿与妞子之间，他又特别的喜爱妞子；一个男孩子不知怎的就容易惹起什么"后代香烟"之感，而难免有点嫉妒；女孩子似乎就没有这点作用。为将要有领队游行的荣耀，他今天特别的高兴，所以把妞子带到门外来玩耍；假若遇到卖糖果的，他已决定要给妞子五分钱，教她自己挑选几块糖。

没有等冠先生问，他把蓝东阳与游行等等都一五一十的说了。他非常的得意，说话的时候直往起欠脚，好像表示自己的身量和身分都高起一块似的。

冠先生有点嫉妒。一个像针尖那么小的心眼，要是连嫉妒也不会了，便也就不会跳动了。可是，他不便表示出他的妒意。他勉强的笑，笑得很用力，而没有多少笑意。他拉住了瑞丰的手：

"我能不能见见这位蓝东阳先生呢？噢，干脆我请他来吃晚饭好不好？你夫妇作陪！"

瑞丰的心开开一朵很大的花。请吃饭便是他的真、善、美！可是，他不敢替东阳先生答应什么。论实际的情形，他不能替东阳做主；论作戏，他也须思索一下，好显出自己的重要。

"一定这么办了！"冠先生不许瑞丰再迟疑。"你劳驾跑一趟吧，我马上就去备一份儿帖子！好在，就是他今天不能来，你和他商定一个时间好啦！"

瑞丰受了感动。他也想由心的最深处掏出一点什么来，还敬给冠先生。想了一会儿，他心里冒出来一串"噢！噢！噢！"他想起来了：

"冠先生！东阳先生还没结过婚！你不是嘱托过我，给大小姐留点心？"

"是呀！那就更好啦！他是学——"

"文学的！手底下很硬！啊——硬得很！"

"好极了！高第看过好多本小说！我想，她既喜爱文学，就必也喜爱文学家！这件事么——好得很！"

大槐树下两张最快活的脸，在一块儿笑了好几分钟，而后依依不舍的分开——一个进了三号，一个进到五号。

二十五

北平，那刚一降生似乎就已衰老，而在灭亡的时候反倒显着更漂亮的北平，那因为事事都有些特色，而什么事也显不出奇特的北平，又看见一桩奇事。

北平人，正像别处的中国人，只会吵闹，而不懂得什么叫严肃。

北平人，不论是看着王公大人的、行列有两三里长的、执事乐器有几百件的大殡，还是看着一把纸钱、四个杠夫的简单的出丧，他们只会看热闹，而不会哀悼。

北平人，不论是看着一个绿脸的大王打跑一个白脸的大王，还是八国联军把皇帝赶出去，都只会咪嘻咪嘻的假笑，而不会落真的眼泪。

今天，北平可是——也许是第一次吧——看见了严肃的、悲哀的、含泪的，大游行。

新民会的势力还小，办事的人也还不多，他们没能发动北平的各界都来参加。参加游行的几乎都是学生。

学生，不管他们学了什么，不管他们怎样会服从，不管他们怎么幼稚，年轻，他们知道个前人所不知道的"国家"。低着头，含着泪，把小的纸旗倒提着，他们排着队，像送父母的丧似的，由各处向天安门进行。假若日本人也有点幽默感，他们必会哐摸出一点讽刺的味道，而申斥新民会——为什么单教学生们来做无声的庆祝呢？

瑞宣接到学校的通知，细细的看过，细细的撕碎，他准备辞职。

瑞丰没等大哥起来，便已梳洗完毕，走出家门。一方面，他愿早早的到学校里，好多帮蓝东阳的忙；另一方面，他似乎也有点故意躲避着大哥的意思。

他极大胆的穿上了一套中山装！自从日本人一进城，中山装便与三民主义被大家藏起去，正像革命军在武汉胜利的时候，北平人——包括一些旗人在内——便迎时当令的把发辫卷藏在帽子里那样。瑞丰是最识时务的人。他不但把他的那套藏青哔叽的中山装脱下来，而且藏在箱子的最深处。可是，今天他须领队。他怎想怎不合适，假若穿着大衫去的话。他冒着汗从箱子底上把那套中山装找出来，大胆的穿上。他想：领队的必须穿短装，恐怕连日本人也能看清他之穿中山装是只为了"装"，而绝对与革命无关。假若日本人能这样原谅了中山装，他便是中山装的功臣，而又有一片牛好向朋友们吹了。

穿着中山装，他走到了葫芦肚的那片空地。他开始喊嗓子：立——正，齐步——走……他不知道今天是否由他喊口令，可是有备无患，他须喊一喊试试。他的嗓音很尖很干，连他自己都觉得不甚好听。可是他并不灰心，还用力的喊叫；只要努力，没有不成的事，他对自己说。

到了学校，东阳先生还没起来。

学生也还没有一个。

瑞丰，在这所几乎是空的学校里，感到有点不大得劲儿。他爱热闹，可是这里极安静；他要表演表演他的口令，露一露中山装，可是等了半天，还不见一个人。他开始怀疑自己的举动——答应领队，和穿中山装——是否聪明？直到此刻，他才想到，这是为日本人办事，而日本人，据说，是不大好伺候的。哼，带着学生去见日本人！学生若是一群小猴，日本人至少也是老虎呀！这样一想，他开始害了怕；他打算乘蓝东阳还没有起来，就赶紧回家，脱了中山装，还藏在箱子底儿上。不知怎的，他今天忽然这样怕起日本人来；好像是直觉的，他感到日本人是最可怕的，最不讲情理的，又像人、又像走兽的东西。他永远不和现实为敌。亡国就是亡国，他须在亡了国的时候设法去吃、喝、玩与看热闹。自从日本人一进城，他便承认了日本是征服者。他觉得只要一这样的承认，他便可以和日本人和和气气的住在一处——凭他的聪明，他或者还能占日本人一点小便宜呢！奇怪，今天他忽然怕起日本人来。假若不幸（他闭上眼乱想），在学生都到了天安门的时候，而日本人开了机关枪呢？像一滴冰水落在脊背上那样，他颤抖了一下。他，为了吃喝玩乐，真愿投降给日本人；可是，连他也忽然的怕起来。

学生，慢慢的、三三两两的来到。瑞丰开始放弃了胡思乱想；只要有人在他眼前转动，他便能因不寂寞而感到安全。

在平日，他不大和学生们亲近。他是职员，他知道学生对职员不像对教员那么恭敬，所以他以为和学生们隔离得远一些也许更能维持自己的尊严。今天，他可是决定和学生们打招呼。

学生们对他都很冷淡。起初，他还以为这是平日与他们少联络的关系；及至学生差不多都来齐，而每个人脸上都是那么忧郁、不快活，他才又感到点不安。他还是没想到学生是为庆祝保定陷落而羞愧、沉默；他又想起那个"万一学生都到了天安门，而日本人开了机关枪呢？"他感到事情有些不妙。大家不笑不闹，他便觉得要有什么祸事发生。

他找了蓝先生去。蓝先生刚醒，而还没有起床的决心；闭着眼，享受着第一支香烟。看到了烟，瑞丰才敢问："醒啦？蓝先生！"

蓝先生最讨厌人家扰他的早睡和早上吸第一支烟时的小盹儿。他没出声，虽然听清楚了瑞丰的话。

瑞丰又试着说了声："学生们都到得差不多了。"

蓝东阳发了怒："到齐了就走吧，紧着吵我干吗呢？"

"校长没来，先生只来了一位，怎能走呢？"

"不走就不走！"蓝先生狠命的吸了一口烟，把烟头摔在地上，把脑袋又钻到被子里面去。

瑞丰愣在了那里，倒好像发愣有什么作用似的。虽然他无聊、无知，他却没有完全丢掉北平人的爱面子。虽然巴结蓝先生是关系着他的前途，他可是不能忍受这样的没礼貌。他愿意做真奴隶，而被呼为先生；虚伪是文化的必要的粉饰！他想放手不管游行这回事了，他的脸面不能就这么随便的丢掉！可是，他又不愿就这么干巴巴的和蓝先生断绝了关系；一个北平人是不妨为维持脸面而丢一点脸面的。他想，他应当平心静气的等蓝先生完全醒清楚了再说。假如蓝先生在完全清醒了之后，而改变了态度，事情就该从新另想一番了。

正在瑞丰这么迟疑不决的当儿，蓝先生的头又从那张永远没有拆洗过的被子里钻了出来。为赶走困倦，他那一向会扯动的鼻眼像都长了腿儿似的，在满脸上乱跑，看着很可笑，又很可怕。鼻眼扯动了一大阵，他忽然的下了床。他用不着穿袜子什么的，因为都穿着呢；他的睡衣也就是"醒衣"。他的服装，白天与夜间的不同只在大衫与被子上；白天不盖被，夜间不穿大衫，其余的都昼夜不分。

下了床，他披上了长袍，又点上一支烟。香烟点好，他感觉得生活恰好与昨晚就寝时联接到一块——吸着烟就寝，吸着烟起床，中间并无空隙，所以用不着刷牙漱口洗脸等等麻烦。

没有和瑞丰作任何的商议，蓝先生发了话："集合！"

"这么早就出发吗？"瑞丰问。

"早一点晚一点有什么关系呢！有诗感的那一秒钟便是永生，没有诗的世纪等于零！"东阳得意的背诵着由杂志上拾来的话。

"点名不点？"

"当然点名！我好惩办那偷懒不来的！"

"要打校旗？"

"当然！"

"谁喊口令？"

"当然是你了！你想起什么，做就是了！不必一一的问！"东阳的脾气，在吃早点以前，是特别坏的。

"不等一等校长？"

"等他干吗？"东阳右眼的黑眼珠猛的向上一吊，吓了瑞丰一跳，"他来，这件事也得由我主持！我，在，新，民，会，里！"这末几个字是一个一个由他口中像小豆似的蹦出来的，每蹦出一个字，他的右手大指便在自己的胸上戳一下。他时常做出这个样子，而且喜欢这个样子，他管这叫作"斗争的姿态"。

瑞丰有点摸不清头脑了，心中很不安。不错，他的确是喜欢热闹，爱多事，可是他不愿独当一面的去负责任，他的胆子并不大。立在那里，他希望蓝先生同他一道到操场去集合学生。他不敢独自去。可是，蓝先生仿佛把事情一总全交给了瑞丰；对着唇间的烟屁股，他又点着了一支烟；深深的吸了一口，他把自己摔倒在床上，闭上了眼。

瑞丰虽然不大敢独自去集合学生，可也不敢紧自麻烦蓝先生。看蓝先生闭上了眼，他觉得只好乖乖的走出去，不便再说什么。事实上，蓝东阳的成功，就是因为有像瑞丰这样的人甘心给他垫腰。蓝先生并没有什么才气——不论是文学的，还是办事的。在他没有主意的时候，他会发脾气，而瑞丰这样的人偏偏会把这样的发脾气解释成有本事的人都脾气不好。在他的几年社会经验中，蓝先生没有学会了别的，而只学到：对地位高的人要拼命谄媚——无论怎样不喜欢捧的人也到底是喜欢捧！对地位相同和地位低的人要尽量的发脾气，无理取闹的发脾气。地位相同的人，假若因不惹闲气而躲避着他，他便在精神上取得了上风。对比他地位低的人，就更用不着说，他的脾气会使他的地位特别的凸出，倒好像他天生的应当是太子或皇帝似的。

瑞丰把校旗和点名簿都找出来。几次，他想拿着点名册子到操场去；几次，他又把它们放下。事前，他绝对没有想到领队出去会是这么困难。现在，他忽然的感觉到好多好多足以使他脊骨上发凉的事——假若他拿着校旗到操场去而被学生打骂一顿呢！假若到了天安门而日本人开了机关枪呢！他的小干脑袋上出了汗。

他又找了蓝先生去。话是很难编造得精巧周到的，特别是在头上出着汗的时候。可是他不能不把话说出来了，即使话中有揭露自己的软弱的地方。

蓝先生听到瑞丰不肯独自到操场去的话，又发了一阵脾气。他自己也不愿意去，所以想用脾气强迫着瑞丰独自把事办了。等瑞丰真的把学生领走，他想，他再偷偷的随在队伍后边，有事呢就溜开，没事呢就跟着。到了天安门，也还是这样，天下太平呢，他便带出大会干事的绸条，去规规矩矩的向台上的日本人鞠躬；见风头不顺呢，他便轻手蹑脚的躲开。假若诗歌是狡猾卑鄙的结晶，蓝东阳便真可以算作一个大诗人了。

瑞丰很坚决，无论如何也不独自去集合，领队。他的胆子小，不敢和蓝先生发脾气。但是，为了自己的安全，他不惜拿出近乎发气的样子来。

结果，在打了集合的铃以后，蓝先生拿着点名册，瑞丰拿着校旗，又找上已经来到的那一位先生，一同到操场去。两位工友抱着各色的小纸旗，跟在后面。

瑞丰的中山装好像有好几十斤重似的，他觉得非常的压得慌。一进操场，他预料学生们必定哈哈的笑他；即使不笑出声来，他们也必会偷偷的唧唧咕咕。

出他意料之外，学生三三两两的在操场的各处立着，几乎都低着头，没有任何的声响。他们好像都害着什么病。瑞丰找不出别的原因，只好抬头看了看天；阴天会使人没有精神。可是，天上的蓝色像宝石似的发着光，连一缕白云都看不到。他更慌了，不晓得学生们憋着什么坏胎，他赶快把校旗——还卷着呢——斜倚在墙根上。

见瑞丰们进来，学生开始往一处集拢，排成了两行。大家还都低着头，一声不出。

蓝先生，本来嘴唇有点发颤，见学生这样老实，马上放宽了点心，也就马上想拿出点威风来。这位诗人的眼是一向只看表面，而根本连想也没想到过人的躯壳里还有一颗心的。今天，看到学生都一声不出，他以为是大家全怕他呢。腋下夹着那几本点名册子，向左歪着脸，好教向上吊着的那只眼能对准了大家，他发着威说："用不着点名，谁没来我都知道！一定开除！日本友军在城里，你们要是不和友军合作，就是自讨无趣！友军能够对你们很客气，也能够十分的严厉！你们要看清楚！为不参加游行而被开除的，我必报告给日本方面，日本方面就必再通知北平所有的学校，永远不收容他。这还不算，日本方面还要把他看成乱党，不一定什么时候就抓到监牢里去！听明白没有？"蓝先生的眼角糊着一滩黄的膏子，所以不住的眨眼；此刻，他一面等着学生回答，一面把黄糊子用手指挖下来，抹在袍襟上。

学生还没出声。沉默有时候就是抵抗。

蓝先生一点没感到难堪，回头嘱咐两位工友把各色的小旗分给每个学生一面。无语的，不得已的，大家把小旗接过去。旗子散完，蓝先生告诉瑞丰："出发！"

瑞丰跑了两步，把校旗拿过来，打开。那是一面长方的、比天上的蓝色稍深一点的蓝绸旗。没有镶边，没有缀穗，这是面素净而大方的旗子；正当中有一行用白缎子剪刻的字。

校旗展开，学生都自动的立正，把头抬起来。大家好像是表示：教我们去就够了，似乎不必再教代表着全校的旗帜去受污辱吧！这点没有明说出来的意思马上表面化了——瑞丰把旗子交给排头，排头没有摇头，也没有出声，而只坚决的不肯接受。这是个十五岁而发育得很高很大的、重眉毛胖脸的、诚实得有点傻气的学生。他的眼角窝着一颗很大的泪，腮上涨得通红，很困难的呼吸着，双手用力的往下垂。他的全身都表示出：假若有人强迫他拿那杆蓝旗，他会拼命！

瑞丰看出来胖学生的不好惹，赶紧把旗子向胖子背后的人递，也同样的遇到拒绝。瑞丰僵在了那里，心中有点气而不敢发作。好像有一股电流似的一直通到排尾，极快的大家都知道了两个排头的举动。照旧的不出声，大家一致的把脸板起来，表示谁也不肯接受校旗。瑞丰的小眼珠由排头溜到排尾，看出来在那些死板板的脸孔下都藏着一股怒气；假若有人不识时务的去戳弄，那股怒气会像炸弹似的炸开，把他与蓝东阳都炸得粉碎。他木在那里。那面校旗像有毒似的他不愿意拿着，而别人也不愿意接过去。

蓝先生偏着点脸，也看清自己在此刻万不可以发威。他告诉一位工友："你去打旗！两块钱的酒钱！"

这是个已快五十岁的工友。在这里，他已一气服务过十五年。在职务上，他不过是工友。在维持学校的风纪上，他的功劳实在不亚于一位尽心的训导员。以他服务多年的资格，他对教员与学生往往敢说出使他们愧悔的忠言。他的忠告，有时候足以调解了两三个人的纠纷，有时候甚至于把一场风潮从暗中扑灭。大家都敬爱他，他也爱这个学校——校长，教员，学生，都年年有变动，只有他老在这里。

今天，论年纪、资格，都不该叫老姚——那位老工友——打旗，跑那么远的路。老姚心里对庆祝保定陷落也和学生们一样的难过。听蓝先生派他，他愣了一会儿。他不愿意去。可是，他看出来，教员已经和学生为校旗而僵持着，假若他也拒绝打旗，就也许激起一些不快的事儿来。叹了口气，他过去把旗子接到手中，低着头立在队伍的前面。

现在该瑞丰喊口令了。他向后退着跑了几步，自己觉得这几步跑得很有个样子。跑到适当的距离，他立住，双脚并齐，从丹田上使力，喊出个很尖很刺耳的"立"字来。他的头扬起来，脖筋都涨起多高，支持着"立"字的拉长；而后，脚踵离开了地，眼睛很快的闭上，想喊出个很脆很有力的"正"字来。力量确是用了，可是不知怎的"正"字竟会像哑巴爆竹，没有响。他的小干脸和脖子都红起来。他知道学生们一定会笑出声儿来。他等着他们发笑，没有旁的办法。奇怪，他们不但没有笑声，连笑意也没有。他干噘了两下，想敷衍了事的喊个向右转和齐步走，好教自己下台。可是他的嗓音仿佛完全丢失了。他张了张嘴，而没有声音出来。

老姚对立正，齐步走，这一套是颇熟习的。看见瑞丰张嘴，他就向右转，打起旗来，慢慢的走。

学生们跟着老姚慢慢的走，走出操场，走出校门，走出巷口。他们的头越来越低，手中的小纸旗紧紧的贴着裤子。他们不敢出一声，也不敢正眼的看街上的人。他们今天是正式的去在日本人面前承认自己是亡国奴！

北平特有的秋晴里走着一队队的男女学生——以他们的小小的、天真的心，去收容历史上未曾有过的耻辱！他们没法子抵抗。他们在不久之前都听过敌人的炮声与炸弹声，都看见过敌人的坦克车队在大街上示威，他们知道他们的父兄师长都不打算抵抗。他们只能低着头为敌人去游行。他们的手中的小旗上写着"大日本万岁"！

这最大的耻辱使甚至于还不过十岁的小孩也晓得了沉默，他们的口都被耻辱给封严。汽车上，电车上，人力车上，人家与铺户的门前，都悬着旗，结着彩，可是北平像死了似的那么静寂。一队队的低头不语的小学生走过，这默默的队伍使整条条的街都登时闭住了气。在往日，北平的街上有两条狗打架，也会招来多少人围着看；或者还有人喊几声好。今天，行人都低着头。铺户里外没有看热闹的。学生的队伍前面没有喇叭与铜鼓，领队的人既不喊一二一，也不吹着哨子，使大家的脚步齐一。大家只是那么默默的、丧胆游魂的、慢慢的走。排在队伍中的不敢往左右看，路上的行人也不敢向队伍看。他们都晓得今天不是什么游行，而是大家头一次公开的与敌人见面，公开的承认敌人是北平的主人！路上的人都晓得：往日的学生游行多半是向恶势力表示反抗；他们有时候赞同学生的意见，也有时候不十分满意学生的举动；但是不管怎样，他们知道学生是新的国民，表现着新的力量；学生敢反抗，敢闹事。今天，学生们却是到天安门去投降，而他们自己便是学生们的父兄！

瑞丰本是为凑热闹来的，他万没想到街上会这么寂寞。才走了一里多路，他就感觉到了疲乏；这不是游行，而是送殡呢！不，比送殡还更无聊、难堪！虽然他的脑子相当的迟钝，可是看看街上，再看看学生，他也没法否认事情大概有点不对！队伍刚一走入大街的时候，他还跳前跳后，像看羊群的犬似的，表示自己的确有领队的能力与热心。为挽救适才在操场中没有把口号喊好的丢脸，他一边跳前跳后，还一边点动着小干脑袋，喊起一二一，好教大家把脚步放齐，振作振作精神。可是，他白费了力。大家的脚抬不起来。慢慢的，他停止了喊一二一；慢慢的，他也停止了跳前跳后，而只在队伍的中溜儿老老实实的走；慢慢的，他也低下头去。他不晓得为什么自己会这样了。他爱热闹，他一向不懂得什么叫作严肃。可是，今天北平的街上与北平的学生使他第一次低下头去，感觉到他应该一声不出。他很后悔参加这次的游行。他偷眼向前后找蓝东阳，已然不见了。他的心中有点发慌。虽然阳光是那么晴美，街上到处都悬旗结彩，可是他忽然觉得怪可怕！他不知道天安门安排着什么险恶的埋伏，他只觉得北平的天、北平的地与北平的人，今天都有点可怕。他没有多少国家观念，可是，现在他似乎感到了一点不合适——亡了国的不合适！

迷迷糊糊的走到东四牌楼，他很想偷偷的离开队伍。可是他又不敢这样办，怕蓝先生责骂他。他只好硬着头皮向前走，两个腿肚子好像要转筋似的那么不好受。

这时节，瑞宣正在屋里对着日历发愣，今天是双十节！

他拒绝了参加游行。于是，无可避免的，他就须联想到辞职。在学校里，他是个在尽心教功课而外别无野心的人。虽然在更换教务主任与校长的时节，他常常被大家看成为最有希望的候补人，可是这纯粹出于他的资望与人品的感召，而与他自己丝毫不相干；他绝对不肯运动任何人帮忙他做主任或校长。他的尽心教课是目的，不是为达到什么目的的手段。在教课而外，对于学生团体的活动，只要是学校认为正当的，只要他接到正式的约请，他就必定参加。他以为教育不仅是教给学生一点课本上的知识，而也需要师生间的感情的与人格的接触。他知道在团体的活动中，他自己不是个爱出风头的人，但是他并不因此而偷懒——他会很冷静的热心。在他的心里他反对学生们的时常出去游行。可是，每逢游行，他必定参加，不管他对游行的目的赞同与否。他以为自己既是教师，就该负看管学生的责任，特别是在学生结队离开学校的时候。诚然，他的热心绝不会使他侵犯了校长或任何教员职员的职权，或分外多管些闲事，可是跟着队伍走动的本身，就叫他心中安适——他应当在学生的左右。假若学生们遇到什么不幸与危险，他自己必会尽力保护他们。随着学生平安无事的回来，看着学生都进了校门，他才把心放下。然后，不进校门，便急快的回家——他并不为参加游行而多用学校一盆水，洗去脸上的灰土。

今天，他没去参加游行。他不能去！他不能去大睁白眼的看着男女学生在国庆日向日本旗与日本人鞠躬！可是，从另一方面想，他这是不尽责。他应当辞职。他生平最看不起那些拿着薪金而不负责办事的人。不过，辞职只是安慰自己的良心，并无补于眼前的危难——假若，他想，日本人把学生集合在天安门而施行大屠杀呢？在理智上，他找到许多日本人不至于那么毒狠的理由，而且也想到：即使他跟随着学生，日本人若是要屠杀，他有什么能力去阻止呢？日本人若用机关枪扫射，他也必死无疑；而他是一家人的家长！

思前想后，他决定不了什么。越决定不了，他就越焦躁；他头上出了汗。最后，他想到：即使日本人本不想在今天屠杀，焉知道我们的学生中没有向日本人扔一两个炸弹的呢？那么多的学生难道真的就没有一个有胆气的？是的，今天在北平投一两个炸弹也不过像往大海中扔一块小砖儿；可是，历史是有节奏的，到时候就必须有很响的一声鼓或一声锣。豪侠义士们便是历史节奏中的大锣大鼓。他们的响声也许在当时没有任何效果，可是每到民族危亡的时机，那些巨响就又在民族的心中鸣颤。那是天地间永久不灭的声音。想到这里，他的理智无论如何再也不能控制住情感。不管是生是死，他须到天安门去看看。

披上长袍，他一边扣着钮扣，一边往外疾走，连小顺儿的"爸，你上哪儿？"也没顾得回答！

刚出了大门，他便碰到了小崔——刚刚把车由街上拉回来。瑞宣本不想和小崔打招呼，可是一眼看到了车子，他愣了一下。他要坐小崔的车，不仅是为路相当的远，也是因心中急躁，不耐烦一步一步的走去。

小崔，在拉着车子的时节，永远不肯对邻居们先打招呼，怕是被人误会他是揽生意。他的车子新，腿快，所以要价儿也高一些。他怕因自己的车价儿高而使邻居们为难。现在，看祁瑞宣向他一打愣，他先说了话；他是把瑞宣算在坐得起他的车子的阶级中的：

"祁先生坐车吗？要坐的话，我就拉一趟！"没等瑞宣答话，他絮絮叨叨的说下去，好像心中久已憋得慌了的样子，"街上光一队一队的过学生，碰不着一个坐车子的！学生，干什么都是学生，真也有脸！去年，给委员长打旗子游街的是他们；今天，给日本人打旗子游街的又是他们！什么学生，简直是诚心找骂！你说是不是？"

瑞宣的脸成了大红布；假若可能，连头发根也都发了红！他知道小崔骂的是学生，而并非骂他。他也知道小崔的见解并不完全正确，小崔是不会由一件事的各方面都想到而后再下判断的。虽然这样，他可是没法子止住脸红，小崔骂的是学生，而他——祁瑞宣——便是学生的老师呀！他自己现在也是要上天安门去呀！再说，小崔的见解，不管对与不对恐怕也就是一般人共同的见解，而一般人共同的见解，不管对与不对，是会很快的变成类似信仰的东西的！他不知道是谁——日本人还是中国的汉奸——出的这样的绝户主意，教学生们在国庆日到天安门去向敌人磕头。万般皆下品，惟有读书高！读书人是小崔们的偶像。读书人是有腿儿的礼义廉耻，是圣人的门徒。读书人领头儿喊抵制日货，拥护国民政府，还有许多不可解的什么男女平权、自由独立……今天，读书人却领着头儿去喊大日本万岁！

瑞宣极快的想起这些，又极快的止住思索：他须决定是否还到天安门去。假若还去的话，他会坐在车上和小崔谈，教小崔知道些学生们的困难与痛苦。可是，他决定了不去。他的话不会说服了小崔，不是因为小崔的脑袋是木头的，而是因为小崔的带着感情的判断恐怕是无可驳倒的，除非今天在会场上有一两个学生扔出炸弹去；可是，到底有这样的学生没有呢？

冠先生，穿着蓝缎子硬夹袍，满面春风的从三号扭了出来。他的眼珠微一移动，就把小崔像米中的一粒细砂似的筛了出去，而把全副的和颜悦色都向瑞宣摆正。

小崔把车放在门口，提起车垫子来。他很纳闷为什么祁瑞宣这样手足失措的，但又不肯和冠晓荷在一处立着，所以很不高兴的走进家门去。

"瑞宣！"冠先生的声音非常的温柔亲热，"是不是要到天安门去？这个热闹倒还值得一看！要去，我们一道走？"

瑞宣愿意和小崔谈一整天，而不高兴和冠晓荷过一句话。小崔恨学生们，冠先生却爱看学生们的热闹。"这……"瑞宣不晓得自己口中说了几个什么字，迷迷糊糊的便走了回来，在院中低着头走。

冠先生并不是去看热闹，而是想教日本人看看他。对怎样加入新民会去，他还没找到什么门路。本来想约刘师傅去给弄两档儿"玩艺"，引起日本人的注意，谁知道刘师傅会那么不知趣，毫不客气的拒绝了。玩艺儿既献不上去，他想他至少须教日本人看看他自己。不错，在逮捕钱默吟的时候，日本宪兵已看见了他。但是，宪兵不过是宪兵，宪兵大概不会放给他差事。今天，在天安门前，必定有一些日本要人，叫要人看见才有做官的希望。

瑞丰和他的队伍差不多是最早来到天安门的。他预料着，会场四围必定像开庙会一样的热闹，一群群卖糖食和水果的小贩，一群群的红男绿女，必定沿着四面的红墙，里三层外三层的呼喊，拥挤，来回的乱动；在稍远的地方甚至有照西湖景和变戏法的，敲打着简单而有吸引力的锣鼓。他也希望由东面西面和南面，一会儿传来一线军乐的声音，而后，喇叭与铜鼓的声音越来越大，他能探一探头便看见一张在空中飘动着的旗子。北平学校的校旗是一校一个样子、一个颜色，谁也不和谁相同的。在旗子后边，他喜欢看那耀武扬威的体操教员与那满身是绳子棒子的童子军。他特别欢喜那嘀嗒嘀嗒的军乐，音调虽然简单，可是足以使他心跳；当他的心这样跳动的时候，他总觉得自己颇了解铁血主义似的。在他高兴而想哼唧的时候，十之八九他是哼唧着军号的简单的嗒嘀嗒。

可是，眼前的实在景物与他所期望看到的简直完全不同。天安门的、太庙的，与社稷坛的红墙，红墙前的玉石栏杆，红墙后的黑绿的老松，都是那么雄美庄严，仿佛来到此处的晴美的阳光都没法不收敛起一些光芒，好使整个的画面显出肃静。这里不允许吵闹与轻佻。高大的天安门面对着高大的正阳门，两个城楼离得那么近，同时又像离得极远。在两门之间的行人只能觉得自己像个蚂蚁那么小。可怜的瑞丰和他的队伍，立在两门之间的石路上，好像什么也不是了似的。瑞丰看不到热闹，而只感到由城楼、红墙和玉石出来一股子什么沉重的空气，压在他的小细脖颈；他只好低下头去。为开会，在玉石的桥前已搭好一座简单的讲台。席棚木板的讲台，虽然插满了大小的旗子，可是显着非常的寒伧；假若那城楼、石桥，是不朽的东西，这席棚好像马上就可以被一阵风刮得无影无踪！台上还没有人。瑞丰看看空台，看看城楼，赶紧又低下头去。他觉得可怕。在秋日的晴光中，城楼上的一个个的黑的眼睛好像极慢极慢的眨动呢！谁敢保，那些黑眼睛里没有机关枪呢！他极盼多来些人，好撑满了广场，给他仗一些胆气！慢慢的，从东、西、南，三面都来了些学生。没有军鼓军号，没有任何声响，一队队的就那么默默的，无可如何的，走来，立住。车马已经停止由这里经过。四外可是没有赶档子的小贩，也没有看热闹的男女。瑞丰参加过几次大的追悼会，哪一次也没有像今天这么安静——今天可是庆祝会呀！

学生越来越多了。人虽多，可是仍旧填不满天安门前的广场。人越多，那深红的墙与高大的城楼仿佛也越红越高，镇压下去人的声势。人，旗帜，仿佛不过是一些毫无分量的毛羽。而天安门是一座庄严美丽的山。巡警，宪兵，也增多起来；他们今天没有一点威风。他们，在往日，保护过学生，也殴打过学生，今天，他们却不知如何是好——天安门，学生，日本人，亡国，警察，宪兵，这些连不到一气的，像梦似的联到了一气！懒懒的，羞愧的，他们站在学生一旁，大家都不敢出声。天安门的庄严尊傲使他们沉默，羞愧——多么体面的城，多么可耻的人啊！

蓝东阳把干事的绸条还在衣袋里藏着，不敢挂出来。他立在离学生差不多有半里远的地方，不敢挤在人群里。常常欠起一点脚来，他向台上望，切盼他的上司与日本人来到，好挂出绸条，抖一抖威风。台上还没有人。吊起他的眼珠，他向四外寻，希望看见个熟人；找不到，天安门前是多么大呀，找人和找针一样的难。像刚停落下来的鸟儿似的，他东张张西望望，心里极不安。天安门的肃静和学生的沉默教他害了怕。他那比鸡脑子大不了多少的诗心，只会用三五句似通不通的话去幸灾乐祸的讥诮某人得了盲肠炎，或嫉妒的攻击某人得到一百元的稿费。他不能欣赏天安门的庄严，也不能了解学生们的愤愧与沉默。他只觉得这么多人而没有声音，没有动作，一定埋藏着什么祸患，使他心中发颤。

学生们差不多已都把脚站木了，台上还没有动静。他们饥渴，疲倦，可是都不肯出声，就是那不到十岁的小儿女们也懂得不应当出声，因为他们知道这是日本人叫他们来开会。他们没法不来，他们可是恨日本鬼子。一对对的小眼睛眨巴眨巴的看着天安门，那门洞与门楼是多么高大呀，高大得使他们有点害怕！一对对的小眼睛眨巴眨巴的看着席棚，席棚上挂着日本旗，还有一面大的，他们不认识的五色旗。他们莫名其妙，这五道儿的旗子是干什么的，莫非这就是亡国旗么？谁知道！他们不敢问老师们，因为老师们今天都低着头，眼中像含着泪似的。他们也只好低下头去，用小手轻轻的撕那写着中日亲善等等字样的纸旗。

学生差不多已到齐，但是天安门前依旧显着空虚冷落。人多而不热闹比无人的静寂更难堪——甚至于可怕。在大中华的历史上，没有过成千上万的学生在敌人的面前庆祝亡国的事实。在大中华的历史上，也没有过成千上万的学生，立在一处而不出一声。最不会严肃的中国人，今天严肃起来。

开会是带有戏剧性的；台上的播音机忽然的响了，奏着悲哀阴郁的日本歌曲。四围，忽然来了许多持枪的敌兵，远远的把会场包围住。台上，忽然上来一排人，有穿长袍的中国人，也有武装的日本人。忽然，带着绸条的人们——蓝东阳在内——像由地里刚钻出来的，跳跳钻钻的在四处跑。

不知是谁设的计，要把大会开得这么有戏剧性。可是，在天安门前，那伟大庄严的天安门前，这点戏剧性没有得到任何效果。一个小儿向大海狂喊一声是不会有效果的。那广播的音乐没使天安门前充满了声音，而只像远远的有人在念经或悲啼——一种好自杀的民族的悲啼。远远的那些兵，在天安门与正阳门的下面，是那么矮小，好像是一些小的黑黑的宽宽的木棒子；在天安门前任何丑恶的东西都失掉了威风。台上，那穿长袍的与武装的，都像些小傀儡，在一些红红绿绿的小旗子下，坐着或立着；他们都觉得自己很重要，可是他们除了像傀儡而外，什么也不像。蓝东阳与他的"同志"们，满以为忽然的挂出绸条，会使自己全身都增加上光彩，而且使别人敬畏他们，可是天安门与学生们只是那么静静的，一动不动，一声不出，似乎根本没有理会他们。

一个穿长袍的立起来了，对着扩声机发言。由机器放大了的声音，碰到那坚厚的红墙，碰到那高大的城楼，而后散在那像没有边际似的广场上，只像一些带着痰的咳嗽。学生们都低着头，听不到什么，也根本不想听见什么；他们管那穿长袍而伺候日本人的叫作汉奸。

穿长袍的坐下，立起个武装的日本人。蓝东阳与他的"同志"们，这时候已分头在各冲要的地方站好，以便"领导"学生。他们拼命的鼓掌，可是在天安门前，他们的掌声直好像大沙漠上一只小麻雀在拍动翅膀。他们也示意教学生们鼓掌，学生们都低着头，没有任何动作，台上又发出了那种像小猫打胡噜的声音，那个日本武官是用中国话说明日本兵的英勇无敌，可是他完全白费了力，台下的人听不见，也不想听。他的力气白费了，而且他自己似乎也感到没法使天安门投降；天安门是那么大，他自己是那么小，好像一个猴向峨嵋山示威呢。

一个接着一个，台上的东洋小木人们都向天安门发出嗡嗡的蚊鸣，都感到不如一阵机关枪把台下的人扫射干净倒还痛快。他们也都感到仿佛受了谁的愚弄。那些学生的一声不出，天安门的庄严肃静，好像都强迫着他们承认自己是几个猴子，耍着猴子戏。他们在城楼上，玉石桥下面，都埋伏了兵与机关枪，防备意外的袭击。在台上，他们还能远远的望到会场外围给他们放哨的兵——看着也像小傀儡。可是，天安门和学生们好像不懂得炸弹与手枪有什么用处，沉默与淡漠仿佛也是一种武器，一种不武而也可怕的武器。

台上和台下的干事们喊了几句口号。他们的口都张得很大，手举得很高，可是声音很小，很不清楚。学生们一声不出。庆祝保定的胜利？谁不知道保定是用炸弹与毒气攻下来的呢！

台上的傀儡们下了台，不见了。带绸条的干事们拿着整篮子的昭和糖来分发，每个学生一块。多么高大的天安门啊，每人分得那么小的一块糖！中日亲善啊，每人分得一块糖，在保定被毒气与炸弹毁灭之后！昭和糖与小旗子都被扔弃在地上。

冠先生早已来到，而不敢往前凑，怕有人放炸弹。台上已经有两三个人讲过话，他才大着胆来到台前。他很想走上台去，可是被巡警很不客气的拦住。他只好站在学生的前面。学生的第一行离讲台也有五六丈远，台上的人不容易看清楚了他。他想往前挪一挪，按照旧戏中呈递降表的人那样打躬，报门而进，好引起台上的注意。巡警不准他往前挪动。他给巡警解释了几句：

"请放心，我没有别的意思！我是要给台上的人们行个礼！"

"难道台上的人是尊家的爸爸？"巡警没有好气的问。

冠先生没再说什么，也没再想往前挪动，只那么心到神知的，远远的，向上深深鞠了一躬。而后，他必恭必敬的听着台上发出来的声音；扬着脸，希望台上的人或者能看清了他的眉眼。最后，他也接过一块昭和糖，而且对"干事"说："会开得很好呢！"——天安门的一幕滑稽剧，只得到这么一句称赞。

二十六

瑞宣在院中走来走去，像个热锅上的蚂蚁。他以为无论如何今天天安门前必要出点岔子。这是日本人公开的与北平市民见面的第一次。日本人当然以战胜者的姿态出现。北平人呢？瑞宣晓得北平人的软弱，可是他也晓得在最软弱的人里也会有敢冒险去牺牲的，在亡了国的时候。这么大的北平，难道还没有一两个敢拼命的人？只要有这么一两个人，今天的天安门前便一定变成屠场。瑞宣，和一般的北平人一样，是不喜欢流血的。可是，他以为今天天安门前必不可免的要流血，不管他喜欢与否。他甚至想到，假若今天北平还不溅出点血去，北平人就似乎根本缺乏着一点什么基本的东西，而可以嬉皮笑脸的接受最大的耻辱了。他几乎盼望流血了！

同时，他又怕天安门前有什么不幸。今天赴会的都是被强迫了去的学生。以往的军事的政治的失败，其咎不在学生，那么学生也就没有用血替别人洗刷点羞耻的责任。况且国内读书的人是那么少，大家应当为保护学生而牺牲，而不应当先去牺牲学生，尽管是在国家危亡的时候。他想起许多相熟的年轻可爱的面孔，有的跟他感情特别好，有的对他很冷淡，但是客观的看来他们都可爱，因为他们都天真、年轻。假若这些面孔，这些民族的花朵，今天在天安门前，遭受到枪弹的射击，或刺刀的戳伤……他不敢再往下想。他们是他的学生，也是中华民族的读书种子！

但是，从另一方面想，学生，只有学生，才是爱国的先锋队。他们有血气，有知识。假若他们也都像他的祖父那样萎缩，或者像他自己这样前怕狼后怕虎的不敢勇往直前，岂不就是表示着民族的血已经涸竭衰老了么？况且，小崔的也不完全错误呢！反抗帝国主义的侵略，反抗帝制，反抗旧礼教的束缚，反抗……都是学生；学生在五十年来的中国革命史上有过光荣的纪录——这纪录有好些个地方是用血写下来的！那么，难道今天，北平的学生，就忘了自己的光荣，而都乖乖的拿起"中日亲善"的小纸旗，一声不出吗？

他想不清楚。他只觉得烦躁不安。他甚至于关心到瑞丰的安全。他看不起二弟，但他们到底是一奶同胞的手足。他切盼瑞丰快快回来，告诉他开会的经过。

瑞丰一直到快三点钟了才回来。他已相当疲乏，可是脸上带着点酒意，在疲乏中显着兴奋。从一清早到开完会，他心中都觉得很别扭。他想看热闹，可是什么热闹也没看见。开完了会，他的肚子里已饿得咕噜咕噜的乱响。他想找机会溜开，不管把学生带回学校去。看蓝东阳那么滑头，他觉得自己是上了当，所以他不愿再负领队的责任。可是，在他还没能偷偷的溜开以前，学生们已自动的散去；他们不愿排着队回校，在大街上再丢一次脸。年纪很小的、不大认识路的学生，很自然的跟在工友老姚后面；他们知道随着他走是最可靠的。别的学校也采取了这个办法。一会儿，学生向四外很快的散净，只剩下一地的破纸旗与被弃掷的昭和糖。瑞丰看学生散去，心中松了一口气。顺手拾起块昭和糖，剥去了纸皮儿，放在口中，他开始慢慢的、不大起劲的，往西走。

他本想穿过中山公园——已改称中央公园——走，可以省一点路。看了看，公园的大门没有一个人出入，他改了主意。他怕静寂的地方。顺着马路往西走，他想他应当到西单牌楼，找个小馆，吃点东西。他没想到蓝东阳会这么滑头，不通情理，教他操心领队，而还得自己掏腰包吃午饭。"什么玩艺儿！"他一边嚼着糖，一边低声的骂，"这算哪道朋友呢！"他越想越气，而那最可气的地方是："哪怕到大酒缸请我喝二两白干，吃一碟咸水豆儿呢，也总算懂点人情啊！"正这么骂着，身后忽然笑了一声，笑得非常的好听。他急一回头。冠先生离他只有一步远，笑的声音断了，笑的意思还在脸上荡漾着。

"你好大胆子！"冠先生指着瑞丰的脸说。

"我怎么啦？"瑞丰莫名其妙的问。

"敢穿中山装！"冠先生脸上显出淘气的样子，显然的他是很高兴。没等瑞丰说话，他接续着："瑞丰，我佩服你的胆量！你行！"

听到这夸赞，瑞丰把所有的烦恼与不满都一下子扫除净尽，而马上天真的笑起来。（容易满足的人有时候比贪而无厌的人更容易走到斜路上去！）

二人齐着肩往西走。瑞丰笑了好几气才说出话来："真的，这不能不算冒险！头一个敢在日本人眼前穿中山装的，我，祁瑞丰！"然后，他放低了声音："万一咱们的人要是能打回来，凭我这一招——敢穿中山装——我大概也得有点好处？"

冠先生不愿讨论"万一"的事，他改了话路："今天的会开得不坏呢！"

瑞丰不知道会开得好与不好，而只知道它不很热闹，怪别扭。现在，听了冠先生的话，他开始觉得会的确开得不错。他所受过的教育，只教给了他一些七零八碎的知识，而没教给他怎么思想和怎么判断；因此，他最适宜于当亡国奴——他没有自己的见解，而愿意接受命令；只要命令后面还随着二两酒或半斤肉。

"不在乎那几块糖！"冠先生给瑞丰解释，"难道没有昭和糖，我们就不来开会吗？我是说，今天的大会平平安安的开过去，日本人没开枪，咱们的学生也没扔炸弹——阿弥陀佛！——得啦，这总算买金的遇见了卖金的！今天大家见了面，以后就好说话了。说实话，刚开会的时候，我简直的不敢过去！那是玩的吗，一个爆竹就能勾出机关枪来！得，现在我心里算是一块石头落了地！从今天起，咱们该干什么就干什么，不必再藏藏躲躲的了；反正连学生今天都在天安门前，青天大日头底下，向日本人鞠了躬，吃了昭和糖！你说是不是？"

"就是！就是！"瑞丰的小干脑袋很清脆的点动。冠先生这番话使他恍然大悟：他不应当只为蓝东阳耍滑头而恨蓝东阳，他还是应当感谢蓝东阳——到底是蓝东阳教他领队来参加这次大会的。要按照冠先生的说法去推断，他今天的举动简直是有历史的意义，他差不多可以算个开国的功臣。他很高兴。高兴往往使人慷慨，他建议请冠先生吃顿小馆。

"瑞丰！"冠先生好像生了气似的，"你请我？笑话了！论年纪，辈数……凭哪一样你应当请我？"

假若虚伪极了就有点像真诚，冠先生的要请瑞丰吃饭是真诚的。他的虚伪极了的真诚是来自北平的文化，这文化使他即使在每天亡一次国的情形下，也要争着请客。这是个极伟大的亡国的文化。

瑞丰不敢再说什么。若要再争一争，便破坏了彼此的真诚与热烈。

"吃什么？瑞丰！"这又完全是出于客气。只要冠先生决定了请客，他就也决定了吃什么与吃哪个饭馆。对于吃，他的经验与知识足以使他自信，而且使别人绝不吃亏的。

"吃安儿胡同的烤肉怎样？"他没等瑞丰建议出来，就这样问。

瑞丰听到安儿胡同与烤肉，口中马上有一大团馋涎往喉中流去，噎得他没能说出话来，而只极恳切的点头。他的肚中响得更厉害了。

不知不觉的，他们俩脚底下都加了劲。烤肉是最实际的东西，他们暂时忘了其他的一切。

可是，战争到底也鞭挞到了他们俩，不管他们俩是怎样的乐观、无耻、无聊。那名气很大的烤肉的小铺子没有开张，因为市上没有牛羊肉。城内的牛羊已被宰光，远处的因战争的阻隔，来不到城中。看着那关着门的小铺，他们俩几乎要落泪。

很抱歉的，冠先生把瑞丰领到西长安街的一家四川馆，找了个小单间。瑞丰没有多大的吃辣子的本事，而又不便先声明，心中颇不自在。冠先生没看菜牌子，而只跟跑堂的嘀咕了两句。一会儿，跑堂的拿上来一个很精致的小拼盘，和一壶烫得恰到好处的竹叶青。

抿了一口色香俱美的竹叶青，瑞丰叫了声："好！"

冠先生似笑不笑的笑了一下："先别叫好！等着尝尝我要的菜吧！"

"不辣吧？"瑞丰对自己口腹的忠诚胜过了客气。

"真正的川菜并不辣！请你放心！"冠先生的眼中发出了点知识渊博的光。用嘴唇裹了一点点酒，他咂着滋味说："酒烫得还好！"

跑堂的好像跟冠先生很熟，除了端菜伺候而外，还跟冠先生说闲话。冠先生为表示这是随便吃点便饭，不必讲究什么排场，也就和跑堂的一问一答的，透出点亲热劲儿。跑堂的端上来一个炒菜，冠先生顺口随便的问："生意怎样？"

"不好呢！"跑堂的——一位三十多岁，每说一句话，必笑一下的，小矮个儿——皱了皱眉，又赶快的笑了一下，"简直的不好做生意！不预备调货吧，怕有吃主儿来；预备吧，碰巧了，就一天没有一个吃主儿！"他又笑了一下，笑得很惨。

"干这杯！"冠先生先让瑞丰的酒，而后才又安慰跑堂的，"生意就快好起来了！"

"是吗？"这回，跑堂的一连笑了两下。可是，刚笑完，他就又觉出来笑得太幼稚了一些，"保定也丢了，生意还能……"

"我哪回吃饭没给钱？你怎么这样不信我的话呢？"冠先生假装儿皱上眉，和跑堂的逗着玩，"我告诉你，越丢多了地方，才越好做生意！一朝天子一朝臣；就怕一个地方一个天子，到处是天子，乱打一锅粥，那才没办法！你明白我的意思？"

跑堂的不敢得罪照顾主儿，可也不便十分得罪自己的良心，他没置可否的笑了下，赶紧出去端菜。

当一个文化熟到了稀烂的时候，人们会麻木不仁的把惊魂夺魄的事情与刺激放在一旁，而专注意到吃喝拉撒中的小节目上去。瑞丰，在吃过几杯竹叶青之后，把一切烦恼都忘掉，而觉得世界像刚吐蕊的花那样美好。在今天早半天，不论是在学校里，还是在天安门前，假若有人对他说两句真话，他或者能明白过来一点，而多少的要收起去一些无聊。不幸，他又遇见了冠晓荷，与冠晓荷的竹叶青和精美的四川菜。只要他的口腹得到满足，他就能把灵魂当五分钱卖出去。他忘了蓝东阳的可恶，天安门前的可怕，和他几乎要想起来的日本人的狠毒，而只觉得那浅黄的竹叶青酒在浑身荡漾，像春暖花开时候的溪水似的。白斩鸡的油挂在他的薄嘴唇上，使他感到上下唇都厚起来，有了力量。他觉得生命真正可爱，而所以可爱者就是因为肉美酒香。只要有人给他酒肉，他以为，他就应当诚心的感激。现在，这顿饭是冠先生给他的，他就该完全同意饭主子所说的。他的小干脸上红润起来，小干脑袋里被酒力催的嗡嗡的轻响，小眼睛里含着颗小泪珠——他感激冠先生！

冠先生虽然从敌人一进城就努力运动，而至今还没能弄到一官半职的，他可是依然乐观。他总以为改朝换代的时候是最容易活动的时候，因为其中有个肯降与不肯降的问题——他是决定肯投降的。对瑞丰，他先夸奖天安门大会开得很好，而后称赞新民会的成绩——谁还没有成绩，只有新民会居然在天安门前露了脸，教学生们和日本人打了对面！然后，他又提起蓝东阳来："你给我约了他没有啊？还没有？为什么呢？嘴上无毛，办事不牢！无论如何，你给我把他请到！什么？明天晚饭，再好没有啦！告诉你，瑞丰，你要乐观，要努力，要交结的广，有这三样，一个人就可以生生不已，老有饱饭吃！"

瑞丰听一句，点一下头。越听越痛快，也就越吃的多。说真的，自从敌人攻陷北平，他还没吃过这么舒服的一顿饭。他感激冠先生，他相信冠先生所说的话句句是有价值的。因为相信冠先生的话，他对自己的前途也就看出来光明。只要他乐观，努力去活动，他一定会走一步好运的！

吃过饭，冠先生在西单牌楼底下和瑞丰分了手，他还要"看两个朋友。咱们家里见！别忘了请蓝东阳去哟！再见！"

瑞丰疲倦而又兴奋的回到家中。

瑞宣见弟弟安全的回来，心中安定了些。可是，紧跟着，他就难过起来，心里说："那么多的学生和教师，就愣会没有一个敢干一下子的！"他并不轻看他们，因为他自己也是知识分子，他自己不是连天安门都没敢去么？他知道，他不应当以勇敢或懦弱评判任何个人，而应当先责备那个甚至于把屈膝忍辱叫作喜爱和平的文化。那个文化产生了静穆雍容的天安门，也产生了在天安门前面对着敌人而不敢流血的青年！不，他似乎连那个文化也不应责备。难道喜爱和平是错误吗？他说不清，心中憋闷的慌。他不喜欢和老二谈话，可是又不能不和他谈几句，好散散心中的烦闷。

瑞丰身上的那点酒精使他觉得自己很充实，很伟大。最初，他迷迷糊糊的，想不出自己为何充实与伟大。及至到了家中，他忽然明白过来，他的确是充实，并且伟大，因为他参加了天安门的大会。他相信自己必定很有胆气，否则哪敢和日本人面对面的立着呢。想到此处，他就越发相信了冠晓荷的话——大家在天安门前见了面，从此就中日一家，天下太平，我们也可以畅快的吃涮羊肉了。是的，他觉到自己的充实与伟大，只要努力活动一下，吃涮羊肉是毫无问题的。更使他高兴的，是瑞宣大哥今天看他回来并没那么冷淡的一点头，而含着笑过来问了声："老二，回来啦？"这一问，使瑞丰感到骄傲，他就更充实伟大了一些。同时，他也觉得更疲乏了一些；疲乏足以表示出自己的重要。

小顺儿的妈看丈夫在院中绕来绕去，心中非常的不安。她不敢解劝他，而一语不发又很难过。她只能用她的两只水灵的大眼睛偷偷的撩着他，以便抓住机会教小顺儿或小妞子跑过去，拉住他的手，或说几句话。她晓得丈夫是向来不迁怒到儿女身上去的。现在，看到他的脸上有了笑容，她也赶快走过来，听听老二带回来的新闻。

祁老太爷每逢听到一个坏消息，就更思念"小三儿"。他不知道别的，而准知道小三儿的性情非常倔强，不打了胜仗是不会回来的。那么，我们多打一个败仗，小三儿也自然的就离家更远了些！老人不愿为国家担忧，因为他以为宰相大臣才是管国事的，而他自己不过是个无知的小民。但是，对于孙子，他觉得他的确有关切的权利；没人能说祖父惦念孙子是不对的！他听到了保定的陷落，就不由的嘟嘟囔囔的念叨小三儿，见老二回来，老人也走了出来，听听消息——即使没有消息可听，看孙子一眼也是好的。

只要祁老人一念叨小三儿，天佑太太自然而然的就觉得病重了一些。祖父可以用思念孙子当作一种消遣，母亲的想儿子可是永远动真心的。今天，在惦念三儿子以外，她还注意到二儿子的很早出去，和大儿子的在院中溜来溜去。她心中十分的不安。听见老二回来，她也喘吁吁的走出来。

大家围住了瑞丰。他非常的得意。他觉得大家在聪明上、胆量上、见解上都远不及他，所以他应当给大家说些乐观的话，使他们得到点安慰。

"我告诉你，大哥！"老二的牙缝里还塞着两小条儿肉，说话时口中满有油水，"真想不到学生们今天会这么乖！太乖了，连一个出声的也没有！会开得甭提多么顺当啦！鸦雀无声！你看，日本官儿们都很体面，说话也很文雅。学生们知趣，日本官儿们也知趣，一个针尖大的岔子也没出，没想到，真没想到！这就行喽，丑媳妇见了公婆的面，以后就好说了。有今天这一场，咱们大家就都可以把长脸往下一拉，什么亡国不亡国的！大哥你——"他的眼向四下里找瑞宣，瑞宣不知在什么时候已经轻轻地走开了。他不由的"嗯？"了一声。小妞子看明白了二叔的意思，咕嘟的小嘴说："爸，出出啦。"短胖的食指指着西边。

瑞宣偷偷的溜了出去。他不能再往下听。再听下去，他知道，他的一口毒恶的唾沫一定会啐在瑞丰的脸的正中间！

他晓得，学生教员们若是在天安门前，有什么激烈的举动，是等于无谓的牺牲。我们打死一两个日本要人，并不能克复北平；日本人打死我们许多青年，也不见得有什么不利。他晓得这个。可是，在感情上他还是希望有那么一点壮烈的表现，不管上算与吃亏。壮烈不是算盘上能打出来的。再退一步！即使大家不肯做无益的牺牲，那么严肃的沉默也还足以表示出大家的不甘于嬉皮笑脸的投降。由瑞丰的话里，他听出来，大家确是采取了默默的抵抗。可是，这沉默竟自被瑞丰解释作"很乖"！瑞丰的无耻也许是他个人的，但是他的解释不见得只限于他自己，许多许多人恐怕都要那么想，因为学生一向是为正义、为爱国而流血的先行。这一回，大家必定说，学生泄了气！这一次是这样无声无色的过去了，下一次呢？还沉默吗？万一要改为嬉皮笑脸呢？瑞宣在门外槐树下慢慢的走，简直不敢再往下想。

小崔由街上回来，没有拉着车，头上有个紫里蒿青的大包。

瑞宣没意思招呼小崔，不是小看一个拉车的，而是他心中烦闷，不想多说话，可是，小崔像憋着一肚子话，好容易找到可以谈一谈的人似的，一直扑了过来。小崔的开场白便有戏剧性：

"你就说，事情有多么邪行！"

"怎么啦？"瑞宣没法不表示点惊疑。只有最狠心的人才会极冷淡的使有戏剧性的话失去效果。

"怎么啦？邪！"小崔显然的是非常的兴奋，"刚才我拉了个买卖。"他的眼向四外一扫，然后把声音放低："一个日本兵！"

"日本兵！"瑞宣不由的重了一句，而后他慢慢的往"葫芦腰"那边走。小崔的故事既关联着日本兵，他觉得不该立在胡同里卖嚷嚷。

小崔跟着，把声音放得更低了些："一个二十上下岁的日本兵。记住了，我说的是一个日本兵，因为他浑身上下没有一丝一毫不像日本兵的地方。我告诉你，祁大爷，我恨日本人，不愿意拉日本人，不管给我多少钱！今天早半天不是庆祝保定的——"

"——陷落！"瑞宣给补上。

"是呀！我心里甭提多么难受啦，所以快过午我才拉出车去。谁想到，刚拉了一号小买卖之后，就遇上了这个日本兵！"说着，他们俩已来到空旷的葫芦肚儿里。在这里，小崔知道，不管是立着还是走着谈，都不会被别人听见。往前走，不远便是护国寺的夹道，也是没有多少行人的。他没立住，而用极慢极缓的步子似走似不走的往前挪蹭。"遇上他的地方，没有别的车子，你看多么别扭！他要坐车，我没法不拉，他是日本兵啊！拉吧，有什么法子呢？拉到了雍和宫附近，我以为这小子大概要逛庙。我没猜对。他向旁边的一条很背静的胡同指了指，我就进了胡同，心里直发毛咕，胡同里直仿佛连条狗也没有。走两步，我回回头；走两步，我回回头！好家伙，高丽棒子不是干过吗——在背静地方把拉车的一刀扎死，把车拉走！我不能不留这点神！高丽棒子，我晓得，都是日本人教出来的。我的车上，现在可坐着个真正日本人！不留神？好，噗哧一下儿，我不就一命归西了吗！忽然的，他出了声。胡同两面没有一个门。我一愣，他由车上跳下去。我不明白他要干什么。等他已经走出好几步去了，我才明白过来，原来他没给我钱；进这条背静胡同大概就为是不给钱。我愣了一会儿，打不定主意。这可只是一会儿，听明白了！把车轻轻的放下，我一个箭步蹿出去，那小子就玩了个嘴吃屎。我早看明白了，单打单，他不是我的对手；我的胳臂比他的粗！不给钱，我打出他的日本屎来！他爬起来，也打我。用日本话骂我——我懂得一个'巴嘎亚路'。我不出声，只管打；越打我越打得好！什么话呢，今个早上，成千上万的学生满街去打降旗；我小崔可是在这儿，赤手空拳，收拾个日本兵！我心里能够不痛快吗？打着打着，出了奇事。他说了中国话，东北人！我的气更大了，可是我懒得再打了。我说不上来那时候我心里是怎么股子味儿，仿佛是恶心要吐，又仿佛是——我说不上来！他告了饶，我把他当个屁似的放了！祁先生，我问你一句话，他怎会变成了日本人呢？"

他们已走到护国寺的残破的界墙外，瑞宣决定往北走，北边清静。他半天没有回答出话来。直等到小崔催了一声："啊？"他才说：

"记得'九一八'？"

小崔点了点头。

"老一辈的东北人永远是中国人。在'九一八'的时候才十几岁的，像你打的那个兵，学的是日本话，念的是日本书，听的是日本宣传，他怎能不变呢？没有人愿意做奴隶，可是，谁也架不住一天一天的，成年论月的，老听别人告诉你：你不是中国人！"

"真的吗？"小崔吃惊的问，"比方说，天天有人告诉我，我不是中国人，我也会相信吗？"

"你不会！倒退几年，你就会！"

"祁先生！那么现在咱们的小学生，要是北平老属日本人管着的话过个三年五载的，也会变了吗？"

瑞宣还没想到这一层。听小崔这么一问，他浑身的汗毛眼都忽然的一刺，脑中猛的"轰"了一下，头上见了细汗！他扶住了墙，腿发软！

"怎么啦？"小崔急切的问。

"没什么！我心里不好受！"

二十七

瑞宣不再到学校去。他可是并没正式的辞职，也没请假。他从来是个丁是丁、卯是卯的人，永远没干过这种拖泥带水的事。现在，他好像以为辞职与请假这些事都太小，用不着注意了；做亡国奴才真正是大事，连做梦他都梦见我们打胜仗，或是又丢失了一座城。

他必须去挣钱。父亲的收入是仗着年底分红；一位掌柜的，按照老规矩，月间并没有好多的报酬；父亲的铺子是遵守老规矩的。可是，从"七七"起，除了杂粮店与煤炭厂，恐怕没有几家铺店还照常有交易，而父亲的布匹生意是最清淡的一个——谁在兵荒马乱之际还顾得做新衣服呢。这样，到年终，父亲恐怕没有什么红利好拿。

老二瑞丰呢，瑞宣看得很清楚，只要得到个收入较多的事情，就必定分居另过。老二和二奶奶，不是肯帮助人的人。

积蓄吗，祖父和母亲手里也许有几十或几百块现洋。但是这点钱，除非老人们肯自动的往外拿，是理应没人过问的——老人的钱，正和老人的病相反，是不大愿意教别人知道的。瑞宣自己只在邮局有个小折子，至多过不去百块钱。

这样，他是绝对闲不起的。他应当马上去找事情。要不然，他便须拿着维持费，照常的教书；等教育局有了办法，再拿薪水。无论怎样吧，反正他不应当闲起来。他为什么不肯像老三那样跺脚一走？还不是因为他须奉养着祖父与父母和看管着全家？那么，既不肯忍心的抛弃下一家老少，他就该设法去挣钱。他不该既不能尽忠，又不能尽孝。他晓得这些道理。可是，他没法子打起精神去算计煤米柴炭，当华北的名城一个接着一个陷落的时候。他不敢再看他的那些学生，那些在天安门庆祝过保定陷落的学生。假若整个的华北，他想，都沦陷了，而一时收复不来；这群学生岂不都变成像被小崔打了的小兵？他知道，除了教书，他很不易找到合适的事做。但是，他不能为挣几个钱，而闭上眼不看学生们渐渐的变成奴隶！什么都可以忍，看青年变成奴隶可不能忍！

瑞丰屋里的广播收音机只能收本市的与冀东的播音，而瑞宣一心一意的要听南京的消息。他能在夜晚走十几里路，有时候还冒着风雨，到友人家中去，听南京的声音，或看一看南京播音的记录。他向来是中庸的，适可而止的；可是，现在为听南京的播音，他仿佛有点疯狂了似的。不管有什么急事，他也不肯放弃了听广播。气候或人事阻碍他去听，他会大声的咒骂——他从前几乎没破口骂过人。南京的声音叫他心中温暖，不管消息好坏，只要是中央电台播放的，都使他相信国家不但没有亡，而且是没有忘了他这个国民——国家的语声就在他的耳边！

什么是国家？假若在战前有人问瑞宣，他大概须迟疑一会儿才回答得出，而所回答的必是毫无感情的在公民教科书上印好的那个定义。现在，听着广播中的男女的标准国语，他好像能用声音辨别出哪是国家，就好像辨别一位好友的脚步声儿似的。国家不再是个死板的定义，而是个有血肉、有色彩、有声音的一个巨大的活东西。听到她的声音，瑞宣的眼中就不由的湿润起来。他没想到过能这样的捉摸到了他的国家，也没想到过他有这么热烈的爱它。平日，他不否认自己是爱国的。可是爱到什么程度，他便回答不出。今天，他知道了：南京的声音足以使他兴奋或颓丧，狂笑或落泪。

他本来已经拒绝看新民会控制着的报纸，近来他又改变了这个态度。他要拿日本人所发的消息和南京所广播的比较一下。在广播中，他听到了北平报纸上所不载的消息。因此，他就完全否定了北平所有的报纸上的消息的真实性。即使南京也承认了的军事挫败，只要报纸上再登出来，他便由信而改为半信半疑。他知道不应当如此主观的比较来源不同的报道，可是只有这么做，他才觉得安心、好受一点。爱国心是很难得不有所偏袒的。

最使他兴奋的是像胡阿毛与八百壮士一类的消息。有了这种壮烈牺牲的英雄们，他以为，即使军事上时时挫败，也没什么关系了。有这样的英雄的民族是不会被征服的！每听到这样一件可歌可泣的故事，他便兴奋得不能安睡。在半夜里，他会点上灯，把它们记下来。记完了，他觉得他所知道的材料太少，不足以充分的表现那些英雄的忠心烈胆；于是，就把纸轻轻的撕毁，而上床去睡——这才能睡得很好。

对外交消息，在平日他非常的注意，现在他却很冷淡。由过去的百年历史中，他——正如同别的晓得一点历史的中国人——晓得列强是不会帮助弱国的。他觉得国联的暂缓讨论中日问题，与九国公约的要讨论中日问题，都远不如胡阿毛举动的重要。胡阿毛是中国人。多数的中国人能像胡阿毛那样和日本人干，中国便成了有人的国家，而不再是任人割取的一块老实的肥肉。胡阿毛敢跟日本人干，也就敢跟世界上的一切"日本人"干。中国人是喜欢和平的，但是在今天必须有胡阿毛那样敢用生命换取和平的，才能得到世人的钦仰，从而真的得到和平。

这样，他忙着听广播，忙着看报，忙着比较消息，忙着判断消息的可靠与否，有时候狂喜，有时候忧郁，他失去平日的稳重与平衡，好像有点神经病似的了。

他可是没有忘了天天去看钱默吟先生。钱先生渐渐的好起来。最使瑞宣痛快的是钱老人并没完全失去记忆与思想能力，而变为残废。老人慢慢的会有系统的说几句话了。这使瑞宣非常的高兴。他晓得日本人的残暴。钱老人的神志逐渐清爽，在他看，便是残暴的日本人没有能力治服了一位诗人的证明。同时，他把老人看成了一位战士，仗虽然打输了，可是并未屈服。只要不屈服，便会复兴；他几乎把钱诗人看成为中国的象征了。同时，他切盼能听到钱先生述说被捕受刑的经过，而详细的记载下来，成为一件完整的、信实的亡城史料。

可是，钱老人的嘴很严。他使瑞宣看出来，他是绝对不会把被捕以后的事说给第二个人的。他越清醒，便越小心；每每在他睡醒以后，他要问："我没说梦话吧？"他确是常说梦话的，可是因为牙齿的脱落与声音的若断若续，即使他有条理的说话，也不会被人听懂。在清醒的时候，他闭口不谈被捕的事。瑞宣用尽了方法，往外诱老人的话，可是没有结果。每逢老人一听到快要接触到被捕与受刑的话，他的脸马上发白，眼中也发出一种光，像老鼠被猫儿堵住了的时候那种惧怕的、无可如何的光。这时候，他的样子，神气都变得像另一个人了。以前，他是胖胖的、快乐的、天真的、大方的；现在，他的太阳穴与腮全陷进去，缺了许多牙齿，而神气又是那么惊慌不安。一看到这种神气，瑞宣就十分惭愧。可是，惭愧并没能完全胜过他的好奇。本来吗，事情的本身是太奇——被日本宪兵捕去，而还能活着出来，太奇怪了！况且，钱老人为什么这样的不肯说狱中那一段事实呢？

慢慢的，他测悟出来：日本人，当放了老人的时候，一定强迫他起下誓，不准把狱中的情形告诉给第二个人。假若这猜得不错，以老人的诚实，必定不肯拿起誓当作白玩。可是，从另一方面看，老人的通达是不亚于他的诚实的，为什么一定要遵守被迫起下的誓言呢？不，事情恐怕不能就这么简单吧？

再一想，瑞宣不由的便想到老人的将来：老人是被日本人打怕了，从此就这么一声不响的活下去呢？还是被打得会懂得了什么叫作仇恨，而想报复呢？他不敢替老人决定什么。毒刑是会把人打老实了的，他不愿看老人就这么老老实实的认了输。报复吧？一个人有什么力量呢！他又不愿看老人白白的去牺牲——老人的一家子已快死死净了！

对钱太太与钱大少爷的死，老人一来二去的都知道了。在他的梦中，他哭过，哭他的妻和子。醒着的时候，他没有落一个泪。他只咬着那未落净的牙，腮上的陷坑儿往里一嗫一嗫的动。他的眼会半天不眨巴的向远处看，好像要自杀和要杀人似的愣着。他什么也不说，而只这么愣着。瑞宣很怕看老人这么发呆。他不晓得怎样去安慰才好，因为他根本猜不到老人为什么这样发愣——是绝望，还是计划着报仇。

老人很喜欢听战事的消息，瑞宣是当然的报道者。这也使瑞宣很为难。他愿意把刚刚听来的消息，与他自己的意见，说给老人听；老人的理解是比祁老人和韵梅的高明得很多的。可是，只要消息不十分好，老人便不说什么，而又定着眼愣起来。他已不像先前那样婆婆妈妈的和朋友谈话了，而是在听了友人的话以后，他自己去咂摸滋味——他把心已然关在自己的腔子里。他好像有什么极应保守秘密的大计划，必须越少说话越好的锁在心里。瑞宣很为难，因为他不会撒谎，不会造假消息，而又不愿教老人时时的不高兴。他只能在不完全欺骗中，设法夸大那些好消息，以便使好坏平衡，而减少一些老人的苦痛。可是，一听到好消息，老人便要求喝一点酒，而酒是，在养病的时候，不应当喝的。

虽然钱诗人有了那么多的改变，并且时时使瑞宣为难，可是瑞宣仍然天天来看他，伺候他，陪着他说话儿。伺候钱诗人差不多成了瑞宣的一种含有宗教性的服务。有一天不来，他就在别种郁闷难过而外又加上些无可自恕的罪过似的。

钱先生也不再注意冠晓荷。金三爷或瑞宣偶然提起冠家，他便闭上口不说什么，也不问什么。只有在他身上不大好受，或心里不甚得劲儿的时候，若赶上冠家大声的猜拳或拉着胡琴唱戏，他才说一声"讨厌"，而闭上眼装睡。

瑞宣猜不透老先生的心里。老人是完全忘了以前的事呢？还是假装的忘记，以便不露痕迹的去报仇呢？真的，钱先生已经变成了一个谜！瑞宣当初之所以敬爱钱先生，就是因为老人的诚实、爽直、坦白，真有些诗人的气味。现在，他极怕老人变成个丧了胆的，连句带真感情的话也不敢说的人。不，老人不会变成那样的人，瑞宣心中盼望着。可是，等老人的身体完全康复了之后，他究竟要做些什么呢？一个谜！

金三爷来的次数少一些了。看亲家的病一天比一天的好，又搭上冠家也没敢再过来寻衅，他觉得自己已尽了责任，也就不必常常的来了。

可是，每逢他来到，钱老人便特别的高兴。这使瑞宣几乎要有点嫉妒了。瑞宣晓得往日金三爷在钱老人的眼中，只是个还不坏的亲友，而不是怎样了不起的人物。虽然诗人的心中也许尽可能的消灭等级，把只要可以交往的人都看作朋友，一律平等，可是瑞宣晓得老人到底不能不略分一分友人的高低——他的确晓得往日金三爷并不这样受钱老人的欢迎。

瑞宣，当金三爷也来看病人的时候，很注意的听两位老人都说些什么，以便猜出钱老人特别喜欢金三爷的理由。他只有纳闷。金三爷的谈话和平日一样的简单、粗鲁，而且所说的都是些最平常的事，绝对没有启发心智或引人作深想的地方。

在庆祝保定陷落的第二天，瑞宣在钱家遇到了金三爷。这是个要变天气的日子，天上有些不会落雨，而只会遮住阳光的灰云，西风一阵阵的刮得很凉。树叶子纷纷的往下落。瑞宣穿上了件旧薄棉袍。金三爷却还只穿着又长又大的一件粗白布小褂，上面罩着件铜钮扣的青布大坎肩——已是三十年的东西了，青色已变成了暗黄，胸前全裂了口。在坎肩外边，他系了一条蓝布搭包。

钱诗人带着满身的伤，更容易感觉到天气的变化；他的浑身都酸疼。一见金三爷进来，他便说：

"天气要变呀，风多么凉啊！"

"凉吗？我还出汗呢！"真的，金三爷的脑门上挂着不少很大的汗珠。从怀里摸出块像小包袱似的手绢，仿佛是擦别人的头似的，把自己的秃脑袋用力的擦了一番。随擦，他随向瑞宣打了个招呼。对瑞宣，他的态度已改变了好多，可是到底不能像对李四爷那么亲热。坐下，好大一会儿，他才问亲家："好点吧？"

钱老人，似乎是故意求怜的，把身子蜷起来。声音也很可怜的，他说："好了点！今天可又疼得厉害！要变天！"说罢，老人眨巴着眼等待安慰。

金三爷捏了捏红鼻头，声如洪钟似的："也许要变天！一边养，一边也得忍！忍着疼，慢慢的就不疼了！"

在瑞宣看，金三爷的话简直说不说都没大关系。可是钱老人仿佛听到了最有意义的劝慰似的，连连的点头。瑞宣知道，当初金三爷是崇拜钱诗人，才把姑娘给了孟石的。现在，他看出来，钱诗人是崇拜金三爷了。为什么呢？他猜不出。

金三爷坐了有十分钟。钱老人说什么，他便顺口答音的回答一声

"是"，或"不是"，或一句很简单而没有什么意思的短话。钱老人不说什么，他便也一声不响，呆呆的坐着。

愣了好一大会儿，金三爷忽然立起来："看看姑娘去。"他走了出去。在西屋，和钱少奶奶说了大概有两三句话，他找了个小板凳，在院中坐好，极深沉严肃的抽了一袋老关东叶子烟。当当的把烟袋锅在阶石上磕净，立起来，没进屋，只在窗外说了声："走啦！再来！"

金三爷走后好半天，钱老人对瑞宣说："在这年月，有金三爷的身体比有咱们这一肚子书强得太多了！三个读书的也比不上一个能打仗的！"

瑞宣明白了。原来老人羡慕金三爷的身体。为什么？老人要报仇！想到这儿，他不错眼珠的看着钱先生，看了足有两三分钟。是的，他看明白了：老人不但在模样上变了，他的整个的人也都变了。谁能想到不肯损伤一个蚂蚁的诗人，会羡慕起来，甚至是崇拜起来，武力与身体呢？看着老人陷下去的腮，与还有时候带出痴呆的眼神，瑞宣不敢保证老先生能够完全康复，去执行报仇的计划。可是，只要老人有这么个报仇的心思，也就够可敬的了。他觉得老人与中国一样的可敬。中国在忍无可忍的时候，便不能再因考虑军备的不足，而不去抗战。老人，在受了侮辱与毒刑之后，也不再因考虑身体精力如何，而不想去报复。在太平的年月，瑞宣是反对战争的。他不但反对国与国的武力冲突，就是人与人之间的彼此动武，他也认为是人类的野性未退的证据。现在，他可看清楚了：在他的反战思想的下面实在有个像田园诗歌一样安静老实的文化做基础。这个文化也许很不错，但是它有个显然的缺陷，就是：它很容易受暴徒的蹂躏，以至于灭亡。会引来灭亡的，不论是什么东西或道理，总是该及时矫正的。北平已经亡了，矫正是否来得及呢？瑞宣说不上来。他可是看出来，一个生活与趣味全都是田园诗样的钱先生现在居然不考虑一切，而只盼身体健壮，好去报仇，他没法不敬重老人的胆气。老人似乎不考虑什么来得及与来不及，而想一下子由饮酒栽花的隐士变成敢流血的战士。难道在国快亡了的时候，有血性的人不都应当如此么？

因为钦佩钱老人，他就更看不起自己。他的脑子一天到晚像陀螺一般的转动，可是连一件事也决定不了。他只好管自己叫作会思想的废物！

乘着钱先生闭上了眼，瑞宣轻轻的走出来。在院中，他看见钱少奶奶在洗衣服。她已有了三个多月的身孕。在孟石死去的时候，因为她的衣裳肥大，大家都没看出她有"身子"。在最近，她的"怀"开始显露出来。金三爷在前些天，把这件喜信告诉了亲家。钱先生自从回到家来，没有笑过一次，只在听到这个消息的时候，他笑了笑，而且说了句金三爷没听明白的话："生个会打仗的孩子吧！"瑞宣也听见了这句话，在当时也没悟出什么道理来。今天，看见钱少奶奶，他又想起来那句话，而且完全明白了其中的含义。

钱少奶奶没有什么模样，可是眉眼都还端正，不难看。她没有剪发，不十分黑而很多的头发梳了两根松的辫子，系着白头绳。她不高，可是很结实，腰背直直的好像担得起一切的委屈似的。她不大爱说话，就是在非说不可的时候，她也往往用一点表情或一个手势代替了话。假若有人不晓得这个，而紧跟她说，并且要求她回答，她便红了脸而更说不出来。

瑞宣不敢跟她多说话，而只指了指北屋，说了声："又睡着了。"

她点了点头。

瑞宣每逢看见她，也就立刻看到孟石——他的好朋友。有好几次，他几乎问出来："孟石呢？"为避免这个错误，他总是看着她的白辫梢，而且不敢和她多说话——免得自己说错了话，也免得教她为难。今天，他仍然不敢多说，可是多看了她两眼。他觉得她不仅是个年轻的可怜的寡妇，而也是负着极大的责任的一位母亲。她，他盼望，真的会给钱家和中国生个会报仇的娃娃！

一边这么乱想，一边走，不知不觉的他走进了家门。小顺儿的妈正责打小顺儿呢。她很爱孩子，也很肯管教孩子。她没受过什么学校教育，但从治家与教养小孩子来说，她比那受过学校教育，反对做贤妻良母，又不幸做了妻与母，而把家与孩子一齐活糟蹋了的妇女，高明得多了。她不准小孩子有坏习惯，从来不溺爱他们。她晓得责罚有时候是必要的。

瑞宣不大爱管教小孩。他好像是儿女的朋友，而不是父亲。他总是那么婆婆妈妈的和他们玩耍和瞎扯。等到他不高兴的时候，孩子们也自然的会看出不对，而离他远远的。当韵梅管孩子的时候，他可是绝对守中立，不护着孩子，也不给她助威。他以为夫妻若因管教儿女而打起架来，就不但管不了儿女，而且把整个的家庭秩序完全破坏了。这最不上算。

假若小顺儿的妈从丈夫那里得到管教儿女的"特权"，她可还另有困难，当她使用职权的时候。婆母是个明白人：当她管教自己的孩子的时候，她的公平与坚决差不多是与韵梅相同的。可是现在她老了。她仍然愿意教孙辈所受的管束与昔年自己的儿子所受的一样多，一样好；但是，也不是怎的，她总以为儿媳妇的管法似乎太严厉，不合乎适可而止的中道。她本想不出声，可是声音仿佛没经她的同意便自己出去了。

即使幸而通过了祖母这一关，小顺儿们还会向太爷爷请救，而教妈妈的巴掌或笤帚疙瘩落了空。在祁老人眼中，重孙儿孙女差不多就是小天使，永远不会有任何过错；即使有过错，他也要说："孩子哪有不淘气的呢？"

祁老人与天佑太太而外，还有个瑞丰呢。他也许不甚高兴管闲事，但是赶上他高兴的时候，他会掩护着小顺儿与妞子，使他们不但挨不上打，而且教给他们怎样说谎扯皮的去逃避责罚。

现在，瑞宣刚走进街门，便听到了小顺儿的尖锐的、多半是为求救的哭声。他知道韵梅最讨厌这种哭声，因为这不是哭，而是呼唤祖母与太爷爷出来干涉。果然，他刚走到枣树旁，南屋里的病人已坐起来，从窗上的玻璃往外看。看到了瑞宣，老太太把他叫住："老大！别教小顺儿的妈老打孩子呀！这些日子啦，孩子们吃也吃不着，喝也喝不着，还一个劲儿的打，受得了吗！"

瑞宣心里说："妈妈的话跟今天小顺儿的犯错儿挨打，差不多没关系！"可是，他连连的点头，往"战场"走去。他不喜欢跟病着的母亲辩论什么。

"战场"上，韵梅还瞪着大眼睛责备小顺儿，可是小顺儿已极安全的把脸藏在太爷爷的手掌里。他仍旧哭得很厉害，表示向妈妈挑战。

祁老人一面给重孙子擦泪，一面低声嘟囔着。他只能低声的，因为第一，祖公对孙媳妇不大好意思高声的斥责；第二，他准知道孙媳妇是讲理的人，决不会错打了孩子。"好乖孩子！"他嘟囔着，"不哭啦！多么好的孩子，还打哪？真！"

瑞宣听出来：假若祖母是因为这一程子的饮食差一点，所以即使孩子犯了过也不该打；太爷爷便表示"多么好的孩子"，而根本不应当责打，不管"好"孩子淘多大的气！

小妞子见哥哥挨打，唯恐连累了自己，藏在了自以为很严密，而事实上等于不藏的，石榴盆后面，两个小眼卜哒卜哒的从盆沿上往外偷看。

瑞宣从祖父一直看到自己的小女儿，没说出什么来便走进屋里去。到屋里，他对自己说："这就是亡国奴的家庭教育，只有泪，哭喊，不合理的袒护，而没有一点点硬气儿！钱老人盼望有个会打仗的孩子，这表明钱诗人——受过日本人的毒打以后——彻底的觉悟过来：会打仗的孩子是并不多见的，而须赶快的产生下来。可是，这是不是晚了一些呢？日本人，在占据着北平的时候，会允许中国人自由的教育小孩子，把他们都教育成敢打仗的战士吗？钱诗人的醒悟恐怕已经太迟了？"正这么自言自语的叨唠，小妞子忽然从外面跑进来，院中也没了声音。瑞宣晓得院中已然风平浪静，所以小妞子才开始活动。

小妞儿眼中带出点得意与狡猾混合起来的神气，对爸爸说：

"哥，挨打！妞妞，藏！藏花盆后头！"说完，她露出一些顶可爱的小白牙，笑了。

瑞宣没法子对妞子说："你狡猾，坏，和原始的人一样的狡猾，一样的坏！你怕危险，不义气！"他不能说，他知道妞子是在祖母和太爷爷的教养下由没有牙长到了满嘴都是顶可爱的小牙的年纪；她的油滑不是天生的，而是好几代的聪明教给她的！这好几代的聪明宁可失去他们的北平，也不教他们的小儿女受一巴掌的苦痛！

二十八

　　不管是有意的，还是无意的，冠先生交朋友似乎有个一定的方法。他永远对最新的朋友最亲热。这也许是因为有所求而交友的缘故。等到新劲儿一过去，热劲儿就也渐渐的消散，像晾凉了的馒头似的。

　　现在，蓝东阳是冠先生的宝贝。

　　即使我们知道冠先生对最新的朋友最亲热的原因，我们也无法不钦佩他的技巧。这技巧几乎不是努力学习的结果，而差不多全部都是天才的产物。冠先生的最见天才的地方就是"无聊"。只有把握到一切都无聊——无聊的啼笑，无聊的一问一答，无聊的露出牙来，无聊的眨巴眼睛，无聊的说地球是圆的，或烧饼是热的好吃……才能一见如故的，把一个初次见面的友人看成自己的亲手足一般，或者比亲手足还更亲热。也只有那在什么有用的事都可以不做，而什么白费时间的事都必须作的文化里，像在北平的文化里，无聊的天才才能如鱼得水的找到一切应用的工具。冠先生既是天才，又恰好是北平人。

　　相反的，蓝东阳是没有文化的，尽管他在北平住过了十几年。蓝先生的野心很大。因为野心大，所以他几乎忘了北平是文化区；虽然他大言不惭的自居为文化的工程师，可是从生活上与学识上，他都没注意到过文化的内容与问题。他所最关心的是怎样得到权利、妇女、金钱与一个虚假的文艺者的称呼。

　　因此，以冠晓荷的浮浅无聊，会居然把蓝东阳"唬"得一愣一愣的。凡是晓荷所提到的烟、酒、饭、茶的做法、吃法，他几乎都不知道。及至冠家的酒饭摆上来，他就更佩服了冠先生——冠先生并不瞎吹，而是真会享受。在他初到北平的时期，他以为到东安市场吃天津包子或褡裢火烧，喝小米粥，便是享受。住过几年之后，他才知道西车站的西餐与东兴楼的中菜才是说得出口的吃食。今天，他才又知道铺子中所卖的菜饭，无论怎么精细，也说不上是生活的艺术；冠先生这里是在每一碟咸菜里都下着一番心，在一杯茶和一盅酒的色、香、味与杯盏上都有很大的考究；这是吃喝，也是历史与艺术。是的，冠先生并没有七盘八碗的预备整桌的酒席；可是他自己家里做的几样菜是北平所有的饭馆里都吃不到的。除了对日本人，蓝东阳是向来不轻于佩服人的。现在，他佩服了冠先生。

在酒饭之外，他还觉出有一股和暖的风，从冠先生的眼睛、鼻子、嘴、眉和喉中刮出来。这是那种在桃花开了的时候的风，拂面不寒，并且使人心中感到一点桃色的什么而发痒，痒得怪舒服。冠先生的亲热周到使东阳不由的要落泪。他一向以为自己是受压迫的，因为他的文稿时常因文字不通而被退回来；今天，冠先生从他一进门便呼他为诗人，而且在吃过两杯酒以后，要求他朗读一两首他自己的诗。他的诗都很短，朗诵起来并不费工夫。他读完，冠先生张着嘴鼓掌。掌拍完，他的嘴还没并上；好容易并上了，他极严肃的说："好！好！的确的好！"蓝诗人笑得把一向往上吊着的那个眼珠完全吊到太阳穴里去了，半天也没落下来。

捧人是需要相当的勇气的。冠先生有十足的勇气——他会完全不要脸。

"高第！"冠先生亲热的叫大女儿，"你不是喜欢新文艺吗？跟东阳学学吧！"紧跟着对东阳说："东阳，你收个女弟子吧！"

东阳没答出话来。他昼夜的想女人，见了女人他可是不大说得出正经话来。

高第低下头去，她不喜欢这个又瘦又脏又难看的诗人。

冠先生本盼望女儿对客人献点殷勤，及至看高第不哼一声，他赶紧提起小磁酒壶来，让客："东阳，咱们就是这一斤酒，你要多喝也没有！先干了杯！啵！啵！对！好，干脆，这一壶归你，你自己斟！咱们喝良心酒！我和瑞丰另烫一壶！"

瑞丰和胖太太虽然感到一点威胁——东阳本是他们的，现在颇有已被冠先生夺了去的样子——可是还很高兴。一来是大赤包看丈夫用全力对付东阳，她便设法不教瑞丰夫妇感到冷淡；二来是他们夫妇都喜欢热闹，只要有好酒好饭的闹哄着，他们俩就决定不想任何足以破坏眼前快乐的事情。以瑞丰说，只要教他吃顿好的，好像即使吃完就杀头也没什么不可以的。胖太太还另有一件不好意思而高兴的事：东阳不住的看她。她以为这是她战败了冠家的两位姑娘，而值得骄傲。事实上呢，东阳是每看到女人便想到实际的问题；论起实际，他当然看胖乎乎的太太比小姐们更可爱。

招弟专会戏弄"癞虾蟆"。顶俏美的笑了一下，她问东阳："你告诉告诉我，怎样做个文学家，好不好？"并没等他回答，她便提出自己的意见："是不是不刷牙不洗脸，就可以作出好文章呢？"

东阳的脸红了。

高第和尤桐芳都咯咯的笑起来。

冠先生很自然的拿起酒杯，向东阳一点头："来，罚招弟一杯，咱们也陪一杯，谁教她是个女孩子呢！"

吃过饭，大家都要求桐芳唱一支曲子。桐芳最讨厌有新朋友在座的时候"显露原形"。她说这两天有点伤风，嗓子不方便。瑞丰——久已对她暗里倾心——帮她说了几句话，解了围。桐芳，为赎这点罪过，提议打牌。瑞丰领教过了冠家牌法的厉害，不敢应声。胖太太比丈夫的胆气大一点，可是也没表示出怎么热烈来。蓝东阳本是个"钱狼子"，可是现在有了八成儿醉意，又看这里有那么多位女性，他竟自大胆的说："我来！说好，十六圈！不多不少，十扭圈！"他的舌头已有点不大利落了。

大赤包，桐芳，招弟，东阳，四位下了场。招弟为怕瑞丰夫妇太僵得慌，要求胖太太先替她一圈或两圈。

冠先生稍有点酒意，拿了两个细皮带金星的鸭儿梨，向瑞丰点了点头。瑞丰接过一个梨，随主人来到院中。两个人在灯影中慢慢的来回溜。冠先生的确是有点酒意了。他忽然噗哧的笑了一声。而后，亲热的叫："瑞丰！瑞丰！"瑞丰嘴馋，像个饿猴子似的紧着啃梨，嘴唇轻响的嚼，不等嚼碎就吞下去。满口是梨，他只好由鼻子中答应了一声："嗯！"

"你批评批评！"冠先生口中谦虚，而心中骄傲的说，"你给我批评一下，不准客气！你看我招待朋友还有什么不周到的地方？"

瑞丰是容易受感动的，一见冠先生这样的"不耻下问"，不由的心中颤动了好几下。赶快把一些梨渣淬啐出去，他说："我决不说假话！你的——无懈可击！"

"是吗？你再批评批评！你看，就是用这点儿——"他想不起个恰当的字，"这点儿，啊——亲热劲儿，大概和日本人来往，也将就了吧？你看怎么样？批评一下！"

"一定行！一定！"瑞丰没有伺候过日本人，但是他以为只要好酒好菜的供养着他们，恐怕他们也不会把谁活活的吃了。

冠先生笑了一下，可是紧跟着又叹了口气。酒意使他有点感伤，心里说："有这样本事，竟自怀才不遇！"

瑞丰听见了这声叹气，而不便说什么。他不喜欢忧郁和感伤！快活，哪怕是最无聊无耻的快活，对于他都胜于最崇高的哀怨。他急忙往屋里走。晓荷，还拿着半个梨独自站在院里。

文章不通的人，据说，多数会打牌。东阳的牌打得不错。一上手，他连和了两把。这两把都是瑞丰太太放的冲①。假若她知趣，便应该马上停手，教招弟来。可是，她永远不知趣，今天也不便改变作风。瑞丰倒还有这点敏感，可是不敢阻拦太太的高兴；他晓得，他若开口教她下来，他就至少须牺牲这一夜的睡眠，好通宵的恭听太太的训话。大赤包给了胖子一点暗示，他说日本人打牌是谁放冲谁给钱。胖太太还是不肯下来。打到一圈，大赤包笑着叫招弟："看你这孩子，你的牌，可教祁太太受累！快来！好教祁二嫂休息休息！"胖太太这才无可如何的办了交代，红着脸张罗着告辞。瑞丰怕不好看，直搭讪着说："再看两把！天还早！"

第二圈，东阳听了两次和，可都没和出来，因为他看时机还早而改了叫儿，以便多和一番。他太贪。这两把都没和，他失去了自信，而越打越慌，越背。他是打赢不打输的人，他没有牌品。在平日写他那自认为是批评文字

① 放的冲：某一家打出的一张牌正好使另一家的牌和了叫"放冲"。

的时候，他总是攻击别人的短处，而这些短处正是他想做而做不到的事。一个写家被约去讲演，或发表了一点政见，都被他看成是出风头，为自己宣传；事实上，那只是因为没人来请他去讲演，和没有人请他发表什么意见。他的嫉妒变成了讽刺，他的狭窄使他看起来好像挺勇敢，敢去战斗似的。他打牌也是这样，当脾气不大顺的时候。他摔牌，他骂骰子，他怨别人打的慢，他嫌灯光不对，他挑剔茶凉。他自己毫无错处，他不和牌完全因为别人的瞎打乱闹。

瑞丰看事不祥，轻轻的拉了胖太太一把，二人没敢告辞，以免扰动牌局，偷偷的走出去。冠先生轻快的赶上来，把他们送到街门口。

第二天，瑞丰想一到学校便半开玩笑的向东阳提起高第姑娘来。假若东阳真有意呢，他就不妨真的做一次媒，而一箭双雕的把蓝与冠都捉到手里。

见到东阳，瑞丰不那么乐观了。东阳的脸色灰绿，一扯一扯的像要裂开。他先说了话："昨天冠家的那点酒、菜、茶、饭，一共用多少钱？"

瑞丰知道这一问或者没怀着好意，但是他仍然把他当作好话似的回答："噢，总得花二十多块钱吧，尽管家中做的比外叫的菜便宜；那点酒不会很贱了，起码也得四五毛一斤！"

"他们赢了我八十！够吃那么四回的！"东阳的怒气像夏天的云似的涌上来，"他们分给你多少？"

"分给我？"瑞丰的小眼睛睁得圆圆的。

"当然喽！要不然，我跟他们丝毫的关系都没有，你干吗给两下里介绍呢？"

瑞丰，尽管是浅薄无聊的瑞丰，也受不了这样的无情的、脏污的攻击。他的小干脑袋上的青筋全跳了起来。他明知道东阳不是好惹的，不该得罪的，可是他不能太软了，为了脸面，他不能太软了！他拿出北平人的先礼后拳的办法来：

"你这是开玩笑呢，还是——"

"我不会开玩笑！我输了钱！"

"打牌还能没有输赢？怕输就别上牌桌呀！"

论口齿，东阳是斗不过瑞丰的。可是东阳并不怕瑞丰的嘴。专凭瑞丰平日的处世为人的态度来说，就有许多地方招人家看不起的；所以，无论他怎样能说会道，东阳是不会怕他的。

"你听着！"东阳把臭黄牙露出来好几个，像狗打架时那样，"我现在是教务主任，不久就是校长，你的地位是在我手心里攥着的！我一撒手，你就掉在地上！我告诉你，除非你赔偿上八十块钱，我一定免你的职！"

瑞丰笑了。他虽浮浅无聊，但究竟是北平人，懂得什么是"里儿"，哪叫"面儿"。北平的娘儿们，也不会像东阳这么一面理。"蓝先生，你快活了手指头，红中白板的摸了大半夜，可是教我拿钱；哈，天下哪有这么便宜的事？要是有的话，我早去了，还轮不到尊家你呢！"

东阳不敢动武，他怕流血。当他捉到一个臭虫——他的床上臭虫很多——的时候，他都闭上眼睛去抹杀它，不敢明目张胆的做。今天，因为太看不起瑞丰了，他居然说出："你不赔偿的话，可留神我会揍你！"

瑞丰没想到东阳会这样的认真。他后悔了，后悔自己爱多事。可是，自己的多事并不是没有目的；他是为讨东阳的喜欢，以便事情有些发展，好多挣几个钱。这，在他想，不能算是错误。他原谅了自己，那点悔意像蜻蜓点水似的，轻轻的一捵便飞走了。

他没有钱。三个月没有发薪了。他晓得学校的"金库"里也不过统共有十几块钱。想到学校与自己的窘迫，他便也想到东阳的有钱。东阳的钱，瑞丰可以猜想得到，一部分是由新民会得来的，一部分也必是由爱钱如命才积省下来的。既然是爱钱如命，省吃俭用的省下来的，谁肯轻易一输，就输八十呢？这么一想，瑞丰明白了，东阳的何以那么着急，而且想原谅了他的无礼。他又笑了一下，说："好吧，我的错儿，不该带你到冠家去！我可是一番好意，想给你介绍那位高第小姐；谁想你会输那么多的钱呢！"

"不用费话！给我钱！"东阳的散文比他的诗顺而简明的多了。

瑞丰想起来关于东阳的笑话。据说：东阳给女朋友买过的小梳子小手帕之类的礼物，在和她闹翻了的时候，就详细的开一张单子向她索要！瑞丰开始相信这笑话的真实，同时也就很为了难——他赔还不起那么多钱，也没有赔还的责任，可是蓝东阳又是那么蛮不讲理！

"告诉你！"东阳满脸的肌肉就像服了毒的壁虎似乎全部抽动着，"告诉你！不给钱，我会报告上去，你的弟弟逃出北平——这是你亲口告诉我的——加入了游击队！你和他通气！"

瑞丰的脸白了。他后悔，悔不该那么无聊，把家事都说与东阳听，为是表示亲密！不过，后悔是没用的，他须想应付困难的办法。

他想不出办法。由无聊中闹出来的事往往是无法解决的。

他着急！真要是那么报告上去，得抄家！

他是最怕事的人。因为怕事，所以老实；因为老实，所以他自居为孝子贤孙。可是，孝子贤孙现在惹下了灭门之祸！

他告诉过东阳，老三逃出去了。那纯粹因为表示亲密；假若还有别的原因的话，也不过是因为除了家长里短，他并没有什么可对友人说的。他万也没想到东阳会硬说老三参加了游击队！他没法辩驳，他觉得忽然的和日本宪兵与宪兵的电椅皮鞭碰了面！他一向以为日本人是不会和他发生什么太恶劣的关系的，只要他老老实实的不反日，不惹事。今天，料想不到的，日本人，那最可怕的、带着鞭板锁棍的日本人，却突然的立在他面前。

他哄的一下出了汗。

他非常的着急，甚至于忘了先搪塞一下，往后再去慢慢的想办法。急与气是喜欢相追随的弟兄，他瞪了眼。

东阳本来很怕打架，可是丝毫不怕瑞丰的瞪眼，瑞丰平日给他的印象太坏了，使他不去考虑瑞丰在真急了的时节也敢打人："怎样？给钱，还是等我去给你报告？"

一个人慌了的时候，最容易只沿着一条路儿去思索。瑞丰慌了。他不想别的，而只往坏处与可怕的地方想。听到东阳最后的恐吓，他又想出来：即使真赔了八十元钱，事情也不会完结；东阳哪时一高兴，仍旧可以给他报告呀!

　　"怎样?"东阳又催了一板,而且往前凑,逼近了瑞丰。

　　瑞丰像一条癞狗被堵在死角落里,没法子不露出抵抗的牙与爪来了。他一拳打出去,倒仿佛那个拳已不属他管束了似的。他不晓得这一拳应当打在哪里,和果然打在哪里,他只知道打着了一些什么;紧跟着,东阳便倒在了地上。他没料到东阳会这么不禁碰。他急忙往地上看,东阳已闭上了眼,不动。轻易不打架的人总以为一打就会出人命的;瑞丰浑身上下都忽然冷了一下,口中不由的说出来:"糟啦! 打死人了!"说完,不敢再看,也不顾得去试试东阳还有呼吸气儿与否,他拿起腿便往外跑,像七八岁的小儿惹了祸,急急逃开那样。

　　他生平没有走过这么快。像有一群恶鬼赶着,而又不愿教行人晓得他身后有鬼,他贼眉鼠眼的疾走。他往家中走。越是怕给家中惹祸的,当惹了祸的时候越会往家中跑。

　　到了家门口,他已喘不过气来。扶住门垛子,他低头闭上了眼,大汗珠啪哒啪哒的往地上落。这么忍了极小的一会儿,他用袖子抹了抹脸上的汗,开始往院里走。他一直奔了大哥屋中去。

　　瑞宣正在床上躺着。瑞丰在最近五年中没有这么亲热的叫过大哥:"大哥!"他的泪随着声音一齐跑出来。

　　这一声"大哥",打动了瑞宣的心灵。他急忙坐起来问:"怎么啦? 老二!"

　　老二从牙缝里挤出来:"我打死了人!"

　　瑞宣立起来,心里发慌。但是,他的修养马上来帮他的忙,教他稳定下来。他低声的、关心而不慌张的问:"怎么回事呢? 坐下说!"说罢,他给老二倒了杯不很热的开水。

　　老二把水一口喝下去。老大的不慌不忙,与水的甜润,使他的神经安贴了点。他坐下,极快,极简单的,把与东阳争吵的经过说了一遍。他没说东阳的为人是好或不好,也没敢给自己的举动加上夸大的形容;他真的害了怕，忘记了无聊与瞎扯。说完，他的手颤动着掏出香烟来，点上一支。

瑞宣声音低而恳切的问："他也许是昏过去了吧？一个活人能那么容易死掉？"

老二深深的吸了口烟。"我不敢说！"

"这容易，打电话问一声就行了！"

"怎么？"老二现在仿佛把思索的责任完全交给了大哥，自己不再用一点心思。

"打电话找他，"瑞宣和善的说明："他要是真死了或是没死，接电话的人必定能告诉你。"

"他要是没死呢？我还得跟他说话？"

"他若没死，接电话的人必说：请等一等。你就把电话挂上好啦。"

"对！"老二居然笑了一下，好像只要听从哥哥的话，天大的祸事都可以化为无有了似的。

"我去，还是你去？"老大问。

"一道去好不好？"老二这会儿不愿离开哥哥。在许多原因之中，有一个是他暂时还不愿教太太知道这回事。他现在才看清楚：对哥哥是可以无话不说的，对太太就不能不有时候闭上嘴。

附近只有一家有电话的人家。那是在葫芦肚里，门前有排得很整齐的四棵大柳树，院内有许多树木的牛宅。葫芦肚是相当空旷的。四围虽然有六七家人家，可没有一家的建筑与气势能稍稍减去门外的荒凉的。牛宅是唯一的体面宅院，但是它也无补于事，因为它既是在西北角上，而且又深深的被树木掩藏住——不知道的人很不易想到那片树木里还有人家。这所房与其说是宅院，还不如说是别墅或花园——虽然里边并没有精心培养着的奇花异草。

牛先生是著名的大学教授，学问好，而且心怀恬淡。虽然在这里已住了十二三年，可是他几乎跟邻居们全无来往。这也许是他的安分守己、无求于人的表示，也许是别人看他学识太深而不愿来"献丑"。瑞宣本来有机会和他交往，可是他——瑞宣——因不愿"献丑"而没去递过名片。瑞宣永远愿意从书本上钦佩著者的学问，而不肯去拜见著者——他觉得那有点近乎巴结人。

瑞丰常常上牛宅来借电话，瑞宣今天是从牛宅迁来以后第一次来到四株柳树底的大门里。

老二借电话，而请哥哥说话。电话叫通，蓝先生刚刚出去。

"不过，事情不会就这么完了吧？"从牛宅出来，老二对大哥说。

"慢慢的看吧！"瑞宣不很带劲儿的回答。

"那不行吧？我看无论怎着，我得赶紧另找事，不能再到学校去；蓝小子看不见我，也许就忘了这件事！"

"也许！"瑞宣看明白老二是胆小，不敢再到学校去，可是不好意思明说出来。真的，他有许许多多的话要说。其中的最现成的恐怕就是："这就是你前两天所崇拜的人物，原来不过如此！"或者："凭你蓝东阳、冠晓荷，就会教日本人平平安安的统治北平？你们自己会为争一个糖豆而打得狗血喷头！"可是，他闭紧了嘴不说，他不愿在老二正很难过的时候去教训或讥讽，使老二更难堪。

"找什么事情呢？"老二嘟囔着，"不管怎样，这两天反正我得请假！"

瑞宣没再说什么。假若他要说，他一定是说："你不到学校去，我可就得去了呢！"是的：他不能和老二都在家里蹲着，而使老人们看着心焦。他自从未参加那次游行，就没请假，没辞职，而好几天没到学校去。现在，他必须去了，因为老二也失去了位置。他很难过；他生平没做过这样忽然旷课又忽然复职的事！学校里几时才能发薪，不晓得。管它发薪与否，占住这个位置至少会使老人们稍微安点心。他准知道：今天老二必不敢对家中任何人说道自己的丢脸与失业；但是，过了两三天，他必会打开嘴，向大家乞求同情。假若瑞宣自己也还不到学校去，老人们必会因可怜老二而责备老大。他真的不喜欢再到学校去，可是非去不可，他叹了口气。

"怎么啦？"老二问。

"没什么！"老大低着头说。

弟兄俩走到七号门口，不约而同的停了一步。老二的脸上没了血色。

有三四个人正由三号门外向五号走，其中有两个是穿制服的！

瑞丰想回头就跑，被老大拦住："两个穿制服的是巡警。那不是白巡长？多一半是调查户口。"

老二慌得很："我得躲躲！穿便衣的也许是特务！"没等瑞宣再说话，他急忙转身顺着西边的墙角疾走。

瑞宣独自向家中走。到了门口，巡警正在拍门。他笑着问："干什么？白巡长！"

"调查户口，没别的事。"白巡长把话说得特别的温柔，为是免得使住户受惊。

瑞宣看了看那两位穿便衣的，样子确乎有点像侦探。他想，他们俩即使不为老三的事而来，至少也是被派来监视白巡长的。瑞宣对这种人有极大的反感。他们永远做别人的爪牙，而且永远威风凛凛的表示做爪牙的得意；他们宁可失掉自己的国籍，也不肯失掉威风。

白巡长向"便衣"们说明："这是住在这里最久的一家！"说着，他打开了簿子，问瑞宣："除了老三病故，人口没有变动吧？"

瑞宣十分感激白巡长，而不敢露出感激的样子来，低声的回答了一声："没有变动。"

"没有亲戚朋友住在这里？"白巡长打着官腔问。

"也没有！"瑞宣回答。

"怎么？"白巡长问便衣，"还进去吗？"

这时候，祁老人出来了，向白巡长打招呼。

瑞宣很怕祖父把老三的事说漏了兜。幸而，两个便衣看见老人的白须白发，仿佛放了点心。他们俩没说什么，而只那么进退两可的一犹豫。白巡长就利用这个节骨眼儿，笑着往六号领他们。

瑞宣同祖父刚要转身回去，两个便衣之中的一个又转回来，很傲慢的说："听着，以后就照这本簿子发良民证！我们说不定什么时候，也许是在夜里十二点，来抽查；人口不符，可得受罚，受顶大的罚！记住！"

瑞宣把一团火压在心里，没出一声。

老人一辈子最重要的格言是"和气生财"。他极和蔼的领受"便衣"的训示，满脸堆笑的说："是！是！你哥们们多辛苦啦！不进来喝口茶吗？"

便衣没再说什么，昂然的走开。老人望着他的后影，还微笑着，好像便衣的余威未尽，而老人的谦卑是无限的。瑞宣没法子责备祖父。祖父的过度的谦卑是从生活经验中得来，而不是自己创制的。从同一的观点去看，连老二也不该受责备。从祖父的谦卑里是可以预料到老二的无聊的。苹果是香美的果子，可是烂了的时候还不如一条鲜王瓜那么硬气有用。中国确是有深远的文化，可惜它已有点发霉发烂了；当文化霉烂的时候，一位绝对良善的七十多岁的老翁是会向"便衣"大量的发笑、鞠躬的。

"谁知道，"瑞宣心里说，"这也许就是以柔克刚的那点柔劲。有这个柔劲儿，连亡国的时候都软软和和的，不知道怎么一下子就全完了，像北平亡了的那样！有这股子柔劲儿，说不定哪一会儿就会死而复苏啊！谁知道！"他不敢下什么判断，而只过去搀扶祖父——那以"和气生财"为至理的老人。

祁老人把门关好，还插上了小横闩，才同长孙往院里走；插上了闩，他就感到了安全，不管北平城是被谁占据着。

"白巡长说什么来着？"老人低声的问，仿佛很怕被便衣听了去，"他不是问小三儿来着？"

"老三就算是死啦！"瑞宣也低声的说。他的声音低，是因为心中难过。

"小三儿算死啦？从此永远不回来啦？"老人因惊异而有点发怒，"谁说的？怎么个理儿？"

天佑太太听见了一点，立刻在屋中发问："谁死啦？老大！"

瑞宣知道说出来就得招出许多眼泪，可是又不能不说——家中大小必须一致的说老三已死，连小顺儿与妞子都必须会扯这个谎。是的，在死城里，他必须说那真活着的人死了。他告诉了妈妈。

妈妈不出声的哭起来。她最怕的一件事——怕永不能再见到小儿子——已经实现了一半儿！瑞宣说了许多他自己也并不十分相信的话，去安慰妈妈。妈妈虽然暂时停止住哭，可是一点也不信老大的言语。

祁老人的难过是和儿媳妇的不相上下，可是因为安慰她，自己反倒闸住了眼泪。

瑞宣的困难反倒来自孩子们。小顺儿与妞子刨根问底的提出好多问题：三叔哪一天死的？三叔死在了哪里？三叔怎么死的？死了还会再活吗？他回答不出来，而且没有心思去编造一套——他已够苦痛的了，没心陪着孩子们说笑。他把孩子们交给了韵梅。她的想象力不很大，可是很会回答孩子们的问题——这是每一位好的妈妈必须有的本事。

良民证！瑞宣死死的记住了这三个字！谁是良民？怎样才算良民？给谁做良民？他不住的这么问自己。回答是很容易找到的：不反抗日本人的就是日本人的良民！但是，他不愿这么简单的承认了自己是亡国奴。他盼望能有一条路，教他们躲开这最大的耻辱。没有第二条路，除了南京胜利。想到这里，他几乎要跪下，祈祷上帝，他可是并不信上帝。瑞宣是最理智、最不迷信的人。

良民证就是亡国奴的烙印。一旦伸手接过来，就是南京政府打了胜仗，把所有在中国的倭奴都赶回三岛去，这个烙印还是烙印，还是可耻！一个真正的国民就永远不伸手接那个屈膝的证件！永远不该指望别人来替自己洗刷耻辱！可是，他须代表全家去接那做奴隶的证书；四世同堂，四世都一齐做奴隶！

轻蔑么？对良民证冷笑么？那一点用处也没有！做亡国奴没有什么好商议的，做就伸手接良民证，不做就把良民证摔在日本人的脸上！冷笑，不抵抗而否认投降，都是无聊，懦弱！

正在这个时候，老二回来了，手里拿着一封信。恐怕被别人看见似的。他向老大一点头，匆匆的走进哥哥的屋中。瑞宣跟了进去。

"刚才是调查户口。"瑞宣告诉弟弟。

老二点点头，表示已经知道了。然后，用那封信——已经拆开——拍着手背，非常急躁的说："要命就干脆拿了去，不要这么钝刀慢剐呀！"

"怎么啦？"老大问。

"我活了小三十岁了，就没见过这么没心没肺的人！"老二的小干脸上一红一白的，咬着牙说。

"谁？"老大眨巴着眼问。

"还能有谁！"老二拍拍的用信封抽着手背，"我刚要进门，正碰上邮差。接过信来，我一眼就认出来，这是老三的字！怎这么糊涂呢！你跑就跑你的得了，为什么偏偏要我老二陪绑呢！"他把信扔给了大哥。

瑞宣一眼便看明白，一点不错，信封上是老三的笔迹。字写得很潦草，可是每一个都那么硬棒，好像一些跑动着的足球队员似的。看清楚了字迹，瑞宣的眼中立刻湿了。他想念老三，老三是他的弟弟，也是他的好友。

信是写给老二的，很简单：

"丰哥：出来好，热闹，兴奋！既无儿女，连二嫂也无须留在家里，外面也有事给她做，外面需要一切年轻的人！母亲好吗？大哥"到此为止，信忽然的断了。大哥怎样？莫非因为心中忽然一难过而不往下写了么？谁知道！没有下款，没有日月，信就这么有头无尾的完了。

瑞宣认识他的三弟，由这样的一段信里，他会看见老三的思路：老三不知因为什么而极兴奋。他是那样的兴奋，所以甚至忘了老二的没出息，而仍盼他逃出北平——外面需要一切年轻的人。他有许多话要说，可是顾虑到信件的检查，而忽然的问母亲好吗？母亲之外，大哥是他所最爱的人，所以紧跟着写上"大哥"。可是，跟大哥要说的话也许须写十张二十张纸；做不到，爽性就一字也不说了。

看着信，瑞宣也看见了老三，活泼、正直、英勇的老三！他舍不得把眼从信上移开。他的眼中有一些泪，一些欣悦，一些悲伤，一些希望，和许多许多的兴奋。他想哭，也想狂笑。他看见了老二，也看见老三。他悲观，又乐观。他不知如何是好。

瑞丰一点也不能明白老大，正如同他一点也不能明白老三。他的心理很简单——怕老三连累了他。"告诉妈不告诉？哼！他还惦记着妈！信要被日本人检查出来，连妈也得死！"他没好气的嘟囔。

瑞宣的复杂的、多半是兴奋的心情，忽然被老二这几句像冰一样冷的话驱逐开，驱逐得一干二净。他一时说不上话来，而顺手把那封信掖到衣袋里去。

"还留着？不赶紧烧了？那是祸根！"老二急扯白脸的说。

老大笑了笑："等我再看两遍，一定烧！"他不愿和老二辩论什么，"老二！真的，你和二妹一同逃出去也不错；学校的事你不是要辞吗？"

"大哥！"老二的脸沉下来，"教我离开北平？"他把"北平"两个字说得那么脆，那么响，倒好像北平就是他的生命似的，绝对不能离开，一步不能离开！

"不过是这么一说，你的事当然由你做主！"瑞宣耐着性儿说，"蓝东阳，啊，我怕蓝东阳陷害你！"

"我已经想好了办法。"老二很自信的说，"先不告诉你，大哥。我现在只愁没法给老三去信，嘱咐他千万别再给家里来信！可是他没写来通讯处；老三老那么慌慌张张的！"说罢，他走了出去。

二十九

天越来越冷了。在往年，祁家总是在阴历五六月里叫来一两大车煤末子，再卸两小车子黄土，而后从街上喊两位"煤黑子"来摇煤球，摇够了一冬天用的。今年，从"七七"起，城门就时开时闭，没法子雇车去拉煤末子。而且，在日本人的横行霸道之下，大家好像已不顾得注意这件事，虽然由北平的冬寒来说这确是件很重要的事。连小顺儿的妈和天佑太太都忘记了这件事。只有祁老人在天未明就已不能再睡的时候，还盘算到这个问题，可是当长孙媳妇告诉他种种的困难以后，他也只好抱怨大家都不关心家事，没能在"七七"以前就把煤拉到，而想不出高明的办法来。

煤一天天的涨价。北风紧吹，煤紧加价。唐山的煤大部分已被日本人截了去，不再往北平来，而西山的煤矿已因日本人与我们的游击队的混战而停了工。北平的煤断了来源！

祁家只有祁老人和天佑的屋里还保留着炕，其余的各屋里都早已随着"改良"与"进步"而拆去，换上了木床或铁床。祁老人喜欢炕，正如同他喜欢狗皮袜头，一方面可以表示出一点自己不喜新厌故的人格，另一方面也是因为老东西确实有它们的好处，不应当一笔抹杀。在北平的三九天，尽管祁老人住的是向阳的北房，而且墙很厚，窗子糊得很严，到了后半夜，老人还是感到一根针一根针似的小细寒风，向脑门子，向肩头，继续不断的刺来。尽管老人把身子蜷成一团，像只大猫，并且盖上厚被与皮袍，他还是觉不到温暖。只有炕洞里升起一小炉火，他才能舒舒服服的躺一夜。

天佑太太并不喜欢睡热炕，她之所以保留着它是她准知道孙子们一到三四岁就必被派到祖母屋里来睡，而有一铺炕是非常方便的。炕的面积大，孩子们不容易滚了下去；半夜里也容易照管，不至于受了热或着了凉。可是，她的南屋是全院中最潮湿的，最冷的；到三九天，夜里能把有水的瓶子冻炸。因此，她虽不喜欢热炕，可也得偶尔的烧它一回，赶赶湿寒。

没有煤！祁老人感到一种恐怖！日本人无须给他任何损害与干涉，只须使他在凉炕上过一冬天，便是极难熬的苦刑！天佑太太虽然没有这么惶恐，可也知道冬天没有火的罪过是多么大！

瑞宣不敢正眼看这件事。假若他有钱，他可以马上出高价，乘着城里存煤未卖净的时候，囤起一冬或一年的煤球与煤块。但是，他与老二都几个月没拿薪水了，而父亲的收入是很有限的。

小顺儿的妈以家主妇的资格已向丈夫提起好几次："冬天要是没有火，怎么活着呢？那，北平的人得冻死一半！"

瑞宣几次都没正式的答复她，有时候他惨笑一下，有时候假装耳聋。有一次，小顺儿代替爸爸发了言："妈，没煤，顺儿去拣煤核儿！"又待了一会儿，他不知怎么想起来："妈！也会没米，没白面吧？"

"别胡说啦！"小顺儿的妈半恼的说："你愿意饿死！混小子！"

瑞宣愣了半天，心里说："怎见得不会不绝粮呢！"他一向没想到过这样的问题。经小顺儿这么一说，他的眼忽然看出老远老远去。今天缺煤，怎见得明天就不缺粮呢？以前，他以为亡城之苦是干脆的受一刀或一枪；今天，他才悟过来，那可能的不是脆快的一刀，而是慢慢的，不见血的，冻死与饿死！想到此处，他否认了自己不逃走的一切理由。冻，饿，大家都得死，谁也救不了谁；难道因为他在家里，全家就可以没煤也不冷，没米也不饿吗？他算错了账！

掏出老三的那封信，他读了再读的读了不知多少遍。他渴望能和老三谈一谈。只有老三能明白他，能替他决定个主意。

他真的憋闷极了，晚间竟自和韵梅谈起这回事。平日，对家务事，他向来不但不专制，而且多少多少糖豆酸枣儿的事都完全由太太决定，他连问也不问。现在，他不能再闭着口，他的脑中已涨得要裂。

韵梅不肯把她的水灵的眼睛看到山后边去，也不愿丈夫那么办："孩子的话，干吗记在心上呢？我看，慢慢的就会有了煤！反正着急也没用！挨饿？我不信一个活人就那么容易饿死！你也走？老二反正不肯养活这一家人！我倒肯，可又没挣钱的本事！算了吧，别胡思乱想啦，过一天是一天，何必绕着弯去发愁呢！"

她的话没有任何理想与想象，可是每一句都那么有分量，使瑞宣无从反驳。是的，他无论怎样，也不能把全家都带出北平去。那么，一家老幼在北平，他自己就也必定不能走。这和二加二是四一样的明显。

他只能盼望国军胜利，快快打回北平！

太原失陷！广播电台上又升起大气球："庆祝太原陷落！"

学生们又须大游行。

他已经从老二不敢再到学校里去的以后就照常去上课。他不肯教老人们看着他们哥儿俩都在家中闲着。

庆祝太原陷落的大游行，他是不是去参加呢？既是学校中的教师，他理应去照料着学生。另一方面，从一种好奇心的催促，他也愿意去参加——他要看看学生与市民是不是还像庆祝保定陷落时那么严肃沉默。会继续的严肃，就会不忘了复仇。

可是，他又不敢去，假若学生们已经因无可奈何而变成麻木呢？他晓得人的面皮只有那么厚，一揭开就完了！他记得学校里有一次闹风潮，有一全班的学生都退了学。可是，校长和教员们都坚不让步，而学生们的家长又逼着孩子们回校。他们只好含羞带愧的回来。当瑞宣在风潮后第一次上课的时候，这一班的学生全低着头，连大气都不出一声，一直呆坐了一堂；他们失败了，他们羞愧！他们是血气方刚的孩子！可是，第二天再上课，他们已经又恢复了常态，有说有笑的若无其事。他们不过是孩子！他们的面皮只有那么厚，一揭开就完了！一次游行，两次游行，三次五次游行，既不敢反抗，又不便老拧着眉毛，学生们就会以嬉皮笑脸去接受耻辱，而慢慢的变成了没有知觉的人。学生如是，市民们就必更容易撕去脸皮，苟安一时。

他不知怎样才好，他恨自己没出息，没有抛妻弃子，去奔赴国难的狠心与决心！

这几天，老二的眉毛要拧下水珠来。胖太太已经有三四天没跟他说话。他不去办公的头两天，她还相信他的乱吹，以为他已另有高就。及至他们俩从冠宅回来，她就不再开口说话，而把怒目与撇嘴当作见面礼。他俩到冠宅去的目的是为把蓝东阳的不近人情报告明白，而求冠先生与冠太太想主意，给瑞丰找事。找到了事，他们旧事重提的说："我们就搬过来住，省得被老三连累上！"瑞丰以为冠氏夫妇必肯帮他的忙，因为他与东阳的吵架根本是因为冠家赢了钱。

冠先生相当的客气，可是没确定的说什么。他把这一幕戏让给了大赤包。

大赤包今天穿了一件紫色绸棉袍，唇上抹着有四两血似的口红，头发是刚刚烫的，很像一条绵羊的尾巴。她的气派之大差不多是空前的，脸上的每一个雀斑似乎都表现着傲慢与得意。

那次，金三爷在冠家发威的那次，不是有一位带着个妓女的退职军官在座吗？他已运动成功，不久就可以发表——警察局特高科的科长。他叫李空山。他有过许多太太，多半是妓女出身。现在，既然又有了官职，他决定把她们都遣散了，而正经娶个好人家的小姐，而且是读过书的小姐。他看中了招弟。可是大赤包不肯把那么美的招弟贱卖了。她愿放手高第。李空山点了头。虽然高第不很美，可的确是位小姐，做过女学生的小姐。再说，遇必要时，他还可以再弄两个妓女来，而以高第为正宫娘娘，她们做妃子，大概也不至于有多少问题。大赤包的女儿不能白给了人。李空山答应给大赤包运动妓女检查所的所长。这是从国都南迁以后，北平的妓馆日见冷落，而成为似有若无的一个小机关。现在，为慰劳日本军队，同时还得防范花柳病的传播，这个小机关又要复兴起来。李空山看大赤包有做所长的本领。同时，这个机关必定增加经费，而且一加紧检查就又必能来不少的"外钱"。别人还不大知道，李空山已确实的打听明白，这将成为一个小肥缺。假若他能把这小肥缺弄到将来的丈母娘手里，他将来便可以随时给高第一点气受，而把丈母娘的钱挤了过来——大赤包一给他钱，他便对高第和气两天。他把这些都盘算好以后，才认真的给大赤包去运动。据最近的消息：他很有把握把事情弄成功。

起床，睡倒，走路，上茅房，大赤包的嘴里都轻轻的叫自己："所长！所长！"这两个字像块糖似的贴在了她的舌头上，每一咂就满口是水儿！她高兴，骄傲，恨不能一个箭步跳上房顶去，高声喊出："我是所长！"她对丈夫只哼儿哈儿的带理不理，对大女儿反倒拿出好脸，以便诱她答应婚事，别犯牛脾气。对桐芳，她也居然停止挑战，她的理由是："大人不和小人争！"她是所长，也就是大人！

她也想到她将来的实权，而自己叨唠："动不动我就检查！动不动我就检查！怕疼，怕麻烦，给老太太拿钱来！拿钱来！拿钱来！"她一边说，一边点头，把头上的发夹子都震落下两三个来。她毫不客气的告诉了瑞丰：

"我们快有喜事了，那间小屋得留着自己用！谁教你早不搬来呢？至于蓝东阳呀,我看他还不错吗!怎么?你是为了我们才和他闹翻了的?真对不起!可是,我们也没有赔偿你的损失的责任!我们有吗?"她老气横秋的问冠晓荷。

晓荷眯了眯眼,轻轻一点头,又一摇头;没说什么。

瑞丰和胖太太急忙立起来,像两条挨了打的狗似的跑回家去。

更使他们夫妇难过的是蓝东阳还到冠家来,并且照旧受欢迎,因为他到底是做着新民会的干事,冠家不便得罪他。大赤包福至心灵的退还了东阳四十元钱:"我们玩牌向来是打对折给钱的;那天一忙,就实价实收了你的;真对不起!"东阳也大方一下,给高第姐妹买了半斤花生米。大赤包对这点礼物也发了一套议论:

"东阳!你做的对!这个年月,一个年轻的小伙子得知道钱是好的,应当节省,好积攒下结婚费!礼轻人物重,不怕你给她们半个花生米,总是你的人心!你要是花一大堆钱,给她们买好些又贵又没用的东西,我倒未必看得起你啦!"

东阳听完这一套,笑得把黄牙板全露出来,几乎岔了气。他自居为高第姐妹俩的爱人,因为她们俩都吃了他的几粒花生米。

这些,是桐芳在门外遇见胖太太,喊喊喳喳的报告出来的。胖太太气得发昏,浑身的肥肉都打战!

老二的耳朵,这几天了,老抿着。对谁,他都非常的客气。这一程子的饭食本来很苦,有时候因城门关闭,连大白菜都吃不到,而只用香油炒一点麻豆腐;老二这两天再也不怨大嫂不会过日子。饭食太苦,而端起碗来,不管有菜没有,便扒搂干净,嘴中嚼得很响,像鸭子吃东西那样。他不但不怨饭食太苦,而且反倒夸奖大嫂在这么困难的时候还能教大家吃上饭,好不容易!这么一来,瑞宣和韵梅就更为了难,因老二的客气原是为向兄嫂要点零钱,好买烟卷儿什么的。老大只好因此而多跑一两趟当铺!

胖太太一声没出,偷偷的提了个小包就回娘家了。这使老二终日像失了群的鸡,东瞧瞧、西看看的在满院子打转,不知如何是好。他本不想把失业这事实报告给老人们，现在他不能再闭着嘴，因为他需要老人们的怜爱——和太太吵了架之后，人们往往想起来父母。他可并没实话实说。他另编了一个故事。他晓得祁家的文化与好莱坞的恰恰相反：好莱坞的以打了人为英雄，祁家以挨了打为贤孝。所以，他不敢说他打了蓝东阳，而说蓝东阳打了他，并且要继续的打他。祖父与妈妈都十分同情他。祖父说：

"好！他打咱们，是他没理，我们绝不可以还手！"

妈妈也说："他还要打，我们就躲开他！"

"是呀！"老二很爱听妈妈的话，"所以我不上学校去啦！我赶紧另找点事做，不便再受他的欺侮，也不便还手打他！是不是？"

他也没敢提出老三来，怕一提起来就涉及分家的问题。他正赋闲，必须吃家中的饭，似乎不便提到分家。即使在这两天内，宪兵真为老三的事来捉他，他也只好认命；反正他不愿意先出去挨饿。

瑞宣本来有点怕到学校去，现在又很愿意去了，为是躲开老二。老二的胆小如鼠并不是使老大看不起他的原因。老大知道，从一个意义来讲，凡是在北平做顺民的都是胆小的，老二并不是特例。老二的暂时失业也没使老大怎样的难过；大家庭本来就是今天我吃你，明天你吃我的一种算不清账目的组织，他不嫌老二白吃几天饭。可是，他讨厌老二的毫不悔悟，而仍旧是那么无聊。老大以为经过这点挫折，老二应该明白过来：东阳那样的人是真正汉奸坏子，早就不该和他亲近；在吃亏以后，就该立志永远不再和这类的人来往。老二应该稍微关心点国事，即使没有舍身救国的决心，也该有一点国荣民荣、国辱民辱的感觉，知道一点羞耻。老二没有一丝一毫的悔悟。因祖父、父母、兄嫂都没好意思责备他，他倒觉得颇安逸，仿佛失业是一种什么新的消遣，他享受大家的怜悯。假若连胖太太也没申斥他，他或者还许留下胡子，和祖父一样的退休养老呢！瑞宣最不喜欢在新年的时候，看到有些孩子戴起瓜皮帽头儿，穿上小马褂。他管他们叫做"无花果秧儿"。瑞丰就是，他以为，这种秧苗的长大起来最好的代表——生出来就老声老气的，永远不开花。

为躲避老二，在庆祝太原陷落的这一天，他还上了学。他没决定去参加游行，也没决定不去；他只是要到学校里看看。到了学校，他自然而然的希望学生们来问他战事的消息，与中日战争的前途。他也希望大家都愁眉苦眼的觉到游行的耻辱。

　　可是，没人来问他什么。他很失望。过了一会儿，他明白过来：人类是好争胜的动物，没人喜欢谈论自己的败阵；青年们恐怕特别是如此。有好几个他平日最喜欢的少年，一见面都想过来跟他说话，可是又都那么像心中有点鬼病似的，撩了他一眼，便一低头的躲开。他们这点行动表示了青年人在无可如何之中还要争强的心理。他走到操场去。那里正有几个学生踢着一个破皮球。看见他，他们都忽然的愣住好像是觉到自己作做了不应做的事情而惭愧。可是，紧跟着，他们就又踢起球来，只从眼角撩着他。他赶紧走开。

　　他没再回教员休息室，而一直走出校门，心中非常的难受。他晓得学生们并未忘了羞耻，可是假若这样接二连三的被强迫着去在最公开的地方受污辱，他们一定会把面皮涂上漆的。想到这里，他心中觉得一刺一刺的疼。

　　在大街上，他遇到十几部大卡车，满满的拉着叫花子——都穿着由喜轿铺赁来的彩衣。每一部车上，还有一份出丧的鼓手。汽车缓缓的驶行，锣鼓无精打彩的敲打着，车上的叫花子都缩着脖子把手中的纸旗插在衣领上，以便揣起手来——天相当的冷。他们的脸上几乎没有任何表情，就那么缩着脖，揣着手，在车上立着或坐着。他们好像什么都知道，又好像什么都不知道。他们仿佛是因习惯了无可如何，因习惯了冷淡与侮辱，而完全心不在焉的活着，满不在乎的立在汽车上，或断头台上。

　　当汽车走过他的眼前，一个像蓝东阳那样的人，把手中提着的扩音喇叭放在嘴上，喊起来："孙子们，随着我喊！中日亲善！庆祝太原陷落！"花子们还是没有任何表情，声音不高不低的，懒洋洋的，随着喊，连头也不抬起来。他们好像已经亡过多少次国了，绝对不再为亡国浪费什么感情。他们毫不动情几乎使他们有一些尊严，像城隍庙中塑的泥鬼那样的尊严。这点尊严甚至于冷淡了战争与兴亡。瑞宣浑身都颤起来。远处来了一队小学生。他闭上了眼。他不忍把叫花子与小学生连到一处去思索！假若那些活泼的、纯洁的、天真的学生也像了叫花子……他不敢往下想！可是，学生的队伍就离叫花子的卡车不很远啊！

迷迷糊糊的他不晓得怎么走回了小羊圈。在胡同口上，他碰见了棚匠刘师傅。是刘师傅先招呼的他，他吓了一跳。定了一定神，他才看明白是刘师傅，也看明白了胡同。

二人进了那永远没有多少行人的小胡同口，刘师傅才说话：

"祁先生，你看怎样呀？我们要完吧？保定，太原，都丢啦！太原也这么快？不是有——"他说不上"天险"来。

"谁知道！"瑞宣微笑着说，眼中发了湿。

"南京怎样？"

瑞宣不能、不肯、也不敢再说"谁知道！""盼着南京一定能打胜仗！"

"哼！"刘师傅把声音放低，而极恳切的说："你也许笑我，我昨天夜里向东南烧了一股高香！祷告上海打胜仗！"

"非胜不可！"

"可是，你看，上海还没分胜负，怎么人们就好像断定了一定亡国呢？"

"谁？"

"谁？你看，上次保定丢了，就有人约我去耍狮子，我没去；别人也没去。昨天，又有人来约了，我还是不去，别人可据说是答应下了。约我的人说：别人去，你不去，你可提防着点！我说，杀剐我都等着！我就想，人们怎那么稀松没骨头呢？"

瑞宣没再说什么。

"今天的游行，起码也有几档子'会'！"刘师傅把"会"字说的很重，"哼！走会是为朝山敬神的，今天会给日本人去当玩艺儿看！真没骨头！"

"刘师傅！"瑞宣已走到家门外的槐树下面，站住了说，"像你这样的全身武艺，为什么不走呢？"

刘师傅怪不是味儿的笑了："我早就想走！可是，老婆交给谁呢？再说，往哪儿走？腰中一个大钱没有，怎么走？真要是南京偷偷的派人来招兵，有路费，知道一定到哪里去，我必定会跟着走！我只会搭棚这点手艺，我的拳脚不过是二把刀，可是我愿意去和日本小鬼子碰一碰！"

他们正谈到这里，瑞丰从院中跑出来，小顺儿在后面追着喊："我也去！二叔！我也去！"

看见哥哥与刘师傅，瑞丰收住了脚。小顺儿赶上，揪住二叔的衣裳："带我去！不带我去，不行！"

"干吗呀？小顺儿！放开二叔的衣裳！"瑞宣沉着点脸，而并没生气的说。

"二叔，去听戏，不带着我！"小顺儿还不肯撒手二叔的衣裳，撅着嘴说。

瑞丰笑了，"哪儿呀！听说中山公园唱戏，净是名角名票，我去问问小文。他们要也参加的话，我同他们一道去；我还没有看过小文太太彩唱呢。"

刘师傅看了他们哥儿俩一眼，没说什么。

瑞宣很难过。他可是不便当着别人申斥弟弟，而且也准知道，假若他指摘老二，老二必会说："我不去看，人家也还是唱戏！我不去看戏，北平也不会就退还给中国人！"他木在了槐树下面。

从树上落下一个半干了的、像个黑虫儿似的、槐豆角来。小顺儿急忙去拾它。他这一动，才把僵局打开，刘师傅说了声"回头见！"便走开。瑞宣拉住了小顺儿。瑞丰跟着刘师傅进了六号。

小顺儿拿着豆角还不肯放弃了看戏，瑞宣耐着烦说："二叔去打听唱戏不唱！不是六号现在就唱戏！"

很勉强的，小顺儿随着爸爸进了街门。到院内，他把爸爸拉到了祖母屋中去。

南屋里很凉，老太太今天精神不错，正围着被子在炕上给小顺儿补袜子呢。做几针，她就得把小破袜子放下，手伸到被子里去取暖。

瑞宣的脸上本来就怪难过的样子，一看到母亲屋里还没升火，就更难看了。

老太太看出儿子的脸色与神气的不对。母亲的心是儿女们感情的温度表："又怎么了？老大！"

瑞宣虽是个感情相当丰富的人，可是很不喜欢中国人的动不动就流泪。自从北平陷落，他特别的注意控制自己，虽然有多少多少次他都想痛哭。他不大爱看旧剧。许多原因中之一是：旧剧中往往在悲的时候忽然瞎闹打趣，和悲的本身因哭得太凶太容易而使人很难过的要发笑。可是，他看过一回《宁武关》，他受了极大的感动。他觉得一个壮烈英武的战士，在殉国之前去别母，是人世间悲惨的极度，只有最大的责任心才能胜过母子永别的苦痛，才不至于马上碎了心断了肠！假若宁武关不是别母而是别父，瑞宣想，它便不能成为最悲的悲剧。这出戏使他当时落了泪，而且在每一想起来的时候心中还很难过——一想到这出戏，他不由的便想起自己的母亲！

现在，听母亲叫他，他忽然的又想起那出戏。他的泪要落出来。他晓得自己不是周遇吉，但是，现在失陷的是太原——情形的危急很像明末！

他忍住了泪，可也没能说出什么来。

"老大！"母亲从炕席下摸出三五个栗子来，给了小顺儿，叫他出去玩，"老二到底是怎回事？"

瑞宣依实的报告给母亲，而后说："他根本不该和那样的人来往，更不应该把家中的秘密告诉那样的人！蓝东阳是个无聊的人，老二也是个无聊的人；可是蓝东阳无聊而有野心，老二无聊而没心没肺；所以老二吃了亏。假若老二不是那么无聊，不是那么无心少肺，蓝东阳就根本不敢欺侮他。假若老二不是那么无聊，他满可以不必怕东阳而不敢再上学去。他好事，又胆小，所以就这么不明不白的失了业！"

"可是，老二藏在家里就准保平安没事吗？万一姓蓝的还没有忘了这回事，不是还可以去报告吗？"

"那——"瑞宣愣住了。他太注意老二的无聊了，而始终以为老二的不敢到学校去是白天见鬼。他忽略了蓝东阳是可以认真的去卖友求荣的。

"那——老二是不会逃走的，我问过他！"

"那个姓蓝的要真的去报告，你和老二恐怕都得教日本人抓去吧？钱先生受了那么大的苦处，不是因为有人给他报告了吗？"

瑞宣心中打开了鼓。他看到了危险。可是，为使老母安心，他笑着说："我看不要紧！"他可是说不出"不要紧"的道理来。

离开了母亲，瑞宣开始发起愁来。他是那种善于检查自己的心理状态的人，他纳闷为什么他只看到老二的无聊而忘了事情可能的变成很严重——老二和他要真被捕了去，这一家人可怎么办呢？在危乱中，他看明白，无聊是可以丧命的！

隔着院墙，他喊老二。老二不大高兴的走回来。在平日，要不是祖父，父母与太太管束的严，老二是可以一天到晚长在文家的；他没有什么野心，只是愿意在那里凑热闹，并且觉得能够多看小文太太几眼也颇舒服。碍于大家的眼目，他不敢常去；不过，偶尔去到那里，他必坐很大的工夫——和别的无聊的人一样，他的屁股沉，永远讨厌，不自觉。

"干什么？"老二很不高兴的问。

老大没管弟弟的神色如何，开始说出心中的忧虑："老二！我不知道为什么老没想到我刚刚想起来的这点事！你看，我刚刚想起来，假若蓝东阳真要去报告，宪兵真要把你，或我，或咱们俩，捕了去，咱们怎办呢？"

老二的脸转了颜色。当初，他的确很怕东阳去告密；及至在家中忍了这么三五天，而并没有动静，他又放了心，觉得只要老老实实的在家中避着便不会有危险。家便是他的堡垒，父母兄弟便是他的护卫。他的家便是老鼠的洞，有危险便藏起去，危险过去再跑出来；他只会逃避，而不会争斗与抵抗。现在，他害了怕——随便就被逗笑了的人也最容易害怕，一个糖豆可以使他欢喜，一个死鼠也可以吓他一跳。

"那怎么办呢？"他舐了舐嘴唇才这样问。

"老二！"瑞宣极恳切的说，"战事很不利，在北平恐怕一时绝不会有出路！像蓝东阳那样的人，将来我们打胜的时候，必会治他的罪——他是汉奸！不幸我们失败了，我们能殉国自然顶好，不能呢，也不许自动的，像蓝东阳与冠晓荷那样的，去给敌人做事。做一个国民至少应该明白这一点道理！你以前的错误，咱们无须提起。今天，我希望你能挺起腰板，放弃了北平的一切享受与无聊，而赶快逃出去，给国家做些事。即使你没有多大本领，做不出有益于大家的事，至少你可以做个自由的中国人，不是奴隶或汉奸！不要以为我要赶走你！我是要把弟弟们放出去，而独自奉养着祖父与父母。这个责任与困苦并不小，有朝一日被屠杀或被饿死，我陪侍着老人们一块儿死；我有两个弟弟在外面抗日，死我也可以瞑目了！你应当走！况且，蓝东阳真要去报告老三的事，你我马上就有被捕的危险；你应该快走！"

老大的真诚、恳切与急迫，使瑞丰受了感动。感情不深厚的人更容易受感动；假若老二对亡国的大事不甚关心，他在听文明戏的时候可真爱落泪。现在，他也被感动得要落下泪来，用力压制着泪，他嗓音发颤的说："好！我赶紧找二奶奶去，跟她商议一下！"

瑞宣明知道老二与胖太太商议是不会有好结果的，因为她比丈夫更浮浅更糊涂。可是他没有拦阻老二，也没嘱咐老二不要听太太的话；他永远不肯赶尽杀绝的逼迫任何人。

老二匆匆的走出去。

瑞宣虽然很怀疑他的一片话到底有多少用处，可是看老二这样匆匆的出去，心中不由的痛快了一点。

三十

人肉不是为鞭子预备着的。谁都不高兴挨打。不过，刚强的人明知苦痛而不怕打，所以能在皮鞭下为正义咬上牙。与这种人恰恰相反的是：还没有看见鞭子已想到自己的屁股的人，他们望到拿着鞭子的人就老远的跪下求饶。蓝东阳便是这样的人。

当他和瑞丰吵嘴的时候，他万也没想到瑞丰会真动手打他。他最怕打架。因为怕打架，所以他的"批评"才永远是偷偷摸摸的咒骂他所嫉妒的人，而不敢堂堂正正的骂阵。因为怕打架，他才以为政府的抗日是不智慧，而他自己是最聪明——老远的就向日本人下跪了！

因为他的身体虚弱，所以瑞丰的一拳把他打闭住了气。不大一会儿，他就苏醒过来。喝了口水，他便跑了出去，唯恐瑞丰再打他。

在北平住得相当的久，他晓得北平人不打架。可是，瑞丰居然敢动手！"嗯！这家伙必定有什么来历！"他坐在一家小茶馆里这么推断。他想回学校，去给那有来历敢打他的人道歉。不，不能道歉！一道歉，他就失去了往日在学校的威风，而被大家看穿他的蛮不讲理原来因为欠打。他想明白：一个人必须教日本人知道自己怕打，而绝对不能教中国人知道。他必须极怕日本人，而对中国人发威。

可是，瑞丰不敢再来了！这使他肆意的在校内给瑞丰播放丑事。他说瑞丰骗了他的钱，挨了他的打，没脸再来做事。大家只好相信他的话，因为瑞丰既不敢露面，即使东阳是瞎吹也死无对证。他的脸，这两天，扯动的特别的厉害。他得意。除了写成好几十段，每段一二十字或三四十字，他自称为散文诗的东西，他还想写一部小说，给日本人看。内容还没想好，但是已想出个很漂亮的书名——五色旗的复活。他觉得精力充沛，见到街上的野狗他都扯一扯脸，示威；见到小猫，他甚至于还加上一声"噗"！

瑞丰既然是畏罪而逃，东阳倒要认真的收拾收拾他了。东阳想去告密。但是，他打听出来，告密并得不到赏金。不上算！反之，倒还是向瑞丰敲俩钱也许更妥当。可是，万一瑞丰着了急而又动打呢？也不妥！

他想去和冠晓荷商议商议。对冠晓荷，他没法不佩服；冠晓荷知道的事太多了。有朝一日，他想，他必定和日本人发生更密切的关系，他也就需要更多的知识，和冠晓荷一样多的知识，好在吃喝玩乐之中取得日本人的欢心。即使做不到这一步，他也还应该为写文章而和冠先生多有来往；假若他也像冠先生那样对吃酒吸烟都能说出那么一大套经验与道理，他不就可以一点不感困难而像水一般的流出文章来。

另一方面，冠家的女人也是一种引诱的力量，他盼望能因常去闲谈而得到某种的收获。

他又到了冠家。大赤包的退还他四十元钱，使他惊异，兴奋，感激。他没法不表示一点谢意，所以出去给招弟们买来半斤花生米。

他不敢再打牌。甘心做奴隶的人是不会豪放的；敢一掷千金的人必不肯由敌人手下乞求一块昭和糖吃。他想和晓荷商议商议，怎样给祁家报告。可是，坐了好久，他始终没敢提出那回事。他怕冠家抢了他的秘密去！他佩服冠晓荷，也就更嫉妒冠晓荷。他的妒心使他不能和任何人合作。也正因为这个，他的心中才没有亲疏之分；他没有中国朋友，也不认日本人作敌人。

他把秘密原封的带了回来，而想等个最好的机会再卖出去。

庆祝太原陷落的游行与大会使他非常的满意，因为参加的人数既比上次保定陷落的庆祝会多了许多，而且节目也比上次热闹。但是，美中不足，日本人不很满意那天在中山公园表演的旧剧。戏目没有排好。当他和他的朋友们商议戏目的时候，没有一个人的戏剧知识够分得清《连环计》与《连环套》是不是一出戏的。他们这一群都是在北平住过几年，知道京戏好而不会听，知道北平有酸豆汁与烤羊肉而不敢去吃喝的，而自居为"北平通"的人。他们用压力把名角名票都传了来，而不晓得"点"什么戏。最使他们失败的是点少了"粉戏"。日本上司希望看淫荡的东西，而他们没能照样的供给。好多的粉戏已经禁演了二三十年，他们连戏名都说不上来，也不晓得哪个角色会演。

蓝东阳想，假若他们之中有一个冠晓荷，他们必不至于这样受窘。他们晓得怎么去迎合，而不晓得用什么去迎合；晓荷知道。

他又去看冠先生。他没有意思把冠先生拉进新民会去，他怕冠先生会把他压下去。他只想多和冠先生谈谈，从谈话中不知不觉的他可以增加知识。

冠家门口围着一圈儿小孩子，两个老花子正往门垛上贴大红的喜报，一边儿贴一边儿高声的喊："贵府老爷高升喽！报喜来喽！"

大赤包的所长发表了。为讨太太的喜欢，冠晓荷偷偷的写了两张喜报，教李四爷给找来两名花子，到门前来报喜。当他在高等小学毕业的时候，还有人来在门前贴喜报，唱喜歌。入了民国，这规矩渐渐的在北平死去。冠晓荷今天决定使它复活！叫花子讨了三次赏，冠晓荷赏了三次，每次都赏的很少，以便使叫花子再讨，而多在门前吵嚷一会儿。当蓝东阳来到的时候，叫花子已讨到第四次赏，而冠先生手中虽已攥好了二毛钱，可是还不肯出来，为是教他们再多喊两声。他希望全胡同的人都来围在他的门外。可是，他看明白，门外只有一群小孩子，最大的不过是程长顺。

他的报子写得好。大赤包被委为妓女检查所的所长，冠先生不愿把妓女的字样贴在大门外。可是，他不晓得转文说，妓女应该是什么。琢磨了半天，他看清楚"妓"字的半边是"支"字，由"支"他想到了"织"；于是，他含着笑开始写："贵府冠夫人荣升织女检查所所长……"

东阳歪着脸看了半天，想不出织女是干什么的。他毫不客气的问程长顺："织女是干什么的？"

长顺儿是由外婆养大的，所以向来很老实。可是，看这个眉眼乱扯的人说话这样不客气，他想自己也不该老实的过火了。嚷着鼻子，他回答："牛郎的老婆！"

东阳恍然大悟："噢！管女戏子的！牛郎织女天河配，不是一出戏吗？"这样猜悟出来，他就更后悔不早来请教关于唱戏的事；同时，他打定了主意：假若冠先生肯入新民会的话，他应当代为活动。冠宅门外刚贴好的红报子使他这样改变以前的主张。刚才，他还想只从冠先生的谈话中得到一些知识，而不把他拉进"会"里去；现在，他看明白，他应当诚意的和冠家合作，因为冠家并不只是有两个钱而毫无势力的——看那张红报子，连太太都做所长！他警告自己这回不要再太嫉妒了，没看见官与官永远应当拜盟兄弟与联姻吗？

冠先生两臂像赶鸡似的抡动着，口中叱呼着："走！走！把我的耳朵都吵聋了！"而后，把已握热的二毛钱扔在地上，"绝不再添！听见了吧？"说完，把眼睛看到别处去，叫花子们晓得这是最后的一次添钱。

花子们拾起二毛钱，嘟嘟囔囔的走开。

冠晓荷一眼看到了蓝东阳，马上将手拱起来。

蓝东阳没见过世面，不大懂得礼节。他的处世的诀窍一向是得力于"无礼"——北平人的礼太多，一见到个毫不讲礼的便害了怕，而诸事退让。

冠先生决定不让东阳忘了礼。他拱起手来，先说出："不敢当！不敢当！"

东阳还没想起"恭喜！恭喜！"而只把手也拱起来。冠先生已经满意，连声的说："请！请！请！"

二人刚走到院里，就听见使东阳和窗纸一齐颤动的一声响。晓荷忙说："太太咳嗽呢！太太做了所长，咳嗽自然得猛一些！"

大赤包坐在堂屋的正当中，声震屋瓦的咳嗽，谈笑，连呼吸的声音也好像经由扩音机出来的。见东阳进来，她并没有起立，而只极吝啬的点了一下头，而后把擦着有半斤白粉的手向椅子那边一摆，请客人坐下。她的气派之大已使女儿不敢叫妈，丈夫不敢叫太太，而都须叫所长。见东阳坐下，她把嗓子不知怎么调动的，像有点懒得出声，又像非常有权威，似乎有点痰，而声音又那么沉重有劲的叫："来呀！倒茶！"

东阳，可怜的，只会作几句似通不通的文句的蓝东阳，向来没见过有这样气派的妇人，几乎不知如何是好了！她已不止是前两天的她，而是她与所长之"和"了！他不知说什么好，所以没说出话来。他心中有点后悔——自己入了新民会的时候，为什么不这样抖一抖威风呢？从一个意义来说，做官不是也为抖威风么？

晓荷又救了东阳。他向大赤包说：

"报告太太！"

大赤包似怒非怒、似笑非笑的插嘴：

"所长太太！不！干脆就是所长！"

晓荷笑着，身子一扭咕，甜蜜的叫："报告所长！东阳来给你道喜！"

东阳扯动着脸，立起来，依然没找到话，而只向她咧了咧嘴，露出来两三个大的黄牙。

"不敢当哟！"大赤包依然不往起立，像西太后坐在宝座上接受朝贺似的那么毫不客气。

正在这个时候，院中出了声，一个尖锐而无聊的声："道喜来喽！道喜来喽！"

"瑞丰！"晓荷稍有点惊异的，低声的说。

"也请！"大赤包虽然看不起瑞丰，可是不能拒绝他的贺喜；拒绝贺喜是不吉利的。

晓荷迎到屋门："劳动！劳动！不敢当！"

瑞丰穿着最好的袍子与马褂，很像来吃喜酒的样子。快到堂屋的台阶，他收住了脚步，让太太先进去——这是他由电影上学来的洋规矩。胖太太也穿着她的最好的衣服，满脸的傲气教胖脸显得更胖。她高扬着脸，扭着胖屁股，一步一喘气的慢慢的上台阶。她手中提着个由稻香村买来的，好看而不一定好吃的，礼物篮子。

大赤包本还是不想立起来，及至看见那个花红柳绿的礼物篮子，她不好意思不站起一下了。

在礼节上，瑞丰是比东阳胜强十倍的。他最喜欢给人家行礼，因为他是北平人。他亲热的致贺，深深的鞠躬，而后由胖太太手里取过礼物篮子，放在桌子上。那篮子是又便宜，又俗气，可是摆在桌子上多少给屋中添了一些喜气。道完了喜，他亲热的招呼东阳：

"东阳兄，你也在这儿？这几天我忙得很，所以没到学校去！你怎样？还好吧？"

东阳不会这一套外场劲儿，只扯动着脸，把眼球吊上去，又放下来，没说什么。他心里说："早晚我把你小子圈在牢里去，你不用跟我逗嘴逗牙的！"

这时候，胖太太已经坐在大赤包的身旁，而且已经告诉了大赤包：瑞丰得了教育局的庶务科科长。她实在不为来道喜，而是为来雪耻——她的丈夫做了科长！

"什么？"冠家夫妇不约而同的一齐喊。大赤包有点不高兴丈夫的声音与她自己的没分个先后，她说："你让我先说好不好？"

晓荷急忙往后退了两小步，笑着回答："当然！所长！对不起得很！"

"什么？"大赤包立起来，把戴着两个金箍子的大手伸出去，"你倒来给我道喜？祁科长！真有你的！你一声不出，真沉得住气！"说着，她用力和瑞丰握手，把他的手指握得生疼。"张顺！"她放开手，喊男仆："拿英国府来的白兰地！"然后对大家说："我们喝一杯酒，给祁科长，和科长太太，道喜！"

"不！"瑞丰在这种无聊的场合中，往往能露出点天才来，"不！我们先给所长，和所长老爷，道喜！"

"大家同喜！"晓荷很柔媚的说。

东阳立在那里，脸慢慢的变绿，他妒，他恨！他后悔没早几天下手，把瑞丰送到监牢里去！现在，他只好和瑞丰言归于好，瑞丰已是科长！他恨瑞丰，而不便惹恼科长！

酒拿到，大家碰了杯。

瑞丰噘不住粪，开始说他得到科长职位的经过："我必得感谢我的太太！她的二舅是刚刚发表了的教育局局长的盟兄。局长没有她的二舅简直不敢就职，因为二舅既做过教育局局长，又是东洋留学生——说东洋话和日本人完全一个味儿！可是，二舅不愿再做事，他老人家既有点积蓄，身体又不大好，犯不上再出来操心受累。局长苦苦的哀求，都快哭了，二舅才说：好吧，我给你找个帮手吧。二舅一想就想到了我！凑巧，我的太太正在娘家住着，就对二舅说：二舅，瑞丰大概不会接受比副局长小的地位！二舅直央告她：先屈尊屈尊外甥女婿吧！副局长已有了人，而且是日本人指派的，怎好马上就改动呢？她一看二舅病病歪歪的，才不好意思再说别的，而给我答应下来科长——可必得是庶务科科长！"

"副局长不久还会落到你的手中的！预祝高升！"晓荷又举起酒杯来。

东阳要告辞。屋中的空气已使他坐不住了。大赤包可是不许他走。"走？你太难了！今天难道还不热闹热闹吗？怎么，一定要走？好，我不死留你。你可得等我把话说完了！"她立起来，一只手扶在心口上，一只手扶着桌角，颇像演戏似的说："东阳，你在新民会；瑞丰，你入了教育局；我呢，得了小小的一个所长；晓荷，不久也会得到个地位，比咱们的都要高的地位；在这个改朝换代的时代，我们这一下手就算不错！我们得团结，互相帮忙，互相照应，好顺顺当当的打开我们的天下，教咱们的家中的每一个人都有事做，有权柄，有钱财！日本人当然拿第一份儿，我们，连我们的姑姑老姨，都须拿到第二份儿！我们要齐心努力的造成一个势力，教一切的人，甚至于连日本人，都得听我们的话，把最好的东西献给我们！"

瑞丰歪着脑袋，像细听一点什么声响的鸡似的，用心的听着。当大赤包说到得意之处，他的嘴唇也跟着动。

晓荷规规矩矩的立着，听一句点一下头，眼睛里不知怎么弄的，湿漉漉的仿佛有点泪。东阳的眼珠屡屡的吊上去，又落下来。他心中暗自盘算：我要利用你们，而不被你们利用；你不用花言巧语的引诱我，我不再上当！

胖太太撇着嘴微笑，心里说：我虽没当上科长，可是我丈夫的科长是我给弄到手的；我跟你一样有本领，从此我一点也不再怕你！

大赤包的底气本来很足，可是或者因为兴奋过度的关系，说完这些话时，微微有点发喘。她用按在心口上的那只手揉了揉胸。

她说完，晓荷领头儿鼓掌。而后，他极柔媚甜蜜的请祁太太说话。

胖太太的胖脸红了些，双手抓着椅子，不肯立起来。她心中很得意，可是说不出话来。

晓荷的双手极快极轻的拍着："请啊！科长太太！请啊！"

瑞丰知道除了在半夜里骂他，太太的口才是不怎么样的。可是他不敢替太太说话，万一太太今天福至心灵的有了口才呢！他的眼盯住了太太的脸，细细的察颜观色，不敢冒昧的张口。以前，他只像怕太太那么怕她；现在，他怕她像怕一位全能的神似的！

胖太太立了起来。晓荷的掌拍得更响了。她，可是，并没准备说话。笑了一下，她对瑞丰说："咱们家去吧！不是还有许多事哪吗？"

大赤包马上声明："对！咱们改天好好的开个庆祝会，今天大家都忙！"

祁科长夫妇往外走，冠所长夫妇往外送；快到了大门口，大赤包想起来："我说，祁科长！你们要是愿意搬过来住，我们全家欢迎噢！"

胖太太找到了话说："我们哪，马上就搬到二舅那里去。那里离教育局近，房子又款式，还有……"她本想说："还有这里的祖父与父母都怯头怯脑的，不够做科长的长辈的资格。"可是看了瑞丰一眼，她没好意思说出来；丈夫既然已做了科长，她不能不给他留点面子。

东阳反倒不告辞了，因为怕同瑞丰夫妇一道出来，而必须进祁宅去道道喜。他看不起瑞丰。

大赤包由外面回来便问晓荷："到祁家去趟吧！去，找点礼物！"她知道家中有不少像瑞丰拿来的那种礼物篮子，找出两个来，掸掸尘土就可以用——这种篮子是永远川流不息的由这一家走到那一家的。"找两个！东阳你也得去！"

东阳不甘心向瑞丰递降表，可是"科长"究竟是有分量的。比如说：他很愿意乘这个时机把校长赶跑，而由他自己去担任。为实现这计划，在教育局有个熟人是方便的。为这个，他应当给瑞丰送礼！他并且知道，只要送给北平人一点轻微的礼物，他就差不多会给你做天那么大的事。他点头，愿和冠家夫妇一同去到祁家贺喜。

晓荷找出两份儿礼物来，一份儿是两瓶永远不会有人喝的酒，一份儿是成匣的陈皮梅、藕粉与饼干；两份儿都已游历过至少有二十几家人了。晓荷告诉仆人换一换捆束礼物的红绿线："得！这就满好！礼轻人物重！"

祁老人和天佑太太听说瑞丰得了科长，喜欢得什么似的！说真的，祁老人几乎永远没盼望过子孙们去做官；他晓得树大招风，官大招祸，而不愿意子孙们发展得太快了——他自己本是贫苦出身哪！天佑做掌柜，瑞宣当教师，在他看，已经是增光耀祖的事，而且也是不招灾不惹祸的事。他知道，家道暴发，远不如慢慢的平稳的发展；暴发是要伤元气的！做官虽然不必就是暴发，可是"官"，在老人心里，总好像有些什么可怕的地方！

天佑太太的心差不多和老公公一样。她永远没盼望过儿子们须大红大紫，而只盼他们结结实实的、规规矩矩的做些不甚大而被人看得起的事。

瑞丰作了科长。老人与天佑太太可是都很喜欢。一来是，他们觉得家中有个官，在这乱闹东洋鬼子的时际，是可以仗胆子的。二来是，祁家已有好几代都没有产生一个官了。现在瑞丰的做官既已成为事实，老人们假若一点不表示欢喜，就有些不近人情——一个吃素的人到底不能不觉到点骄傲，当他用鸡鱼款待友人的时候。况且几代没官，而现在忽然有了官，祁老人就不能不想到房子——他独力置买的房子——的确是有很好的风水。假若老人只从房子上着想，已经有些得意，天佑太太就更应该感到骄傲，因为"官儿子"是她生养的！即使她不是个浅薄好虚荣的人，她也应当欢喜。

可是，及至听说二爷决定搬出去，老人们的眼中都发了一下黑。祁老人觉得房子的风水只便宜了瑞丰，而并没荣耀到自己！再一想，做了官，得了志，就马上离开老窝，简直是不孝！风水好的房子大概不应当出逆子吧？老太爷决定在炕上躺着不起来，教瑞丰认识认识"祖父的冷淡"！天佑太太很为难：她不高兴二儿子竟自这么狠心，得了官就跺脚一走。可是，她又不便拦阻他；她晓得现在的儿子是不大容易老拴在家里的，这年月时行"娶了媳妇不要妈"！同时，她也很不放心，老二要是言听计从的服从那个胖老婆，他是会被她毁了的。她想，她起码应该警告二儿子几句。可是，她又懒得开口——儿子长大成人，妈妈的嘴便失去权威！她深深的明了老二是宁肯上了老婆的当，也不肯听从妈妈的。最后，她决定什么也不说，而在屋中躺着，装作身体又不大舒服。

小顺儿的妈决定沉住了气，不去嫉妒老二做官。她的心眼儿向来是很大方的。她欢欢喜喜的给老人们和老二夫妇道了喜。听到老二要搬了走，她也并没生气，因为她知道假若还在一处同居，官儿老二和官儿二太太会教她吃不消的。他们俩走了倒好。他们俩走后，她倒可以安心的伺候着老人们。在她看，伺候老人们是她的天职。那么，多给老人们尽点心，而少生点兄弟妯娌间的闲气，算起来还倒真不错呢！

刚一听到这个消息，瑞宣没顾了想别的，而只感到松了一口气——管老二干什么去呢，只要他能自食其力的活着，能不再常常来讨厌，老大便谢天谢地！

　　待了一会儿，他可是赶快的变了卦。不，他不能就这么不言不语的教老二夫妇搬出去。他是哥哥，理应教训弟弟。还有，他与老二都是祁家的人，也都是中国的国民，祁瑞宣不能有个给日本人做事的弟弟！瑞丰不止是找个地位，苟安一时，而是去做小官儿，去做汉奸！瑞宣的身上忽然一热，有点发痒；祁家出了汉奸！老三逃出北平，去为国效忠，老二可在家里做日本人的官，这笔账怎么算呢？认真的说，瑞宣的心里有许多界划不甚清、黑白不甚明的线儿。他的理想往往被事实战败，他的坚强往往被人生的小苦恼给软化，因此，他往往不固执己见，而无可无不可的，睁一眼闭一眼的，在家庭与社会中且战且走的活着。对于忠奸之分，和与此类似的大事上，他可是绝对不许他心中有什么界划不清楚的线条儿。忠便是忠，奸便是奸。这可不能像吃了一毛钱的亏，或少给了人家一个铜板那样可以马虎过去。

　　他在院中等着老二。石榴树与夹竹桃什么的都已收到东屋去，院中显着空旷了一些。南墙根的玉簪、秋海棠，都已枯萎；一些黄的大叶子，都残破无力的垂挂着，随时有被风刮走的可能。在往年，祁老人必定早已用炉灰和煤渣儿把它们盖好，上面还要扣上空花盆子。今年，老人虽然还常常安慰大家，说"事情不久就会过去"，可是他自己并不十分相信这个话，他已不大关心他的玉簪花便是很好的证明。两株枣树上连一个叶子也没有了，枝头上蹲着一对缩着脖子的麻雀。天上没有云，可是太阳因为不暖而显着惨淡。屋脊上有两三棵干了的草在微风里摆动。瑞宣无聊的、悲伤的在院中走溜儿。

　　一看见瑞丰夫妇由外面进来，他便把瑞丰叫到自己的屋中去。他对人最喜欢用暗示，今天他可决不用它，他晓得老二是不大听得懂暗示的人，而事情的严重似乎也不允许他多绕弯子。他开门见山的问："老二，你决定就职？"

老二拉了拉马褂的领子，沉住了气，回答："当然！科长不是随便在街上就可以拣来的！"

"你晓得不晓得，这是做汉奸呢？"瑞宣的眼盯住了老二的。

"汉——"老二的确没想过这个问题，他张着嘴，有半分多钟没说出话来。慢慢的，他并上了口；很快的，他去搜索脑中，看有没有足以驳倒老大的话。一想，他便想到："科长——汉奸！两个绝对联不到一处的名词！"想到，他便说出来了。

"那是在太平年月！"瑞宣给弟弟指出来，"现在，无论做什么，我们都得想一想，因为北平此刻是教日本人占据着！"

老二要说："无论怎样，科长是不能随便放手的！"可是没敢说出来，他先反攻一下："要那么说呀，大哥，父亲开铺子卖日本货，你去教书，不也是汉奸吗？"

瑞宣很愿意不再说什么，而教老二干老二的去。可是，他觉得不应当负气。笑了笑，他说："那大概不一样吧？据我看，因家庭之累或别的原因，逃不出北平，可是也不蓄意给日本人做事的，不能算做汉奸。像北平这么多的人口，是没法子一下儿都逃空的。逃不了，便须挣钱吃饭，这是没法子的事。不过，为挣钱吃饭而有计划的、甘心的给日本人磕头，蓝东阳和冠晓荷，和你，便不大容易说自己不是汉奸了。你本来可以逃出去，也应当逃出去。可是你不肯。不肯逃，而仍旧老老实实做你的事，你就只有当走不走的罪过，而不能算是汉奸。现在，你很高兴能在日本人派来的局长手下做事，做行政上的事，你就已经是投降给日本人；今天你甘心作科长，明日也大概不会拒绝做局长；你的心决定了你的忠奸，倒不一定在乎官职的大小。老二！听我的话，带着弟妹逃走，作一个清清白白的人！我没办法，我不忍把祖父、父母都干撂在这里不管，而自己远走高飞；可是我也决不从日本人手里讨饭吃。可以教书，我便继续教书；书不可以教了，我设法去找别的事；实在没办法，教我去卖落花生，我也甘心；我可就是不能给日本人做事！我觉得，今天日本人要是派我做个校长，我都应当管自己叫作汉奸，更不用说我自己去运动那个地位了！"

　　说完这一段话，瑞宣像吐出插在喉中的一根鱼刺那么痛快。他不但劝告了老二，也为自己找到了无可如何的，似妥协非妥协的，地步。这段话相当的难说，因为他所要分划开的是那么微妙不易捉摸。可是他竟自把它说出来；他觉得高兴——不是高兴他的言语的技巧，而是满意他的话必是发自内心的真诚；他真不肯投降给敌人，而又真不易逃走，这两重"真"给了他两道光，照明白了他的心路，使他的话不至于含混或模糊。

　　瑞丰愣住了，他万也没想到大哥会啰唆出那么一大套。在他想：自己正在找事的时候找到了事，而且是足以使蓝东阳都得害点怕的事，天下还有比这更简单、更可喜的没有？没有！那么，他理应欢天喜地，庆祝自己的好运与前途；怎么会说着说着说出汉奸来呢？他心中相当的乱，猜不准到底大哥说的是什么意思。他决定不再问。他只能猜到：瑞宣的学问比他好，反倒没做上官，一定有点嫉妒。妒就妒吧，谁教老二的运气好呢！他立起来，正了正马褂，像要笑，又像要说话，而既没笑，也没说话的搭讪着，可又不是不骄傲的，走了出去。既不十分明白哥哥的话，又找不到什么足以减少哥哥的妒意的办法，他只好走出去，就手儿也表示出哥哥有哥哥的心思，弟弟有弟弟的办法，谁也别干涉谁！

　　他刚要进自己的屋子，冠先生、大赤包、蓝东阳一齐来到。两束礼物是由一个男仆拿着，必恭必敬的随在后边。

　　大赤包的声势浩大，第一声笑便把枣树上的麻雀吓跑。第二声，把小顺儿和妞子吓得躲到厨房去："妈！妈！"小顺儿把眼睛睁得顶大，急切的这样叫，"那，那院的大红娘们来了！"是的，大赤包的袍子是枣红色的。第三声，把祁老人和天佑太太都赶到炕上去睡倒，而且都发出不见客的哼哼。

　　祁老人、天佑太太、瑞宣夫妇都没有出来招待客人。小顺儿的妈本想过来张罗茶水，可是瑞宣在玻璃窗上瞪了一眼，她便又轻轻的走回厨房去。

三十一

一次游行，又一次游行，学生们，叫花子们都"游"惯了，小崔与孙七们也看惯了。他们俩不再责骂学生，学生也不再深深的低着头。大家都无可如何的、马马虎虎的活着。苦闷，忧虑，惶惑，寒冷，耻辱，使大家都感到生活是一种"吃累"，没有什么趣味与希望。虽然如此，可是还没法不活下去。

只有一个希望，希望各战场我们胜利。北平已是下过了雨的云，没有作用的飘浮着；它只能希望别处的云会下好雨。在各战场中，大家特别注意上海；上海是他们的一大半希望。他们时时刻刻打听上海的消息，即使一个假消息也是好的。只有上海的胜利能医救他们的亡国病。他们甚至于到庙中烧香，到教堂去祷告，祈求胜利。他们喜爱街上的卖报的小儿们，因为他们的尖锐的声音总是喊着好消息——恰恰和报纸上说的相反。他们宁可相信报童的"预言"，而不相信日本人办的报纸。

可是我们在上海失利！

南京怎样呢？上海丢掉，南京还能守吗？还继续作战吗？

恐怕要和吧？怎么和呢？华北恐怕是要割让的吧？那样，北平将永远是日本人的了！

孙七正在一家小杂货铺里给店伙剃头。门外有卖"号外"的。按照过去的两三个月的经验说，"号外"就是"讣文"！报童喊号外，一向是用不愉快的低声；他们不高兴给敌人喊胜利。一个鼻子冻红了的小儿向铺内探探头，纯粹为做生意，而不为给敌人做宣传，轻轻的问："看号外？掌柜的！"

"什么事？"孙七问，剃刀不动地方的刮着。

报童揉了揉鼻子："上海——"

"上海怎样？"

"——撤退！"

孙七的剃刀撒了手。刀子从店伙的肩头滚到腿上，才落了地。幸亏店伙穿着棉袄棉裤，没有受伤。

"这是闹着玩的吗？七爷！"店伙责备孙七。

"上海完了！"孙七慢慢的将刀子拾起，愣着出神。

"啾！"店伙不再生气，他晓得"上海完了"是什么意思。

报童也愣住了。

孙七递过去一个铜板。报童叹了口气，留下一张小小的号外，走开。

剃头的和被剃头的争着看："上海皇军总胜利！"店伙把纸抢过去，团成一团，扔在地上，用脚去搓。孙七继续刮脸，近视眼挤咕挤咕的更不得力了！

小崔红着倭瓜脸，程长顺嚷着鼻子，二人辩论得很激烈。长顺说：尽管我们在上海打败，南京可必能守住！只要南京能守半年，敌兵来一阵败一阵，日本就算败了！想想看，日本是那么小的国，有多少人好来送死呢！

小崔十分满意南京能守住，但是上海的败退给他的打击太大，他已不敢再乐观了。他是整天际在街面上的人，他晓得打架和打仗都必有胜有败，"只要敢打，就是输了也不算丢人。"根据这点道理，他怀疑南京是否还继续作战。他顶盼望继续作战，而且能在败中取胜；可是，盼望是盼望，事实是事实。"一·二八"那次，不是上海一败就讲和了？他对长顺说出他的疑虑。

长顺把小学教科书找出来，指给小崔看："看看这张南京图吧！你看看！这是雨花台，这是大江！哼，我们要是守好了，连个鸟儿也飞不进去！"

"南口，娘子关，倒都是险要呢，怎么……"

长顺不等小崔说完，抢过来："南京是南京！娘子关是娘子关！"他的脸红起来，急得眼中含着点泪。他本来是低着声，怕教外婆听见，可是越说声音越大。他轻易不和人家争吵，所以一争吵便非常的认真；一认真，他就忘记了外婆。

"长顺！"外婆的声音。

他晓得外婆的下一句的是什么，所以没等她说出来便回到屋中去，等有机会再和小崔争辩。

六号的刘师傅差点儿和丁约翰打起来。在平日，他们俩只点点头，不大过话；丁约翰以为自己是属于英国府与耶稣的，所以看不起老刘；刘师傅晓得丁约翰是属于英国府与耶稣的，所以更看不起他。今天，丁约翰刚由英国府回来，带回一点黄油，打算给冠家送了去——他已看见冠家门外的红报子。在院中，他遇到刘师傅。虽然已有五六天没见面，他可是没准备和老刘过话。他只冷淡的——也必定是傲慢的——点了一下头。

刘师傅决定不理会假洋人的傲慢，而想打听打听消息；他以为英国府的消息必然很多而可靠。他递了个和气，笑脸相迎的问：

"刚回来？怎么样啊？"

"什么怎样？"丁约翰的脸刮得很光，背挺得很直，颇像个机械化的人似的。

"上海！"刘师傅挪动了一下，挡住了丁约翰的去路；他的确为上海的事着急。

"噢，上海呀！"约翰偷偷的一笑，"完啦！"说罢他似乎觉得已尽到责任，而想走开。

老刘可是又发了问："南京怎样呢？"

丁约翰皱了皱眉，不高兴起来："南京？我管南京的事干吗？"他说的确是实话，他是属于英国府的，管南京干吗。

老刘发了火。冲口而出的，他问："难道南京不是咱们的国都？难道你不是中国人？"

丁约翰的脸沉了下来。他知道老刘的质问是等于叫他洋奴。他不怕被呼为洋奴，刘师傅——一个臭棚匠——可是没有叫他的资格！"噢！我不是中国人，你是，又怎么样？我并没有看见尊家打倒一个日本人呀！"

老刘的脸马上红过了耳朵。丁约翰戳住了他的伤口。他有点武艺，有许多的爱国心与傲气，可是并没有去打日本人！假若丁约翰是英国府的奴才，他——刘棚匠——便是日本人的奴才，因为北平是被日本人占据住。他和约翰并没有什么区别！他还不出话来了！

丁约翰往旁边挪了一步，想走开。

老刘也挪了一步，还挡着路。他想教约翰明白，他们两个根本不同，可是一时找不到话，所以只好暂不放走约翰。

约翰见老刘答不出话来，知道自己占了上风；于是，虽然明知老刘有武艺而仍愿意多说两句带棱刺的话："挡着我干什么？有本事去挡日本人的坦克车呀！"

刘师傅本不愿打架，他知道自己的手脚厉害，很容易打伤了人。现在，羞恼成怒，他瞪了眼。

丁约翰不上当，急忙走开。他知道在言语上占了上风，而又躲开老刘的拳脚，才是完全胜利。

刘师傅气得什么似的，可是没追上前去；丁约翰既不敢打架，何必紧紧的逼迫呢。

小文揣着手，一动也不动的立在屋檐下。他嘴中叼着根香烟；烟灰结成个长穗，一点点的往胸前落。他正给太太计划一个新腔。他没注意丁刘二人为什么吵嘴，正如同他没注意上海战事的谁胜谁败。他专心一志的要给若霞创造个新腔儿。这新腔将使北平的戏园茶社与票房都起一些波动，给若霞招致更多的荣誉，也给他自己的脸上添增几次微笑。他的心中没有中国，也没有日本。他只知道宇宙中须有美妙的琴音与婉转的歌调。

若霞有点伤风，没敢起床。

小文，在丁刘二人都走开之后，忽然灵机一动，他急忙走进屋去，拿起胡琴来。

若霞虽然不大舒服，可是还极关心那个新腔。"怎样？有了吗？"她问。

"先别打岔！快成了！"

丁约翰拿着黄油，到冠宅去道喜。

大赤包计算了一番，自己已是"所长"，是不是和一个摆台的平起平坐呢？及至看到黄油，她毫不迟疑的和约翰握了手。她崇拜黄油。她不会外国语，不大知道外国事，可是她常用黄油作形容词——"那个姑娘的脸像黄油那么润！"这样的形容使她觉得自己颇知道外国事，而且仿佛是说着外国话！

约翰，在英国府住惯了，晓得怎样称呼人。他一口一个"所长"，把大赤包叫得心中直发痒。

晓荷见太太照旧喜欢约翰，便也拿出接待外宾的客气与礼貌，倒好像约翰是国际联盟派来的。见过礼以后，他开始以探听的口气问：

"英国府那方面对上海战事怎样看呢？"

"中国是不会胜的！"约翰极沉稳的、客观的、像英国的贵族那么冷静高傲的回答。

"噢，不会胜？"晓荷眯着眼问，为是把心中的快乐掩藏起一些去。

丁约翰点了点头。

晓荷送给太太一个媚眼，表示："咱们放胆干吧，日本人不会一时半会儿离开北平！"

"哼！他买了我，可卖了女儿！什么玩艺儿！"桐芳低声而激烈的说。

"我不能嫁那个人！不能！"高第哭丧着脸说。那个人就是李空山。大赤包的所长拿到手，李空山索要高第。

"可是，光发愁没用呀！得想主意！"桐芳自己也并没想起主意，而只因为这样一说才觉到"想"是比"说"重要着许多的。

"我没主意！"高第坦白的说，"前些天，我以为上海一打胜，像李空山那样的玩艺儿就都得滚回天津去，所以我不慌不忙。现在，听说上海丢了，南京也守不住……"她用不着费力气往下说了，桐芳会猜得出下面的话。

桐芳是冠家里最正面的注意国事的人。她注意国事，因为她自居为东北人。虽然她不知道家乡到底是东北的哪里，可是她总想回到说她的言语的人们里去。她还清楚的记得沈阳的"小河沿"，至少她希望能再看看"小河沿"的光景。因此，她注意国事；她知道，只有中国强胜了，才能收复东北，而她自己也才能回到老家去。

可是，当她知道一时还没有回老家的可能，而感到绝望的时候，她反倒有时候无可如何的笑自己："一国的大事难道就是为你这个小娘儿们预备着的吗？"

现在，听到高第的话，她惊异的悟出来："原来每个人的私事都和国家有关！是的，高第的婚事就和国家有关！"悟出这点道理来，她害了怕。假若南京不能取胜，而北平长久的被日本人占着，高第就非被那个拿妇女当玩艺儿的李空山抓去不可！高第是她的好朋友。假若她自己已是家庭里的一个只管陪男人睡觉的玩具，社会中的一个会吃会喝的废物，她不愿意任何别的女人和她一样，更不用说她的好朋友了。

"高第！你得走！"桐芳放开胆子说。

"走？"高第愣住了。假若有像钱仲石那样的一个青年在她身旁，她是不怕出走的。为了爱情，哪一个年轻的姑娘都希望自己能飞起去一次。可是，她身旁既没有个可爱的青年男子，又没有固定的目的地，她怎么走呢？平日，和妈妈或妹妹吵嘴的时节，她总觉得自己十分勇敢。现在，她觉得自己连一点儿胆子也没有。从她所知道一点史事中去找可资摹仿的事实，她只能找到花木兰。可是木兰从军的一切详细办法与经验，她都无从找到。中国历史上可以给妇女行动做参考的记载是那么贫乏，她觉到自己是自古以来最寂寞的一个人！

"我可以跟你走！"桐芳看出来，高第没有独自逃走的胆量。

"你，你为什么要走呢？"高第假若觉得自己还是个"无家之鬼"，她可是把桐芳看成为关在笼中的鸟——有食有水有固定的地方睡觉，一切都定好，不能再动。

"我为什么一定要在这里呢？"桐芳笑了笑。她本想告诉高第：光是你妈妈，我已经受不了，况且你妈妈又做了所长呢！可是，话都到嘴边上了，她把它截住。她的人情世故使她留了点心——大赤包无论怎么不好，恐怕高第也不高兴听别人攻击自己的妈妈吧。

高第没再说什么，她心中很乱。她决定不了自己该走不该，更不能替桐芳决定什么。她觉得她须赶紧打好了主意，可是越急就越打不定主意。她长叹了一口气。

天佑在胡同口上遇见了李四爷。两个人说话答礼儿的怪亲热，不知不觉的就一齐来到五号。

祁老人这两天极不高兴，连白胡子都不大爱梳弄了。对二孙与三孙的离开家里，他有许多理由责备他们，也有许多理由可以原谅他们。但是，他既不责备，也不原谅他们。他只觉得心中堵得慌。他所引以自傲的四世同堂的生活眼看就快破碎了；孙子已走了两个！他所盼望的三个月准保平安无事，并没有实现；上海也丢了！虽他不大明白国事，他可是也看得出：上海丢了，北平就更没有了恢复自由的希望，而北平在日本人手里是什么事都会发生的——三孙子走后，二孙子不是也走了么？看见瑞丰瑞全住过的空屋子，他具体的明白了什么是战争与离乱！

见儿子回来，还跟着李四爷，老人的小眼睛里又有了笑光。

天佑的思想使他比父亲要心宽一些。三儿的逃走与二儿的搬出去，都没给他什么苦痛。他愿意一家大小都和和气气的住在一处，但是他也知道近些年来年轻人是长了许多价钱，而老年人不再像从前那么贵重了。他看明白：儿子们自有儿子们的思想与办法，老人们最好是睁一眼闭一眼的别太认真了。因此，他并没怎样替瑞全担忧，也不愿多管瑞丰的事。

可是，近两个月来，他的头发忽然的白了许多根！假若对父子家庭之间，他比父亲心宽，对国事他可比父亲更关心更发愁。祁老人的年月大一半属于清朝的皇帝，而天佑在壮年就遇见了革命。从忧国，他一直的忧虑到他的生意；国和他的小小的生意是像皮与肉那样的不可分开。他不反对发财。他可更注重"规矩"。他的财须是规规矩矩发的。他永远没想到过"趁火打劫"和"浑水摸鱼"。他从来没想象过，他可以在天下大乱的时际去走几步小道儿，走到金山里去。因此，他准知道，只要国家一乱，他的生意就必然的萧条，而他的按部就班的老实的计划与期望便全都完事！他的头发没法不白起来。

三位老者之中，李四爷当然的是最健壮的，可是他的背比两三月前也更弯曲了一些。他不愁吃穿，不大忧虑国事，但是日本人直接的间接的所给他的苦痛，已足够教他感到背上好像压着一块石头。无论是领杠还是搬家，他常常在城门上遭受检查，对着敌兵的刺刀，他须费多少话，赔多少礼，才能把事办妥；可是，在埋葬了死人，或把东西搬运到城外之后，城门关上了。他须在城外蹲小店儿。七十岁的人了，劳累了一天之后，他需要回家去休息，吃口热饭，喝口热茶，和用热水烫烫脚。可是，他被关在城外。他须在小店儿里与叫花子们挤在一处过夜。有时候，城门一连三五天不开；他须把一件衣服什么的押在摊子上或小铺里，才能使自己不挨饿。他的时间就那么平白无故的空空耗费了！他恨日本人！日本人随便把城关上，和他开玩笑！日本人白白的抢去了他的时间与自由。

祁老人眼中的笑光并没能保留好久。他本想和李四爷与天佑痛痛快快的谈上一两小时，把心中的积郁全一下子吐尽。可是，他找不到话。他的每次都灵验的预言"北平的灾难过不去三个月"，显然的在这一次已不灵验了。假若他这次又说对了，他便很容易把过去的多少灾难与困苦像说鼓儿词似的一段接着一段的述说。不幸，他这次没能猜对。他须再猜一回。对国事，他猜不到。他觉得自己是落在什么迷魂阵里，看不清东西南北。他失去了自信。

天佑呢，见老人不开口，他自己便也不好意思发牢骚。假若他说出心中的忧虑，他就必然的惹起父亲的注意——注意到他新生的许多根白发。那会使父子都很难过的！

李四爷要说的话比祁家父子的都更多。一天到晚在街面上，他听的多，见的广，自然也就有了丰富的话料。可是，他打不起精神来作报告——近来所见所闻的都是使人心中堵得慌的事，说出来只是添愁！

三位老人虽然没有完全愣起来，可是话语都来得极不顺溜。他们勉强的笑，故意的咳嗽，也都无济于事。小顺儿的妈进来倒茶，觉出屋中的沉闷来。为招老人们的喜欢，她建议留四爷爷吃羊肉热汤儿面。建议被接受了，可是宾主的心情都并没因此而好转。

天佑太太扶着小顺儿，过来和四大爷打招呼。她这几天因为天冷，又犯了气喘，可是还扎挣着过来，为是听一听消息。她从来没有像近来这样关心国事过。她第一不放心"小三儿"，第二怕自己死在日本人管着的北平——也许棺材出不了城，也许埋了又被贼盗把她掘出来。为这两件时刻惦记着、忧虑着的事，她切盼我们能打胜。只有我们打胜，"小三儿"——她的"老"儿子——才能回来，她自己也可以放心的死去了。

为表示亲热，她对四爷说出她的顾虑。她的话使三位老者的心立刻都缩紧。他们的岁数都比她大呀！乐观了一辈子的祁老人说了丧气话：

"四爷！受一辈子苦倒不算什么，老了老了的教日本人收拾死，才，才，才，……"他说不下去了。

李四大妈差不多成了钱家的人了。钱少奶奶，和钱家的别人一样，是刚强而不愿多受帮助的。可是，在和李四妈处熟了以后，她不再那么固执了。公公病着，父亲近来也不常来，她需要一个朋友。尽管她不大喜欢说话，她心中可是有许多要说的——这些要说的话，在一个好友面前，就仿佛可以不说而心中也能感到痛快的。李四妈虽然代替不了她的丈夫，可是确乎能代替她的婆婆，而且比婆婆好，因为李四妈是朋友，而婆婆，无论怎样，总是婆婆。她思念丈夫；因为思念他，她才特别注意她腹中的小孩。她永远不会再看见丈夫，可是她知道她将会由自己身中产出一条新的生命，有了这新生命，她的丈夫便会一部分的还活在世上。在这一方面，她也需要一个年岁大的妇人告诉她一些经验。这是她头一胎，也是最后的一胎。她必须使他顺利的产下来，而后由她自己把他养大。假若他能是个男的——她切盼他是个男的——他便是第二个孟石。她将照着孟石的样子把他教养大，使他成为有孟石的一切好处，而没有一点孟石的坏处的人！这样一想，她便想到很远很远的地方去。可是，越想得远，心中就越渺茫而也就越害怕。她不是怀着一个小孩，而是怀着一个"永生"的期望与责任！李四妈能告诉她许多使她不至于心慌得过度的话。李四妈的话使她明白：生产就是生产，而不是什么见神见鬼的事。李四妈的爽直与诚恳减少了钱少奶奶的惶惑不安。

钱老人已经能坐起一会儿来了。坐起来，他觉得比躺着更寂寞。躺着的时候，他可以闭上眼乱想；坐起来，他需要个和他说几句话的人。听到西屋里四大妈对少奶奶咯啦咯啦的乱说，他就设法把她调过来。她与四大妈的谈话几乎永远结束在将来的娃娃身上，而这样的结束并不老是愉快的。四大妈不知道为什么钱先生有时候是那么喜欢，甚至于给这有四五个月才能降生的娃娃起了名字。"四大妈，你说是钱勇好，还是钱仇好？仇字似乎更厉害一些！"她回答不出什么来。平日，她就有点怕钱先生，因为钱先生的言语是那么难懂；现在，他问她哪个字好，她就更茫然的答不出了。不过，只要他欢喜，四大妈就受点憋闷也无所不可。可是，老人有时候一听到将来的娃娃，便忽然动了怒。这简直教四大妈手足无措了。他为什么发怒呢？她去问钱少奶奶，才晓得老人不愿意生个小亡国奴。虽然近来她已稍微懂了点"亡国奴"的意思，可是到底不明白为什么它会招钱先生那么生气。她以为"亡国奴"至多也不过像"他妈的"那样不受听而已。她弄不明白，只好挤咕着老近视眼发愣，或傻笑。

虽然如此，钱先生可是还很喜欢四大妈。假若她有半日没来，他便不知要问多少次。等她来到，他还要很诚恳的，甚至于近乎啰唆的，向她道歉；使她更莫名其妙。他以为也许言语之间得罪了她，而她以为即使有一星半点的顶撞也犯不着这么客气。

瑞宣把上海的坏消息告诉了钱先生。他走后，四大妈来到。老人整天的一语未发，也不张罗吃东西。四大妈急得直打转儿，几次想去和他谈会儿话，可是又不敢进去。她时时的到窗外听一听屋里的动静，只有一次她听到屋里说："一定是小亡国奴了！"

瑞宣把消息告诉了钱先生以后，独自在"酒缸"上喝了六两白干。摇摇晃晃的走回家来，他倒头便睡。再一睁眼，已是掌灯的时分；喝了两杯茶，他继续睡下去。他愿意一睡不再醒，永远不再听到坏消息！他永远没这样"荒唐"过；今天，他没了别的办法！

三十二

南京陷落！

天很冷。一些灰白的云遮住了阳光。水倾倒在地上，马上便冻成了冰。麻雀藏在房檐下。

瑞宣的头上可是出着热汗。上学去，走在半路，他得到这一部历史上找不到几次的消息。他转回家来。不顾得想什么，他只愿痛哭一场。昏昏糊糊的，他跑回来。到了屋中，他已满头大汗。没顾得擦汗，他一头扎到床上，耳中直轰轰的响。

韵梅觉出点不对来，由厨房跑过来问："怎么啦？没去上课呀？"

瑞宣的泪忽然落下来。

"怎么啦？"她莫名其妙，惊异而恳切的问。

他说不上话来。像为父母兄弟的死亡而啼哭那样，他毫不羞愧的哭着，渐渐的哭出声来。

韵梅不敢再问，又不好不问，急得直搓手。

用很大的力量，他停住了悲声。他不愿教祖父与母亲听见。还流着泪，他啐了一口唾沫，告诉她："你去吧！没事！南京丢了！"

"南京丢了？"韵梅虽然没有像他那么多的知识与爱国心，可是也晓得南京是国都，"那，咱们不是完啦吗？"

他没再出声。她无可如何的走出去。

广播电台上的大气球又骄傲的升起来，使全北平的人不敢仰视。"庆祝南京陷落！"北平人已失去他们自己的城，现在又失去了他们的国都！

瑞丰同胖太太来看瑞宣。他们俩可是先到了冠宅去。冠先生与大赤包热烈的欢迎他们。

大赤包已就了职，这几天正计划着：第一，怎样联络地痞流氓们，因为妓女们是和他们有最密切关系的。冠晓荷建议去找金三爷。自从他被金三爷推翻在地上叫了两声爸爸以后，他的心中就老打不定主意——是报仇呢？还是和金三爷成为不打不相识的朋友呢？对于报仇，他不甚起劲；这两个字，听起来就可怕！圣人懂得仁爱，英雄知道报仇；晓荷不崇拜英雄，不敢报仇；他顶不喜欢读《水浒传》——一群杀人放火的恶霸，没意思！他想应当和金三爷摆个酒，嘻嘻哈哈的吃喝一顿，忘了前嫌。他总以为金三爷的样子、行动和本领，都有点像江湖奇侠——至少他也得是帮会里的老头子！这样，他甚至于想到拜金三爷为师。师在五伦之中，那么那次的喊爸爸也就无所不可了。现在，为帮助大赤包联络地痞流氓，就更有拜老头子的必要，而金三爷的影子便时时出现在他的心眼中。再说，他若与金三爷发生了密切关系，也就顺手儿结束了钱冠两家的仇怨——他以为钱先生既已被日本人"管教"过，想必见台阶就下，一定不会拒绝与他言归于好的。大赤包赞同这个建议。她气派十分大的闭了闭眼，才说："应该这么办！即使他不在帮里，凭他那两下子武艺，给咱们做个打手也是好的！你去办吧！"晓荷很得意的笑了笑。

第二，怎么笼络住李空山和蓝东阳。东阳近来几乎有工夫就来，虽然没有公然求婚，可是每次都带来半斤花生米或两个冻柿子什么的给小姐；大赤包看得出这是蓝诗人的"爱的投资"。她让他们都看明白招弟是动不得的——她心里说：招弟起码得嫁个日本司令官！可是，她又知道高第不很听话，不肯随着母亲的心意去一箭双雕的笼络住两个人。论理，高第是李空山的。可是，她愿教空山在做驸马以前多给她效点劳；一旦做了驸马爷，老丈母娘就会失去不少的权威。同时，在教空山等候之际，她也愿高第多少的对东阳表示点亲热，好教他给晓荷在新民会中找个地位。高第可是对这两个男人都很冷淡。大赤包不能教二女儿出马，于是想到了尤桐芳。她向晓荷说明："反正桐芳爱飞眼，教她多瞟李空山两下，他不是就不紧迫着要高第了吗？你知道，高第也得招呼着蓝东阳啊！"

"那怪不好意思的吧？"晓荷满脸赔笑的说。

大赤包沉了脸："有什么不好意思？我要是去偷人，你才戴绿帽子！桐芳是什么东西？你有什么不好意思的？李空山要是真喜欢她，教她走好啦！我还留着我的女儿，给更体面的人呢！"

晓荷不敢违抗太太的命令，又实在觉得照令而行有点难为情。无论多么不要脸的男人也不能完全铲除了嫉妒，桐芳是他的呀！无可如何的，他只答应去和桐芳商议，而不能替桐芳决定什么。这很教大赤包心中不快，她高声的说出来："我是所长！一家子人都吃着我，喝着我，就得听我的吩咐！不服气，你们也长本事挣钱去呀！"

第三，她须展开两项重要的工作：一个是认真检查，一个是认真爱护。前者是加紧的、狠毒的检查妓女；谁吃不消可以设法通融免检——只要肯花钱。后者是使妓女们来认大赤包作干娘；彼此有了母女关系，感情上自然会格外亲密；只要她们肯出一笔"认亲费"，并且三节都来送礼。这两项工作的展开，都不便张贴布告，俾众周知，而需要一个得力的职员去暗中活动，把两方面的关系弄好。冠晓荷很愿意担任这个事务，可是大赤包怕他多和妓女们接触，免不了发生不三不四的事，所以另找了别人——就是那曾被李四爷请来给钱先生看病的那位医生。他叫高亦陀。大赤包颇喜欢这个人，更喜欢他的二千元见面礼。

第四，是怎样对付暗娼。战争与灾难都产生暗娼。大赤包晓得这个事实。她想做一大笔生意——表面上严禁暗娼，事实上是教暗门子来"递包袱"。暗娼们为了生活，为了保留最后的一点廉耻，为了不吃官司，是没法不出钱的；只凭这一笔收入，大赤包就可以发相当大的财。

为实现这些工作计划，大赤包累得常常用拳头轻轻的捶胸口几下。她的装三磅水的大暖水瓶老装着鸡汤，随时的呷两口，免得因勤劳公事而身体受了伤。她拼命的工作，心中唯恐怕战争忽然停止，而中央的官吏再回到北平；她能搂一个是一个，只要有了钱，就是北平恢复了旧观也没大关系了。

南京陷落！大赤包不必再拼命、再揪着心了。她从此可以从从容容的、稳稳当当的做她的所长了。她将以"所长"为梯子，而一步一步的走到最高处去。她将成为北平的第一个女人——有自己的汽车，出入在东交民巷与北京饭店之间，戴着镶有最大的钻石的戒指，穿着足以改变全东亚妇女服装式样的衣帽裙鞋！

她热烈的欢迎瑞丰夫妇。她的欢迎词是：

"咱们这可就一块石头落了地，可以放心的做事啦！南京不是一年半载可以得回来的，咱们痛痛快快的在北平多快活两天儿吧！告诉你们年轻的人们吧，人生一世，就是吃喝玩乐；别等到老掉了牙再想吃，老毛了腰再想穿；那就太晚喽！"然后，她对胖太太说："祁二太太，你我得打成一气，我要是北平妇女界中的第一号，你就必得是第二号。比如说：我今天烫猫头鹰头，你马上也就照样的去烫，有咱们两个人在北海或中山公园溜一个小圈儿，明天全北平的女人就都得争着改烫猫头鹰头！赶到她们刚烫好不是，哼，咱们俩又改了样！咱们俩教她们紧着学都跟不上，教她们手忙脚乱，教她们没法子不来磕头认老师！"她说到这里，瑞丰打了岔：

"冠所长！原谅我插嘴！我这两天正给她琢磨个好名字，好去印名片。你看，我是科长，她自然少不了了交际，有印名片的必要！请给想一想，是祁美艳好，还是祁菊子好？她原来叫玉珍，太俗气点！"

大赤包没加思索，马上决定了："菊子好！像日本名字！凡是带日本味儿的都要时兴起来！"

晓荷像考古学家似的说："菊子夫人不是很有名的电影片儿吗？"

"谁说不是！"瑞丰表示钦佩的说，"这个典故就出自那个影片呀！"

大家全笑了笑，觉得都很有学问。

"祁科长！"大赤包叫，"你去和令兄说说，能不能把金三爷请过来？"她扼要的把事情说明白，最后补上："天下是我们的了，我们反倒更得多交朋友了！你说是不是？"

瑞丰高兴做这种事，赶快答应下来："我跟瑞宣也还有别的事商量。"

说完，他立起来，"菊子，你不过那院去？"

胖菊子摇了摇头。假若可能，她一辈子也不愿再进五号的门。

瑞丰独自回到家中，应酬公事似的向祖父和母亲问了安，就赶快和瑞宣谈话：

"那什么，你们学校的校长辞职——这消息别人可还不知道，请先守秘密！——我想大哥你应当活动一下。有我在局里，运动费可以少花一点。你看，南京已经丢了，咱们反正是亡了国，何必再固执呢？再说，教育经费日内就有办法，你能多抓几个，也好教老人们少受点委屈！怎么样？要活动就得赶快！这年月，找事不容易！"一边说，他一边用食指轻轻的弹他新买的假象牙的香烟烟嘴。说完，把烟嘴叼在口中，像高射炮寻找飞机似的左右转动。叼着这根假象牙的东西，他觉得气派大了许多，几乎比科长所应有的气派还大了些！

瑞宣的眼圈还红着，脸上似乎是浮肿起来一些，又黄又松。听弟弟把话说完，他半天没言语。他懒得张口。他晓得老二并没有犯卖国的罪过，可是老二的心理与态度的确和卖国贼的同一个味道。他无力去诛惩卖国贼，可也不愿有与卖国贼一道味儿的弟弟。说真的，老二只吃了浮浅、无聊与俗气的亏，而并非是什么罪大恶极的人。可是，在这国家危亡的时候，浮浅、无聊与俗气，就可以使人变成汉奸。在汉奸里，老二也不过是个小三花脸儿，还离大白脸的奸雄很远很远。老二可恨，也可怜！

"怎样？你肯出多少钱？"老二问。

"我不做校长，老二！"瑞宣一点没动感情的说。

"你不要老这个样子呀，大哥！"瑞丰板起脸来，"别人想多花钱运动都弄不到手，你怎么把肉包子往外推呢？你开口就是国家，闭口就是国家，可是不看看国家成了什么样子！连南京都丢了，光你一个人有骨头又怎么样呢？"老二的确有点着急。他是真心要给老大运动成功，以便兄弟们可以在教育界造成个小小的势力，彼此都有些照应。

老大又不出声了。他以为和老二辩论是浪费唇舌。他劝过老二多少次，老二总把他的话当作耳旁风。他不愿再白费力气。

老二本来相当的怕大哥。现在，既已做了科长，他觉得不应当还那么胆小。他是科长，应当向哥哥训话：

"大哥，我真替你着急！你要是把机会错过，以后吃不上饭可别怨我！以我现在的地位，交际当然很广，挣得多，花得也多，你别以为我可以帮助你过日子！"

瑞宣还不想和老二多费什么唇舌，他宁可独力支持一家人的生活，也不愿再和老二多啰唆。"对啦！我干我的，你干你的好啦！"他说。他的声音很低，可是语气非常的坚决。

老二以为老大一定是疯了。不然的话，他怎敢得罪科长弟弟呢！

"好吧，咱们各奔前程吧！"老二要往外走，又停住了脚，"大哥，求你一件事。别人转托的，我不能不把话带到！"他简单的说出冠家想请金三爷吃酒，求瑞宣给从中拉拢一下。他的话说得很简单，好像不屑于和哥哥多谈似的。最后，他又板着脸教训："冠家连太太都能做官，大哥你顶好对他们客气一点！这年月，多得罪人不会有好处！"

瑞宣刚要动气，就又控制住自己。仍旧相当柔和的，他说："我没工夫管那种闲事，对不起！"

老二猛的一推门就走出去。他也下了决心不再和疯子哥哥打交道。在院中，他提高了声音叨唠，为是教老人们听见："简直岂有此理！太难了！太难了！有好事不肯往前巴结，倒好像做校长是丢人的事！"

"怎么啦？老二！"祁老人在屋中问。

"什么事呀？"天佑太太也在屋中问。

韵梅在厨房里，从门上的一块小玻璃往外看；不把情形看准，她不便出来。

老二没进祖父屋中去，而站在院中卖嚷嚷："没事，你老人家放心吧！我想给大哥找个好差事，他不干！以后呢，我的开销大，不能多孝顺你老人家；大哥又不肯去多抓点钱；这可怎么好？我反正尽到了手足的情义，以后家中怎样，我可就不负责喽！"

"老二！"妈妈叫，"你进来一会儿！我问你几句话！"

"还有事哪，妈！过两天我再来吧！"瑞丰匆匆的走出去。他无意使母亲与祖父难堪，但是他急于回到冠家去，冠家的一切都使他觉着舒服合适。

天佑太太的脸轻易不会发红，现在两个颧骨上都红起一小块来。她的眼也发了亮。她动了气。这就是她生的、养大的儿子！做了官连妈妈也不愿意搭理啦！她的病身子禁不起生气，所以近二三年来她颇学会了点视而不见、听而不闻的本事，省得教自己的病体加重。今天这口气可是不好咽，她的手哆嗦起来，嘴中不由的骂出："好个小兔崽子！好吗！连你的亲娘都不认了！就凭你做了个小科长！"

她这么一出声，瑞宣夫妇急忙跑了过来。他们俩晓得妈妈一动气必害大病。瑞宣顶怕一家人没事儿拌嘴闹口舌。他觉得那是大家庭制度的最讨厌的地方。但是，母亲生了气，他又非过来安慰不可。多少世纪传下来的规矩，差不多变成了人的本能；不论他怎样不高兴，他也得摆出笑脸给生了气的妈妈看。好在，他只须走过来就够了，他晓得韵梅在这种场合下比他更聪明，更会说话。

韵梅确是有本事。她不问婆婆为什么生气，而抄着根儿说："老太太，又忘了自己的身子吧！怎么又动气呢？"这两句话立刻使老太太怜爱了自己，而觉得有哼哼两声的必要。一哼哼，怒气就消减了一大半，而责骂也改成了叨唠："真没想到啊，他会对我这个样！对儿女，我没有偏过心，都一样的对待！我并没少爱了一点老二呀，他今天会……"老太太落了泪，心中可是舒展多了。

老太爷还没弄清楚都是怎么一回事，也凑过来问："都是怎么一回子事呀？乱七八糟的！"

瑞宣搀祖父坐下。韵梅给婆婆拧了把热毛巾，擦擦脸；又给两位老人都倒上热茶，而后把孩子拉到厨房去，好教丈夫和老人们安安静静的说话儿。

瑞宣觉得有向老人们把事说清楚的必要。南京陷落了，国已亡了一大半。从一个为子孙的说，他不忍把老人们留给敌人，而自己逃出去。可是，对得住父母与祖父就是对不住国家。为赎自己对不住国家的罪过，他至少须消极的不和日本人合作。他不愿说什么气节不气节，而只知这在自己与日本人中间必须画上一条极显明的线。这样，他须得到老人们的协助；假若老人们一定要吃得好喝得好，不受一点委屈，他便没法不像老二似的那么投降给敌人。他决定不投降给敌人，虽然他又深知老人们要生活得舒服一点是当然的；他们在世界上的年限已快完了，他们理当要求享受一点。他必须向老人们道歉，同时也向他们说清楚：假若他们一定讨要享受，他会狠心逃出北平的。

很困难的，他把心意说清楚。他的话要柔和，而主意又拿定不变；他不愿招老人们难过，而又不可避免的使他们难过；一直到说完，他才觉得好像割去一块病似的，痛快了一些。

母亲表示得很好："有福大家享，有苦大家受；老大你放心，我不会教你为难！"

祁老人害了怕。从孙子的一大片话中，他听出来：日本人是一时半会儿绝不能离开北平的了！日本人，在过去的两三个月中，虽然没直接的伤害了他，可是已经弄走了他两个孙子。日本人若长久占据住北平，焉知道这一家人就不再分散呢？老人宁可马上死去，也不愿看家中四分五裂的离散。没有儿孙们在他眼前，活着或者和死了一样的寂寞。他不能教瑞宣再走开！虽然他心中以为长孙的拒绝做校长有点太过火，可是他不敢明说出来；他晓得他须安慰瑞宣：

"老大，这一家子都仗着你呀！你看怎办好，就怎办！好吧歹吧，咱们得在一块儿忍着，忍过去这步坏运！反正我活不了好久啦，你还能不等着抓把土埋了我吗！"老人说到末一句，声音已然有点发颤了。

瑞宣不能再说什么。他觉得他的态度已经表示得够明显，再多说恐怕就不怎么合适了。听祖父说得那样的可怜，他勉强的笑了："对了，爷爷！咱们就在一块儿苦混吧！"

话是容易说的；在他心里，他可是晓得这句诺言是有多大分量！他答应了把四世同堂的一个家全扛在自己的双肩上！同时，他还须远远的躲开占据着北平的日本人！

　　他有点后悔。他知道自己的挣钱的本领并不大。他的爱惜羽毛不许他见钱就抓。那么，他怎能独力支持一家人的生活呢？再说，日本人既是北平的主人，他们会给他自由吗？

　　可是，无论怎样，他也感到一点骄傲——他表明了态度，一个绝对不做走狗的态度！走着瞧吧，谁知道究竟怎样呢！

　　这时候，蓝东阳来到冠家。他是为筹备庆祝南京陷落大会来到西城，顺便来向冠家的女性们致敬——这回，他买来五根灌馅儿糖。在路上，他已决定好绝口不谈庆祝会的事。每逢他有些不愿别人知道的事，他就觉得自己很重要，很深刻；尽管那件事并没有保守秘密的必要。

　　假若他不愿把自己知道的告诉别人，他可是愿意别人把所知道的都告诉给他。他听说，华北的政府就要成立——成立在北平。华北的日本军人，见南京已经陷落，不能再延迟不决；他们必须先拿出个华北政府来，好和南京对抗——不管南京是谁出头负责。听到这个消息，他把心放下去，而把耳朵竖起来。放下心去，因为华北有了日本人组织的政府，他自己的好运气便会延长下去。竖起耳朵来，他愿多听到一些消息，好多找些门路，教自己的地位再往上升。他的野心和他的文字相仿，不管通与不通，而硬往下做！他已经决定了：他须办一份报纸，或一个文艺刊物。他须做校长。他须在新民会中由干事升为主任干事。他须在将要成立的政府里得到个位置。事情越多，才越能成为要人；在没有想起别的事情以前，他决定要把以上的几个职位一齐拿到手。他觉得他应当，可以，必须，把它们拿到手，因为他自居为怀才未遇的才子；现在时机来到了，他不能随便把它放过去。他是应运而生的莎士比亚，不过要比莎士比亚的官运财运和桃花运都更好一些。

　　进到屋中，把五根糖扔在桌儿上，他向大家咧了咧嘴，而后把自己像根木头似的摔在椅子上。除了对日本人，他不肯讲礼貌。

瑞丰正如怨如慕的批评他的大哥。他生平连想都没大想到过，他可以做教育局的科长。他把科长看成有天那么大。把他和科长联在一块，他没法不得意忘形。他没有冠先生的聪明，也没有蓝东阳的沉默。"真！做校长仿佛是丢人的事！你就说，天下竟会有这样的人！看他文文雅雅的，他的书都白念了！"

冠晓荷本想自荐。他从前做过小官；既做过小官，他以为，就必可以做中学校校长。可是，他不愿意马上张口，露出饥不择食的样子。这一下，他输了棋。蓝东阳开了口：

"什么？校长有缺吗？花多少钱运动？"他轻易不说话，一说可就说到根儿上；他张口就问了价钱。

晓荷像吃多了白薯那样，冒了一口酸水，把酸水咽下去，他仍然笑着，不露一点着急的样子。他看了看大赤包，她没有什么表示。她看不起校长，不晓得校长也可以抓钱，所以没怪晓荷。晓荷心中安定了一些。他很怕太太当着客人的面儿骂他无能。

瑞丰万没想到东阳来得那么厉害，一时答不出话来了。

东阳的右眼珠一劲儿往上吊，喉中直咯咯的响，嘴唇儿颤动着，凑过瑞丰来。像猫儿看准了一个虫子，要往前扑那么紧张，他的脸色发了绿，上面的青筋全跳了起来。他的嘴像要咬人似的，对瑞丰说："你办去好啦，我出两千五百块钱！你从中吃多少，我不管，事情成了，我另给你三百元！今天我先交二千五，一个星期内我要接到委任令！"

"教育局可不是我一个人的呀！"瑞丰简直忘了他是科长。他还没学会打官话。

"是呀！反正你是科长呀！别的科长能荐人，你怎么不能？你为什么做科长，假若你连一句话都不能给我说！"东阳的话和他的文章一样，永远不管逻辑，而只管有力量，"不管怎样，你得给我运动成功，不然的话，我还是去给你报告！"

"报告什么！"可怜的瑞丰，差不多完全教东阳给弄糊涂了。

"还不是你弟弟在外边抗日？好吗，你在这里做科长，你弟弟在外边打游击战，两边儿都教你们占着，敢情好！"东阳越说越气壮，绿脸上慢慢的透出点红来。

"这，这，这……"瑞丰找不出话来，小干脸气得焦黄。

大赤包有点看不上东阳了，可是不好出头说话；她是所长，不能轻易发言。

晓荷悟出一点道理来：怪不得他奔走这么多日子，始终得不到个位置呢；时代变了，他的方法已然太老、太落伍了！他自己的办法老是摆酒、送礼、恭维和摆出不卑不亢的架子来。看人家蓝东阳！人家托情运动事直好像是打架，没有丝毫的客气！可是，人家既是教务主任，又是新民会的干事，现在又瞪眼"买"校长了！他佩服了东阳！他觉得自己若不改变作风，天下恐怕就要全属于东阳，而没有他的份儿了！

胖菊子——一向比瑞丰厉害，近来又因给丈夫运动上官职而更自信——决定教东阳见识见识她的本事。还没说话，她先推了东阳一把，把他几乎推倒。紧跟着，她说：

"你这小子可别这么说话，这不是对一位科长说话的规矩！你去报告！去！去！马上去！咱们斗一斗谁高谁低吧！你敢去报告，我就不敢？我认识人，要不然我的丈夫他不会做上科长！你去报告好了，你说我们老三抗日，我也会说你是共产党呀！你是什么揍的？我问问你！"胖太太从来也没高声的一气说这么多话，累得鼻子上出了油，胸口也一涨一落的直动。她的脸上通红，可是心中相当的镇定，她没想到既能一气骂得这么长，而且这么好。她很得意。她平日最佩服大赤包，今天她能在大赤包面前显露了本事，她没法不觉得骄傲。

她这一推和一顿骂把东阳弄软了。他脸上的怒气和凶横都忽然的消逝。好像是骂舒服了似的，他笑了。

晓荷没等东阳说出话来便开了口：

"我还没做过校长，倒颇想试一试，祁科长你看如何？噢，东阳，我决不抢你的事，先别害怕！我是把话说出来，给大家做个参考，请大家都想一想怎么办最好。"

这几句话说得是那么柔和、周到，屋中的空气马上不那么紧张了。蓝东阳又把自己摔在椅子上，用黄牙咬着手指甲。瑞丰觉得假若冠先生出头和东阳竞争，他天然的应当帮助冠先生。胖菊子不再出声，因为刚才说的那一段是那么好，她正一句一句的追想，以便背熟了好常常对朋友们背诵。

大赤包说了话。先发言的勇敢，后发言的却占了便宜。她的话，因为是最后说的，显着比大家的都更聪明合理：

"我看哪，怎么运动校长倒须搁在第二，你们三个——东阳，瑞丰，晓荷——第一应当先拜为盟兄弟。你们若是成为不愿同年同月同日同时生，而愿同年同月同日同时死的弟兄，你们便会和和气气的、真真诚诚的彼此帮忙。慢慢的，你们便会成为新朝廷中的一个势力。你们说对不对？"

瑞丰，论辈数，须叫晓荷作叔叔，不好意思自己提高一辈。

东阳本来预备做冠家的女婿，也不好意思和将来的岳父先拜盟兄弟。

晓荷见二人不语，笑了笑说："所长所见极是！肩膀齐为弟兄，不要以为我比你们大几岁，你们就不好意思！所长，就劳你大驾，给我预备香烛纸马吧！"

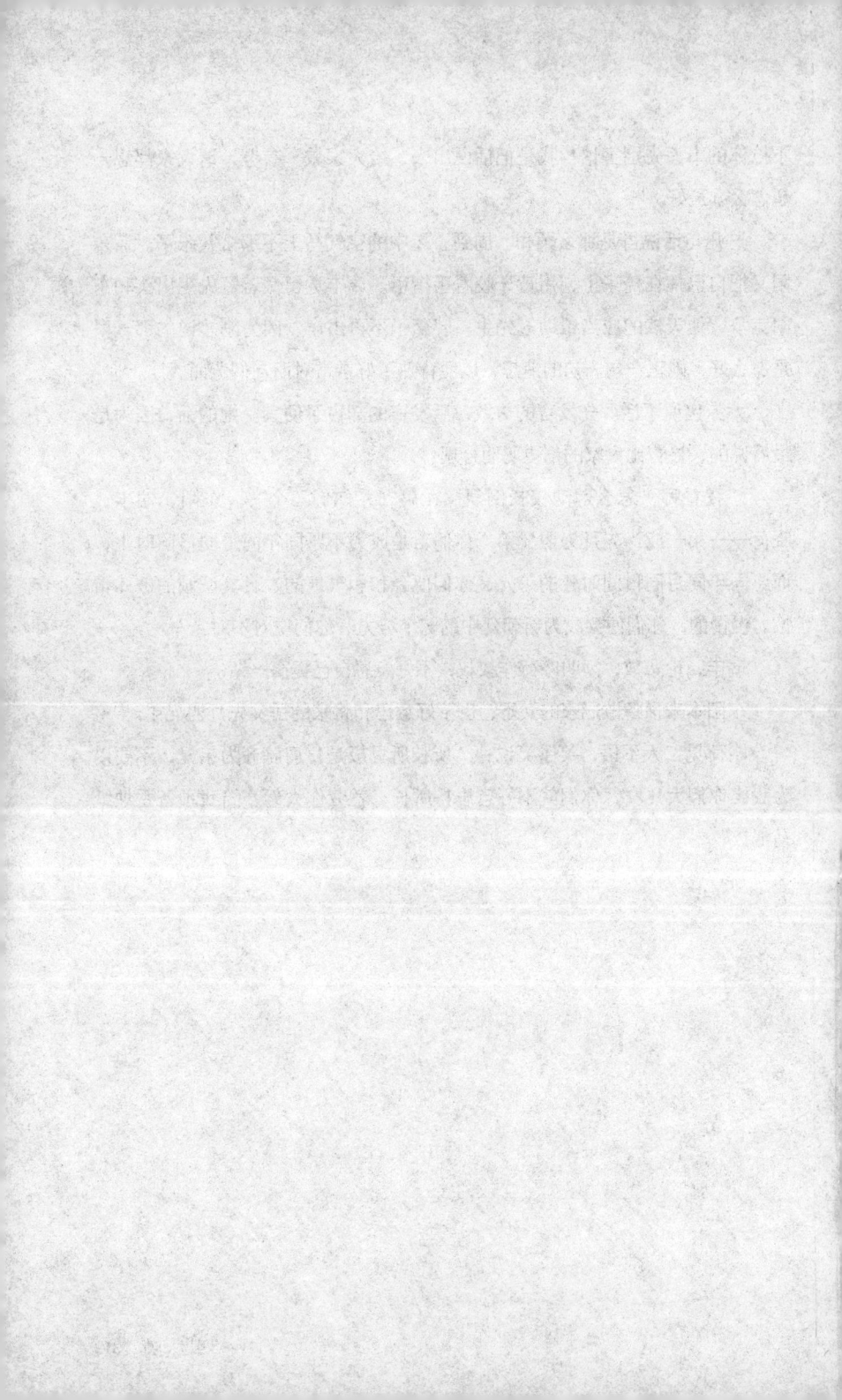